Scarlet
스칼렛
www.bbulmedia.com

새
와

늪

새
와
늪

Scarlet Romance Story 더듀 장편 소설

Contents

1. 민유수

쨍그랑. 우당탕. 주인집에서 무언가가 깨지고 부서지는 소리가 들려왔다.

또야?

일주일이 넘게 질리도록 들어온 소리. 사채업자가 보낸 깡패들이 주인집에서 소란을 피우는 소리였다. 지은 지 오래되어 낡은 이 집은 방음이 전혀 안 됐다. 들고 있던 숟가락을 내려놓고 할머니를 쳐다보았다. 할머니는 아무 말이 없었다.

"나가 볼까?"

"그냥 있어라. 무슨 험한 꼴을 당하려구."

할머니는 무덤덤한 표정으로 식사를 계속했다. 그러나 나는 더 이상 수저를 뜰 수가 없었다. 밥맛이 모조리 떨어져 버렸다.

제때 집세 안 내냐며 매번 윽박을 지르다시피 하는 주인집 아주머니야 꼴 보기 싫었지만, 그래도 매일 아침 얼굴 보며 사는 이웃 지간이었다. 바로 옆집에서 저런 험한 꼴을 당하고 있는데, 신경이 쓰이지 않을 수 없었다.

"괜한 생각 말거라. 어설프게 나섰다가 일만 커진다. 어디 저런 것들이 사람이더냐?"

"우리는 괜찮은 거야? 저 사람들 쫓겨나면 우리도 같이 쫓겨날 거 아니야."

"……."

내가 정곡을 찔렀는지 국을 뜨던 할머니의 손이 우뚝 멈추었다.

"산 사람이야 어디 발 들일 데 하나 없을라구. 너는 그런 걱정은 하지 말고 공부나 열심히 혀."

할머니도 내 말에 밥맛이 떨어졌는지 곧 숟가락을 내려놓았다. 그리고 상을 들고 부엌으로 걸음을 옮겼다. 할머니의 뒷모습을 멀거니 바라보았다. 등이 많이 휘어 있었다. 걸음걸이는 느릿느릿하고 불편해 보였다. 할머니는 이제 연세가 많으셨다.

"걱정하지 말라구? 나는 단 하루도 걱정 없이 살아 본 적이 없어, 할머니……."

할머니의 쓸쓸한 등만큼이나 내 자신이 초라하게 느껴졌다.

쨍그랑. 다시 무언가가 깨지는 소리가 들렸다.

갑자기 참을 수 없는 분노가 끓어올랐다. 위태위태한 벼랑 끝, 거기에 간신히 매달려 있는 게 전부인 삶이었다. 모든 것이 지긋지긋했다. 차라리 포기하면 편할 텐데, 그마저도 쉽지 않았다. 마음을 비우려고 하면 할수록 세상에 대한 부질없는 적개심만 차올랐다. 먹었던 것이 올라오려고 하는지 속이 울렁댔다. 다 토해 내고 싶었다. 그게 뭐든, 아무것도 남지 않게.

나는 자리를 박차고 일어나 마당으로 나갔다. 맞은편에 있는 주인집으로 달려가 소란을 피우고 있는 자들을 향해 시끄러우니 좀 닥치라고 소리라도 지르고 올 작정이었다.

하지만 호기롭게 뛰쳐나간 나는, 목적을 달성하기도 전에 멈춰 서고 말았다. 대문을 열고 나가자마자 주인집 앞을 가로막고 있는 웬 남자 하나를 발견했기 때문이었다. 빈틈없이 갖춰 입은 검은 정장을 보니, 주인집을 찾아온 깡패 중 한 명인 듯했다.

담배에 불을 붙이며 고개를 들던 남자와 우연히 시선이 부딪쳤다. 남자의 짙은 검은색 눈동자가 느릿하게 내 전신을 훑었다. 그 시선이 너무도 차가워서 나도 모르게 자리에서 얼어붙고 말았다.

한동안, 남자와 나는 그렇게 서로를 응시했다.

먼저 입을 뗀 건 나였다.

"얼마나 받아요?"

뜬금없는 나의 물음에 남자의 눈이 가늘어졌다. 대답은 들려오지 않았다. 그는 입술 새로 엷은 연기를 내뱉을 뿐이었다. 그러나 나는 포기하지 않고 계속 그를 주시했다. 얼마간의 시간이 더 지나고 드디어 그가 입을 열었다.

"알아서 뭐 하게."

시선만큼이나 차가운 말투였다.

"궁금해요. 좀 알려 주면 안 돼요?"

남자는 살짝 짜증이 났는지 담배를 떨어뜨린 다음 신경질적으로 비벼 껐다. 나는 그 모습을 계속 바라보고 있었다.

"한 7천 정도? 왜? 네가 대신 갚아 주기라도 할래?"

품. 나도 모르게 웃음을 터뜨리자 남자가 눈에 띌 만큼 미간을 구겼다. 그의 신경을 건드리려고 웃은 건 아니었다. 의식할 새도 없이 정말로 웃음이 나와서 웃었다.

남자는 내가 주인집의 빚이 얼마인지 묻고 있다고 생각했나 보다.

"내가 얼마냐고 물은 건."

"……."

"그쪽 보수."

남자의 눈동자가 조금 커졌다.

"떼인 돈 받아 주고 얼마나 버냐고 물은 거예요."

"……."

"많이 벌면, 나도 하게."

그 순간, 남자의 입술에 어렴풋이 미소가 걸리는 게 보였다. 좀처럼 웃지 않을 것처럼 보이는 얼굴이었는데, 미소가 걸리니 그래도 기계처럼 차갑던 인상에 조금 생기가 어렸다.

"너 같은 어린애가 할 수 있을 정도로 만만한 일이 아니야."

남자는 내 말이 우습게 느껴졌던 모양이다. 별안간 남자가 내쪽으로 한 발자국 다가섰다. 남자가 장신이어서 그런지 아니면 특유의 날카로운 분위기 때문인지 그것만으로도 뭔가 위압적이었다. 하나, 나는 물러나지 않고 가만히 서 있었다.

다가온 남자가 끼고 있던 검은색 가죽 장갑 한쪽을 **빼내**더니, 드러낸 맨손을 내 쪽으로 내밀었다.

허억, 나는 그 광경을 보고 놀라 얼어붙었다.

남자가 펼쳐 보인 손바닥 안에는 긴 칼자국이 나 있었다. 자국은 꽤 깊어서 벌어진 살갗 사이로 붉은 생살이 보였고, 채 마르지 않은 피가 흥건히 고여 있었다. 그건 분명, 보통의 여학생이라면 몸서리치며 눈길을 돌렸을 만큼 징그러운 모습이었다.

하지만 희한하게도, 나는 경악을 금치 못하면서도 홀린 듯 남자에게로 다가갔다. 남자가 내보인 상처에서 눈을 떼지 못한 채로 말이다. 천천히, 그 상처로 손을 뻗었다.

나는 그 붉고 깊은 상처를 보는 것이 마치 나를 들여다보는 것 같다는 생각을 했다. 아프고 또 아픈데도, 아무렇지 않은 척하면서 방치한 상처. 누구도 손대 주지 않고, 나조차도 손댈 길이 없는 그런 상처. 순간이지만 그런 강렬한 동질감에 휩싸여 무섭거나 징그럽다는 느낌보다는 안타깝고 가엾다는 생각만 들었다.

내 손가락이 닿자 남자는 손바닥을 움츠렸다. 그리고 기이한 것을 발견한 표정으로 나를 바라봤다.

"설마 나를 마조히스트라고 생각하는 건 아니죠?"

"마조, 뭐? 그게 뭔데?"

남자는 정말 모른다는 듯 고개를 까딱였다. 뭐랄까, 이상한 남자였다. 가까이서 보니 남자가 꽤 미남이란 걸 알 수 있었다. 유난히 검은 머리색은 그만큼이나 검은 눈과 잘 어우러져 있었고, 날렵하게 솟은 코와 날카로운 눈매, 굳게 다물어진 서늘한 입매는 차가워 보였지만 어쩌면 그래서 더 매력적이었다. 밀랍 인형처럼 하얗고 단단한 얼굴은 완벽하게 좌우 대칭으로 보였다.

"손 이리 줘 봐요."

나는 집에서 아무렇게나 머리를 묶을 때 쓰던 하얀색 손수건을 풀었다. 머리가 귀찮게 흘러내려 어깨를 덮었지만 신경 쓰지 않았다. 그걸 남자의 상처 난 손바닥에 가만히 감아 주었다.

"앞으론, 이렇게 다니지 마요. 상처 덧나요."

남자의 시선이 손수건이 감긴 자신의 손 위에 잠시 머물렀다가 다시 나에게로 향했다. 남자의 검은 눈동자가 기묘한 빛을 띠고 있었다.

어쩐지 기분이 이상했다. 충동적인 행동이었다. 급히 후회가 밀려들었다. 남자의 상처를 감싸 주고 싶다는 생각만이 너무 강렬해서 내 행동이 지나친 건 아닌지 의식하지 못했다.

남자가 제 상처를 보여 준 건 다만 내게 경고하기 위해서였을 것이다. 자신의 일은 나 같은 어린애는 감히 엄두도 내선 안 된다는 걸 알려 주려고. 그런데 나는 그걸 집착적으로 바라본 것도 모자라서 어설프게 감싸 주기까지 했으니, 남자가 나를 이상한 여자 보듯 하는 게 이해가 갔다.

나는 억지로 입꼬리를 끌어 올리며 어색하게나마 웃어 보였다. 뒤돌아서자 때마침 문을 열고 나오는 할머니가 보였다. 할머니는 새파래진 얼굴로 달려와 나의 어깨를 마구 두들겼다. 그러곤 막무가내로 나를 끌고 안으로 들어갔다. 그래서 나는 그때, 마지막으로 그 남자가 어떤 표정을 짓고 있었는지를 볼 수 없었다.

그게 바로 나와 그 남자, 이강후의 첫 만남이었다.

"아줌마, 떡볶이 2천 원어치, 순대 2인분 주세요."

"떡볶이는 순대 위에 뿌려 주세요."

"내장 많이 넣어 주세요!"

윤아와 미진 그리고 나는 야간자율학습이 시작하기 전 학교 앞에 있는 분식집에 들러서 석식을 해결했다. 우리가 읊는 대사는 늘 비슷비슷했다. 내가 먼저 주문을 하면, 미진이 떡볶이를 순대 위에 뿌려 달라고 부탁하고, 윤아는 특별히 내장을 많이 넣어 달라며 외쳤다.

"난 내장은 싫은데."

미진이 퉁명스럽게 덧붙이자 윤아가 새침하게 대답했다.

"걱정 마. 내가 다 먹을 거야."

그런 둘을 보고 있자니 절로 웃음이 나왔다.

나는 학교에 있을 때가 제일 행복했다. 특히 이 둘과 함께 있을 때면, 더없이 행복했다. 남들보다 조금 늦은 사춘기를 겪고 있던 그 시절의 나는, 허름하고 곰팡이 냄새 나는 집과 불편한 걸음으로 하루도 폐지 줍는 일을 거르지 않던 할머니가 싫었다. 집에 들어가서 할머니와 단둘이 비좁은 단칸방에 처박혀 있을 바에야 남들은 그렇게 싫어하는 야자를 하는 게 낫다고 느낄 정도였다.

맛있는 냄새와 하얀 김을 풍기며 주문한 음식들이 나왔다. 우리는 동그랗게 자리를 잡고 앉아 누가 먼저랄 것도 없이 동시에 포크로 음식을 찍어 먹기 시작했다. 배부르게 먹고도 뒤돌아서면 배가 고플 나이였다. 그렇게 한참을 서로 말도 없이 배만 채우고 있는데, 무언가를 발견한 듯 미진이 자세를 낮추더니 눈을 빛내기 시작했다.

"저 남자 봐. 진짜 잘생겼다."

미진이 고갯짓으로 분식집 바깥을 가리켰다. 남자에도 한창 관심이 많을 나이였다. 나와 윤아는 재빠르게 그쪽으로 고개를 돌렸다.

"……."

공교롭게도 나는 고개를 돌리자마자 길 건너편에 서 있던 한 남자와 눈이 마주쳐 버렸다. 아니, 나를 바라보고 있던 남자의 시선을 발견하게 되었다고 말하는 것이 더 정확한 묘사일 것이다.

"진짜 잘생겼네. 근데 난 좀 무섭다. 찔러도 피 한 방울 안 나올 거 같지 않아?"

윤아가 다시 고개를 돌리곤 마지막 남은 떡볶이를 찍어 들며 말했다. 그 순간에도 나는 계속 그 남자를 바라보고 있었다. 나는, 그 남자가 누군지 알고 있었던 것이다.

"유수 넌 어떤데?"

미진이 물어 오는 바람에 나는 결국 남자에게서 시선을 거두고 고개를 돌렸다.

"난 윤아 의견에 찬성."

나는 오뎅 국물이 담긴 접시를 들면서 계속 말을 이었다.

"요즘 잘생긴 사람이 얼마나 많은데, 저 정도면 그냥 보통 아냐? 그리고 무슨 조폭 같아. 머리도 시커멓고, 옷도 시커멓고. 아직 춥지도 않은데 웬 가죽 장갑? 저렇게 시커멓게 하고 여고 앞에 서 있는 것부터가 수상해. 여학생들 보려고 온 거 아냐? 왜, 요즘 여학생들 노리는 변태들 많잖아."

내가 생각해도 좀 과하긴 했다. 왜 그랬는지 모르겠지만 평소 같았으면 적당히 동조해 주고 말았을 것을, 나는 나도 모르게 필요 이상의 말들을 덧붙이고 있었다. 저 가죽 장갑 속의 상처에 대해서 나만이 알고 있다는 것을 이렇게라도 알은 체하고 싶은 유치함이 발동한 것일지도 몰랐다.

그런데 어째서인지 내가 이렇게나 세세하게 감상을 말했는데도 윤아와 미진에게선 아무 반응이 없었다.

"왜 그래?"

윤아와 미진의 얼굴이 하얗게 질려 있었다. 나는 오뎅 국물을 든 채로 그들을 번갈아 쳐다봤다.

"내 얼굴에 뭐 묻었어?"

내가 고개를 갸우뚱하자, 미진이 재빨리 고갯짓을 했다. 마치 뒤를 확인해 보라는 듯이. 아무 생각도 없이 뒤를 돌아보았다.

"......."

맙소사. 나는 그대로 굳어졌다. 내 뒤에는 언제부터 와 있었던 건지, 남자가 서 있었다. 얼마 전 주인집에 돈을 받으러 찾아왔던 그 남자가.

남자의 얼굴에는 아무런 표정도 없었지만 미진과 윤아의 반응을 보니 내가 한 말을 모두 다 들은 것이 분명했다. 남자는 우리들을 한 번씩 쭉 훑어보았다. 그것만으로도 우리 셋은 얼어 버렸다.

지난번에 봤을 때는 몰랐다. 그런데 이 남자, 풍기는 분위기가 무시무시했다. 이러지도 저러지도 못하고 우리 셋은 서로 눈치만 보고 있었다. 누구라도 한 명 먼저 자리를 뜨자는 말을 하길 기다리는 것이었다. 그러나 그 말을 하는 순간, 저 남자가 꼼짝 말라는 말이라도 할 것 같아서 누구도 입을 떼지 못했다.

"아무나 보러 온 건 아니야."

얼어붙은 공기를 가르고 먼저 입을 연 건 남자였다. 우리 셋은 눈을 껌뻑이며 서로를 쳐다보았다. 나는 잠시 남자가 한 말에 대해서 생각하다가 내가 여학생들을 보러 온 게 아니냐며 떠들어 댔던 것을 기억해 냈다. 가슴이 철렁 내려앉는 것만 같았다.

남자가 고개를 삐딱하게 틀고선 나에게로 오롯이 시선을 맞춰 왔다.

"민유수. 너 보러 왔다."

남자의 입에서 또렷하게 내 이름이 나왔을 때, 나는 그만 들고 있던 국물을 떨어뜨리고 말았다.

신기하게도 주인집에 더 이상 조폭들이 찾아오지 않게 되었다. 몇천이나 되는 큰돈을 하루아침에 어디서 구했을까. 게다가 우연히 할머니와 집주인 아줌마가 나누는 대화도 듣게 되었다. 밀린 세 달 치 집세를 내지 않아도 된다는 얘기였다. 나는 어렴풋이, 이 모든 일이 그 남자가 한 일이 아닐까 생각했다.

다음 날, 내가 교실 문을 열자마자 윤아와 미진이 달려왔다. 나는 애써 그들을 못 본 척 지나쳐 책상들을 빙 둘러 내 자리를 찾아갔다. 그러나 윤아와 미진은 다시 득달같이 달려와 아직 비어 있는 내 앞자리에 자리를 잡고 앉았다. 미진이 먼저, 인사도 하지 않고 대뜸 물어 왔다.

"무슨 관계야?"

"뭐가."

내가 퉁명스럽게 되물었다. 그러자 이번에는 윤아가 말했다.

"모르는 척하지 마. 어제 분식집 앞에서 만난 그 잘생긴 남자 말이야."

"정말 모르는 사람이라니까."

둘은 어제 야자 때문에 마저 물어보지 못했던 게 한이 되었던 모양이다. 그렇지만 나는 정말로 더 해 줄 말이 없었다. 나는 남자의 이름도 모르는 상태였고, 남자가 어떻게 내 이름을 알고 있는지, 어떻게 내 학교를 찾아왔는지도 몰랐다.

"정말 몰라? 민유수, 너. 우리한테 숨기는 거 있지?"

"맞아. 모르는 게 말이 돼? 그 남자는 네 이름까지 알던데."

"근데 너, 그 사람한테 정말 관심 없으면 나 좀 소개시켜 주면 안 돼? 진짜 내 타입인데."

"야, 유수 보러 학교까지 찾아왔잖아. 네가 왜 끼어들어?"

윤아가 미진에게 핀잔을 주었다. 미진은 여전히 못내 아쉬운 얼굴이었다. 둘은 잠시 아옹다옹하다가 다시 무슨 대답이라도 해 보라는 듯 나를 쳐다보았다.

"난 정말 모른다니까? 나 어제 명찰 달고 나갔잖아. 내 명찰 보고 알은체한 거겠지. 지나가다 심심해서 장난 한번 쳐 본 게 분명해. 요즘 이상한 사람들이 얼마나 많은데."

끝까지 집 앞에서 남자를 보았던 얘기는 하지 않았다.

나는 그 남자가 위험한 인물이라는 걸 본능적으로 느낄 수 있었다. 주인집 부부가 그 남자와 다른 조폭들에게 얼마나 시달렸는지 누구보다 잘 알았다. 그들은 수단과 방법을 가리지 않고 협박을 일삼았으며 돈을 제때 갚지 못하면 정말로 살인이라도 저지를 이들처럼 보였다.

나는 내가 여느 아이들과 다른 삶을 살고 있는 것이 지독하게 싫었다. 부모가 없는 것, 석식비를 내기 힘들 정도로 가난한 것, 그런 환경들 때문에 쌓여 온 열등감이 내 정체성의 전부라는 것, 그 모든 사실들이 견디기 힘들 만큼 끔찍했다. 당시 내 유일하고도 절실한 한 가지 바람은, 평범하게 살고 싶다는 것이었다. 다른 아이들이 누리는 것을 누릴 수 있는 그런 평범하고 소박한 삶, 그게 가지고 싶은 전부였다.

그래서 나는 그런 것과는 동떨어진, 나와 닮아 있는 남자의 위태로움이 두려웠다. 내가 남자의 상처를 감싸 준 건 아주 짧은 순간 발휘된 어설픈 동질감 때문이었을 뿐, 남자와 가까워지고 싶어서가 아니었다. 나는 남자와 깨끗하게 선을 긋고 싶었다.

"무슨 얘기를 그렇게 해?"

그때, 혜영이 다가왔다.

"아무 일도 아니야. 그건 그렇고. 혜영아. 너 어제 빅뱅 콘서트 갔다 왔다고 하지 않았어?"

나는 미진과 윤아가 혜영에게까지 일을 떠벌릴까 봐 얼른 화제를 바꾸었다. 마침 혜영 역시 어제 갔던 콘서트를 자랑하기 위해 우리 대화에 끼어든 것이리라 짐작하면서.

"응, 어제 대박이었지! 근데, 유수야. 그것보다 더 대박인 얘기 먼저 해 줄까?"

뜻밖에도 혜영이 하려고 했던 얘기는 콘서트에 관한 것이 아니었다. 혜영이 옆자리에서 의자를 끌고 와 우리 사이에 자리를 잡고 앉았다. 그녀는 무슨 중대한 이야기라도 하려는 사람처럼 보여서 미진과 윤아도 이내 혜영 쪽으로 시선을 돌렸다. 다행히 더 이상 그 남자에 대한 얘기는 나오지 않을 듯했다.

"유수, 너 지난번에 남일고 축제 갔었던 거 기억나?"

일주일 정도 지난 일이라 거의 잊고 있었다. 혜영의 주도하에 반 아이들과 함께 근방의 남고에서 열리는 축제에 갔었다. 처음 가 보는 남고 축제에 잔뜩 기대를 했다가 실망만 안고 돌아왔던 기억이 났다.

내가 고개를 끄덕이자 혜영이 우리 셋에게로 몸을 숙이며 아주 중대한 기밀이라도 흘리는 듯 속닥거렸다.

"그때 남일고 다니는 내 친구 하나가 유수 널 보고 완전히 반했대. 어제 나한테 네 연락처 좀 알려 달라고 문자가 왔지 뭐야."

"꺄악!"

"웬일이야!"

나는 혜영이 전한 소식에도 놀랐지만, 윤아와 미진이 연달아 터뜨린 비명에 더 깜짝 놀랐다.

"대박이다! 민유수 얘는 갑자기 왜 이렇게 남자 복이 터지는 거야?"

"걔 이름이 뭐야? 잘생겼어?"

"나 걔랑 어렸을 때부터 친구였어. 얼굴도 괜찮고, 공부까지 잘 해."

"모태 솔로 민유수, 드디어 연애 한번 해 보려나?"

나보다도 신나 보이는 그녀들 때문에 나는 웃어 버리고 말았다. 나도 하기 싫어서 지금까지 연애 한 번 안 하고 살았던 건 아니다. 그보다는 환경적인 요인이 컸다. 십몇 년을 할머니와 정부에서 주는 보조금으로 생활하며 살아온 나에게 연애란 사치나 다름없었으니까. 그런데, 요즘의 나는 사춘기의 신열에 들떠 있었고, 이제 조금 사치가 부려 보고 싶어지려던 참이었다.

"아무튼 이 몸이 친절히도 사랑의 큐피드가 되어 주려고 나섰지. 이번 주말에 만나고 싶다고 해서 내가 걔한테 네 휴대폰 번호 찍어 줬어. 잘했지?"

"어우, 이 계집애. 벌써 거기까지 나가면 어떻게 해! 유수한텐 물어보지도 않고서!"

"물어보긴 뭘 물어 봐. 일단 만나 보면 되지. 만나 보고 아니면 마는 거고."

흥분한 채 떠들어 대는 아이들을 나는 말없이 쳐다보았다. 나도 모르게 가슴이 두근거려 왔다. 나에게 한눈에 호감을 가졌다는 그 누군가에 대한 막연한 설렘 때문이 아니었다. 나도 다른 아이들처럼 그냥 평범하게, 연애라는 걸 한번 해 볼 수 있을지도 모른다는 기대 때문이었다.

그 당시의 나는, 순진하게도, 내가 그럴 수 있을 거라고 믿었으니까.

혜영을 통해 알게 된 그 친구의 이름은 박호준이었다. 처음 호준과 연락을 시작했을 때는 그냥 호기심을 자극하는 정도였는데, 시간이 지날수록 마음이 잘 맞는다는 생각이 들었다.

우리는 시험 기간이 겹치는 바람에 한동안 문자만 주고받다가 오늘 드디어 만나서 첫 데이트를 했다. 실제로 본 호준은 생각보다 조금 튀는 외모를 하고 있었지만, 웃을 때 둥글게 접히는 눈이 인상적인, 호감형의 소년이었다.

나는 몹시 기분이 좋았다. 처음으로 남자아이와 연락을 주고받고 이렇게 만나서 스스럼없이 데이트를 즐길 수 있다는 사실에 안도했다. 내가 내 또래의 보통 여자아이들과 다르지 않다는 사실이, 나를 안도하게 했다.

우리는 간단하게 점심을 먹고, 호준이 예매해 둔 영화를 보기 위해 영화관으로 향했다. 주말이라 영화관 안은 굉장히 북적였다.

"예매 안 해 뒀으면 못 볼 뻔했다, 그치?"

호준은 자신의 준비성과 세심함을 확인받으려는 듯 어깨를 으쓱하며 물었다. 나는 그 모습이 귀여워서 나도 모르게 웃고 말았다. 내가 웃자 호준은 쑥스러웠는지 들고 있던 팝콘으로 시선을 돌렸다. 나도 괜스레 콜라에 시선을 두었다.

그렇게 십 대의 연인들이 대개 그러하듯이, 우리는 풋풋한 설렘을 안고 상영관 안으로 들어섰다.

영화는 사실 조금 지루했다. 너무 뻔한 내용의 로맨틱 코미디라 보다가 하품이 나오려는 걸 겨우 참아 냈다. 호준도 지루하긴 마찬가지였는지 극장에서 나오자마자 기지개를 켰다. 우리는 동시에 참았던 하품을 하다가 눈이 마주쳐서 함께 웃음을 터뜨리고 말았다.

"하하. 영화가 좀 지루했지? 내가 영화 고르는 데는 소질이 없나 봐."

호준이 머리를 긁적이며 말했다. 내가 짓궂게 고개를 끄덕이자, 호준은 미안하다고 말하며 가지런한 이를 드러내고 활짝 웃어 보였다. 나는 그 모습이 예쁘다고 생각했다. 그늘이라고는 하나도 없는 그 해맑은 웃음을, 앞으로도 계속 보고 싶다는 생각을 했다.

"다음엔 유수 네가 골라."

호준이 은근하게 '다음'을 말했다.

"응."

다시 고개를 끄덕이며 나도 호준을 따라 웃었다.

나는 호준에게 낡아서 쓰러지기 일보 직전인 우리 집을 보여 주고 싶지 않았다. 그래서 한사코 데려다주겠다는 것을 거절했다. 하지만 호준은 기어이 우리 집으로 이어지는 골목까지 나를 따라왔다.

"여기까지. 진짜 더 이상은 안 돼. 늦었다. 얼른 들어가."

"집 앞까지 데려다줄게."

"아냐. 이제 요 앞이야. 뛰어가면 몇 초밖에 안 걸려. 데려다줘서 고마워."

"알겠어. 얼른 들어가."

나보고 들어가라고 말하면서도 호준은 우물쭈물하며 쉽게 등을 돌리지 못했다.

"저기⋯⋯."

호준이 잠시 망설이는 듯하더니 어렵사리 말을 꺼냈다. 나는 그가 무슨 말을 할지 짐작이 갔다. 아마도 내가 그 말을 마저 들었다면 '우리 사귀자' 정도가 되었을 것이다. 나는 그가 그 말을 꺼내면 뭐라고 대답할지 그 찰나의 순간에도 생각을 하고 있었던 것 같다.

그러나 애석하게도, 나는 호준의 다음 말을 들을 수 없었다.

"민유수."

내 이름을 부르는, 지독하게도 낮은 누군가의 목소리가 들려와 나와 호준 사이를 갈라놓았다. 우리는 동시에 목소리가 나는 방향으로 시선을 돌렸다. 이윽고 몇 걸음 떨어지지 않은 골목의 가로등 밑에서 우리를 응시하고 있는 그 차가운 눈동자를 발견했을 때, 나는 온몸의 마디마디가 마비되는 것 같았다.

"민유수."

다시 한 번 내 이름이 불리었다. 믿을 수 없게도, 그 남자였다. 조금도 변하지 않은 검은색 눈동자와 검은색 슈트, 검은색 가죽 장갑이 하나하나 또렷하게 시야에 들어왔다.

나는 그때 본능적으로 직감했던 것 같다. 나를 기다리고 있었을 것이 분명한 이 남자가, 얼음처럼 차가운 그 목소리로 두 번째로 정확하게 내 이름을 불러 낸 그가, 지금 무슨 짓인가를 저지르고야 말 것을 본능적으로 직감해 버린 것 같다.

그리고 불현듯 깨달았다.

장난이 아니구나. 이 남자는 진심이다.

한순간의 끓어오른 감정을 식히지 못하고 그 남자를 향해 다가서고 만 그 짧은 순간을, 남자는 잊지 않았다. 그리고 나를 찾아왔다. 나를 기다리고 있었다. 어느 것 하나 우연인 게 없었다.

남자가 느릿하게 다가오기 시작했다.

"유수야. 누구야? 혹시 오빠?"

호준은 나와 남자를 번갈아 쳐다보더니, 무거운 공기를 의식하지 않으려는 듯 애써 담담하게 말을 꺼냈다. 아마 호준도 알고 있었을 것이다. 이런 남자는, 절대 내 오빠가 아니라는 것을.

"민유수."

남자가 세 번째로 내 이름을 불렀을 때, 나는 홀린 듯이 그에게서 떼지 못하던 시선을 겨우 거두고 호준을 쳐다봤다.

"호준아 먼저 갈래? 나 잠깐 이 사람이랑 이야기하고……."

"아악!"

찰나의 순간이었다. 남자의 발에 차인 호준이 눈앞에서 쓰러져 버린 것은. 나는 믿기 힘든 광경에 비명조차 지르지 못했다.

"민유수. 생각보다 사람 보는 눈이 없군. 실망스러울 지경이야."

남자는 나에게 시선을 맞춘 그대로, 쓰러진 호준을 향해 다시 다가섰다. 그는 호준의 멱살을 잡고 일으켜 세웠다. 호준은 억눌린 신음을 흘리며 사시나무 떨듯 떨었다. 나는 달려가서 남자의 팔을 붙잡았다.

"그만해! 미친 자식아! 이것 놔!"

"떼인 돈 받아 주는 것만 내 일이 아니야."

"놓으라구!"

"가끔 이렇게 때리기도 하고……."

남자의 눈동자가 고요했다. 흔들림도, 망설임도 없었다.

"죽이기도 하지."

나를 치워 낸 남자가 다시 호준의 얼굴에 주먹을 날렸고, 바닥에 엎어진 그를 향해 거침없이 발길질을 시작했다. 호준의 비명과 함께 뭔가가 뭉그러지고 터지는 끔찍한 소리가 이어졌다. 남자의 무자비한 폭력은, 내가 뛰어들어 호준을 감싸 안을 때까지 계속됐다.

미칠 것만 같았다. 무지막지한 폭력 앞에서 속수무책으로 당하고 있는 호준과, 그런 호준을 지켜 줄 힘이 없는 내 자신, 이런 일을 벌이고도 흐트러짐 한 점 없는 남자 때문에 정말로 정신이 이상하게 될 것만 같았다.

"비켜. 감싸지 마. 정말로 죽여 버린다."

"왜 이래요! 도대체 나한테 왜 이래요!"

"……."

"나한테 원하는 게 뭐예요? 내가 당신한테 뭘 잘못했는데!"

나는 호준을 감싸 안은 채 있는 힘껏 악에 받친 소리를 질렀다. 호준의 몸 어딘가에서 뜨겁고 물컹한 액체가 꿀렁이며 쏟아지는 것이 느껴졌다. 무서웠다, 정말로. 호준이 어떻게 될까 봐, 호준이 정말 죽어 버릴까 봐, 온몸의 신경이 터져 버릴 것 같았다.

그러나 남자는 여전히 조금의 동요도 없었다. 무기물처럼 메마른 검은 눈동자가 똑바로 나를 내려다보고 있었다.

"제발, 이러지 말아요……. 제발, 흑흑……."

귀신이라도 저것보단 나을 것이었다. 악마라도, 저것보단 자비로울 것이었다. 표정 하나 변하지 않고 사람을 짓밟고 때릴 수 있다는 사실이 믿기지가 않았다.

남자가 다시 움직였다. 나는 호준을 더욱 세게 끌어안았다. 차라리 내가 맞는 게 나았다. 무슨 일이 있어도 놓지 않으리라 결심하며 두 눈을 질끈 감고 최대한 호준을 감싸려고 노력했다. 그러나 예상했던 폭력은 일어나지 않았다.

"……!"

천천히 눈을 뜨자 어느새 다가와 주저앉은 채 나와 눈높이를 맞춘 남자가 시야에 들어왔다.

"잘못 같은 거 한 적 없어. 넌 다만 운이 나빴던 거다."

"……."

"나 같은 놈 눈에 띄었던 것 자체가, 빌어먹을 악운이지."

고개를 숙이면 닿을 듯, 남자의 얼굴이 가까웠다. 강렬한 시선에 온몸이 녹아내릴 것 같았다.

"미쳤어, 당신……."

나도 모르게 중얼거렸다. 내 머릿속에 떠오르는 생각이라곤 그거 하나였다. 이 남자는 정말 미쳤다. 제정신일 리가 없었다.

"이강후."

"……."

"내 이름, 기억해 둬."

"……."

"기억 못 하면, 다음엔 네 머릿속이 아니라 네 손바닥에 직접 새겨 줄 거니까."

남자가 뒤돌아섰다. 그리고 황량한 비탈길을 기이할 정도로 조용하게 내려갔다.

'네 손바닥에 직접 새겨 줄 거니까.'

남자의 마지막 말이, 내가 보았던 남자의 손바닥 상처와 겹쳐져, 귓가를 맴돌았다.

그때부터 시작이었다. 이강후가 그 이름 석 자를 내 머릿속에 새기기 위해 저지른 그 끔찍한 일로부터, 나의 지옥이 시작되었다.

나는 구급차를 불렀고, 응급실까지 호준과 함께 갔다. 호준의 부모님은 소식을 듣자마자 사색이 되어 달려오셨다.

호준의 모친은 피가 범벅된 티셔츠를 입고 망연자실하게 응급실 앞에 서 있던 나를 발견하자마자, 내 뺨을 때렸다.

"너 뭐야! 우리 아들 저 지경 될 때까지 넌 뭐 했어? 넌 뭐 했냐고 이 계집애야!"

그녀가 다짜고짜 나를 붙잡고 흔들어 댔다. 호준의 부친이 진정하라며 그녀를 붙잡았지만 소용없었다. 나는 돌아간 뺨을 다시 돌리지도 못한 채 그냥 그녀가 흔드는 대로 몸을 맡겼다.

나는 아무 말도 할 수가 없었다. 호준이 저 지경이 된 건 나 때문이었고, 저 지경이 되도록 아무것도 하지 못한 것도 나였다.

"죄송해요……."

남아 있는 모든 기운을 짜내 그 말 한마디를 내뱉었다. 호준의 모친은 나를 경멸 어린 시선으로 쏘아보더니 이내 바닥으로 밀쳐버렸다.

"근본도 없는 것. 애비 어미도 없이 산다더니. 네 악재가 내 아들한테 들러붙었어."

근본도 없는 것.

애비 어미도 없이 산다더니.

기어이, 그 말을 들어 버리고 말았다. 허탈함에 웃음이 나올 뻔했다. 아무래도 좋다는 생각이 든다. 어차피 아무것도 달라지지 않는다.

처음부터 과욕이었다. 남들과 똑같은 것을 누려 보겠다는 것,

그것 자체가 과욕이었다. 부족한 것 없이 자란 누군가의 귀한 아들인 호준은, 나에게는 어울리지 않는 사람이었다. 내 욕심이, 화를 부르고 만 것이다.

세상이 온통 안개가 낀 것처럼 뿌옇게 흐려졌다. 나는 지금, 눈물을 흘릴 자격이 없다. 그런데도 자꾸만 눈물이 나왔다. 흐르는 눈물을 막을 길이 없었다.

'이강후. 내 이름. 기억해 둬.'

그의 가면 같은 얼굴, 칼날같이 서늘한 목소리, 메마른 눈동자. 어느 것 하나 잊히지 않는다. 떨치려고 하면 할수록 마음속 깊은 곳에 새겨졌다.

나는 지금, 정말 그 남자를 죽이고 싶었다.

학교에서도 지옥은 계속됐다. 호준의 어머니와 친분이 있는 혜영의 어머니가 혜영에게 그날 있었던 일을 말했고, 혜영은 또 친구들에게 그 말을 전했다. 삽시간에 호준이 나와의 데이트에서 정체불명의 사고를 당했다는 소문이 퍼졌다.

호준이 경찰서에서 정체 모를 남자에게 맞았다고 얘기한 것마저 어느 순간 사람들의 입에 오르내렸고, 소문은 퍼지고 부풀려져 온갖 추측성 얘기들이 나돌기 시작했다. 그중에는 내가 조직폭력배와 원조 교제를 하던 중 호준을 꾀어냈다는 얘기도 있었다.

그 나이 또래의 여자아이들이란 내가 생각했던 것보다 잔인했다. 그들은 내 앞에서, 내 뒤에서, 내가 학교에 있는 거의 모든 시간 내내, 더러운 것을 보듯 눈치를 주고, 들으라는 듯이 악담을 퍼트렸다. 나는 아무것도 하지 못하고 직접적인 폭력보다 더 잔인한 그 언어의 폭력 속에서 모욕당하고, 지쳐 갔으며, 그렇게 서서히 그 모든 것에서 무뎌져 갔다.

그러나 호준 모친의 말처럼 악재 그 자체였던 나에게, 불행은 쉽게 멈추지 않았다. 지옥의 정점을 찍은 건, 가장 친하다고 믿었던 친구 미진이었다.

"더러워."

복도에 모여 있던 여학생 무리 중 하나가 내게 던진 말이었다. 또 시작되려나 보다 하고 아무렇지 않게 그들을 지나쳐 교실로 들어갔다. 야외에서 진행된 체육 수업이 끝나고 돌아오는 길이었다.

교실 문을 열자마자 나는 무언가 이상하다는 것을 직감했다. 아이들의 시선이 평소보다도 더 집요하게 나에게 들러붙어 있었다. 불안한 마음을 안고 내 책상 앞에 다다랐을 때, 결국 나는 아이들이 모두 보고 있는 그 자리에서 구역질을 하고 말았다.

「더러워. 걸레 같은 년.」

책상 위에 쓰인 글귀였다. 글자들은 하나하나 칼로 긁어 만든 듯 날카롭게 새겨져 있었고, 옆에는 오물이 잔뜩 묻은 축축한 걸레가 널려 있었다. 그것들을 처음 발견했을 때의 그 기분은 절대로 잊을 수가 없을 것이다.

속에 든 걸 다 게워 내고 나서야 고개를 들었다. 건너편에서 나를 보고 있던 미진과 눈이 마주쳤다. 그녀는 재밌는 구경을 하고 있는 사람처럼 웃고 있었다. 나는 이게 미진의 짓이라는 걸 직감했다. 그녀가 조직폭력배와 원조 교제를 하더라는 소문을 낸 장본인이라는 것도.

그날 이후 내가 조직폭력배 정부라는 소문이 거의 확정적인 진실처럼 전교를 떠돌아다녔다. 미진은 이강후와 분식집에서 마주쳤던 이야기까지 엮어 내가 조직폭력배와 호준 사이에서 양다리를 걸쳐서 호준이 그 지경이 되었다는 얘기까지 꾸며 냈다.

그 시절 유일하게 나에게 남은 친구는 윤아였다. 윤아는 아이들의 뭇매 같은 시선을 꿋꿋하게 견디며 나와 등하교를 같이 했고, 점심과 저녁도 같이 먹었다.

"민유수. 이따위 일로 주눅 들지 마. 우린 신경 쓰지 말고 열심히 공부해서 좋은 대학 가자. 이 지긋지긋한 학교 따위, 벗어나 버리면 돼."

윤아는 그 시절 나의 구세주나 다름없었다. 생각해 보면 미진은 윤아만큼이나 나와 친했던 친구였고 우리 셋은 항상 몰려다녔었는데 내게 왜 그랬는지 이해할 수 없다. 추측건대, 미진은 아마도 그 남자가 정말 마음에 들었던 것이 아닌가 싶다.

내가 호준과 연락을 주고받았던 그 몇 주 동안에도 미진은 몇 번이나 그 남자가 다시 나타나지 않았는지를 내게 물었다. 그리고 방향도 다르면서 하굣길은 꼭 나와 함께했다. 마치 누군가와 마주치기를 고대하기라도 하는 것처럼.

그녀의 치기 어린 작은 질투가 나의 고등학교 시절을 지옥도로 만들어 버렸다는 것을 그녀는 끝끝내 알지 못했을 것이다. 그러나 나는 사실 미진을 원망하고 미워할 힘도 없었다.

그 당시의 나는, 오직 그 남자, 이강후를 증오하는 것만으로도 벅찼으므로.

[유수야. 보고 싶다.]

호준에게서 문자가 왔다. 나는 그것이 정말 호준에게서 온 문자인지 확인하고, 또 확인했다. 내가 그러고 있는 사이 다시 수신음이 울렸다.

[미안해.]

그것이 호준에게서 내가 받은 마지막 문자였다. '미안해'라는 세 글자에는 아마도 이런 뜻이 함축되어 있었을 것이다. 앞으로 더는 너와 함께할 수 없어서 미안. 나는 그 문자를 한참 동안 바라보다가 웃어 버리고 말았다. 이상하게도, 얼굴은 웃고 있는데 웃을수록 한없이 서글퍼졌다.

나를 두고 떠나던 날, 엄마도 나에게 똑같이 말했었다. 사실 그때는 어려서 몰랐다. 그러나 엄마도 아마 이 말이 하고 싶었을 것이다. 앞으로 더는 너와 함께 살 수 없어서 미안해…….

나는 의자를 박차고 일어나서 교실을 나와 버렸다. 야자를 하고 있던 중이었다. 아이들이 웅성거리는 소리가 들려왔다. 선생님이 내 이름을 부르는 소리도 이어졌지만 무시했다.

교문을 나서자마자 제일 먼저 나타난 버스를 타고 무작정 시내로 나왔다. 날씨가 제법 차던, 가을의 끝자락이었다. 교복 재킷을 교실에 두고 온 바람에 나는 온몸으로 칼바람을 맞아야 했다. 그러나 이상하게도 추위가 느껴지지 않았다. 아니, 추위를 느낄 만한 감각이 살아 있지 않았다고 말하는 편이 더 정확할 것이다.

손을 들어 시계를 확인해 보니 벌써 자정에 가까운 시각이었다. 나는 정처 없이 시내를 걷고 또 걸었다. 어딘가 아무도 모르는 곳으로 튕겨져 나가고 싶은 강렬한 충동이 일었다.

그렇게 발걸음이 이끄는 대로 몇 시간을 더 걸어서 도착한 곳은, 붉은 네온사인이 가득 찬 어느 사창가였다. 슬립 차림의 긴 머리를 풀어 헤친 여자들이 속이 다 들여다보이는 유리 안에서 다리를 꼬고 앉아 있었다.

나는 그 유리들이 즐비하게 늘어선 골목을 계속해서 걸어 나갔다. 술 취한 아저씨들 몇 명이 여자들의 유혹에 못 이기는 척 안으로 들어서는 광경을 몇 차례 목격한 것 빼고는, 골목은 이상하리만치 적막했다.

나는 여전히 온몸이 부서져 버렸으면 좋겠다는 병적인 강박에 사로잡힌 채, 무언가 더 위험한 것이 없나 주위를 살폈다. 망가지고 싶어서 정신이 나갈 것만 같았다. 그러다가 우연히 골목 뒤편에서 올라오는 하얀 연기를 발견했다. 자연스럽게 연기를 따라 골목 안쪽으로 발을 들였다.

"에이, 씨발. 화란이 그년이 영업을 좆같이 하니까 남는 게 없어요."

"병신아, 그게 왜 그년 탓이냐. 여기도 이제 다 된 거지. 재개

발되면 다 쓸려 나갈 거라고."

신랄한 욕설들이 먼저 들려왔다. 골목 안으로 완전히 들어서자 아무렇게나 쌓여 있는 타이어 무더기 위에 걸터앉아 담배를 피우고 있는 세 명의 남자가 보였다. 검은색 정장에 껄렁한 자세, 쏟아지는 욕설들까지. 한눈에 봐도 주인집에 들이닥치곤 했던 조폭들처럼 위험해 보였다.

"뭐야, 네년은."

나를 가장 먼저 발견한 한 남자가 눈썹을 씰룩이며 내뱉은 말이었다. 위협을 느낄 만도 한데 어째서인지 조금도 무섭지 않았다. 나는 그들을 똑바로 바라보면서 가까이 다가갔다.

"재밌어?"

뜬금없는 나의 물음에 그들은 어이가 없다는 듯 서로를 번갈아 쳐다보았다.

"사는 게 재미있냐고, 당신들은."

"하하하하!"

중간에 있는 남자가 소리 내어 웃었다. 나머지 두 남자도 비릿하게 따라 웃었다.

"얘가 지금 뭐라는 거냐?"

"못 들었수, 형님? 사는 게 재밌냐고 묻잖수."

중간에 있는 남자는 나머지 두 남자에게 형님이라고 불렸다. 아마도 그가 대장 노릇을 하는 듯했다. 그가 나머지 두 놈을 뒤에 두고, 내게 바짝 다가섰다.

"그런 게 궁금하냐?"

"어."

내 짧은 대답이 불편하게 들렸는지 웃음기가 남아 있던 남자의 얼굴이 순식간에 굳어 버렸다.

"친절하게 대답해 드리지. 사는 게 존나 엿 같고 재밌어."

"……."

"이제 네가 대답할 차례다, 애송아."

남자의 회색빛 탁한 눈이 순간적으로 번뜩였다.

"우린 네가 어떤 맛일지 궁금하거든."

남자가 괴팍하게 나를 밀쳐 바닥으로 쓰러뜨렸다. 나는 비명조차 지르지 않고 두 눈을 감아 버렸다. 아무래도 좋다는 생각뿐이었던 나는, 그가 휘두르는 폭력에 무방비로 노출되고 싶었다.

나는 남자의 발길질이 떨어질 거라고 예상하고 최대한 몸을 웅크렸다. 그러나 각오한 것과는 달리 어떤 폭력도 벌어지지 않았다. 실눈을 뜨고 위를 올려다보자 팔짱을 낀 채 나를 쳐다보고 있는 남자가 보였다. 남자는 나를 향해 다시금 비릿한 미소를 흘리더니 나를 가볍게 들어 올려 자신의 어깨에 둘러멨다.

순간적으로 정신이 번쩍 들었다.

"뭐, 뭐야!"

"가만히 있어. 이제부터 재미있는 일이 벌어질 거니까."

나는 계속해서 몸부림쳤다. 내가 무슨 일을 벌인 건지 그제야 자각이 됐다. 나는 그저 뭔가 위험하고 위태로워 보이는 일을 벌이고 싶었을 뿐이었다. 터질 것처럼 고통스럽게 부풀어 있는 이 감정의 응어리를 터뜨려 버리고 싶었을 뿐이었다. 납치까지 당할 거라곤 예상하지 못했다. 기껏해야 몇 대 얻어터지고 말겠지 안일하게 생각하고 말았다.

이때의 나는 끓어오르는 감정을 쉽게 제어하지 못했고, 내가 벌인 일이 어떤 결과를 가져올지 생각하지도 못했다. 나는 그저 미숙한 아이에 불과했던 것이다. 제가 어리다는 사실조차 자각하지 못하는.

내가 있는 힘껏 소리를 지르며 몸부림을 치는 사이, 남자는 더 깊은 골목 안쪽으로 계속해서 걸어 들어갔다. 그러다가 문득 허전함을 느꼈는지, 남자가 주변을 살폈다. 그가 뒤쪽을 향해 소리쳤다.

"빨리빨리 안 따라오고 뭐 하냐!"

여전히 누군가 따라오는 기척은 나지 않았다.

"새끼들, 하여튼 굼뜨기는."

남자는 짜증이 났는지 잠시 나를 내려놓고 뒤를 돌아보았다. 바닥에 닿자마자 도망가려는 나를 남자가 걷어찼다. 엄청난 통증을 느끼며 나는 그대로 바닥으로 고꾸라졌다.

그런데 그 순간, 누군가의 발에 맞은 남자의 허리가 직각에 가까울 정도로 꺾였다. 이어서 남자의 몸이 허공으로 붕 떠오르더니 순식간에 추락해 버렸다. 그가 비명조차 지르지 못할 정도로 갑자기 일어난 일이었다.

나는 남자가 나를 둘러맸을 때보다 더 충격을 받은 채, 눈앞에 나타난 사람을 확인했다.

"민유수."

며칠이나 내 머릿속을 떠나지 않았던 그 차가운 음성이, 실제로 들려온 것을 믿을 수가 없었다.

"……이강후."

내가 천천히 그 이름을 불렀을 때, 이강후의 입술에 어렴풋이 미소가 걸렸다. 마치 내 머릿속에 자기 이름이 잘 새겨졌다는 것에 만족하듯이.

나는 다시 구역질이 날 것 같았다. 이강후를 보는 것보다 차라리 납치를 당하는 게 낫다는 생각이 들 정도였다.

이강후는 여전히 입술에 미소를 건 채 그 특유의 소리 없는 발걸음으로 쓰러져 있는 남자에게로 다가갔다. 그 뒤로 마치 배경처럼 쓰러져 있는 나머지 두 남자들도 보였다. 내가 남자의 어깨 위에 매달려 있는 그 짧은 시간 동안, 이강후는 건장한 성인 남자 둘을 소리도 없이 저 지경으로 만든 것이었다.

도대체, 이강후의 정체는 뭘까. 팔뚝에서 으스스 소름이 돋아났다.

"날 미행했어?"

내 물음에, 남자에게로 향하던 그의 발걸음이 우뚝 멈춰 섰다.

"그렇게 매일 날 감시했니?"

"……"

"도대체 왜 이러는데."

"……"

"머리가 어떻게 돼서, 그래서 단순히 괴롭힐 상대가 필요한 거야? 아니면……."

"……."

"내게 반하기라도 했어?"

그가 내 쪽으로 몸을 돌렸다. 검은 눈동자에서 빛이 적멸하는 것이 보였다. 마치 폭풍 전야의 하늘처럼 고요한 눈동자로 그는 가만히 나를 응시하다가, 느릿하게 걷기 시작했다.

"……."

이강후는 내 앞에서 딱 한 걸음 간격을 두고 멈추었다. 끼고 있던 가죽 장갑을 벗고 내게 손을 뻗는다. 그의 손바닥이 내 뺨에 닿는 것이 느껴졌다. 사람의 체온이 느껴지지 않는 그 서늘한 감촉에 놀란 나머지, 나는 미처 그것을 쳐 낼 생각도 하지 못하고 굳어 있었다.

"그런 게 중요한가?"

검고 깊은 눈으로, 그가 물었다.

아니.

그의 말이 맞다. 그런 건 중요하지 않았다. 단순히 인생이 심심해서 날 괴롭히는 것이든, 정말로 내게 반해서 따라다니는 것이든, 상관없었다. 나는 어느 쪽이든 남자와 얽히고 싶지 않았으니까. 문득, 남자의 폭력보다 남자의 직관이 더 무섭다는 생각이 들었다.

"굳이 말하자면."

"……."

"후자이긴 하지."

그렇게 말하는 이강후는, 웃고 있는 것처럼 보였다. 남자의 얼굴이 점점 가까워졌다. 몸을 움직여야 했다. 그에게서 벗어나야 했다. 그러나 공포로 굳어 버린 몸은 꼼짝도 안 했다.

그때, 나는 이강후의 등 뒤에서 번쩍이는 빛을 보았다. 언제 일어선 건지 무리 중 한 명이 다리를 절룩이며 칼을 들고 다가오고 있었다.

순간적으로 온몸이 타는 것 같은 긴장감을 느끼며 나는 다시 이강후를 보았다. 빨려 들어갈 것 같은 그의 검은 눈 속에서, 나는 아주 잘 벼려져 겉으론 드러나지 않은 섬뜩한 광기를 보았다. 그리고 그 광기가 어디를 향해 있는지도.

칼날이 공중으로 치솟으며 번뜩였다.

나는 이강후에게 말해 줘야 했다. 나는 그것을 똑똑히 보았으므로. 나에게는 충분히 그럴 수 있는 시간이 있었으므로.

"윽."

그러나, 나는 그러지 않았다. 어리석게도 그 짧은 시간에, 나는 이것이 지금 내가 그에게서 벗어날 수 있는 유일한 방법이라고 생각했다. 나를 향해 번뜩이는 그의 광기로부터 달아날 수 있는 유일한 기회라고 여겼다.

현실감이라곤 없었다. 남자가 이강후의 등에 몇 번이나 칼을 찔러 넣었을 때, 나는 소리조차 지르지 않고 짧은 신음과 함께 내쪽으로 쓰러지는 이강후의 몸을 받아 내면서도, 그렇게 현실감 한 줄기 느끼지 못했다.

내 어깨를 붙잡고 이강후가 겨우 고개를 들어 나를 쳐다봤다. 힘겹게 말을 이었다.

"도망가."

"……."

"이제 널 못 지켜. 도망가."

남자의 검은 눈동자가 처음으로 강렬하게 흔들리고 있었다. 그 와중에도 그는 내가 남은 사람들에게서 어서 도망치기를 바랐다.

나를 잡은 그의 손에서 힘이 빠지는 게 느껴졌다. 그는 내 품에서 미끄러져 바닥으로 쓰러졌다. 나는 그 모든 동작들이 연극처럼 느껴졌다.

'도망가.'

나는 이강후의 등에 꽂힌 칼과 바닥을 흥건하게 적신 피를 보았다.

'도망가.'

그리고 단숨에 뒤돌아서서 미친 듯이 달리기 시작했다.

그때부터였을 것이다. '진짜' 지옥이 시작된 것은. 이강후가 없이도 계속된 생지옥.

나는 쓰러진 이강후에게 돌아가지 않았다. 다만 그가 쓰러진 곳으로 구급차를 불렀을 뿐이었다. 그가 어떻게 되었는지 심지어 그가 죽었는지 살았는지 여부조차도 알지 못했다.

그 후, 매일 밤 똑같은 꿈을 꾸었다. 이강후가 내 앞에서 낯선 남자들에게 둘러싸여 칼로 난도질당하는 꿈이었다. 그가 칼에 찔릴 때마다 내가 입고 있던 하얀색 셔츠는 피로 물들어 갔다. 꿈의 끝에서 결국 나는, 칼에 찔린 사람은 그가 아니라 나였다는 사실을 깨닫게 된다.

피를 토하며 쓰러지는 나를 받아 낸 그가 웃으면서 나를 향해 읊조린다.

'도망가.'

그러곤 나를 버려둔 채 뒤돌아서서 멀어진다. 나는 피를 토하며 그를 부르지만, 그는 절대 뒤돌아보지 않는다. 그렇게 살이 찢기고 내장이 터지는 고통 속에서 몸부림치다가 식은땀에 절어 깨어나길 반복했다. 나는 매일 밤 잠드는 것이 두려웠다.

이강후는 그날 이후 단 한 번도 내 앞에 나타나지 않았다. 나는 어렴풋이 그가 그렇게 죽은 건 아닐까 생각했다. 그러나 나는 한 시도 그의 얼굴을 잊은 적이 없었다. 그의 얼굴은 점점 더 또렷하게 내 머릿속에 각인되었고, 나는 그의 칠흑같이 검은 눈동자가 매일 나를 바라보는 것 같은 끔찍한 기분 속에서 하루하루를 살았다.

시간이 지날수록, 꿈은 선명해져 갔다. 나는 정신적으로 너무나 미숙한 상태였고, 그날의 사건은 그런 내가 감당하기에 너무 거대했다. 나는 그렇게 그를 버린 스스로를 자책할 수도, 나에게는 언제나 불행의 연속일 뿐이었던 삶에게 그 책임을 전가할 수도 없었다.

나는 그저 어서 어른이 되고 싶었다. 시간은 너무나 더디게만 흘러갔다.

1년이 흘렀다.

나는 수험생이 되었고, 수능을 치렀다. 그즈음 할머니가 돌아가셨다. 장례식이 시작된 날, 첫눈이 내렸다. 알고 지낸 이웃 몇을 빼고는 찾는 이가 거의 없었다. 나는 지독하게 적막한 그곳에서 쓸쓸하게 웃고 있는 할머니의 영정을 온종일 바라보았다.

돌아가시기 일주일 전에 찍은 영정이었다. 아마도 할머니는 자신의 죽음을 예감하셨는지도 모른다. 영정 사진을 찍은 그날부터 매일 밤 나를 꼭 안고 잠드셨다. 그 나무 등껍질 같은 뻣뻣하고 거친 손이 매일 밤 내 손을 꼭 잡고 놓아주지 않았다.

나는 매일 쇠약해져 가는 할머니의 육체를 고스란히 느꼈다. 할머니의 숨소리는 조금씩 더 느려져 갔고 옅어져 갔다. 매일 한 걸음씩 죽음의 그림자는 더 길게 드리워졌다. 마침내 그것이 할머니의 문지방을 넘어섰을 때, 나는 거기에 있었다.

언제나 그렇듯 삶은 처절하고 비정했다. 내가 할 수 있는 일은 아무것도 없었다. 내게 남은 단 하나의 가족을 떠나보낼 준비를 하면서도, 나는 그 비할 데 없는 외로움을 나눌 수 있는 사람조차 없었다.

잠시 밖으로 나갔다. 진눈깨비가 내리던 참이었다. 비가 섞여 눅눅한 눈송이는 바닥에 닿자마자 자취를 감췄다. 늦은 새벽, 눈까지 내리는 터라 병원 앞은 적막했다. 뿌옇게 흐려진 도시의 풍경 위로 회색빛 눈만이 점점이 떨어졌다가 사라지기를 반복했다.

담배를 꺼내 물었다. 이강후가 사라지고 난 후 나는 가끔 담배를 피우기 시작했다. 폐의 가장 깊숙한 곳까지 연기를 들이마신 다음 길게 내뿜었다. 불 꺼진 도시의 건물들이 묘지 같았다. 나는 이따금씩 축축한 바닥으로 재를 떨어뜨리며 그것들을 응시했다.

눈이 어둠에 익숙해지자 모든 것들이 또렷하게 보였다. 건물과 도로와 자동차들. 그리고 길게 늘어선 차들 사이로 걸어오는 인영까지. 이 새벽에 웬 사람일까. 잠시 호기심이 일었지만, 곧 모든 것이 귀찮아졌다. 나는 담배를 발로 비벼 끄고 곧 다시 안으로 들어가 보았다.

깜빡 잠이 들었던 것 같다. 나도 모르게 잠이 들었던지라 기척을 느끼고 화들짝 놀라서 몸을 일으켰다. 잿빛 코트를 입은 남자의 뒷모습이 보였다.

남자는 향을 피우고 있던 참이었다. 할머니의 지인 중에 저런 젊은 남자가 있었던가? 그가 가져온 건지, 텅 비었던 제단 위에는 하얀색 국화 한 다발이 놓여 있었다.

"누구세요?"

내가 물었지만, 남자는 대답이 없었다.

"할머닐 아세요? 식사라도 하시고 가세요."

내가 한 걸음 다가섰다. 이윽고 남자가 뒤돌아섰다.

"태어나서 처음으로 고민이란 걸 해 봤다."

"……."

"들어와도 되는 건지."

오래된, 그러나 너무나 익숙한 목소리. 내 귓가를 유령처럼 떠돌던 바로 그 목소리였다. 나는 내가 여전히 잠에 취해 있는 건 아닐지 생각했다. 꿈속에서 본 모습 그대로, 그 특유의 짙은 검은색 머리카락과 대리석같이 하얗고 단단한 피부를 가진 이강후가, 눈앞에 서 있었다.

꿈일 거야. 실제일 리 없어. 혼자 중얼거리며 그에게로 다가갔다. 무언가에 홀린 것처럼, 그의 뺨에 손을 갖다 댔다. 언젠가 느껴 봤던 진저리 쳐지게 차가운 감촉. 전신에서 소름이 돋아났다. 저 바닥으로 떨어졌던 현실감이 순식간에 피부를 뚫고 올라왔다.

꿈이 아니다. 이강후다. 여전히 믿을 수가 없어서 멍하니 있었다. 그가 자신의 뺨을 감싸고 있던 내 손을 떼어 냈다. 나를 바라보는 그의 눈동자에선 아무것도 읽히지 않았다. 속이 메스껍고 목에 불덩이가 박힌 것처럼 아무 말도 나오지 않았다. 내 머릿속에 드는 생각은 단 한 가지였다.

이강후가 살아 있었다…….

다리에 힘이 풀렸다. 휘청거리는 나를 잡아 주려고 뻗었던 이강후의 손이 결국 내게까지 닿지 못하고 허공에서 멈추었다. 나는 그런 그를 잠시 바라보다가 그대로 주저앉아 버렸다. 터져 나오는 울음을 막기 위해 두 손으로 입을 가렸다. 그래도 쏟아지는 눈물까지 막을 길은 없었다. 눈앞이 온통 흐려져서 더 이상 그의 얼굴을 볼 수가 없었다.

지난 1년간, 단 한 번도 죽어 가는 그를 버렸다는 죄책감 속에서 벗어난 적이 없었다. 아마, 그때에 내가 저지른 일에 대한 회한은 평생 나를 따라다닐 것이다. 그러나 이강후가 살아 있는 걸 확인한 것만으로도, 적어도 매일 꾸는 그 지긋지긋한 악몽에서는 벗어날 수 있을지도 몰랐다.

나는 그렇게 한참을 미안함과 안도감을 동반한 복잡한 감정의 폭풍 속에서 울고 또 울었다. 지칠 때까지 울었다. 한 시간쯤 흘렀을 것이다. 겨우 눈물을 멈추고 정신을 차렸더니, 이강후가 처음 왔을 때 그대로의 모습으로 나를 지켜보고 서 있는 것이 보였다.

　이제 와서 드는 생각이지만 만일 그때 그가 울고 있는 나를 안아 주거나 다독거려 줬다면 나는 얼마쯤은 그에게 흔들렸을지도 모른다. 그때의 그는 내게 너무나 환상 같은 존재였으니까. 그러나, 그는 그러지 않았다.

　아마 그는 단 한 번도 누군가와 따뜻한 포옹을 나눠 본 적 없었으리라. 부모의 사랑을 한 번도 받아 본 적 없던 내가 그 사랑의 깊이를 가늠할 수 없었던 것처럼, 그의 무자비한 폭력성과 잔악함 저변에는 한 번도 그를 안아 주지 않았던 세상에 대한 적개심이 가득했을 것이다.

　그는 내가 울음이 잦아든 것을 가만히 바라보다가, 그대로 나를 지나쳐 방을 나갔다. 나는 강렬한 기시감을 느꼈다.

　'도망가.'

　쓰러져 있는 나의 귓가에 그 말을 속삭이고 멀어지던, 꿈속 그의 모습이 지금의 모습과 겹쳐졌다. 나는 무엇인가를 생각할 틈도 없이 그를 쫓아 달려 나갔다.

　진눈깨비를 맞으며 오래전처럼 그렇게, 기이할 정도로 소리 없이 걸어가고 있는 이강후의 뒷모습이 보였다. 나는 그를 향해 뛰어가며 소리쳐 그를 불렀다.

"이강후!"

그러나 그는 뒤돌아서지 않았다. 나는 아랑곳하지 않고 절규했다.

"당신이 먼저 내 소중한 것들을 빼앗아 갔잖아!"

나는 신발도 없이 젖은 바닥을 달려갔지만, 그하고는 전혀 가까워지는 것 같지 않았다.

"난 하나도 안 미안해!"

내 마지막 외침에, 드디어 그의 발걸음이 멈췄다. 그가 뒤돌아섰다.

"난 하나도 안 미안하다고!"

"……."

"내가 당신 때문에 무엇을 잃었는지, 지난 시간들이 내게 얼마나 지옥 같았는지, 당신은 몰라. 죽어도 몰라! 그러니까 난 당신 버리고 간 거, 후회 안 해. 절대, 후회 같은 거 안 해!"

절대 후회하지 않는다고 소리칠수록, 매일 밤 악몽 속에서 수백 수천 번 후회를 거듭한 내 자신을 반증하는 것 같아서 미칠 것 같았다. 소리쳐도 나아지는 것은 없었다. 뺨을 타고 흐르는 것이 눈물인지, 진눈깨비인지 분간이 가질 않았다.

"미안해하지 않아도 된다."

"……."

"그럴 필요 없어."

어느새 이강후는 내 앞에 와 있었다. 한 점 흐트러짐 없는 그의 단정한 얼굴이, 사람을 짓밟고 으스러뜨릴 때도 흔들리지 않는 그의 메마른 얼굴이, 똑바로 나를 쳐다본다.

"나도 미안해하지 않을 거니까."

이강후의 얼굴에 마치 데일 듯 가까워졌다. 나는 온몸의 신경이 곤두서는 걸 느꼈다. 여전히 차가운 얼굴이었는데, 쏟아지는 그의 숨결만은 뜨거웠다. 나는 그 숨결에 묶인 채로 움직일 수 없었다.

그의 입술이 내 입술에 닿을 것만 같았다. 나도 모르게 눈을 감아 버렸다. 하지만 이강후는 내게 키스하지 않았다. 코끝에서 느껴지던 그의 숨결이 천천히 엷어지는 게 느껴졌다.

눈을 뜨자 짙게 가라앉은 눈동자가 보였다. 그 눈동자에 찰나에 슬픔이 스치고 지나갔다. 아……. 나도 모르게 작게 탄성을 내뱉었다. 그의 갈등, 그의 연민, 그리고 그의 안타까움……. 그런 것들이 보였다.

"나는 다시 찾아올 거야."

"……."

"네가 오늘 나를, 붙잡았으니까."

그는 미련 없이 돌아서서 내게서 멀어져 갔다. 그러나 꿈속의 그 모습처럼은 아니어서 나를 안도하게 했다. 그의 숨결이 남아 있는 얼굴이 아직 뜨거웠다. 그의 입술과 데일 듯 가까웠던 입술도 여전히 화끈거렸다. 나는 그가 화인(火印)이라도 찍어 놓은 것처럼 열기가 오른 입술을 매만지며, 점점 점이 되어 가는 이강후의 뒷모습을 멀거니 바라보고 서 있었다.

할머니가 돌아가시고 4년이 흘렀다. 그사이 나는 대학교를 졸업했다. 대학교를 졸업한 뒤 바로 대학원으로 진학했다. 대학교에서는 저소득층으로 분류돼 학비를 전부 지원받았지만, 대학원에서는 조교 생활을 병행해야만 학비를 감당할 수 있었다. 수업에만 집중하기에도 시간이 빠듯했는데, 학비를 감면받기 위한 조교 생활, 생활비를 마련하기 위한 알바까지 감당하느라 바쁜 나날이 이어졌다.

장례식 날 이후로, 이강후는 다시 나타나지 않았다.

그 긴 시간 동안 단 한 번도 이강후를 떠올리지 않았다면 거짓말이겠지만 나는 그가 살아 있다는 걸 확인한 뒤론, 제법 시간 속에 그를 묻어 갈 수 있다. 1년간의 악몽, 마지막 날의 그 강렬한 눈빛과 접촉. 그 모든 것들이 점점 더 삶 속에서 옅어지고 있었다.

대학원 입학식 날 아침이었다. 나는 살짝 들뜬 기분으로 화장을 하고 머리를 만졌다. 대학원 입학식은 내게 새로운 삶을 시작하는 신성한 의식과도 같았다. 사춘기 시절부터 나를 사로잡고 있었던 그 모든 악몽을 허물 벗듯 벗어 버리고, 나는 그날로 무언가 완전히 새로운 미래로 다가가는 것만 같은 기분을 느꼈다.

"유수야. 택배 왔어."

거실에 있던 윤아가 내 이름이 수신인으로 찍힌 작은 상자 하나를 가지고 들어왔다. 윤아는 고등학교를 졸업한 이후로 줄곧 나와 함께 살고 있는 중이다.

"웬 택배? 시킨 것도 없는데."

나는 고개를 갸웃하며 상자를 받아 들고 발신인을 살폈다. 상자에는 내 이름과 주소만 적혀 있고 발신인의 이름은 적혀 있지 않았다. 이상한 기분이 들어, 조심스럽게 상자를 열어 보았다.

하얀색 손수건.

상자 안에는 각이 잡혀 예쁘게 접힌 하얀색 손수건이 하늘색 리본이 달린 케이스 안에 포장된 채 들어 있었다.

"예쁘다. 누가 보낸 거야?"

윤아가 옆에 앉으며 내 손에 든 케이스를 낚아채 갔다.

"몰라. 누가 보냈는지 안 적혀 있네."

"입학식 선물인가? 입학식인 걸 어떻게 알고 보냈지?"

"……."

"예쁘긴 한데 하얀색 손수건이라니, 좀 촌스럽다. 이왕이면 장미 꽃다발이었으면 좋았잖아? 아무튼 계집애, 여전히 인기 많네. 고등학교 때도 너 좋다고 웬 미친놈이……."

윤아는 말하던 도중 내 표정이 굳어 있는 걸 보고 냉큼 말을 그쳤다. 그녀는 고등학교 때 벌어졌던 그 끔찍한 일의 전말을 알고 있는 유일한 사람이었다. 말실수를 했다는 생각에 곤란해하는 그녀를 향해, 나는 괜찮다는 뜻으로 엷게 웃어 보였다.

사실 윤아가 그 얘기를 꺼내기 전부터, 발신인도 없이 배달되어 온 이 하얀색 손수건을 본 그 순간부터, 나는 그 남자, 이강후를 떠올리고 있었다. 내가 남자를 처음 만난 날, 그의 손에 감아 준 것도 이런 하얀색 손수건이었으니까.

많이 엷어진 줄 알았던 그의 잔상이 하필이면 새로운 시작이라 믿었던 그날 아침, 다시 강렬하게 마음속 깊은 수면 위로 올라왔다. 진득하게 꿀렁이는 불안감도 함께였다. 나는 윤아가 다시 건넨 손수건을 침대 위로 던져 버리곤, 곧바로 입학식장으로 출발했다.

이상하리만치 불안한 예감이 들긴 했어도 나는 설마 이런 식으로 일이 터질 거라 생각은 하지 못했다. 그날 아침 내게 배달된 하얀색 손수건이 새로운 악장의 전주곡이었다는 것을, 나는 알지 못했던 것이다.

무대 위 총장의 환영 인사가 한창일 때였다. 별안간 문이 열리며 웬 남자가 모습을 드러냈다. 남자는 좌우로 갈라져 있는 좌석들 사이로 들어서더니 거침없이 앞으로 나아갔다. 조용하고 엄숙한 분위기 속에서 연설을 듣고 있던 좌중들의 시선이 모두 남자에게로 쏠렸다. 총장 역시 연설을 멈추고 그쪽으로 시선을 두었다.

갑자기 등장한 남자 하나 때문에 입학식장에 있던 모든 사람들이 일시에 굳어 버린 것이었다. 그만큼 남자에게는 말로 표현하기 힘든 분위기가 있었다. 단순히 키가 크거나 체격이 좋아서가 아니었다. 남자는 태생인 듯, 몸에 모두를 짓누르는 형형한 위압감을 두르고 있었다.

남자는 좌중의 시선을 한 몸에 받으면서도 한껏 여유롭게 움직였다. 그는 무대 바로 앞에 다다라서야 멈춰 섰다. 남자가 누군가를 찾으려는 것처럼 식장을 빙 둘러봤다. 사람들이 긴장으로 마른 침을 삼키는 소리가 들려왔다.

그때야 비로소 나는 남자의 얼굴을 식별할 수 있었다. 나는 그대로 얼어붙었다. 숨이 멎는 듯했다.

관계자인 것처럼 보이는 누군가가 남자에게로 다가가서 무언가 말했다. 아마도 자리에 앉아 달라는 이야기인 것 같았다. 하나, 남자는 그 사람을 쳐다보지도 않았다.

한순간, 남자와 시선이 얽혔다. 그의 얼굴에 찰나에 희미한 미소가 걸렸다가 사라졌다. 숨은그림찾기에서 마지막으로 숨어 있던 그림 하나를 찾은 사람처럼 만족감이 깃든 미소였다. 전신에 비늘처럼 드드득 소름이 돋아났다. 남자는 나와 눈을 맞춘 그대로 척척 내게로 걸어왔다.

이제 사람들의 시선은 나에게로 옮겨져 있었다.

"민유수."

남자가 내 이름을 부르자 순간적으로 객석이 한번 술렁이다가 잦아들었다.

"내가 왔어."

그것은 마치, 집 떠났던 탕아가 돌아와서 하는 말 같았다. 나는 비틀거리며 자리에서 일어났다. 현기증이 일어 휘청거리자 남자의 손이 반사적으로 내 팔을 붙잡았다. 나는 거칠게 뿌리쳤다.

"당신이 누군지 몰라, 난."

나는 경고하듯 뱉어 냈다. 그러고는 남자를 지나쳐 문 쪽으로 향했다. 그러나 뒤따라온 남자는 내가 문에 이르기도 전에 내 손목을 낚아챘고, 나는 어느새 그에게 끌려가는 형국이 되고 말았다.

내 뒤통수에 따라붙는 사람들의 시선 때문에 나는 큰 소리로 반항조차 하지 못했다. 대신 내가 발휘할 수 있는 최고의 힘으로 손목을 비틀었다. 그가 가볍게 쥐고 있는 것처럼 보이는 손목은, 꿈쩍도 하지 않았다.

식장을 빠져나가자마자 남자는 붙잡은 손을 놓아주었다. 퍼렇게 자국이 남은 손목이 얼얼했다. 나는 눈가에 경련을 일으키며 그를 쏘아보았다.

"왜 나타났어? 이제 와서 뭘 어쩌자는 거야?"

이강후가 잠시 들어왔던 내 인생의 한 부분은 온통 뒤틀리고 어그러져 있었다. 이강후, 그자가 뒤틀리고 어그러져 있기 때문이었다. 무려 4년이나 흘러서야 간신히 그의 그림자에서 벗어날 수 있었는데, 왜 이 남자는 이제 와서 다시 힘겹게 제자리로 돌아온 내 궤도를 뒤흔드는 건지. 나는 그자가 다시 내 인생을 망가트리는 걸 허용할 수 없었다.

"……너를 원해."

남자의 입술이 그림처럼 움직이며 뱉어 낸 말이었다. 나는 한동안 말을 잃고 멍하니 그를 쳐다봤다.

"민유수, 너를 원해."

나는 두려움에 사로잡혀 뒷걸음질 쳤다.

오래전에, 그에게 물었다. 나에게 반하기라도 한 것이냐고. 남자는 반문했다. 그런 게 상관이나 있느냐고.

그런 사람이었다. 끔찍하리만치 메말라 있는 사람. 칠흑처럼 검은 눈엔 광기만 가득할 뿐이었다. 나는 그래서 그가 나를 한순간의 유희로 여긴다 생각했다. 그저 우연과 악연이 얽혀서 나를 찍었을 뿐이라고만 생각했다. 그가 나를 원하게 되리라고는 한 번도 생각해 본 적이 없었다.

그런데, 처음으로 남자의 눈에서 깊은 열망이 읽혔다. 나는 그가 '원한다'는 게 무슨 뜻인지 너무도 선명하게 읽을 수 있었다.

"말하지 않았었나?"

"……."

"굳이 말하자면, 너에게 반해 있는 쪽이라고."

나는 미친 사람처럼 고개를 내저었다.

"나는 당신에게 반하지 않았어. 당신을 조금도 원하지 않아. 몇 년이나 지난 일이라고! 이제야 나타나서 이러는 게 말이나 돼?"

남자는 대답 대신 웃었다. 비웃는 것 같기도 하고, 진심으로 웃는 것 같기도 한 묘한 미소. 그 웃음이 말하고 있었다.

넌 처음부터 한 번도 내게서 벗어난 적이 없었어.

나의 절망이, 다시 시작되었다.

오래된 상가들이 조금의 간격도 두지 않고 즐비하게 늘어서 있는 동네의 어귀로, 풍경과 어울리지 않는 검은색 고급 세단이 들어섰다. 동네의 골목길 쏘다니며 놀던 한 아이가 골목 위를 매끄럽게 올라가는 차를 보며 중얼거렸다.

　"우와, 멋있는 차다……."

　띵동, 띵동. 초인종이 울렸다. TV를 보고 있던 윤아는 벽에 걸린 시계로 시선을 옮겼다. 유수는 아직 학교에 있을 시간이었다. 이 시간에 찾아올 사람이 없는데 누구지? 윤아가 고개를 갸우뚱하며 현관으로 나가 보았다.

　"누구……."

　문을 당기다 말고 윤아는 그대로 굳었다. 눈앞에 서 있는 남자의 얼굴을 기억한다. 오래전, 유수를 찾아 학교에 찾아왔던 그 남자였다. 반쯤 열린 문을, 남자가 강제로 열어젖혔다.

"여긴 어떻게……."

남자는 대답하지 않고 마치 자신의 집인 것처럼 윤아를 지나쳐 집 안으로 들어섰다. 그 뒤를 남자처럼 검은색 정장을 차려입은 덩치 좋은 남자 여러 명이 따랐다. 윤아는 넋을 잃고 제집 안으로 걸어 들어가는 남자들을 쳐다봤다. 살벌한 풍경에 현실감이라곤 전혀 없었다.

"딱 한 번만 말할 거다."

남자의 낮고 짙은 목소리가 집 안을 울렸다.

"민유수한테 전화해. 지금 당장, 내 눈앞에서."

남자는 TV 앞에 놓여 있던 휴대폰을 집어 들어 윤아에게 건넸다. 저항해 볼까 하는 생각도 들었지만 그런 생각을 하는 와중에도 어느새 윤아의 떨리는 손가락은 단축 번호를 누르고 있었다. 남자의 분위기와 목소리에는 거부하기 힘든 기이한 힘이 있었다.

— 여보세요?

곧 수화구에서 젊은 여자의 목소리가 들려왔다. 윤아의 오랜 친구, 유수였다.

— 여보세요?

"유, 유수야……."

— 응. 윤아야. 나 지금 일하는 중인데, 무슨 일 있어? 급한 일 아니면 나중에 내가 다시 전화해도 돼?

"까악!"

그 순간, 남자가 윤아의 머리채를 잡아서 바닥으로 내동댕이쳤다. 윤아의 비명 소리가 휴대폰을 타고 흘러 들어갔다.

— 윤아야! 윤아야! 왜 그래? 무슨 일 있어?

다급해진 유수의 목소리가 떨어진 휴대폰 속에서 메아리쳤다. 남자는 끼고 있던 검은색 가죽 장갑을 느긋하게 빼내더니, 바닥에서 휴대폰을 주워 들었다.

"민유수."

남자가, 그 무서울 정도로 단조로운 저음으로, 유수의 이름을 정확하게 불렀다.

시끄럽게 벨 소리가 울렸다. 한참 후 소리가 끊겼다. 유수는 액정을 확인했다. 저장이 안 된 번호로 부재중 전화가 10통 가까이 찍혀 있었다. 잠시 심란한 표정으로 그것을 바라보던 유수는 손목시계를 한 번 확인한 다음, 휴대폰을 주머니에 집어넣고 회의실로 들어갔다.

"어? 벌써 와 있었어?"

회의실 안에는 해일이 먼저 와서 교수님들을 위한 물병과 책자를 준비하고 있었다. 유수가 가지고 온 자료들을 책상에 놓으며 해일을 향해 빙긋 웃어 보였다.

"한해일 부지런한 건 알아줘야 돼, 정말. 나도 십 분이나 일찍 온 건데."

"나 먼저 와 있을 거 알면서 뭐 하러 일찍 왔어. 좀 더 쉬다가 오지."

"이보세요. 이번 회의 준비 담당자는 저거든요."

유수가 못마땅한 듯 볼을 부풀리자, 해일이 소리 내어 웃었다. 해일은 아침 회의에 번번이 지각하는 자신을 배려해서 먼저 나와 있었을 것이다. 그는 언제나 소리 없이 주위 사람들을 배려하는 사람이었다. 천성처럼 따뜻한 기운을 지닌 사람.

잠시 흐뭇하게 해일을 바라보던 유수도 가지고 들어온 자료들을 나눠 주기 위해 분주하게 움직이기 시작했다.

그때, 다시 벨 소리가 울렸다. 설마 또? 신경질적으로 휴대폰을 꺼내 든 유수는 액정 위에 뜬 이름이 '윤아'인 것을 보고 금방 반색을 했다. 그런데 윤아가 이 시간에 웬일이지? 자신이 학교에 있을 시간엔 용건이 있어도 전화는 하지 않던 그녀였다.

"여보세요?"

유수가 전화를 받았다.

— 유, 유수야…….

윤아의 목소리가 어딘가 상기된 것처럼 들려 유수가 대충 들고 있던 휴대폰을 고쳐 잡았다. 나가서 제대로 받을까 하는 생각이 들었지만 옆에서 열심히 움직이고 있는 해일을 보니 안 될 것 같았다. 안 그래도 먼저 나온 그에게 회의 준비를 떠맡길 순 없었다.

"응. 윤아야. 나 지금 일하는 중인데, 무슨 일 있어? 급한 일 아니면 나중에 내가 다시 전화해도 돼?"

— 꺄악!

그러나 들려온 윤아의 비명 소리 때문에 유수는 더 이상 회의 준비에 집중할 수 없었다.

"윤아야! 윤아야! 왜 그래? 무슨 일 있어?"

유수가 다급하게 물었지만, 윤아는 대답하지 않았다. 유수의 가슴이 빠르게 뛰기 시작했다. 몹시 불길한 예감이 전신을 휩쓸었다. 그리고 그 순간,

― 민유수.

불길한 예감에 화답이라도 하듯이, 지금 이 순간 가장 듣기 싫었던 그 남자의 목소리가 휴대폰을 통해 흘러나왔다.

"이강후?"

대답은 없었지만, 그자가 확실했다.

"당신 지금 어디야? 윤아랑 같이 있어? 윤아 머리털 하나라도 건드려 봐! 절대, 절대 용서 안 해!"

남자의 대답 대신, 다시 윤아의 비명 소리가 들려왔다. 끅끅거리는 울음소리도 이어졌다. 오래전 악몽이 되살아났다. 제 눈앞에서 남자에게 짓밟히던 어린 소년의 모습이 떠올랐다. 그리고 진득하게 흘러내려 온 바닥을 적셨던 피도. 유수는 미칠 것만 같았다.

"하지 마! 안 돼! 윤아는 안 돼! 윤아는 안 된다고!"

유수는 자신이 회의실에서 해일과 같이 있다는 사실도 잊고 소리쳤다.

"유수야. 왜 그래? 무슨 일이야?"

해일이 달려와서 재차 무슨 일인지를 물었지만 유수는 그런 그의 목소리가 들리지도 않았다. 유수의 귀에 들어오는 건 소름 끼치게 차가운 휴대폰 너머 남자의 목소리뿐이었다.

― 똑똑히 들어. 앞으로 내가 건 전화는 무조건 받아.

“…….”

— 안 받으면, 네가 아니라.

잠시간의 간격을 둔 후에, 남자의 말이 느릿하게 이어졌다.

— 네 친구가 죽어.

그 말을 끝으로 전화는 끊겼다. 유수는 덜덜 떨리는 손으로 붙잡고 있는 휴대폰을 내려다보았다. 시야가 희어지며 구역질이 올라왔다. 해일이 팔을 붙잡았지만 뿌리치고 그대로 화장실로 달려갔다. 유수는 하얀 위액이 나올 때까지 속을 게워 냈다.

윤아와 유수가 살고 있는 집은 윤아네 부모님이 구해 주신 집이었다. 그렇게도 집안에서 독립을 하고 싶어 하던 윤아는 대학에 합격하자마자 이곳에 집을 구해 유수와 함께 살게 된 것이다.

윤아는 유수가 가장 힘든 시기에 옆에 남아 준 유일한 사람이었고, 함께 사는 몇 년간 단 한 번도 부딪친 적 없을 만큼 마음이 잘 맞는 친구였다. 그래서 유수는 가능하다면, 윤아와 오랫동안 함께 살고 싶었다.

하지만 오늘 처음으로 유수는 윤아와 더 이상 함께할 수 없을지도 모르겠다는 생각을 했다. 자신 때문에 죄 없는 그녀가 고통받도록 내버려 둘 수는 없었다. 이강후의 광기에 희생되는 건 저 하나면 충분했다.

유수는 윤아에게 말도 하지 않은 채 미련 없이 짐을 싸서 집을 나왔다.

어깨에 커다란 가방을 둘러멘 그녀가 처음으로 향한 곳은 학교의 행정실이었다. 그녀는 혹시 기숙사에서 도중 퇴사한 학생은 없는지를 물었다. 담당자는 교내 기숙사는 만원이나 외부 기숙사에 빈 데가 있을 수 있으니 알아보고 다시 연락을 주겠다고 말했다.

교문을 나서는 유수의 발걸음이 무거웠다. 만약 외부 기숙사마저 만원이면, 싸구려 모텔에서 남은 학기를 보내야 할지도 몰랐다.

"진짜 미친놈……."

이강후의 얼굴이 떠올랐다. 검은색 머리카락, 검은색 눈동자, 잘 맞춰진 쓰리피스의 검은색 슈트. 그를 처음 보았을 때부터 끼고 있던 검은색 가죽 장갑까지. 그는 온통 검게 물들어 있었다. 그에게 검은색 날개가 없는 것이 짐짓 안타까웠다.

"악마."

그를 묘사하기에 가장 적당한 단어라고 생각했다. 유수는 재빨리 휴대폰을 꺼내 수신 목록 가장 위에 있던 번호를 '악마'라는 이름으로 저장했다.

지이이잉. 그때, 진동과 함께 화면이 바뀌면서 '해일'이라는 이름이 떴다. 저절로, 가지런한 하얀색 이를 드러내며 아이처럼 맑게 웃던 해일의 모습이 떠올랐다. 악마라는 이름이 어울리는 이강후와 지독하게도 대비를 이루는 모습이었다.

그러고 보니 아침에 회의 준비를 하다가 뛰쳐나갔었지. 해일은 아마 자신을 걱정하며 혼자 뒷정리를 했을 것이다. 정신이 없었던 탓에 전화 한 통도 해 주지 못했다. 유수가 어두워진 얼굴로 전화를 받았다.

"여보세요."

— 야, 민유수. 도대체 무슨 일이야? 너 그렇게 가고 얼마나 걱정했는지 알아?

"미안해."

— 휴우…….

해일이 더 뭐라 하지도 못하고 깊은 한숨을 내쉬었다.

— 도대체 무슨 일이었는데 그렇게 가 버린 거야?

"……."

뭐라고 말해야 할까. 어떤 스토커 같은 남자가 집에 쳐들어가서 룸메이트를 때렸다고? 아마 해일은 불같이 화를 내며 신고하라고 할 것이다. 그러나 유수는 그럴 수 없었다.

경찰은 잠시나마 자신을 보호할 수는 있겠지만 제 주변의 모든 사람들을 보호할 수는 없으리라. 유수는 직감으로 이강후가 평범한 깡패가 아님을 알았다. 그가 부리는 자들이 어떤 짓을 저지를지 예측하기 어려웠다. 그러니 차라리 혼자서 감당하는 편이 나았다.

아무것도 설명할 수 없는 이 상황에서 괜히 해일에게 걱정을 끼치고 싶지 않아서, 유수는 애써 밝게 말했다.

"그냥, 그렇게 심각한 일은 아니야. 아까는 너무 놀라서 그런 거야."

— 뭐어? 정말 그게 다야?

"응, 미안해."

— 휴우. 사람을 이렇게 잔뜩 걱정시켜 놓고서.

핀잔을 주는 해일의 목소리가 따뜻했다. 유수는 갑자기 눈물이 날 것 같았다. 아랫입술을 꾹 감쳐물고서 눈물을 참는데, 해일이 물어 왔다.

— 우리, 술 한잔할래?

해일이 손을 흔들며 다가오는 것이 보였다. 자리에 앉아 있던 유수도 손을 흔들어 주었다.

"오래 기다렸어?"

"아니."

해일이 거친 숨을 몰아쉬며 자리에 앉았다. 뛰어온 모양인지 이마에 땀이 맺혀 있었다.

"뭐 시킬래? 소주? 맥주?"

"물 먼저 마셔. 너 숨넘어가겠다. 술은 벌써 내가 시켰거든."

"뭘로?"

"소주."

해일이 동그란 눈을 크게 뜨며 테이블 위를 살폈다. 소주병 하나가 빈 채로 서 있었다.

"웬일이야? 너 소주 싫어했잖아."

"나도 취하고 싶은 날이 있다, 이거야."

유수가 한 손으로 입을 가리고 키득키득 웃었다. 어째 분위기가 묘해져 있었다. 해일이 생각하기에 유수는 이렇게 실없이 웃는 성격이 아니었다. 딱히 모난 구석이 있는 건 아니었지만, 유수는 늘 사람들을 대할 때 조심스러워했다.

해일은 유수가 밝은 분위기를 유지하려고 애쓰고 있다는 느낌을 받았다. 남들은 모르겠지만, 학부 시절부터 가까이서 그녀를 지켜보아 왔기에 알 수 있었다. 유수가 타인을 향해 얼마나 벽을 치고 있는지, 그러면서도 사람들과 멀어지지 않기 위해 얼마만큼 부단히도 노력하고 있는지를.

해일은 그런 그녀가 늘 위태롭게만 보였다.

그런데 오늘, 유수는 완전히 빗장이 풀린 듯했다. 필요 이상으로 친해지지 않기 위해 스스로 견고하게 둘러놓았던 어떤 벽들이 녹아서 흘러내려 있는 느낌이었다.

"너 벌써 취했어?"

"조금."

유수가 또다시 웃음을 터뜨렸다. 해일은 역시 오늘의 민유수는 이상하다는 생각을 했다.

"어째 오늘 술이 다네."

유수는 다가온 종업원이 술병을 내려놓기도 전에 건네받아서 자신의 잔 먼저 가득 채웠다. 해일이 인상을 쓰며 술병을 빼앗아 들었다.

"많이 마시면 안 좋아. 벌써 한잔 했으면 그만해."

술병을 빼앗긴 유수가 잠시 심술이 난 아이처럼 해일을 쏘아보더니 이내 앞에 놓인 잔을 단숨에 비워 버렸다.

"해일아. 왜 불행한 사람만 자꾸 불행해질까?"

유수가 꺼낸 의미심장한 말에, 술병을 내려놓던 해일의 손이 우뚝 멈추었다.

"행복한 사람은 자꾸만 행복해지고, 불행한 사람은 자꾸만 불행해지고. 꼭 무슨 세상의 법칙 같아."

"……"

"한해일 널 보고 있으면, 난 부러워서 눈물이 나."

"……"

"많은 걸 바라는 것도 아닌데. 그저 남들처럼 살고 싶을 뿐인데. 왜 나한텐 그런 작은 것들조차도 허락되지 않는 거야?"

"유수야……"

아까만 해도 웃고 있던 유수였는데, 이제 그녀의 눈동자엔 슬픔이 진득하게 차 있었다. 그런 유수를 바라보는 해일의 가슴도 먹먹해졌다.

단과대학 학생회에서 일하면서 유수를 처음 봤다. 유수는 학생회에서 지원하는 장학금을 신청하기 위해 해일이 있던 학생회실을 찾았다. 그녀가 가져온 것은 저소득층임을 증명하는 서류들이었다. 그 서류를 직접 건네는 유수의 얼굴은 담담했다.

해일은 그 이후 교정에서 가끔씩 유수를 마주칠 때마다 눈으로 그녀를 좇았다. 제 취향에 꼭 맞는 단정한 외모가 마음에 들기도 했지만, 어딘가 남다르게 쓸쓸하고 신비한 분위기가 있어서 더 눈길이 갔다. 딱히 좋아했다기보다는, 그냥 계속 신경이 쓰였다.

그리고 대학원으로 진학한 뒤, 입학식장에서 그녀를 다시 만났다. 과외 활동이 거의 없어서 학부 때는 대체로 존재감이 없던 그녀였다. 그러나 입학식 날의 민유수는 굉장했다. 아니, 정확히 말하면, 그날 그녀 앞에 나타난 그 남자가 굉장했다.

좌중을 압도하는, 형언하기 힘든 분위기의 남자. 남자가 등장하자 그 순간 입학식장에 있던 모든 사람들은 초식 동물이 된 것처럼 보였다. 오로지, 그 남자만이 모두가 숨을 죽인 드넓은 초원에서 사냥감을 향해 여유롭게 다가가는 한 마리의 맹수 같았다. 남자가 민유수를 데리고 식장을 빠져나가고 나서도, 식장은 오랫동안 술렁였었다.

이후, 같은 곳에서 조교 일을 하게 된 유수를 보는 순간, 해일은 이전과는 다른 묘한 긴장감을 느꼈다. 누구에게도 깊게 마음을 열어 두지 않는 그녀의 도도함, 그게 입학식장의 그 남자와 이어지면서, 해일의 깊은 곳에 숨겨져 있던 경쟁의식을 자극했다. 자연스럽게 유수에게 더 시선이 갔다.

유수와 함께 일하는 동안 그녀에 대한 관심은 나날이 발전해서, 어느 순간 정신을 차려 보니 자신은 그녀의 환심을 사고자 노력하고 있었다. 의식도 못한 사이 이리저리 그녀를 챙기고 있었다. 지금, 눈앞에 견고하던 방어벽을 허문 채 떨고 있는 유수를 마주하니, 해일은 자신의 감정을 더욱 확신할 수 있었다.

해일은 그녀의 이 모습이 다른 누구도 아닌 자신만 볼 수 있는 것이길 바랐다. 이 순간 유수를 위로할 수 있는 사람이 오직 자신이길 바랐다.

"유수야. 넌 네 자신에 대해 너무 잘 몰라."

해일이 테이블 위에 놓여 있던 유수의 손 위에 가만히 자신의 손을 겹쳤다. 손등을 타고 올라오는 생경한 따뜻함에 놀란 유수가 두 눈을 깜빡였다.

　"네가 불행하다고 생각해? 네가 이렇게까지 힘들어한다는 걸 지금껏 몰라줘서 미안해. 하지만……."

　"……."

　"그만큼 넌 강했어."

　"……."

　"내 눈에 넌 독립적이고 강인한 사람으로 보였어."

　"……."

　"나는 오히려 그런 네가 더 부러웠는걸."

　해일의 손이 유수의 손등을 조심스럽게 쓰다듬었다. 유수의 눈이 점점 더 흐려지더니 이윽고 참았던 눈물이 뺨을 타고 소리 없이 흘러내렸다. 해일이 손등으로 유수의 눈물을 닦았다. 그러곤 천천히 말을 이었다.

　"좋아해, 민유수."

　유수의 얼굴이 굳어졌다. 자신이 방금 들은 말을 믿을 수가 없다는 표정이었다. 해일의 손등에 머물러 있던 유수의 시선이 그의 눈으로 향했다. 해일이 예의 그 아이처럼 천진한 미소를 지으며 힘을 주어 유수의 손을 잡았다.

　"좋아한다, 민유수."

　해일이 유수의 손을 그러쥐며, 다시 한 번 고백을 되풀이했다.

"아이스 라떼 톨 사이즈로 주세요."

"……."

"저기요."

"……."

"저기요!"

"앗, 네? 죄, 죄송합니다. 아이스…… 뭐라고 하셨죠?"

"아이스 라떼 톨 사이즈요."

여자가 짜증을 내며 자신을 흘겨보는데도 유수는 신경조차 쓰이지 않았다. 주문을 받다가도 넋을 놓아 버릴 만큼 그녀의 마음은 완전히 다른 데 가 있었다.

'좋아해.'

'좋아한다, 민유수.'

자신의 손등을 가만히 감싸던 해일의 커다란 손, 그 촉감이 아직도 생생했다. 유수는 커피를 내리면서도 계속 생각에 잠겨 있었다. 다행히 늘 하던 일이라 그녀는 반쯤 정신을 놓은 채로도 능숙하게 커피를 만들었다.

"주문하신 음료 나왔습니다."

유수가 얼음이 가득 들어 있는 플라스틱 컵을 조심히 주문대 위에 올려놓았다. 때마침 욱재가 카운터 안으로 들어오며 손을 흔들었다.

"왔어? 왜 이렇게 늦었어. 오늘 진짜 컨디션이 안 좋아서 실수를 얼마나 했나 몰라."

유수가 붉게 상기된 뺨을 두 손으로 감싸며 말했다. 욱재는 그런 유수를 가만히 바라보다가 너털웃음을 터뜨렸다. 두 손을 얼굴에서 떼지 않던 유수가 욱재를 살짝 흘겼다.

"그 기분 나쁜 웃음은 뭐야?"

욱재가 유수를 가리키며 말했다.

"너, 유니폼 거꾸로 입었다, 인마."

유수의 두 눈이 동그래졌다. 재빨리 아래를 쳐다보았다. 뒤집어져 실밥이 다 드러난 유니폼이 보였다. 유수가 고개를 푹 숙이며 혼잣말을 했다. 정말이지, 민유수. 정신을 어디다 두고.

"비 오니까 우산 챙겨 가라."

유니폼을 갈아입고 카페를 나서려는데 뒤에서 욱재의 목소리가 들려왔다. 짓궂은 면이 있었지만 말과는 달리 자신을 챙겨 주곤 하는 욱재였다. 유수는 욱재를 향해 손을 흔들어 보이곤, 우산꽂이에 꽂혀 있던 우산들 중 하나를 뽑아 들었다.

카페 문을 열자 가느다란 비가 엷게 세상을 적시고 있는 것이 보였다. 유수는 잠시 사람들이 바삐 오가는 거리를 구경하다가 허공으로 손을 내밀었다. 잠시 후, 손바닥에 빗물이 담겼다. 살며시 손바닥을 움츠려 보았지만, 빗물은 금방 손가락 사이로 빠져나갔다.

유수가 그 광경을 지켜보면서 쓸쓸한 웃음을 지었다.

"아마 한해일 너도, 손바닥에 담긴 빗물 같겠지."

유수는 자신의 짧았던 첫사랑을 떠올렸다. 끔찍했던 학창 시절도 주마등처럼 스쳐 지나갔다. 자신이 해일을 받아들인다면, 이강후는 어떤 반응을 보일까? 호준을 무자비하게 짓밟았던 그때처럼, 해일에게도 똑같은 짓을 할지도 몰랐다.

　호준을 그렇게 만든 것만으로도, 그리고 윤아를 울린 것만으로도 충분했다. 유수는 마음속에 들어오는 그 누구도 밀어내야만 했다. 이강후, 그자에게서 벗어나기 전까지는. 그런데 그런 날이 정말 오기는 하는 건지 모르겠다. 유수는 자조하며 우산을 펼쳤다.

　"민유수!"

　유수가 막 빗속으로 한 걸음 내딛는데, 멀리서 그녀를 부르는 소리가 났다. 고개를 들자 빠른 걸음으로 달려오는 인영 하나가 보였다.

　"민유수! 너 꼼짝 말고 거기 서!"

　성난 사람처럼 이쪽으로 타박타박 걸어오는 그녀는, 다름 아닌 윤아였다. 유수가 놀라서 들고 있던 우산을 떨어트렸다. 빗물이 빠르게 유수의 옷을 적셔 갔다.

　걸려 오는 윤아의 전화를 계속해서 받지 않았다. 그쯤 하면 그녀도 자신이 무슨 생각을 하는지 알아줄 것이라 믿었다. 이렇게 일하는 데까지 찾아올 거란 생각은 전혀 못 했다.

　이윽고, 윤아가 앞에 섰다. 유수의 머리 위로 우산의 씌어졌다. 뭔가 엄청 쏟아 낼 듯이 다가섰지만, 그러나 윤아는 단 한 마디도 하지 못하고 눈물이 그렁그렁한 채로 유수를 쳐다보기만 했다. 유수는 그런 그녀가 몹시 안쓰러워 당장이라도 껴안아 주고 싶었다. 하지만 그럴 수 없었다.

　윤아는 자신 곁에 있으면 안 됐다. 자신 옆에 있으면 반드시 불행해질 것이었다. 자신은 이강후, 그자로부터 그녀를 지켜 줄 힘이 없었다. 지키지 못할 바엔 버리는 게 나았다.

"왜 왔어. 돌아가. 난 이제 너랑 안 살아."

"……"

"네가 만난 그 사람이 박호준도 때려서 응급실에 실려 가게 만든 거야."

"……"

"미진이 말이 맞았어. 나 그 싸이코 자식 애인이야."

"……"

"그러니까, 돌아가. 나랑 있어서 좋을 거 하나도 없어."

유수는 말을 하는 내내 목소리가 떨리진 않을까 눈동자가 흔들리진 않을까 걱정이 됐다. 다행히 무사히 말을 끝낼 수 있었다. 유수는 최대한 차가운 얼굴로 윤아를 지나쳐 갔다. 따라오는 기척은 들리지 않았다.

유수는 두 눈을 질끈 감았다. 눈물을 참기 위해서였으나, 감긴 눈꺼풀 위로 기어이 눈물이 흘렀다.

끔찍했던 기억들을 제외하고 나면 고등학교 시절, 유수는 행복했다. 친구들과 함께 수다를 떨며 교정을 거닐고, 맛있는 것을 사 먹고. 그런 평범한 삶을 누릴 수 있던 시절이었다. 그 시절이 다시 붙일 수도 없을 만큼 산산이 부서져 버린 건, 이강후를 만나고 나서였다.

민유수. 이따위 일로 주눅 들지 마.

그래도 버틸 수 있었던 건, 끔찍했던 시절을 함께해 준 윤아가 있어서였다. 그녀는 할머니가 돌아가신 후 유일하게 남은 가족이나 다름없었다. 그런데 이제, 그런 그녀까지 잃어야 했다. 윤아가 증발해 버린 제 인생엔, 거의 남는 것이 없을 터였다.

애인, 친구, 가족.

유수는 두 눈을 질끈 감고, 이강후가 앗아 간 것들을 떠올려 보았다. 뜨거운 불덩어리가 목구멍 위로 치밀어 올랐다.

결코, 이강후 그를 용서하지 않을 것이다.

다행히 외부 기숙사에 빈방이 있어서, 유수는 그곳으로 거처를 옮겼다. 그 바람에 더 이상 카페에서 일을 할 수가 없게 됐다. 학교와 카페가 너무 먼 탓이었다. 같은 시간대에 일하면서 그녀와 꽤 정이 들었던 욱재가 몹시 아쉬워했다.

"너 없이 심심해서 이제 이 짓 어떻게 해 먹냐."

"언제는 나 때문에 거치적거려서 무슨 일을 해도 시간이 두 배로 든다며?"

유수가 손걸레로 커피 머신을 닦으며 쳐다보지도 않고 말했다. 욱재가 들고 있던 빗자루를 바닥에 내팽개치며 다소 과장되게 반응했다.

"무슨 소리야! 내가 널 얼마나 아꼈는데! 솔직히 들어온 신참 중에 널 제일 예뻐했지! 그런데 이렇게 날 배신하고 떠나?"

"얼씨구. 너 나보다 2주밖에 먼저 일 안 했거든?"

"이틀도 아니고 2주야, 이거 왜 이래!"

"일도 별로 못하면서, 하여튼 끝까지 유세는."

"어우! 이 쬐끄만 게. 아야! 아야야야!"

욱재가 애꿎은 빗자루를 걷어차다가 어디에 빗맞기라도 한 건
지 발을 부여잡으며 주저앉았다. 유수는 그런 욱재를 바라보며 웃
음을 터뜨렸다.

유수는 사람에게 곁을 잘 내주지 않는 편이었다. 친해지려고
다가오던 사람들도 그런 그녀의 완고함에 질려 떠나가기 일쑤였
다. 그러나 욱재는 그 특유의 낙천적 성격으로 유수가 아무리 벽
을 쳐도 금방 유들거리며 다시 그 벽을 기어올랐다. 그래서인지
유수도 어느새부턴가 조금씩 욱재에게 마음을 열기 시작했던 것
같다. 앞으로 그를 보기 힘들다는 생각을 하니, 살짝 아쉬운 마음
까지 들었다.

"멍청아. 웃을 때가 아냐. 전화나 받아."

욱재가 키득거리고 있는 유수를 흘겨보며 테이블 위에서 진동
하고 있는 휴대폰을 가리켰다.

"여보세요."

유수는 욱재를 바라보며 무심결에 전화를 받았다.

"여보세요."

— ······.

휴대폰에서는 아무 소리도 들리지 않았다. 유수가 인상을 찌푸
리며 발신인을 확인했다.

'악마'

액정 화면에는 덩그러니 이 두 글자가 찍혀 있었다. 좀 전까지
만 해도 웃음기가 걸려 있던 유수의 얼굴이 순식간에 싸늘하게
식었다. 갑작스런 그녀의 표정 변화에 놀란 욱재가 물었다.

"왜 그래? 누구길래?"

"아냐. 전화 좀 받고 올게."

유수가 휴대폰을 든 채로 자리를 피해 탈의실로 들어갔다. 그
런 유수의 뒷모습을 욱재가 의아함을 담은 눈빛으로 바라보았다.

탈의실 안에 들어가자마자 유수는 다리에 힘이 풀려 버렸다.
문짝에 등을 기대고 바닥으로 미끄러진 유수가 잠시 망설이더니,
휴대폰을 귀에 갖다 댔다.

"……무슨 일이야."

수화기 건너편은 이상하리만치 고요했다. 남자의 목소리가 들
려온 건 한참 뒤였다.

— 확인차.

"뭐?"

— 내 전화를 잘 받는지, 안 받는지.

"……."

미친 자식. 유수는 속으로 욕설을 내뱉으며 전화를 끊어 버렸
다. 멀쩡한 정신 상태로 이강후를 상대하다간 미치기 십상이라는
생각이 들었다. 유수는 힘이 풀린 다리에 억지로 힘을 주며 자리
에서 일어났다.

이강후를 버려두고 도망친 후 1년 동안, 자신은 단 한 번도 그에게서 벗어난 적이 없었다. 꿈속에서 난도질당한 자신의 육체를 버려두고 뒤돌아서던 그의 차가운 뒷모습에 줄곧 시달렸다. 1년 후 할머니의 장례식장에 돌연 찾아온 그를 발견했을 때, 유수가 느낀 것은 안도감이었다. 그가 살아 있다는 것에 대한.

그러나 그게 끝은 아니었다. 그다음 밀려온 감정은 두려움이었다. 그의 기이한 집착이 다시 시작될지도 모른다는 숨 막히는 공포감.

'나는 다시 찾아올 거야.'

'네가 오늘 나를, 붙잡았으니까.'

그의 마지막 말이 뇌리에서 잊히지 않았다. 시간에 조금씩 그를 묻어 가면서도, 그가 다시 나타나지 않을까 마음속 깊은 곳에선 두려움을 떨칠 수 없었다.

그리고 결국, 그는 다시 나타났다. 어차피 이렇게 될걸. 유수는 자조했다. 이강후가 절대 지워지지 않는 화인처럼 자신의 운명에 들러붙어 있었다는 걸, 그가 보이지 않았던 시절에도 알고 있었던 것 같다. 애써 모른 척했던 것인지도.

막상 공포가 현실이 되자, 도리어 편안함마저 느꼈다. 전에 없던 오기가 생겨났다. 두려워 떨어 봤자 변하는 건 없었다. 그렇다면 차라리 그 남자 앞에서 용기를 내고 싶었다. 그 남자를 뒤흔들고 깨부수고 싶었다.

더 이상 잃을 것도 없잖아?

유수는 굳게 마음먹으며, 문을 열고 나갔다.

"유수야. 너 저 사람 알아?"

유수가 모습을 드러내자마자, 욱재가 들고 있던 빗자루로 창가를 가리키며 물었다.

"아까부터 들어와서는 주문도 안 하고 저렇게 서 있다. 왠지 무서워서 주문하라고 말도 못 걸겠어. 너 찾아온 사람인가 하고."

욱재의 빗자루가 가리킨 곳을 좇아 유수의 시선이 움직였다.

시선이 다다른 곳에 그 남자가 서 있었다.

이강후, 그 남자가.

카페에 앉아 있는 사람들의 시선이 모두 이강후를 향해 있었다. 원래부터 시선을 끄는 외모이긴 했지만 4년이 흐른 지금의 그는, 더욱 완연하게 매혹적인 모습이었다.

한 점 흐트러짐 없이 정돈된 검은색 머리칼, 굳게 다문 입술과 시원하게 뻗은 콧날, 날렵한 눈매, 단단하고 흰 피부. 그 모든 것들이 조화롭게 어우러져 남자의 모습은 반듯하게 깎아 놓은 조각상 같았다. 거기에 남자 특유의 아우라가 더해져 모작(模作)은 결코 흉내 낼 수 없는 기묘한 아름다움이 풍겼다.

유수와 강후는 강렬하게 서로를 의식하며 응시했다. 마치 두 사람만의 별세계가 펼쳐진 것 같았다. 이윽고, 유수가 욱재 쪽으로 고개를 돌리며 입술을 뗐다.

"나 오늘 먼저 퇴근할게."

"어? 어……."

"나, 물 한 잔만 줄래?"

욱재는 뭐라 말을 하려다가 이내 멈추고 컵에 물을 따라 유수에게 건네주었다. 욱재에게서 물 잔을 받아 든 유수가 천천히 그 남자, 이강후에게로 다가갔다.

"당신 눈엔 아직도 내가 어린아이로 보여?"

유수가 눈을 맞춘 채 물었다.

"당신의 시선 한 번에 얼어붙고, 무서워서 도망만 치던 그런 어린아이?"

그녀는 살며시 입꼬리를 끌어당겨 미소를 그렸다. 잘 그린 미소에, 도발이 담겨 있었다. 강후는 유수가 이런 식으로 웃는 모습을 본 적이 없었다. 순간적으로 남자의 눈동자에 동요가 비치자, 찰나를 놓치지 않고 유수는 하고자 했던 일을 감행했다.

촤악. 유수의 손에 들려 있던 물 잔이, 강후를 향해 깨끗하게 비워졌다. 순식간에 카페 안의 공기가 얼어붙었다. 훔쳐보기만 하던 사람들의 시선이 이제는 대놓고 유수와 강후에게로 향했다. 욱재도 놀라서 벌어진 입을 다물지 못하고 그들을 쳐다보았다.

깔끔하게 넘겨져 있던 강후의 머리카락이, 물을 머금고 이마로 흘러내렸다. 턱에선 쉴 새 없이 물방울이 떨어졌다. 그의 눈동자가 차갑게 가라앉았다. 그러나 그는 미동도 없이 계속 그녀를 응시하고 있었다.

눈동자 속에서 피어나는 한기 때문에, 유수는 몸이 얼어붙을 것 같았다. 그래도 시선을 피하지는 않았다. 유수는 강후의 눈을 똑바로 마주 보며 말을 이었다.

"난 이제 어린아이가 아니야. 당신을 무서워하지도 않아."

"……."

"그런데, 당신은 예전이랑 똑같아. 마음대로 안 되면 떼쓰는 어린애처럼."

믿을 수 없게도 강후의 입술에 설핏 웃음이 걸렸다. 차갑게 굳은 눈동자와 입술에 걸린 조소가 대비를 이루며, 강후는 기묘한 표정을 짓고 있었다. 흔들리지 않으리라 단단히 마음먹으며, 유수는 진한 경멸을 담아 그를 쏘아보았다.

"마음대로 휘두르려고 하지 마."

"……"

"당신도 좀, 자라기를 바라."

유수는 쾅 소리를 내며 잔을 내려놓고, 카페를 나가 버렸다. 유수가 사라지자 일순간 긴장이 깨지며 카페 안이 술렁이기 시작했다. 여기저기서 수군대는 소리가 들려왔다.

쾌앙. 무시무시한 소리가 났다. 강후의 발길질 한 방에 두 동강 난 테이블 하나가 바닥을 굴렀다. 술렁이던 사람들이 동시에 입을 다물고 강후를 쳐다봤다.

"함부로 지껄이면, 다 입을 찢어 버릴 줄 알아."

강후의 그 한마디로, 카페는 쥐 죽은 것처럼 고요해졌다. 그가 한 손으로 머리를 털어 내며 재킷 안에서 휴대폰을 꺼내 들었다.

"민유수, 따라가."

강후는 명령조의 그 한마디로 전화를 끊고, 유유히 카페를 빠져나갔다.

유수의 걸음이 점차 빨라졌다. 카페를 나선 순간부터, 누군가가 따라붙었다. 그들은 유수를 붙잡지도 않고 적당한 거리만 유지했다. 학교로 가는 버스를 탈 수 있는 정류장에 다다르자, 비로소 유수가 뒤를 돌아봤다.

몇 걸음도 떨어지지 않은 곳에, 검은 정장을 입은 남자 두 명이 팔짱을 낀 채 자신을 주시하고 있었다.

"정체가 뭐예요?"

유수가 먼저 다가가 물었다.

"……."

남자들은 팔짱을 풀지도 않았고 입을 열지도 않았다. 그저 유수를 빤히 바라보다가 어깨를 으쓱할 뿐이었다. 그 무심한 태도에 더욱 짜증이 치밀어 올랐다.

"정말 궁금해서 그런다고요. 당신들 뭔데 이강후가 하라고 하면 사람 뒤꽁무니 따라다니는 짓도 서슴지 않고 하냐고요."

"……."

"조폭? 깡패? 양아치?"

"……."

"어차피 거기서 거기겠지만."

남자들은 조금도 유수를 상대해 줄 생각이 없어 보였다. 유수는 어금니를 꽉 깨물었다. 남자들을 노려보면서 휴대폰을 꺼내 통화 버튼을 눌렀다. 신호음이 몇 번 가다가 통화가 연결됐지만, 건

너편에서는 아무 소리도 들려오지 않았다. 정상적으로 전화를 받는 법이 없는 이강후의 그 오만한 태도가, 유수는 더할 나위 없이 짜증스러웠다.

"조금, 실망스러워. 너무 진부하다고 생각하지 않아?"

— …….

"사람 시켜서 내 뒤 밟는 짓, 이런 유치한 짓, 언제까지 계속할 거야?"

유수가 한 자 한 자 숨을 고르며 힘을 주어 말을 내뱉었다.

— 내가 직접 나타나서 그 짓 하면, 그래도 조금 덜 실망스러울 건가?

대답하는 수화기 건너의 목소리가 현실에서의 목소리와 겹쳐 들렸다. 유수가 급히 뒤를 돌아봤다. 두 손을 주머니에 꽂은 채, 이강후가 서 있었다.

이강후의 머리는 아직 젖은 채 흐트러져 있었다. 그러나 표정만은 언제나 그랬듯 여유로워 보였다. 약간의 비웃음마저 서려 있는 것처럼 느껴졌다. 어린애라 조소했건만 여전히 저토록 태연한 모습을 보니, 유수는 속이 뒤틀리는 것 같았다.

"상대하기도 싫어, 당신 같은 사람."

유수의 새처럼 작은 입술이 파르르 떨렸다. 어떻게든 이 남자를 뒤흔들고 싶었다. 머릿속이 분주하게 돌아가며, 남자를 찌를 만한 말들을 찾기 시작했다.

"당신이 왜 이렇게 나한테 집착하는지 생각해 봤어."

"……."

"내가 당신 손에 감아 준 손수건 기억나?"

강후의 검은 눈동자가 고요하게 일렁였다. 유수는 자신이 정곡을 찔렀다는 것을 직감했다.

"아무것도 아니었어, 그런 건."

"……."

"그런데 당신은, 내 싸구려 동정에 감격이라도 한 모양이야."

"……."

"근데 어쩌지? 이젠 그 같잖은 동정도 바닥이 나 버렸는데."

강후의 얼굴이 싸늘하게 굳었다. 유수는 아랑곳하지 않고 뒤돌아섰다.

때마침 정류장으로 버스가 들어오고 있었다. 유수는 버스를 타기 위해 도로 위로 내려섰다.

"내가 네게 반했다고 해서."

뒤따라온 강후에 의해 유수는 곧 돌려세워졌다.

"버릇없이 굴어도 되는 건 아니지."

강후가 유수의 손목을 쥐고 거칠게 앞으로 나아갔다. 그 걸음이 폭주하듯 빨라져서, 유수는 도저히 걸어서 따라갈 수가 없었다. 거의 뛰다시피 강후에게 끌려가면서, 유수는 꽤 만족스러웠다. 원하는 대로 조금이나마 그를 흔드는 데에 성공했기 때문이었다.

어차피 소리를 지르고 저항을 해 봐도 그를 멈출 수 없다는 걸 알기에, 차라리 유수는 잠자코 그를 따라가기로 했다. 하나, 어디로 가서 무엇을 하든지 간에 앞으로 다시는 그에게 휘둘리지 않을 생각이었다.

그가 다다른 곳은 정류장에서 멀지 않은 어느 빌딩 앞이었다. 마치 자신의 건물이라도 되는 것처럼 강후는 익숙하게 안으로 들어서서 지하 계단을 내려갔다. 한 층을 내려가자 속이 들여다보이는 유리문이 나타났고, 유리문 안으로 출렁이는 물이 담긴 수영장이 보였다.

유수가 의아함에 살짝 미간을 찌푸렸다. 다른 곳도 아닌 수영장이라니. 이강후의 의중을 짐작할 수가 없었다. 그러나 그녀의 의아함은, 유리문을 열고 안으로 들어가자마자 곧 해소되었다.

강후가 유수를 수영장 앞으로 끌고 가 거침없이 물속으로 밀어 넣었기 때문이었다.

풍덩, 소리와 함께 바닥으로 물이 쏟아졌다. 유수는 그대로 처박혔다가 수면 위로 떠올랐다. 유수는 수영을 할 줄 몰랐다. 더 정확히 말하면 물 자체를 무서워하는 편이었다. 그녀는 비명조차 지르지 못하고 정신없이 물속에서 허우적대기만 했다.

시야가 희뿌옇게 흐려지다가 점점 어두워졌다. 입과 코, 귀, 뚫려 있는 모든 구멍으로 거침없이 물이 들어왔다. 산소가 바닥난 폐부부터 전신으로 고통이 퍼져 나갔다.

그 앞에 서서 강후는 무표정한 얼굴로 유수를 지켜보았다.

수면 위로 올라오는 횟수가 점점 줄어들면서 유수는 서서히 가라앉았다. 이윽고 머리마저 삼켜졌다. 뽀르륵, 기포가 올라오다가 이내 사그라졌다. 시간이 더디게 흐르는 동안, 강후는 그 자리에 그대로 서 있었다. 어른거리는 수면 아래로, 유수의 검은 정수리가 점점 더 희미해졌다.

강후가 차고 있던 은색 로렉스 시계를 천천히 풀어내고선 재킷을 벗었다. 시선은 유수가 사라진 수면 위에 가만히 머물러 있었다. 이내 강후는 유연하게 몸을 뻗어 물속으로 들어갔다. 그는 단 몇 초 만에 다시 수면 밖으로 나왔다. 가라앉았던 유수를 두 손에 안아 올린 채였다.

강후는 물 밖으로 나간 다음 그녀를 바닥에 내려놓았다. 그 동작들이 한 치의 군더더기도 없이 깔끔하고 자연스러웠다.

"으웩. 컥, 콜록. 콜록."

유수가 정신없이 삼켰던 물을 토해 냈다. 폐가 강하게 수축과 팽창을 반복했다. 귀와 눈, 코에서는 자꾸만 물이 흘러내렸다. 아무 생각도 할 수 없을 만큼 고통스러웠다.

"미쳤어?!"

유수가 강후를 향해 소리를 질렀다. 물을 무서워하는 유수에게 방금 전의 경험은 죽음의 공포를 일으켰다. 어떻게 눈 하나 깜짝하지 않고 사람을 물속에 처넣을 수 있는가. 이 남자는 정말이지 제대로 정신이 나갔다.

그러나 물속에서 느낀 공포보다도 유수를 더 압도하는 건 남자의 저 고요하고 메마른 시선이었다. 방금 전 자신이 느낀 죽음의 공포와 대비되는, 소름 끼치리만치 절제된 시선.

강후가 천천히 다가와 무릎을 접고 유수에게로 눈을 맞췄다. 그 역시 너무나 자연스럽고 고요해서 유수는 할 말을 잃어버렸다. 이 남자는 사람이 아니라 일종의 기(氣) 같았다. 사람이 가져야 하는 감정과 격정을 모두 하나씩 제거해서 소급해 올라가면 남는 무형의 기운. 모든 것을 자신에게로 동화시켜 버리는 커다랗고 압도적인 기운.

유수는 앞으로 자신이 어떻게 그와 맞서야 하는지, 눈앞이 캄캄해지는 기분이 들었다.

그런 유수를 바라보며 강후가 입술을 열었다.

"내가 똑같다고? 천만에. 나는 너를 위해 지난 5년간 목숨을 걸었어. 수십 번 죽을 고비를 넘기고 나서야 지금의 자리까지 올라왔지. 모든 게 변했어. 변하지 않은 건 너야, 민유수."

강후의 손가락이 느릿하게 유수의 눈가를 쓸었다. 손가락에 감겨 있는 체온에서 숨기지 않은 열망이 그대로 느껴져서, 유수는 흠칫 몸을 떨었다. 그의 손가락이 다시 천천히 움직여 인중과 입술을 거쳐 목덜미를 스치더니, 뒤통수를 파고 들어왔다.

머리칼을 잡은 손에 힘을 주자 유수의 고개가 들어 올려졌다. 윽, 유수가 짧은 신음을 흘렸다. 강후가 무덤덤하게 말을 이었다.

"내 얼굴에 물을 들이붓고도 살아남은 여자는 네가 처음일 거고, 두 번째는 없어."

유수의 속눈썹이 떨렸다. 다른 사람을 무자비하게 짓밟는 모습을 눈앞에서 목격했으면서도, 자신에게 직접적으로 폭력을 행사하는 그를 본 것은 처음이었다. 여기까지 그를 따라올 수 있었던 건, 아무리 그라도 자신은 결코 건드리지 않으리라는 마음속 어딘가의 근거 없는 믿음이 있어서였다.

그런데, 아니었다. 그는 예외 없이 잔인했다. 심지어 자신에게까지도.

"내가 완전히 미치기 전에"

"……."

"알아서 기어."

"안녕하세요. 김미진이라고 합니다. 교육대학원 다니고 있어
요."

여자가 고개를 숙이며 깍듯이 인사를 했다. 길이가 짧은 티셔
츠와 검은색 주름치마가 아직 학부생인 것처럼 잘 어울렸다. 귀여
운 인상이었다. 웃으며 인사를 하자 두 눈이 예쁘게 휘어지면서
반달 모양이 되었다.

"잘 부탁해요."

해일이 먼저 나서서 악수를 청하자, 다른 사람들도 그녀에게
악수를 청하기 위해 일어서서 다가갔다. 오로지 유수만이 자리에
남아 있었다.

조교 중 한 명이 떠나고, 그 빈자리를 채우기 위해 새로운 사람
이 들어왔다. 전공자 중에 지원자가 없었던 탓에, 다른 과 사람이
자리를 채운다고 듣기는 했다. 그러나 하필이면 그 사람이 미진일
줄이야.

유수는 악연도 이런 악연이 없다는 생각을 했다. 미진은 윤아
와 학창 시절 가장 친했던 친구 중 한 명이면서 동시에 그 시절을

지옥으로 만들어 놓은 장본인이기도 했다. 같은 대학원에 입학했다는 말을 얼핏 듣기는 했지만 전공이 달라 마주칠 일이 없어서 안심했는데, 이렇게 같은 사무실에서 만나는 인연이 생길 줄은 몰랐다. 유수가 한숨을 푹 내쉬었다.

아직도 미진이 자신을 그렇게까지 괴롭혔던 이유를 알 수 없었다. 그저 철이 없어서 그랬다고 하기엔 도가 지나쳤고 너무 집요했다. 오래전 일이라고 할지라도 유수는 여전히 미진을 다시 보는 일이 불편하기 짝이 없었다.

유수가 마지못해 자리에서 일어나 미진에게로 다가갔다. 그녀는 예전부터 붙임성이 좋았다. 여기저기 사람들과 악수를 주고받으며 점점 유수 쪽으로 다가오던 미진이, 드디어 유수 앞에 이르렀다. 유수가 멋쩍게 미소를 지어 보였다.

"어머! 너 유수 아니니?"

유수를 발견한 미진이 손을 덥석 잡으며 반갑게 알은체를 했다. 유수는 살짝 당황했다.

"이게 웬일이야! 어떻게 여기서 다 만나! 졸업하고 처음 보나, 우리? 얼마나 보고 싶었는데! 진짜 반가워!"

입으로는 반갑다고 말하면서 호들갑을 떨지만, 유수는 어쩐지 미진의 눈에서 경계심이 느껴진다는 생각이 들었다.

"응. 오랜만에 만나네."

유수는 애써 미소를 지으며 미진에게서 불편함을 느끼지 않으려고 노력했다.

"둘이 아는 사이야?"

그때, 해일이 끼어들었다. 미진이 유수의 손을 놓지 않은 채 해일에게로 고개를 돌렸다. 그녀는 살갑게 말을 이었다.

"해일 씨, 그거 알아요? 저랑 유수하고 고등학교 때 두 번이나 같은 반이었어요."

"그래요? 보통 인연이 아니네요."

"그렇죠. 그냥 인연이 아닌 거죠. 우리가 얼마나 친했는데!"

유수는 결국 얼굴을 굳혔다. 끔찍했던 악연을 미진이 저토록 산뜻하고 뻔뻔하게 포장하는 게 기가 막혔다. 미진에게 톡 쏘아 주고 싶었지만, 괜히 그때 얘기가 나올까 봐 참았다. 하지만 자꾸만 기분이 더러워지는 것은 참을 길이 없었다. 오늘 처음 본 사이인데도 그녀가 해일의 이름을 부르며 다정하게 말을 주고받는 것도 괜히 불쾌했다.

"그럼 미진아, 도울 일 있으면 불러. 일은 해일이한테서 천천히 배우면 될 거야. 난 오늘 끝내야 하는 작업이 있어서."

"그래. 얼른 가 봐. 해일 씨! 나 뭐부터 하면 돼?"

유수가 돌아서기도 전에 미진이 먼저 돌아섰다. 발랄하게 물으며 해일에게로 다가간다. 유수는 할 말을 잃은 채 미진의 뒷모습을 바라보다가 이내 씁쓸한 웃음과 함께 자리로 돌아왔다.

자리에 앉으니 상념이 생겼다. 생각해 보면 고등학교 때 이강후가 박호준을 폭행하지만 않았어도, 자신이 다시 만난 오랜 친구에게 이토록 불편함을 느낄 이유도 없었을 것이다. 자신의 모든 불행은 이강후를 만남으로써, 이강후로부터 비롯되었다.

불현듯 물에 빠져 허우적대던 자신을 어떤 동요도 없이 고요하게 바라보던 이강후의 얼굴이 떠올랐다. 그때 그 눈빛에 걸려 있던 지독한 무심함도.

'내 얼굴에 물을 들이붓고도 살아남은 여자는 네가 처음일 거고, 두 번째는 없어.'

두 번째는 없을 거라고? 하. 유수가 코웃음을 쳤다. 그렇다면 자신은 어떻게 해서든지 그에게 두 번째, 세 번째가 될 작정이었다. 유수는 손에 들고 있던 휴대폰을 열어 근무가 끝날 시간을 가늠해 보았다. 그리고 어떻게 하면 그에게 두 번, 그리고 세 번이 될 수 있을지를 궁리하기 시작했다.

허벅지 위로 올라오는 짧은 치마, 쇄골이 드러나도록 깊게 파인 셔츠, 바닥을 찌를 듯 날카로운 하이힐. 유수는 어색한 차림에 휘청대며 바(bar) 안으로 들어섰다. 요즘 이태원에서 가장 잘나간다는 곳이었다.

유수가 짧은 치마를 의식하며 자리에 앉자, 시끄러운 음악 소리와 번쩍이는 조명이 일순간 적멸하고 바 안에 느릿하고 끈적이는 음악이 짙게 깔렸다. 유수는 홀 안을 천천히 훑어보며, 바텐더에게 칵테일을 주문했다.

그녀는 이태원에 처음 왔다. 요즘 서울에서 핫한 곳이 어디냐고 조교 중 한 명에게 슬쩍 물었더니, 평일에도 사람들이 북적일 것이라며 이태원을 추천해 주었다.

과연, 제법 규모가 있는 홀 안에 사람들이 꽉 차 있었다. 반 이상이 화려한 차림새의 외국인들. 여기저기서 들려오는 영어가 이질적으로 느껴졌다. 사람들은 홀 곳곳에 자리를 잡고 자연스럽게 어울리고 있었다. 유수는 잠시 멀거니 그들을 구경했다. 이런 곳, 이런 차림새와 자신은 어울리지 않는다는 생각이 들었다.

얼마 지나지 않아 삐딱하게 술잔을 든 남자 하나가 접근해 왔다. 남자는 자연스럽게 유수의 옆에 자리를 잡고 앉으며 시선을 던져 왔다. 유수는 눈길조차 주지 않았다. 그저 멍하니 구경을 계속할 뿐이었다.

"I love your dress(원피스가 예쁘네요)."

남자가 이내 말을 걸었다. 완벽한 발음의 픽업 라인(pick-up line: 작업용 대사). 외양은 한국인인데, 이민 2세라도 되는 모양이었다. 유수는 대답하지 않았다.

"이런 데 혼자 왔으면 다 이유가 있을 텐데 그렇게 대놓고 무시하는 건 내가 별로라는 소린가?"

남자가 유수 쪽으로 몸을 틀며, 이번엔 한국어를 써서 능글맞게 물었다. 유수는 바텐더가 건네는 잔을 받아 들면서 남자에게 눈을 맞추었다. 유수가 싸늘하게 내뱉었다.

"나한테서 떨어지는 게 좋아요. 당신, 위험할지도 몰라."

유수가 다시 시선을 돌려 버리자, 남자는 더욱 흥미가 동한 듯 눈을 반짝이며 유수 쪽으로 상체를 숙였다.

"I am okay with that. It's you(난 당신이라면 위험해도 상관없을 거 같은데)."

유수가 술을 단번에 입에 털어 넣고, 다시 남자를 쳐다봤다.

"농담하는 거 아니에요. 저리 가요."

"OK. 난 각오했다니까 그러네."

남자가 활짝 웃으며 술을 더 주문했다. 남자는 유들유들한 분위기를 풍겼고, 귀여운 얼굴을 가지고 있었다. 유수는 거리낌 없이 남자의 얼굴을 뜯어보다가, 슬쩍 시계를 확인했다. 자정이 지나 있었다. 자신이 이곳에 온 지 반 시간가량이 흘렀다.

이강후가 올까?

그에게 반항하듯 일부러 야한 옷을 골라 사 입었다. 생전 신지 않던 하이힐을 신고 어울리지도 않는 진한 스모키 화장을 하고 빨간색 립스틱을 발랐다. 거울에 비친 제 모습은 자신이 아닌 것처럼 낯설었다. 제법 남자를 유혹하는 분위기가 났다.

자신이 이런 차림새로 이런 곳에 나타난 것을 알게 되면 이강후는 어떻게 반응할까?

저를 길들이기 위해 수영장에 처넣는 것마저 마다 않던 이강후가, 이번에는 어떻게 나올지 짐작이 가지 않았다. 그러나 그의 반응 따위 아무래도 상관없었다. 그가 자신을 아무리 길들이려고 해도 절대 고분해지지 않겠다는 심지를 보여 주는 것이 이번 일의 목적이었으니까.

무섭지 않은 건 아니었다. 하지만 무섭다고 이대로 주저앉으면, 이대로 영원히 늪에 잠겨 버릴 것만 같았다. 이강후라는 어둡고 거대한 늪에.

연달아 술잔을 비웠더니 몽롱해지는 기분이었다. 유수는 한껏

신이 나서 떠들어 대는 남자의 말을 흘려들었다. 시간이 좀 더 흘렀다. 이강후는 나타나지 않았다.

남자의 수다에 지루해진 유수가 몸을 일으켰다. 갑자기 올라오는 술기운에 몸을 휘청거렸다. 남자가 반사적으로 유수의 팔을 잡고 그녀의 안색을 살폈다.

"괜찮아요? 왜 이렇게 술을 괴팍하게 마셔요?"

"떨어져요."

유수가 거칠게 손을 뿌리치고 몸을 돌렸다. 바닥이 한순간 위로 치솟았다가 다시 가라앉으며 일렁거렸다. 밀려오는 두통에 유수는 손바닥으로 이마를 짚으며 천천히 앞으로 나아갔다. 그녀가 걸을 때마다 하이힐이 날카롭게 바닥을 찍는 소리가 바 안에 울려 퍼졌다. 남자는 잠시 걱정스러운 듯 그 뒷모습을 지켜보다가 어깨를 으쓱하고는 자리를 떠나 버렸다.

밖으로 나오자 밤공기가 찼다. 유수는 안에 재킷을 놓고 왔다는 것을 기억해 냈지만, 도로 들어가면 정말 토악질이라도 할 것처럼 속이 안 좋았기에 그대로 입구에 주저앉아 버렸다. 찬 공기를 마시니 그나마 속이 가라앉는 것 같았다.

불빛이 번쩍거리는 거리 위로 사람들이 북적이며 지나갔지만, 자신이 기다리는 사람의 모습은 보이지 않았다.

"하아……."

유수가 깊게 한숨을 내쉬었다. 핸드백을 열어 담배를 꺼냈다. 바에 들어가기 전에 사 둔 것이었다. 고등학생 때 이후로 한 번도 피운 적이 없었지만, 오늘만큼은 왠지 필요할 것 같아서였다. 불을 붙이고 한 모금 깊게 들이마시자 시뻘건 불이 단번에 담배의 몸뚱아리를 삼켜 들어갔다.

"이게 도대체 뭐 하는 짓이야, 민유수."

자조 섞인 혼잣말을 뱉어 낸 유수가 다 타지도 않은 담배를 던져 버리곤, 몸을 일으켰다. 그녀는 재킷을 가지러 들어가기 위해 다시 입구로 들어갔다.

바 안에는 좀 전까지의 분위기와는 사뭇 다르게 시끄러운 음악이 흐르고 있었다. 조명이 너무 번쩍이는 바람에 유수는 자신이 앉았던 자리를 다시 찾는 데도 애를 먹었다. 겨우 찾아간 자리에 재킷이 그대로 남아 있었다.

유수가 재킷을 들고 몸을 돌렸다.

그 순간, 파장창 요란한 소리와 함께 중앙 조명이 박살 나며 부서져 내렸다. 갑작스럽게 일어난 사고에 사람들이 너 나 할 것 없이 비명을 질렀고, 유수도 뿌옇게 일어난 먼지를 피해 반사적으로 뒷걸음질을 쳤다.

이윽고 어두워진 조명과 하얀 먼지 사이로 장신의 인영 하나가 모습을 드러냈다. 유수는 제 쪽으로 걸어오고 있는 사람을 분별하기 위해 눈을 찌푸렸다. 세밀해진 시야로 점점 더 뚜렷하게 그 모습이 들어왔다.

"민유수."

짙은 목소리가 귓가를 울렸다. 유수의 눈동자가 흔들렸다. 자신이 원할 때에는 등장하지 않았던 그가, 예상치 못한 타이밍에 나타난 것이다.

이강후. 조명이 부서진 탓에 유수는 그의 표정을 정확하게 볼 수가 없었다. 그러나 그의 가라앉은 목소리로 짐작건대, 아마도 그는 지금 화가 나 있을 것이다. 한 마리 육식 동물처럼 그가 느릿하게 다가왔다.

그가 거의 코앞에 다다랐을 때에야 유수는 옅은 테이블 조명으로 그의 얼굴을 제대로 볼 수 있었다. 그의 짙은 검은색 눈동자가 푸른빛을 띠고 있었다. 아름답지만 잔인한 기운이 스민 빛이었다.

"이런 식으로 날 자극하고 싶었다면."

그가 비릿하게 웃었다.

"칭찬할 만해."

"……."

"진부하지만, 효과는 확실하지."

유수는 재킷을 움켜쥔 손에 힘을 주며 그를 노려보았다. 이강후는 여전히 말끔한 표정이었다. 다만 그 눈동자만은 형형했다. 강후가 손을 뻗어 유수의 어깨를 붙잡았다. 맞닿은 그의 손이 단단했다. 유수는 시린 미소가 잠시 그의 입가에 걸렸다가 사라지는 걸 보았다. 그가 천천히 고개를 숙여 유수의 귓가에 속삭였다.

"뒷감당은 어떻게 할지 생각해 봤나?"

"……."

"난, 널 죽일지도 몰라."

소름 끼치도록 확고한 목소리.

속이 울렁거렸다. 그가 한 말이 내장을 들쑤시고 지나다니는 것 같았다. 유수가 저도 모르게 두 손으로 입을 틀어막았다. 유수의 손에 들려 있던 재킷이 힘없이 바닥으로 떨어졌다.

"뭐 하는 짓이지?"

"난……."

강후가 삐딱하게 고개를 튼 채로 유수를 응시했다. 두 손으로 입을 가린 유수의 얼굴이 점점 하얗게 질려 갔다. 눈앞에서 사람을 패도, 물속에 처박아 버려도 겁 없이 다시 오늘처럼 도전장을 내미는 여자였다. 그런데 겨우 이런 협박 따위에 겁을 먹은 건가? 강후는 의아함을 담은 눈빛으로 점점 더 질려 가는 유수의 안색을 살폈다.

"저리 비켜."

유수가 겨우 입에서 손을 떼며 한 마디 한 마디 힘을 주어 내뱉었다. 강후가 그런 유수의 말투에 불편해진 심기를 드러내려는 순간,

"으웨에에엑."

유수가 돌연 고개를 숙였다.

"……."

아래를 내려다보니, 유수의 동그란 뒤통수가 보였다. 무언가 끈적이고 축축한 것이 자신의 몸에서 한꺼번에 흘러내리는 것이 느껴졌다. 강후의 얼굴이 순식간에 굳어졌다.

"너 지금……."

"으웨에에엑."

강후가 뭐라고 말을 이을 틈도 없이, 유수가 다시 한 번 강후에게 붙잡힌 채로 자신의 속을 게워 냈다.

"……."

"비키라고, 비키라고 했잖아……."

유수는 뭐라고 중얼거리는 듯하더니 의식을 잃은 듯, 곧 잠잠해졌다.

강후는 그렇게 한껏 속을 비워 내고 정신을 놓아 버린 유수를 붙잡은 채로 사람들의 시선을 받으며 서 있어야 했다. 전혀 예상치 못한 전개였다. 천하의 이강후도 도대체 이 여자를 어떻게 해야 하나 싶은 표정으로 내려다볼 뿐이었다. 당황스럽기보단 황당하다고 하는 게 맞았다.

"빌어먹을……."

그가 짧게 욕설을 읊조리며 꽉 깨문 어금니에 힘을 주었다.

아무 일도 없었던 것처럼 자고 있는 유수의 얼굴은 편안해 보였다. 그러나 반대로 차림새는 엉망이었다. 아무렇게나 뻗어 있는 팔다리 때문에 짧은 치마가 허벅지 끝까지 올라가 있었고, 어깨에서 흘러내린 셔츠는 어느새 가슴 언저리까지 말려 있었다.

그걸 바라보는 강후의 얼굴이 일그러졌다. 마음 같아선 다신 못 입게 저 말도 안 되는 옷을 찢어 버리고 싶었지만, 자신의 집엔 그 옷을 대신할 다른 옷이 없었다. 하는 수 없이 이불을 끌어당겨 목까지 덮어 주는 걸로 대신했다.

이불을 덮자 유수는 몇 번 몸을 뒤척였다. 이내 뒤척임이 잠잠해지자 강후는 침대에 걸터앉아 가만히 유수의 얼굴을 살폈다. 그가 조심스럽게 손을 들어 유수의 얼굴에 가져다 댔다. 손가락으로 천천히 뺨을 쓸자, 유수가 인상을 썼다. 그의 입술에 엷은 미소가 걸렸다.

자신의 눈앞에 실재(實在)하는 그녀가 있다는 것이 믿기지가 않았다. 지난 5년간 단 하루도 그녀를 잊은 적이 없었다. 피 냄새 나는 밑바닥에서부터 차근차근 다른 이들을 짓밟고 올라오면서도 단 하나, 민유수만을 생각했다.

어느 순간부터, 그녀는 자신의 삶의 목적이 되어 있었다. 치열했지만 죽음처럼 적막했던 삶, 민유수가 들어온 순간부터 생(生)이 시작되었던 것이다.

그녀를 갖기 위해 그가 싸워서 얻은 것은 자유였다. 하고자 하는 것은 무엇이든 할 수 있고, 원하는 것은 무엇이든 가질 수 있는 자유. 그녀를 갖기 위한 자유.

넌 내게 자유 그 자체야, 민유수.

5년 동안 유수는 많이 변해 있었다. 언제나 그녀 옆을 맴돌았으면서도, 이렇게 가까이서 그녀를 볼 기회는 별로 없었다. 살아서 움직이는 그녀를 자신의 눈동자에 담아내는 일은 신비에 가까웠다. 현실이지만, 꿈같았다.

눈앞의 그녀는 젖살이 쏙 빠지고 얼굴에 윤곽이 드러나 미모가 한껏 살아나 있었다. 가냘프기만 하던 학창 시절과는 달리 제법 몸에서도 숙녀 티가 났다.

강후는 유수의 눈썹부터 콧날, 인중 그리고 입술까지 꼼꼼히 훑어보았다. 완연하게 무르익은 여자의 짙은 체향이 느껴졌다. 어느덧 그녀의 뺨에 닿아 있는 손가락들이 딱딱하게 굳어 갔다.

그녀는 성역(聖域)이야, 이강후. 너 같은 쓰레기는 감히 건드릴 수 없는.

강후가 자조하며 손을 떼어 냈다. 잠시 유수의 얼굴을 눈에 더 담다가 천천히 자리에서 일어났다. 그가 뒤돌아서서 욕실로 향했다.

강후가 욕실 문을 열기 위해 문고리를 잡은 순간,

"야."

뒤에서 익숙한 목소리가 들려왔다.

뒤를 돌아보자 어느새 몸을 일으킨 유수가 팔짱을 낀 채 자신을 쳐다보고 있었다. 언제 일어난 건지, 삐딱하게 튼 고개와 예사롭지 않은 말투가 굉장히 불량해 보였다. 강후가 대답하지 않고서 눈살만 찌푸렸다.

"야, 이강후."

그녀가 '야'라는 짧은 단어를 뱉었을 때, 강후는 유수가 설마 자신을 그렇게 불렀을까 싶었다. 그러나 그녀는 이제 아예 '야, 이강후'라고 친절하게 자신의 이름까지 덧붙여 호명하고 있었다. 강후 역시 팔짱을 끼고 해보란 듯이 유수를 바라봤다.

"당신, 진짜로 나 좋아해?"

"……."

"거봐, 또 대답 안 하지."

강후는 그제야 유수의 발음이 약간 어눌하다는 걸 알아챘다.

흐트러진 옷매무새도 신경 쓰지 않고 있었다. 아직 술이 덜 깬 모양이었다. 강후는 유수가 이런 주사를 가졌으리라고는 생각해 본 적이 없었다. 그는 대답은 하지 않고 굳은 얼굴로 그녀를 주시했다.

"나쁜 자식."

유수가 이불을 걷어 버리고 벌떡 일어나 성큼성큼 강후 앞으로 다가왔다. 한 걸음 정도의 거리를 두고 멈춰 서서, 유수는 도전적으로 강후를 올려다보았다.

"만약 내가 다른 사람이랑 결혼한다고 하면 어떻게 할 거야?"

혀는 꼬여 있었지만, 눈빛만은 또렷한 채로 유수가 물어 왔다.

"그 남자를……."

"……"

"흔적도 없이 만들어 버리겠지. 아마 살 한 점, 뼈 조각 하나 남기지 않을 거다."

강후의 말투는 단조롭고 딱딱했으나, 확고했다. 둘은 서로의 눈동자에 상대방을 가둔 채로 한동안 말이 없었다.

"픕."

정적을 깬 건 유수의 웃음소리였다. 강후는 그녀가 왜 갑자기 웃음을 터뜨린 건지 이해할 수 없었다. 그러나 난데없이 터진 그녀의 웃음은 계속 이어졌다.

"푸읍. 푸하. 푸하하하하."

그녀는 이제 손으로 배를 감싸고서 자지러질 듯이 웃고 있었다. 강후는 인상을 쓴 채로 그 모습을 가만히 쳐다봤다. 유수는 한참을 더 웃고는, 한 손으로 눈에 고인 눈물을 닦으면서 겨우 말을 이었다.

"당신은, 당신은 어떻게 된 게."

"……."

"꿈에서조차 그렇게 한결같아?"

강후가 눈을 치켜떴다.

그러니까 지금, 이걸 꿈이라고 생각한다고? 강후의 눈썹이 미묘하게 꿈틀거렸다. 하나, 지금 유수의 눈에 그런 강후의 미세한 변화들이 들어올 리 없었다. 그녀는 너무나도 자연스럽게 양 손으로 강후의 두 볼을 꼬집었다. 그리고 쭉 옆으로 길게 잡아 늘였다.

"이렇게 하니까 그나마 조금 귀엽네."

전혀 예상치 못한 전개에 강후는 그 손을 쳐 낼 생각도 못 하고 얼어 버렸다. 유수가 배시시 웃었다. 그 와중에도 강후는 생전 가까이서 보지 못한 그녀의 예쁜 웃음을 홀린 듯 쳐다보았다.

"그런 생각을 해. 당신도 귀여운 어린아이였을 때가 있었을까? 매일 그렇게 험악한 얼굴로 사람을 죽일 듯이 구는 당신에게도, 그런 시절이 있었을까."

"……."

"어때, 말해 봐."

"그럼 나는 태어날 때부터 이 모습이었다는 건가. 차라리 인간이 아니라고 하지 그래."

"이강후 어린이. 그러면 못써요. 묻는 말에만 대답해야지."

유수가 짐짓 엄하게 꾸짖는 척하며 붙잡은 강후의 볼을 가볍게 흔들었다. 그 손길이 아이를 대하듯 다정스럽다. 비로소 정신이 든 강후가 재빨리 유수의 손을 쳐 냈다. '아얏' 하는 소리와 함께 엄살을 떨며, 유수는 떨어진 손을 부여잡고 잠시 강후를 째려보았다.

"좋아. 확인해 보겠어."

유수는 포기하지 않고 이번에는 강후의 어깨 위에 제 두 손을 올려놓았다.

"뭐?"

강후가 제 어깨 위에 닿은 여자의 손을 의식하며 반문했다.

"인간인지 아닌지 확인해 보겠다고. 당신 같은 인간도 심장이란 게 뛰기는 하는 건지."

유수의 손가락이 천천히 아래로 내려가더니, 이내 강후의 셔츠 단추에 다다랐다. 그녀의 손에 의해 단단히 잠겨 있던 단추들이 하나씩 풀어지기 시작했을 때, 강후는 이전에는 한 번도 느껴 본 적 없었던 두통을 느껴야 했다.

"뭐 하는 짓이야."

골이 아파 왔다. 도대체 지금 이 여자를 어떻게 해야 할까, 감이 잡히지 않았다. 이런 건 그의 예상 반경 안에 없었다. 자신에게 욕설과 저주의 말을 퍼붓고, 어떻게든 벗어나려고 몸부림치는 그녀를 꺾는 것은 쉬웠다. 어려서부터 몸에 익혀 왔던 것은 그런 것들을 길들이는 폭력과 압도하는 힘뿐이었으니까.

그런데 지금의 그녀는, 그 어떤 익숙한 수단들로도 제어가 되지 않았다.

강후가 고민하는 동안, 셔츠는 풀어 헤쳐졌다. 드러난 맨가슴에 유수의 손바닥이 닿는 것이 느껴졌다. 따뜻하고 생경한 살갗의 감촉이 느껴지자, 강후의 심장이 폭주하듯 뛰기 시작했다. 한발더 나아가 유수는 아예 강후의 가슴에 귀를 갖다 댔다.

"어? 심장이 뛰네?"

유수가 정말로 신기한 걸 발견한 사람처럼 말했다.

"그것도 엄청 빨리. 당신, 정말 인간이 맞구나."

유수가 다시 한 번 배시시 웃었다. 강후는 그 웃음이 환영처럼 느껴졌다. 자신이야말로 꿈을 꾸고 있는 것은 아닌가 하는 생각이 들었다.

"근데, 진짜 몸 죽인다."

"……."

이어지는 유수의 감탄에, 강후는 어느덧 웃어 버리고 말았다. 이 상황에, 그런 말이 어울리기나 하단 말인가? 허탈한 기색이었다. 어쩐지 자신이 속수무책으로 당하고 있다는 느낌이 든다면, 기우인 걸까.

어쨌거나 유수는 진심으로 감탄하고 있었다. 군살 하나 없이 적당하게 근육이 붙은 탄탄한 상체는 햇볕을 받아 반짝거리는 대리석처럼 단단하고 아름다워 보였다.

그러나 그가 살아온 세월을 방증이라도 하듯, 아름다운 대리석 표면에는 무수히 많은 상처들이 나 있었다. 보기 흉할 만큼 길게 그어진 흉터들과 꿰맨 자국들이 복부부터 가슴까지 수십 개나 있었다.

그 상처들을 하나하나 뜯어보던 유수가 이내 손을 들어 그것들을 쓸어 보았다. 상처는 생생했다. 아마 평생 동안 아물지 않을 것이었다.

"당신의 상처를 보는 일은."

"……."

"꼭, 나를 들여다보는 것 같았어."

유수가 시선을 들어 눈을 맞춰 왔다.

"그래서 외면할 수가 없었던 거야."

"……."

"얼마나 외로웠을까. 얼마나 아팠을까. 그런데 아무렇지 않은 척해야만 하는 것은, 또 얼마나 지옥이었을까."

유수의 눈동자가 깊게 일렁였다. 그녀는 강후를 처음 만났을 때의 기억을 더듬고 있었다. 진득한 피가 눌러 붙어 있던 손바닥의 긴 상처, 그걸 감싼 것은 몹시 충동적이었고, 전혀 그녀답지 않은 일이었다.

후회가 남지 않는다면 거짓말. 그러나 다시 돌아간대도, 똑같이 할 게 분명했다.

"나는 여전히, 당신의 상처들엔 약해."

강후는 가만히 여자를 내려다보았다. 여자의 눈빛에 희미하게 연민이 어려 있었다.

강후도 그녀와의 기억을 떠올리고 있었다. 제 상처를 보고, 홀리듯 제게로 걸어왔을 때의 그녀를.

상처를 보여 준 건, 도망치라는 일종의 경고였다. 사람들은 대개 자신을 두려워했다. 간혹 제 껍데기에 혹해 달라붙는 이들이 있어도, 흉터투성이의 제 흉한 몸뚱어리에는 질겁하곤 했다. 그런데 이 여자만은, 제 상처를 신경 쓰여 견딜 수 없는 사람의 눈빛으로 바라봤다. 그 안에서 발견한, 한 줌의 공기 같은 온기. 그게 뭐라고, 모를 땐 잘만 살았는데 알게 되니 없으면 질식할 것 같은 느낌이었다.

"꿈이니까, 한 번쯤은 괜찮겠지."

유수가 어딘가 멍한 것 같은 눈빛으로, 중얼거리듯 말했다.

"인간 이강후, 어린이 이강후."

"……."

"그가 평생 단 한 번도 못 받아 봤을 포옹이라는 것, 위로라는 것."

유수가 팔을 들어 자신의 품 안으로 강후를 끌어당겼다. 강후가 흠칫 몸을 굳혔다.

"내가 해 줄게."

"……."

"인간 민유수, 어린이 민유수도 받아 보지 못한 거야."

"……."

"그러니까 당신도 지금 나에게 위로가 되어야 해."

유수가 멍청하게 서 있기만 하는 강후를 좀 더 당겨 안았다. 그녀의 뺨이 스르륵, 천천히 남자의 맨가슴에 닿았다.

"약속해."

"……."

"앞으로 다시는, 꿈속에서 나에게 그렇게 잔인하게 등 돌리지 않겠다고."

"……."

"나를, 당신을 버린 나를…… 용서하겠다고."

폭주하듯 뛰던 심장이 어느새 잠잠해졌다.

따뜻함이, 저 밑바닥에서부터 서서히 싹을 틔운다. 천천히 몸 전체로 퍼져 나간다. 강후는 난생처음 누군가에게 안긴 채로, 낯설고 생경한 감각에 휩싸여 있었다. 한 번도 느껴 본 적이 없어서 당혹스러울 정도로 따뜻한 이 느낌이, 말라붙은 영혼 안에 스며들어 왔다.

민유수, 이 여자는 자신을 살아 있게 했다.

"약속한다."

"……고마워."

"그러니 너도 더 이상 스스로를 괴롭히지 마라. 넌 그때, 어렸을 뿐이야."

처음으로, 서툰 위로도 건네 본다.

잠시 품에서 떨어진 유수가 강후를 향해 활짝 웃어 보였다. 웃고 있는 눈의 끄트머리가 살짝 젖어 있었다.

죽은 줄 알았던 남자가 할머니의 장례식에 찾아온 날, 그녀는 남자를 향해 미안하지 않다며 발악하듯 소리쳤었다. 그럴수록 괴로워져서, 후회를 했던 것 같다. 남자가 미워서 치를 떨면서도, 마음 한구석에선 그를 버려두고 도망친 데에 대한 씻기지 않은 죄책감이 남아 있었던 것이다. 용서를 구하고 나니, 비로소 오랜 시간 지고 있던 짐을 덜어 낸 것 같았다.

"고마워, 고마워. 이강후."

"……."

"어른 이강후. 고마워. 그날, 날 구해 준 것도 고마워."

"……."

"고마워."

유수가 까치발을 들어 팔로 강후의 목을 감쌌다. 더없이 꼭 껴안았다. 그 느낌이 정말로 생생하고 포근해서, 너무나도 이상하고 현실 같은 꿈이라고 유수는 생각했다.

유수가 무단결근을 했다. 수십 번 전화를 해도 받지 않았다. 해일은 걱정이 돼서 견딜 수가 없었지만, 자기까지 나서서 호들갑을 떨면 유수의 입장이 더 곤란해질까 봐 일부러 담담한 척했다.

"유수, 아직도 전화 안 받아요? 학장님이 찾으신다던데."

옆에 있던 미진이 걱정 어린 어투로 말했다. 해일이 애써 웃으며 대답했다.

"큰일은 아닐 거예요. 그래도 제가 기숙사에 한 번 가 보긴 해야겠어요. 미진 씨가 잠시 자리 좀 지켜 줄래요?"

"알겠어요. 다녀와요."

"고마워요."

해일이 급히 자리에서 일어서려는데, 미진이 다시 불러 세웠다.

"해일 씨!"

"네?"

"저……."

곤란한 듯 머뭇거리면서도 뭔가 꼭 할 말이 있는 눈치였다. 해일은 어서 유수의 안부를 확인하고 싶어서 마음이 급했지만, 미진을 무시할 수는 없어 다시 자리에 앉았다. 미진이 멋쩍은 듯 계속 망설이더니, 조심스럽게 입술을 뗐다.

"아마도 유수, 애인이랑 같이 있을 거예요."

"뭐라고요?"

"저도 얼핏 입학식 날 사건 들었는데, 그때 굉장했다면서요? 유수 애인이 나타나서……."

"확인해 봤습니까?"

"네?"

"어젯밤 유수가 애인이랑 같이 있었다고, 그래서 오늘, 일도 내팽개치고 안 나올 거라고 그렇게 연락이라도 왔습니까?"

"아니, 그건 아니지만……."

돌연 해일의 표정이 굳었고, 말투도 딱딱해졌다. 미진은 생각지도 않게 민감하게 반응하는 해일 때문에 놀란 탓인지 말끝을 흐렸다.

"친구라면서요."

"……."

"걱정부터 우선 하는 게 도리 아닌가 싶네요."

해일이 싸늘하게 말하곤 뒤돌아섰다. 미진의 얼굴에 핏기가 가셨다. 눈가가 바르르 미세하게 떨렸다.

항상 그랬다. 가장 친했던 친구인 윤아도 자신보다 유수를 더 좋아했고, 첫눈에 반했던 남자도 유수를 따라다녔다. 왜 다들 유수만 싸고도는 걸까? 부모 사랑도 받지 못하고 자란 그 천하고 기분 나쁜 애를.

미진이 눈에 띌 만큼 인상을 구기더니, 다시 한 번 뒤돌아 걷고 있는 해일을 향해 쏘아붙였다.

"친구니까 잘 안다고요! 해일 씨는 유수가 어떤 앤지 모르잖아요!"

해일의 발걸음이 멈춰졌다. 기회를 틈타 미진이 쏜살같이 해일에게로 다가섰다.

"그 남자, 조직폭력배예요. 고등학교 시절부터 유수를 따라다녔어요. 유수 좋아했던 남자 아이 중 하나는 그 남자한테 죽도록 맞아서 병원에 실려 갔다고요."

"그게 무슨 말도 안 되는……."

"해일 씨는 유수를 얼마나 안다고 생각해요? 난 그저…… 너무 걱정이 돼서, 그래서 하는 소리예요."

"도대체 그게 무슨 말도 안 되는 소립니까!"

해일이 버럭 소리를 질렀다. 미진은 아랑곳하지 않고 말을 이었다.

"유수는 정상이 아니에요."

"그만해요."

"난 해일 씨가 정말이지 걱정돼요. 유수랑 너무 가까이 있지 마세요."

"……."

해일이 다시 한 번 차가운 눈으로 미진을 쏘아보곤, 말없이 사무실을 나가 버렸다. 그러나 미진은 찰나에 흔들리는 해일의 눈빛을 읽었다. 미진이 짧게 미소를 머금었다.

해일은 입학식 날 분명히 그를 봤을 것이다. 그리고 그의 그 압도적인 존재감, 강렬한 카리스마, 보통 사람들의 것 같지 않은 아우라도 직접 경험했을 것이다. 자신의 말에서 충분히 신빙성을 느낄 만했다.

해일이 시선으로 언제나 유수를 좇고 어떻게든 그녀를 보호하려고 든다는 것을, 눈치 빠른 미진은 금방 느낄 수 있었다. 앞으로 조금씩, 그 시선에 균열을 가게 만들 것이다. 민유수는 그때나 지금이나, 사랑받을 가치가 없는 아이니까.

미진은 단 한 번, 그 눈빛으로 학창 시절 자신의 심장을 송두리째 앗아 갔던 그의 얼굴을 떠올려 보았다. 그가 다시 나타났다는 걸 알았을 땐, 소리 없이 환호성을 질렀다. 지옥에서 군림하는 하데스 같던, 그 고요한 칠흑의 눈동자. 미진은 더할 나위 없이 매혹적인 그 눈동자가 꼭 한 번 다시 보고 싶어졌다. 그럴 수 있다면, 영혼을 팔아도 좋을 것 같다는 생각이 들었다.

차가운 물이 거침없이 강후의 정수리로 쏟아졌다. 강후는 꼼짝도 하지 않은 채로 물을 맞으며 서 있었다. 머리부터 발끝까지 언제나 차갑게 돌고 있던 피가, 폭주하듯 들끓을 때가 있다. 오직, 민유수를 생각할 때만이었다. 가둘 수는 있어도 탐할 수는 없는 그 존재 때문에, 매 순간 뜨거운 갈증이 일었다. 그럴 때는 항상 이렇게 몇 시간이고 차가운 물을 맞으며 서 있었다.

욕실 타일에 의지한 두 팔에서 퍼런 핏줄이 솟는다. 잠시 물을 멈추고, 눈앞의 거울을 바라보았다. 자신이 늘 경멸하던, 인간의 가죽을 뒤집어쓴 감정 없는 짐승 한 마리가 들어 있다.

'인간 이강후, 어린이 이강후.'

'……가 평생 단 한 번도 못 받아 봤을 포옹이라는 것, 위로라는 것.'

'내가 해 줄게.'

그런데, 그 여자가 처음으로 자신을 '인간' 이강후라고 불러 줬다. 한 번도 인간인 적 없던 자신이, 여자를 통해, 존재를 갖춰 간다. 제 품에 감겨들던 부드러운 감촉이 떠오르면, 환희에 몸서리가 쳐졌다.

갖고 싶다. 그녀를 갖고 싶다. 원했다, 그녀를 너무나도.

하지만 이 광기 어린 열망이 드러나기 시작하면, 자신은 끝내 그녀를 남김없이 먹어 치우고 말 것이다. 자신이 살고 있는 그 깊은 어둠 속으로, 그녀와 함께 침잠하고 말 것이다.

다시 찬물을 틀었다. 강후가 눈을 감았다. 억지로 꺼트린 열망이 씻겨 내려간다. 강후의 척추뼈를 타고 흐르듯 승천하는 흑룡(黑龍)이, 광폭하게 으르렁거렸다.

하암, 유수가 습관처럼 늘어지게 하품을 하며 자리에서 일어났다. 제일 먼저 보이는 건 한쪽 벽을 채운 하늘색의 커다란 커튼. 주위를 둘러보자 심플한 하얀색 벽지가 방 안을 채우고 있는 것이 눈에 들어왔다. 아무 생각 없이 주위를 살피고 난 뒤 침대 위로 발을 내딛는 순간, 유수는 뭔가 이상하다는 기분에 휩싸여 동작을 멈추었다.

"……여기 어디야?"

자신이 눈을 뜬 곳은 기숙사의 비좁은 방 안이 아니었다. 벽지 색깔도 침대의 감촉도 모두 달랐다. 유수가 사색이 되어 본능적으로 두 팔을 이용해 제 몸을 감쌌다.

도대체 어떻게 된 걸까? 바에서의 기억은 자신이 이강후의 앞에서 토했던 그 순간까지였다. 아마도 정신을 잃었던 것 같다. 그후, 정신을 잃은 자신을 이강후가 이곳으로 데려온 것이리라. 그렇다면 이곳은 그의 집일까?

궁금증들이 꼬리를 물며 생겨났지만 어찌 됐든 분명한 것은 당장 이곳을 벗어나야 한다는 사실이었다. 사이드 테이블에 놓여 있는 자신의 가방을 열어 휴대폰을 확인했다. 부재중 전화가 20통 가까이 와 있다. 대부분은 해일에게서 온 것이었다. 무단결근을 해 버렸으니 부재중 전화가 이렇게 많은 것도 이상할 것이 없었다.

가방을 들고 서둘러 자리에서 일어서려는데, 문득 사이드 테이블 위에 놓여 있는 작은 병 하나가 눈에 들어왔다. '컨디션' 이라고 쓰여 있는 초록색 병이었다.

이걸 도대체 누가…….

'약속해. 앞으로 다시는, 꿈속에서 나에게 그렇게 잔인하게 등 돌리지 않겠다고.'

'나를, 당신을 버린 나를……. 용서하겠다고.'

불현듯 아찔한 두통이 일면서 머릿속에서 익숙한 소리가 울렸다. 간밤에 꿈속에서 제가 했던 말. 아니, 꿈속이라고 착각해서 했던 말. 하지만, 분명히 현실 속의 누군가에게 건넸던 말.

'약속한다. 그러니 너도 더 이상 스스로를 괴롭히지 마라. 넌 그때, 어렸을 뿐이야.'

그리고 화답하듯 울리는 또 다른 목소리. 짙고 깊은, 이강후의 목소리. 머릿속에서 파노라마처럼 간밤에 있었던 일이 빠르게 되감기기 시작했다. 꿈이리라는 생각이 우스울 정도로 쓸데없이 생생한 기억이었다.

도대체 무슨 짓을 한 거야, 민유수!

유수는 들고 있던 가방을 던져 버리곤 절규하듯 주저앉았다.

얼마간 거의 공황 상태에 있었기에 사무실에 연락을 줘야 한다는 것마저 잊고 있었다. 해일에게서 온 엄청난 수의 부재중 전화가 떠오른 건, 거의 기숙사에 도착하기 직전이었다. 기숙사로 통하는 언덕길을 내려가며 유수가 해일에게 전화를 걸었다.

— 민유수!

해일의 목소리가 들려왔다.

"해일아, 미안해. 사정이……."

— 너 도대체 어떻게 된 거야?

해일이 언성을 높였다.

— 무슨 일이 있었으면 있었다고 연락을 줘야 할 거 아냐? 사람을 이렇게 걱정시키면 어떻게 해? 생각이 있는 거야, 없는 거야!

유수는 느닷없이 쏟아지는 해일의 노성에 놀랐고, 기숙사 앞에서 휴대폰을 든 채 서 있는 그의 모습을 발견하고는 한 번 더 놀랐다.

"해일아!"

유수가 휴대폰을 귀에서 내리며 그를 불렀다. 해일이 유수 쪽으로 고개를 돌리며, 역시 놀란 듯한 얼굴을 해 보였다.

"너 왜 여기까지 와 있어? 나 기다렸어?"

"너, 안에 없었어?"

해일이 날카로운 음성으로 쏘아붙이듯 물었다. 처음 보는 해일의 모습에 유수는 어찌해야 할 바를 모르고 어물쩍거리며 대답했다.

"아, 응. 그게……."

"지금까지 어디서 뭐 했는데?"

"사정이 좀 있었어."

"그러니까 그 사정이란 게 뭐냐고 묻잖아!"

점점 격해지는 해일의 반응에 유수도 점점 기분이 상했다. 자신에게도 분명 유쾌한 하루는 아니었다. 걱정시킨 게 미안하긴 하지만, 꼭 저렇게 윽박을 질러야 하는 걸까 싶었다.

"왜 화를 내고 그래?"

유수가 정색하고 되묻자, 해일의 입이 다물어졌다. 자신이 생각해도 제 반응이 과하긴 했다. 무슨 일이 있었는지 차근차근 자초지종을 묻는 게 자신이 할 일이었다. 사실, 유수가 나타나기 전까지만 해도 그렇게 할 작정이었다.

그런데 막상 유수가 아무렇지도 않은 얼굴로 기숙사 반대편에서 등장하자, 자신도 모르게 화를 내고 말았다. 게다가 아무렇게나 뻗쳐 있는 머리칼과 흐트러진 옷매무새라니. 마치 방금 전 미진에게서 들었던 말들이 사실이기라도 한 것처럼 말이다. 차라리 유수가 어디가 많이 아파 기숙사 안에 누워 있는 편이 나았을 거라는 생각까지 들었다.

"하아."

해일이 긴 한숨을 내쉬며 두 손으로 마른세수를 했다. 조금 진정된 그의 모습을 확인하고 나서 유수가 다시 입술을 열었다.

"걱정시킨 건 미안해. 말 못 할 사정이 좀 있었어. 사무실엔 내가 전화해서 얘기할게."

유수가 조심스럽게 해일에게로 한 걸음 더 다가섰다. 그때, 해일의 서릿발 같은 말이 더 다가오려던 유수를 막아섰다.

"그 남자 만나고 오는 길이야?"

유수의 얼굴이 굳었다.

"그 남자라니?"

"입학식 날, 그 남자 말이야."

"……."

"그 남자가 네 애인이야?"

"무슨 소릴 하는 거야."

"그 남자 깡패라며. 네 스토커였다며."

가방끈을 붙잡은 유수의 손이 미세하게 떨리기 시작했다. 이강 후에 대해서 해일이 어떻게 알게 된 것일까. 미진이 떠벌린 걸까. 유수의 심장이 빠르게 뛰기 시작했다.

"아니야."

"뭐가 아니라는 건데?"

"……내 애인 아니라고."

"……."

"그리고…… 네가 상관할 일도 아니야."

유수가 원망스러운 눈으로 해일을 한 번 쏘아보곤, 빠르게 그의 곁을 스쳐 지나갔다. 하나, 몇 걸음 가지도 못하고 해일에게 손목을 붙잡혔다.

"더 이상 얘기하고 싶지 않아."

유수가 싸늘하게 내뱉었지만 해일은 손을 놓지 않았다. 오히려 힘을 주어 유수를 다시 자기 앞으로 끌어다 놓았다.

"좋아한다고 했잖아."

뭐라고 쏘아붙이려던 유수가, 입만 열고 벙긋거렸다.

"왜 아무 대답도 안 해 줘? 나는, 나는 진심이었어."

그 말을 끝으로 해일이 유수의 입술에 키스해 버렸다. 유수가 미처 어떻게 반응할 틈도 없었다. 상황 파악을 한 건 이미 해일이 자신의 입술을 온통 잠식한 후였다. 유수는 빠져나가기 위해 몸부림을 쳤다. 그럴수록 해일은 자기 쪽으로 더 가까이 그녀를 끌어당길 뿐이었다.

유수는 눈도 감지 못한 채로 그의 키스를 받아들여야 했다. 이윽고 유수가 반항을 멈추자 해일의 키스도 따라서 점차 부드러워졌다. 해일이 달래듯 유수의 등을 어루만졌다. 한참이나 더 농밀한 키스가 이어진 뒤에야 조심스럽게 그의 입술이 떨어져 나갔다.

유수는 어떤 말도 할 수 없었다. 허락도 없이 키스를 퍼부은 해일에게 욕이라도 해 주어야 하는데, 막상 해일의 얼굴을 보니 아무 말도 나오지가 않았다.

어째서, 미친놈처럼 키스까지 한 주제에, 자신이 저렇게 처참한 얼굴인 건지 모르겠다.

"너 무슨 짓을……."

"미안해."

정말로 미안한 기색이 가득 담긴 얼굴로, 해일이 유수를 바라봤다.

"허락도 없이 해 버려서 미안해."

"……."

"근데, 일일이 허락받으려고 하면 끝이 없을 거 같아서."

"……."

"앞으로도 난 너 계속 많이 좋아할 거거든."

해일이 다시 유수를 끌어당겨 안았다. 유수는 해일의 품에 안긴 채로 할 말을 잃고 말았다. 심장이 터질 듯이 뛰고 있었다.

미진은 자신의 손안에 든 사진에서 눈을 떼지 못했다. 말끔하게 정돈된 검은색 머리카락, 특유의 하얀 피부, 날렵하고 차가운 얼굴. 사진 속의 남자는 모든 것이 예전 그대로였다. 달라진 것이 있다면 연륜 속에서 조금 변한 얼굴이, 더 매력적이 되었다는 것 정도.

입학식 날 찍힌 그의 사진을 구하는 일은 어려운 것이 아니었다. 대학원 홈페이지에 접속했더니, 여학생들이 주로 이용하는 커뮤니티 게시판에 같은 날 찍힌 그의 사진이 여러 장 올라와 있는 것을 발견할 수 있었다. 한때는 미지의 그 인물에 대해서 꽤 떠들썩했던 것 같았다.

"다 왔습니다, 손님."

미진이 값을 지불하고 택시에서 내렸다. 잠시 주위를 둘러본 다음 어둠이 내린 후미진 골목으로 들어섰다. 얼마 정도 안으로 들어가자, '흑룡 흥신소'라고 쓰인 간판이 달린 건물이 보였다. 미진은 들고 있던 사진을 자신의 클러치 백에 조심히 집어넣으며 건물 안으로 들어갔다.

안으로 들어서자 검은색 양복을 입은 사내 하나가 나타나 자리를 안내해 주었다. 커다란 덩치에 맞지 않게, 부산 사투리 억양이 살짝 섞인 말씨가 귀여운 젊은 남자였다. 남자는 자신을 우진홍이라고 소개했다.

"이렇게 예쁜 아가씨가, 이런 데엔 어떤 일로 오셨는지?"

미진이 자리에 앉자, 남자가 웃으며 물어 왔다. 미진은 끼고 있던 선글라스를 벗으며 따라 웃어 보였다. 그녀 특유의 예쁜 눈웃음이 흘러나오자 남자의 얼굴이 살짝 붉어졌다. 미진이 속으로 가소롭다는 듯 그를 비웃으며, 클러치 백에서 여러 장의 사진을 꺼내 테이블 위로 올려놓았다.

"사람을 좀 찾아 줘요."

남자가 사진을 집어 들었다.

"추측건대, K대학교 근처에서 찾을 수 있을 거예요. 그 학교 대학원 입학식에 왔었거든요. 찾을 수 있겠죠?"

미진이 다리를 꼬고 소파에 깊숙이 몸을 기대며 남자의 대답을 기다렸다. 그런데, 남자는 사진에만 시선을 고정시킨 채로 대답이 없다. 좀 전의 어리숙한 모습은 어디 가고 눈빛이 꽤 날카로워져 있었다. 미진이 짜증 섞인 어조로 다시 물었다.

"찾을 수 있냐니까요."

"이 사람, 이름이 뭔지 압니까?"

뜬금없는 남자의 질문에, 미진의 예쁜 얼굴이 구겨졌다.

"광고에는 이름 없이도 사람 하나 찾는 것쯤은 식은 죽 먹기라더니. 이름이 있어야 해요?"

남자는 잠시 잠자코 있다가, 사진을 내려놓고 미진에게로 또렷하게 눈을 맞추었다. 장난기가 사라진 눈매는 찌를 듯 매서웠다.

이 남자가 도대체 왜 이러나 싶어 미진의 심기는 더욱 불편해졌다. 그가 천천히 입을 뗐다.

"이름 이강후, 나이 30세. 수도권 일대에서 가장 힘 있는 조직의 중간 보스죠. 젊은 나이에 그 자리에 오를 만큼 조직에서 가장 촉망받고 영향력 있는 인물이기도 하고요."

미진이 놀란 얼굴로 두 눈을 깜빡였다. 남자는 메마른 어투로 계속 말을 이었다.

"아가씨 같은 사람이 건드릴 인물이 아닙니다. 대한민국의 웬만한 기업 운명도 들었다 놓았다 하는 조직입니다. 사람 하나 생매장하는 거, 일도 아니죠. 이런 사람 뒤 밟아서 좋을 것 없습니다. 돌아가세요."

남자가 미련 없이 자리에서 일어났다. 미진은 잠시 얼이 빠진 채로 남자의 뒷모습을 바라보다가, 웃어 버리고 말았다. 예삿일을 하는 사람은 아니라고 생각하긴 했지만, 정말로 조직의 보스일 줄이야. 그 남자는 자신이 생각했던 것보다 더 위험하고, 더 대단한 인물이었다.

미진은 테이블 위에 흩어져 있는 사진을 모아 클러치 백 안으로 집어넣었다. 벗어 두었던 선글라스를 다시 얼굴에 걸었다. 가슴이 묘한 설렘으로 두근거렸다. 위험한 장난일수록, 멈출 수 없는 법.

"이강후, 이강후라……."

미진은 저도 모르게 방금 전 들었던 남자의 이름을 읊조렸다.

"지난번에 드렸던 한해일과 임윤아 자료 중, 추가할 것이 있어서 더 가져왔습니다. 아, 그리고 근래에 민유수 양이 일하는 사무실 직원이 한 명 바뀌었기에 조사를 좀 해 보았더니, 민유수 양과 고등학교 동창생이더군요."

강후는 진홍이 내민 서류를 받아 들며, 한 손으로 넥타이를 잡아당겨 느슨하게 만들었다. 근래에 온몸의 신경이 날카롭게 곤두서 있었다. 이게 다 그 여자 때문이다. 보고 있어도, 보고 있지 않아도 늘 신경 쓰이는 그 여자, 민유수.

서류를 넘기는 강후의 긴 손가락에 신경질이 묻어났다.

"그리고 보고드릴 게 하나 더 있습니다."

진홍이 평소답지 않게 약간 뜸을 들였다. 강후는 눈으로는 '김미진'이라고 쓰인 신상명세서를 읽으며, 계속 말해 보라는 듯 턱짓을 했다. 진홍이 조심스럽게 이야기를 꺼냈다.

"얼마 전에 흥신소에 웬 여자가 찾아왔었습니다."

"그런데?"

"공교롭게도 그 여자가, 이번에 바뀐 민유수 양 사무실의 조교입니다. 지금 보고 계신 서류 속 여자지요."

"……."

"사람을 찾는다며 사장님의 사진을 들고 왔습니다."

"……."

"어떻게 할까요?"

강후는 웃고 있는 서류 속 미진의 얼굴을 가만히 들여다보았다. 낯이 익다. 누가 봐도 예쁜 얼굴이지만 어쩐지 꺼림칙한 느낌이 들게 하는 얼굴이었다. 감히 자신의 뒤를 캐려고 했었다는 이야기를 들어서일까. 좋지 않은 쪽으로 유수와 관련이 있을 것이라는 직감이 들었다. 그 생각에 미치자 강후의 다물어진 입술이 정확하게 일자를 그리며 굳었다.

"사람 붙여서 지켜봐."

"예, 알겠습니다."

진홍이 가볍게 목례를 하고 집무실을 나갔다.

'김미진……'

강후의 머릿속에 불현듯 과거의 한 장면이 떠올랐다.

민유수를 보기 위해 오래전 그녀의 학교에 찾아간 날, 그녀와 함께 분식집에 모여 있던 친구들 중에서 자신과 눈이 마주친 여자아이가 있었다. 유수에게 자신이 있다는 걸 알린 것도 그 아이였다.

그리고 유수를 바라보는 내내, 그 여자아이의 집요한 시선이 불쾌한 한여름의 더운 공기처럼 자신에게 들러붙어 있는 걸 느낄 수 있었다. 머리 모양과 분위기가 약간 바뀌긴 했지만, 사진 속 김미진은 그때 그 아이가 틀림없었다.

강후는 즉시 방금 전 집무실을 빠져나갔던 진홍에게로 전화를 걸었다.

"김미진, 휴대폰도 뚫어 놔. 위치 추적이랑 도청되도록."

알았다는 진홍의 대답을 듣고 통화를 끊었다. 김미진……. 그때 적당히 손봐 두었어야 했나? 여자의 이름을 곱씹어 볼수록 불쾌한 기분이 짙어졌다.

지이이잉. 그때, 휴대폰 화면이 반짝거리며 '박수필'이라는 이름이 떴다. 강후가 느릿하게 전화를 받았다.

"무슨 일이야."

— 행님!!

휴대폰을 부술 듯 시끄러운 목소리가 들려왔다. 그러나 얼굴을 찌푸리면서도, 강후는 용케도 전화를 끊거나 하지는 않았다. 그가 무덤덤하게 '왜'라고 대답하자 다시 전화기를 타고 한껏 고조된 남자의 목소리가 흘러나왔다.

한때는 그의 가장 가까운 수하였던, 박수필이었다.

— 명동에 드디어 가게 오픈합니다! 한번 들러 주십쇼!

"……"

— 제가 그 바닥 씻고 새 출발 하게 된 거, 다 행님 덕분 아닙니까! 오셔서 쌈빡하게 축하 좀 해 주십쇼!

"애들 시켜서 화환 보낸 걸로 아는데."

— 행님! 화환이 중요합니까? 행님 안 오시면 가게 오픈 안 할랍니다!

수필이 애처럼 떼를 썼다. 그가 한번 떼를 쓰면 강후도 어쩔 도리가 없었다.

"저녁에 갈 테니, 자리 비워 둬."

— 행님! 싸랑합니다, 행님!

그의 징그러운 소리에도, 강후의 입가가 살짝 호를 그렸다.

언제나 충직하게 자신을 따르던 수필이 사랑하는 사람이 생겨서 결혼을 했다. 아내가 아이를 가진 걸 알게 되자마자 자신에게 처음 한 말이, 이 바닥을 떠나겠다는 것이었다.

보통 조직 세계에서 몸담던 곳을 떠난다는 것은 곧 가혹한 응징도 감수하겠다는 얘기였지만, 강후가 중간 보스에 오르면서 상황이 매우 달라졌다. 강후는 원한다면 아무 응징 없이 조직을 나갈 수 있는 문화를 처음 만든 사람이었다. 그리고 수필이 앞으로의 생계를 문제없이 꾸려 나갈 수 있도록 작은 가게도 마련해 준 사람이기도 했다.

수필에게 강후는 영원한 자신의 보스이자 평생을 다해 갚을 은인이었다.

— 기다리겠습니다, 행님! 얼른 오십쇼!

"박수필."

— 예, 행님!

"그 형님이라는 소린 제발 좀 집어치워라. 애가 듣는다."

그 말을 끝으로 강후는 전화를 끊었다. 까칠하게 대하긴 했지만, 오랜만에 듣는 아끼는 수하의 목소리에 예민해졌던 신경이 조금 풀리는 느낌이었다. 강후가 휴대폰을 주머니에 넣고 재킷을 챙겨 든 채 집무실을 빠져나갔다.

무단결근 건으로 유수는 학장님께 호되게 꾸지람을 들었다. 그

때문인지 그날 하루 종일 사무실 분위기가 뒤숭숭했다. 분위기를 풀기 위해 조교 중 누군가가 나서서 그날 저녁 회식을 제안했고, 결국 그 제의는 같은 사무실을 쓰는 모든 과의 공동 회식 자리까지 번지게 되었다.

사람들은 대학로에서 간단하게 저녁을 먹고, 바로 2차로 자리를 옮겼다. 간밤의 음주로 컨디션이 좋지 않았으나, 유수는 일찍 빠져나갈 수가 없었다. 결국 자리가 만들어지도록 빌미를 제공한 것은 자신이었기 때문이었다.

억지로 앉아 있는 자리가 여간 불편하고 어색한 것이 아니었다. 멀찍이 떨어져 앉긴 했지만, 가까운 곳에 해일이 앉아 있었다. 키스 사건 이후 해일을 피해 다녔다. 업무차 대화할 일이 생기면 일부러 쌀쌀맞게 굴었다. 해일에게 조금의 여지도 보이고 싶지 않았다. 언제 그 뱀 같은 이강후에게 들통나 사달이 날지 모르니까.

해일에게 이강후의 존재에 대해 떠벌렸을 것이 분명한 미진을 보는 것도 고역이었다. 마음 같아선 달려가 무슨 짓을 한 거냐며 따지고 싶었지만, 그러면 또 이강후에 대한 이야기가 나올 것 같아서 차라리 모르는 척하고 있는 중이었다.

"유수 씨, 어디 불편해요? 안색이 별론데."

옆에 앉은 사학과 조교 승준이 물어 왔다. 유수는 입술을 애써 끌어 올리며 웃어 보였다.

"아뇨. 괜찮아요."

"승준아, 자리 좀 바꿔 주라."

그때, 누군가가 승준의 어깨에 손을 올리며 말을 걸었다. 유수는 고개를 들어 올리다가 흠칫 굳었다. 해일이었다.

"고맙다."

승준이 순순히 자리에서 일어서자 해일이 그를 향해 답례로 손을 흔들어 보이곤, 이내 유수 옆에 자리를 잡고 앉았다.

"신경 쓰이지?"

"……."

"불편하게 만들 생각은 아니었는데, 미안하다."

해일이 술잔을 채우며 씁쓸하게 웃었다. 유수는 어쩐지 가슴이 저릿했다. 해일이 싫은 게 아니었다. 호감형 외모에 싹싹한 성격으로 해일은 어딜 가나 사랑받는 타입이었다. 만약 자신의 상황이 지금과 같지 않았다면, 어쩌면 조금씩 그에게 마음을 열었을지도 모르는 일. 이번에는 유수의 입술에 씁쓸한 웃음이 걸렸다.

착한 그를, 자신 때문에 위험에 빠뜨릴 수는 없었다.

"해일아."

"……."

"이제 그만해."

술잔을 기울이던 해일의 손이 우뚝 멈추었다.

"첫사랑을 잃었어."

"……."

"그 사람한테."

유수는 그를 바라보지 않은 채로 말을 이었다.

"친구들도 잃었어, 그 사람 때문에. 난 아직 그에게서 못 벗어

나. 너까지 잃고 싶지 않아. 진심이야. 진심으로, 널 잃고 싶지가 않아. 그러니까…… 이제 그만해."

말을 마치고 유수가 천천히 고개를 돌려 해일을 쳐다보았다. 해일의 투명한 눈동자가 흔들리고 있었다. 테이블 위에 둔 주먹 쥔 손은 미세하게 떨렸다. 약간 상기된 목소리로, 해일이 유수를 향해 입을 열었다.

"내가, 뭐라고 대답할 것 같니?"

"……."

"아, 그렇구나. 너한테 그런 사정이 있었다니 몰랐네. 그렇다면 포기할 수밖에."

"……."

"이렇게 대답이라도 할 것 같아?"

"해일아."

"내가 그렇게 못 미더워? 겁먹고 도망이라도 칠 것 같아? 내 마음, 진심이라고 했잖아. 네가 정말 웬 미친 깡패한테 스토킹이라도 당하는 거라면, 내가 도와줄게."

넌, 절대 그 사람 못 당해내.

튀어나오려는 말을 유수가 애써 눌러 삼키며 해일을 향해 도리질을 쳤다. 그럴수록 해일의 마음은 더욱 상처를 입었다. 오기마저 올라왔다. 도대체 그 남자가 얼마나 대단하기에, 벗어나고자 할 수조차 없단 말인가? 해일이 어금니를 꽉 깨물며 힘주어 말했다.

"지켜 줄게, 민유수. 내가 너, 지켜 줄게."

해일이 갑자기 자리에서 일어섰다. 흩어져 있던 주위의 시선들이 한꺼번에 해일에게로 쏟아졌다. 유수도 두 눈이 휘둥그레져서 해일을 쳐다보았다.

"이 자리를 빌려 밝힐 게 하나 있습니다!"

해일이 큰 소리로 외쳤다.

"저, 민유수 좋아합니다!"

유수의 얼굴이 사색이 되었다. 반사적으로 아니라고 외치려는 찰나, 해일이 먼저 더 큰 목소리로 말을 이었다.

"우리 유수, 누가 봐도 예쁜 거 압니다. 그래서 혹시 눈독 들이는 분 있으실까 봐, 이렇게 공개 고백으로 제가 선수 치는 겁니다!"

휘익, 어디선가 휘파람 소리가 들려왔다. 우우우, 야유인지 환호인지 모를 소리도 터져 나왔다. 달아오른 분위기 때문에 이제 아니라고 나서서 말하기조차 민망한 상황이 되었다. 유수의 얼굴에서 완전히 핏기가 가셨다.

그때, 파짓 소리와 함께 가게 안의 불빛이 한꺼번에 사그라졌다. 고조된 분위기가 순식간에 가라앉으며, 잠시간의 정적이 찾아왔다. 느닷없는 정전 사태에 굳어 있던 사람들이, 곧 웅성거리며 움직이기 시작했다.

안 그래도 뛰고 있던 유수의 심장이 더 크게 요동쳤다. 정전이 일어난 타이밍이 묘했다. 불안한 마음으로 주위를 살폈다. 옆자리에 앉은 해일을 찾기 위해 손을 뻗어 보았다. 자리가 비워진 듯, 손에 걸리는 게 없었다. 더듬더듬 더 멀리 팔을 뻗어 보았지만,

마찬가지였다.

설마. 불길한 예감에 휩싸였다. 그럴 리가 없어, 그럴 리가 없을 거야. 유수는 침착하고자 애쓰며 해일의 이름을 불렀다. 하지만 사람들의 웅성거리는 소리만 뒤엉켜 커질 뿐, 해일의 대답은 들려오지 않았다.

유수가 주머니에서 휴대폰을 꺼내 드는 순간, 소름 끼치도록 차가운 목소리가 어둠 속에서 튀어나왔다.

"밖으로 나와, 민유수."

유수의 심장이 쿵, 하고 바닥으로 추락했다.

하루 종일 눈에 어른거리는 유수의 얼굴을 수필의 가게에서 발견했을 때, 강후는 심장이 멎는 것 같았다. 수필의 인사를 받으면서도 온통 신경은 그쪽에 쏠려 있었다.

자신이 일부러 찾아낸 것도 아닌데 민유수를 보게 되다니, 행운이라면 행운이었다. 단 일 초라도 더 그녀의 모습을 눈에 담고 싶었기 때문이었다.

그러나 그 작은 행운은 금방 산산조각이 나 버리고 말았다. 난데없이 자리에서 일어난 남자 하나가 가게 안을 쩌렁쩌렁 울리며 지껄인 이야기 때문이었다.

"저, 민유수 좋아합니다!"

뒤통수를 맞은 기분이었다. 들고 있던 술잔이 소리도 없이 손

안에서 부서졌다. 놀란 수필이 펄쩍 뛰며 호들갑을 떨었지만, 그런 것 따위 눈에 들어오지도 않았다.

"우리 유수, 누가 봐도 예쁜 거 압니다. 그래서 혹시 눈독 들이는 분 있으실까 봐, 이렇게 공개 고백으로 제가 선수 치는 겁니다!"

그 얘기를 듣는 순간 머리의 어디쯤에서 퓨즈가 끊어진 것 같았다. 수필을 향해 씹어 뱉듯 말했다.

"장사, 내일부터 해라."

자리를 박차고 일어나 전기를 끊으라고 수필에게 지시를 내린 뒤, 어떤 기척도 없어 움직였다. 남자의 입을 막은 뒤 끌고 나와 수필에게 맡겼다. 수필은 군말 없이 남자를 건네받아 가게 밖으로 데려갔다.

"밖으로 나와, 민유수."

끓어오르는 분노를 억누르며 내뱉었더니, 평소보다 더 낮게 깔린 스산한 음성이 흘러나왔다. 금방 어둠에 익숙해진 눈으로 유수의 어깨가 굳는 것이 보였다. 그녀는 천천히 자신을 따라 가게 뒤편으로 자리를 옮겼다.

희미한 가로등 불빛 아래에서 강후의 얼굴을 확인한 유수의 눈이, 충격으로 물들었다. 설마 했는데, 정말로 이강후가 벌인 짓이라니. 해일의 공개 고백보다도 더 충격적이었다.

"한해일, 당신이 데려갔어?"

유수의 목소리가 덜덜 떨리고 있었다. 동요하는 그 모습에, 강후가 서늘하게 웃었다.

"그렇다면?"

머릿속의 생각들이 일시에 정지되었다가 한꺼번에 파란을 일으킨다. 자신의 눈앞에서 강후의 발에 짓밟히던 첫사랑의 여리고 순수한 얼굴이, 해일의 얼굴과 겹쳐서 떠올랐다.

"손끝, 손끝 하나 대지 마. 한해일한테 무슨 일 생기면……."

"……."

"당신, 죽일 거야."

최대한 표독스럽게 그를 쏘아보려고 했지만, 눈물로 시야가 자꾸만 흐려지는 바람에 별로 효과가 없었다. 강후가 손을 뻗어 무신경하게 유수의 눈가를 쓸었다.

"죽이겠다는 말은."

유수에게 시선을 맞춘 채, 강후가 느릿하게 품속에서 반짝이는 무언가를 꺼냈다. 은색 폴딩 나이프였다. 가볍게 한 번 흔들자, 날카로운 칼날이 모습을 드러냈다.

"함부로 하는 게 아니야."

잘 벼려진 서늘한 기운의 금속을 내려다보며 유수가 흠칫, 몸을 굳혔다. 강후가 유수의 손을 들어 올려 그 안에 억지로 나이프를 쥐여 주었다. 손안에 들러붙듯 감겨 오는 딱딱한 감촉. 유수가 멍하니 제 손에 들린 금속을 쳐다보았다.

"정말로 죽일 자신이 있을 때, 하는 말이지."

강후가 칼을 쥔 유수의 손목을 붙잡고 제 쪽으로 강하게 끌어당겼다. 칼날이 남자의 단단한 복부에 맞닿았다.

"죽이고 싶으면 지금 죽여. 기회를 줄게."

유수가 칼날이 닿아 있는 곳을 한 번 쳐다보곤, 고개를 쳐들었다.

"내가 정말 이대로 당신을 찌르면 어쩌려고?"

"네 손에 죽는다면, 영광이지. 너에겐 아무 뒤탈도 없을 거야. 네 손에 죽으면 단순 사고로 처리하라고 부탁까지 해 둔 참이거든."

유수가 꽉 다문 입술을 파르르 떨었다. 도대체 누구에게 그런 부탁까지 해 놨단 말인가. 이 남자는, 언젠가 미쳐 버린 자신이 그를 살해하고 말 거라고 예상하고 있는지 모른다. 어쩌면, 그런 결말을 기대하고 있는지도 모른다. 이 남자는 미쳐도 단단히 미쳐 있으니까.

"뭘 망설이는 거야?"

강후가 부추기듯 물었다. 유수가 나이프를 쥔 손에 꾹 힘을 주었다. 눈가가 파르르 떨리고, 손에 땀이 들어찼다. 그러나 정작 날붙이를 살에 대고 있는 강후는 조금의 동요도 없는 모습이었다.

푹, 금속의 끝이 피부를 찌르고 안으로 들어가는 소리가 났다. 칼날이 물컹하고 끈끈한 뭔가에 감기는 느낌이, 지나치게 생생하게 손끝을 타고 흐른다. 유수의 얼굴이 하얗게 굳었다.

칼을 찌른 건, 그녀가 아니었다. 유수의 손목을 붙잡고 있는 강후의 힘에 의해서, 칼날이 자꾸만 안으로 박혀 들어갔다. 유수가 필사적으로 힘을 줘 막고 있지 않았더라면, 피부가 아니라 벌써 내장을 뚫었을지도 모른다.

"그만해, 그만하라고!"

유수가 소리쳤다. 그녀는 미친 사람처럼 몸을 떨며, 칼을 빼내려고 안간힘을 썼다. 그러나 힘의 차이가 너무 커서, 박힌 칼날은 꿈쩍도 안 했다. 조금만 긴장을 놓아도 칼날이 그를 쑤시고 지나가 반대편으로 튀어나올 것만 같았다. 등 뒤로 식은땀이 주르륵 흘렀다.

"그만해, 제발, 그만, 흐윽……."

유수는 흐느꼈다. 어느새 애원하고 있었다. 남자를 죽이고 싶다고 수없이 생각했으면서도, 자신은 그럴 수 없었다. 그럴 용기가 없었다. 살에 달라붙는 소름 끼치는 날붙이의 느낌에 구역질이 올라올 것만 같았다.

강후는 조금의 감정도 담겨 있지 않은 눈으로 다시 서늘하게 웃더니, 붙잡은 손에서 힘을 풀었다. 그 반동으로 칼날이 뽑히며 유수가 뒤로 튕겨져 나갔다. 피가 튀었다. 유수는 바닥에 엉덩이를 찧으며 주저앉았다.

허억. 헉. 유수의 거친 숨소리가 둘 사이에 채워진 빈 공간을 울렸다.

그녀는 다시 일어날 생각도 하지 못하고 넋이 나간 사람처럼 천천히 고개만 들었다. 강후가 입고 있는 하얀 셔츠가 피로 벌겋게 물드는 게 보였다. 그 와중에도 그의 입가에는 묘한 웃음이 걸려 있어서, 그는 피를 즐기는 악귀처럼 보였다.

"죽일 수 있는 기회가 오면 절대 망설여선 안 돼. 그다음엔, 네가 죽임을 당할지도 모르니까."

강후가 무릎을 접고 앉으며, 유수에게로 눈을 맞췄다.

"아까 그 녀석을 어떻게 할까? 죽여 버릴까?"

눈물범벅이 된 유수의 얼굴이, 공포로 일그러졌다.

결국, 이렇게 됐다. 자신 때문에 또다시 누군가 다치게 될까 봐 그토록 전전긍긍했는데, 그래서 차라리 혼자가 되는 걸 택했는데, 이 인피를 둘러쓴 악마는 광기를 멈추지 않았다.

"⋯⋯내가, 어떻게 하면 돼?"

"⋯⋯."

"내가 어떻게 하면, 어떻게 하면 되는데?"

"⋯⋯."

"뭐든지, 뭐든지 할게. 네가 하라는 건 뭐든지 할게. 제발, 제발 한해일을 살려 줘⋯⋯."

유수가 뭐에 씌기라도 한 것처럼 정신없이 사정했다. 무릎으로 바닥을 기어 강후에게로 바싹 다가갔다. 그의 발에 엎드려 빌기라도 할 기세였다.

강후의 얼굴에서 순식간에 웃음기가 사라졌다.

숨이 멈추기 직전까지 몰아붙여도 수그러드는 법이 없던 그녀가, 다른 누군가를 위해서는 저렇게 쉽게 고개를 숙인다. 그 누군가가 그녀를 마음에 담은 남자라는 사실이, 강후의 신경을 무자비하게 자극했다. 생전 느껴 본 적 없던 분노가 일며 당장이라도 그 남자를 갈가리 찢어발기고 싶었다.

"네가 다른 남자의 눈을 쳐다보면 난 녀석의 눈을 파낼 거고, 네가 다른 남자의 손을 잡으면 난 녀석의 손을 자를 거다. 네가 다른 남자에게 마음을 주면……."

강후가 바닥에 떨어져 있던 나이프를 집어 들었다.

"그 심장을 도려내겠지."

유수의 눈에 고여 있던 눈물이 후드득 떨어졌다. 강후가 나이프를 빠르게 휘둘렀다. 칼날이 살갗 위에서 춤추며 아슬아슬하게 그러나 정교하게, 유수의 옷만을 잘라 내고 떨어져 나갔다. 동시에 투둑, 소리를 내며 유수의 하얀 블라우스도 바닥으로 떨어져 내렸다.

하얗게 나신이 드러난 유수의 여린 상체를 강후의 눈길이 감상하듯 천천히 훑고 지나갔다. 유수가 수치심에 몸을 떨었다.

"아름답군."

"……."

"당장 안고 싶을 정도로."

강후가 비릿하게 웃으며 자리에서 일어났다. 어느덧 그의 몸을 감싸고 있던 재킷은 유수의 어깨를 덮고 있었다. 그가 돌아서서 소리 없이 골목 밖으로 사라졌다. 유수는 황망하게 그 뒷모습을 눈으로 좇을 뿐이었다.

정전이 된 지 얼마 되지 않아 곧 불이 들어왔다. 미진이 본능적으로 눈을 돌린 곳은, 해일과 유수가 있던 자리였다. 이상하지만 예리한 직감이 그녀의 뇌리를 뒤흔들었다. 무슨 일이 일어난 건지, 그 짧은 시간 동안 해일과 유수가 모두 사라지고 없었다. 갑자기 일어난 정전 사태, 그리고 사라진 두 사람. 미진의 영악한 머리가 빠르게 회전하기 시작했다.

잘하면, 오늘 그 남자를 볼 수 있을지도 모른다. 야릇한 감각이 등줄기를 훑고 지나갔다. 미진이 혀로 윗입술을 날름 핥으며 웃었다. 그녀는 서둘러 가방을 챙겨 들고 가게 밖으로 빠져나왔다. 유수를 찾기 위해서였다. 더 정확히는 이강후, 그자와 함께 있을지도 모르는 유수를 찾기 위해서였다.

가게를 나와 근처의 골목들을 배회하다가 혹시나 하는 마음에 가게 뒤편의 공터로 향했다. 깊숙이 들어가면 들어갈수록 점점 더 분명하게 들려오는 사람 목소리에 온 신경을 기울이며, 미진은 발소리를 죽였다.

차가운 시멘트 벽에 등을 기대며 살짝 고개를 돌리자, 이윽고 두 사람의 모습이 드러났다. 민유수. 그리고…… 이강후.

혹시나 했는데, 정말로 그자다.

가깝지 않은 거리에서도 느껴지는 그의 존재감에, 저절로 긴장감이 차오르며 미진의 목울대가 출렁였다. 가슴이 미친 듯이 두근대기 시작했다.

조금 더 상체를 숙여 들려오는 말소리들에 집중해 보았지만, 뭐라고 하는지는 알 수 없었다. 미진은 가방 속에서 휴대폰을 꺼내들고 플래시를 끈 다음, 조심스럽게 그들을 향해 초점을 맞추었다.

"……!"

곧이어 휴대폰 화면 속에서 벌어지는 놀라운 일들에 미진은 입을 다물 수가 없었다. 뭔가가 번쩍이는 듯하더니, 강후의 손에 나이프가 들렸다. 미진은 설마 그가 유수를 찌르기라도 할 셈인가 싶어서 크게 두 눈을 치켜떴다. 놀랍게도, 강후는 유수의 손에 나이프를 쥐여 주더니 그대로 제 복부에 처박아 넣었다. 순식간에 그의 셔츠가 피로 물들었다.

유수는 주저앉아 벌벌 떨며 흐느꼈다. 강후에게 뭐라고 애원하는 듯 보이기도 했다. 다시 떨어졌던 나이프를 주워 든 강후가, 칼끝으로 유수의 상체를 스치듯 몇 번 긁어 내렸다. 유수의 셔츠가 마법처럼 바닥으로 후두둑 떨어져 내렸다.

그의 시선이, 드러난 유수의 나신을 느긋하게 훑어 내렸다. 미진의 턱이 딱딱하게 굳었다. 발끝이 저릿하며, 묘한 감각이 전신을 흘렀다. 이강후 저자는 저대로 민유수를 안으려는 걸까? 미진이 초조하게 아랫입술을 씹었다.

그러나 예상했던 일은 일어나지 않았다. 강후는 여유로운 동작으로 입고 있던 재킷을 벗어 유수의 벗은 상체를 가려 주더니 이내 그녀에게서 뒤돌아섰다. 강후의 커다란 뒷모습이 점점 유수에게서 멀어졌고, 유수는 그 자리에서 석상처럼 굳은 채 꼼짝하지 못하고 남아 있었다.

그 모든 일들이 고스란히 녹화 버튼이 눌린 미진의 휴대폰 속으로 들어왔다. 미진이 조심스럽게 저장 버튼을 누르고 휴대폰을 다시 가방으로 집어넣었다.

강후의 뒷모습이 완전히 사라지자, 미진은 고개를 돌리며 거칠게 참았던 호흡을 터트렸다. 가슴이 터질 것처럼 뛰고 있었다. 아드레날린이 치솟았다.

도대체 이 세상에 누가, 이강후 같을 수 있을까. 한 여자에게 미쳐서, 눈 하나 깜빡이지 않고 제 몸을 칼로 쑤시는 남자라니.

미진은 그의 광기가 참을 수 없이 좋았다. 그 몸서리쳐지는 집착이, 소유욕이, 맹목적인 시선이, 자신에게로 향할 수 있다면. 뭔가를 상상하듯 눈을 감은 그녀가, 상기된 제 두 뺨을 손으로 감싸고는 온몸을 부르르 떨었다.

— 오늘 한 번도 외출하지 않으셨습니다.

"계속 지켜보고, 나오는 대로 연락해."

— 예.

강후는 전화를 끊고 나서, 엷게 짜증이 어린 얼굴로 휴대폰 화면을 내려다봤다. 이번엔 시위하듯 두문불출이라도 할 참인가. 차라리 보란 듯 야하게 꾸미고 술집을 드나드는 게 나았다. 그건 적어도 눈앞에 두고 볼 수는 있으니까. 아예 방구석에 처박혀 있으면, 직접 집으로 찾아가는 것 외엔 무슨 일을 벌이는 건지 확인할 길이 없었다.

하여튼, 좀처럼 예상 반경 안에 들어 있지 않은 여자였다. 강후가 미간을 찌푸리며 다시 휴대폰의 통화 버튼을 눌렀다. 신호음이

가자마자 건너편에서 진홍의 목소리가 다시 들려왔다.

— 예.

"그리로 간다. 애들 데리고 나와 있어."

— 알겠습니다. 대기하겠습니다.

강후가 휴대폰을 집어넣고, 의자에 걸려 있던 재킷을 챙겨 들었다.

'……내가, 어떻게 하면 돼?'

'내가 어떻게 하면, 어떻게 하면 되는데?'

'뭐든지, 뭐든지 할게. 네가 하라는 건 뭐든지 할게. 제발, 제발 한해일을 살려 줘…….'

문득, 제 눈앞에서 애원하던 여자의 얼굴이 떠올랐다. 물기를 머금은 두 눈에는, 평소처럼 자신에 대한 증오나 원망이 서려 있어야 했다. 그런데 아니었다. 그 두 눈에서 처음으로 '절망'을 읽었다.

진득하고 껄끄러운 무언가가 강후의 신경을 긁어내렸다. 화답하듯, 칼날이 들쑤셨던 부분이 아릿했다.

여자가 하루 종일 안에만 처박혀 있다는 보고 때문인지 아니면 그때 보았던 여자의 절망 어린 눈빛 때문인지, 기분이 더러웠다. 하지만 강후는 곧 자조적인 웃음을 그렸다.

그딴 게, 하등 상관이나 있던가? 불필요한 감정에 시간을 소모하는 일은, 자신에게 어울리지 않았다. 강후는 품속의 실버나이프를 매만지며, 조용히 집무실을 빠져나갔다.

"외부인 자격으로 안에 들어오시려면 신원 확인 받으시고, 사생과 함께 출입 허가증 만드셔야 합니다."

기숙사의 관리인으로 보이는 사십 대 중반쯤의 남자가, 막 들어선 진홍의 앞을 가로막으며 말했다. 진홍이 곤란한 듯 어깨를 으쓱해 보이더니 남자의 어깨에 척 하고 손을 올려놓으며 대꾸했다.

"한둘이 아닌데 일일이 그러고 있으면 너무 번거롭지 않을까 해서. 나 말고 아저씨가."

"뭐라고요?"

남자가 어이없다는 듯이 되묻자 진홍이 손가락을 들어 자신의 뒤편을 가리켰다. 그가 가리킨 쪽에는 검은색 정장에 싸인 덩치 좋은 남자들이 금방이라도 난입할 듯 무리 지어 대기하고 있었다. 남자의 얼굴이 순식간에 굳어 버렸다. 진홍이 씨익 웃자 남자가 황망하게 소리쳤다.

"뭐, 뭐 하는 사람들이요?"

"그건 아저씨가 알 거 없고. 아무튼 저 녀석들 전부 다 끌고 와서 소란 피우고 싶진 않으니까, 곱게 보내 줘. 나 말고, 우리 사장님."

타이밍 좋게 검은색 정장 바지에 휘감긴 강후의 긴 다리가 기숙사 안을 내디뎠다. 진홍이 관리인 남자를 붙잡고 있는 동안에 강후는 여유롭게 계단으로 향했다. 강후는 금세 유수의 방이 있는 층까지 올라갔다. 이윽고 민유수의 이름이 달린 문 앞에 다다른 강후가, 문고리를 잡았다.

"들어간다."

대답은 없었다.

"민유수, 대답해. 네가 옷을 갈아입고 있어도, 대답 안 하면 난 그냥 들어갈 거니까."

역시 묵묵부답이었다. 강후의 미간에 엷은 주름이 생겼다. 더 기다리지 않고 문을 열어젖혔다. 방 안의 전경이 한눈에 들어왔다. 좁은 방 안에 가구라고는 책장과 일인용 침대가 전부였다.

유수는 침대 위에서 몸 전체에 이불을 둘둘 말고 잔뜩 웅크린 채 잠들어 있었다.

"설마, 이 시간까지 잔 건가?"

자신이 들어온 것도 알아차리지 못한 듯, 그녀에게서는 아무 반응이 없었다. 강후는 신경질적으로 성큼성큼 다가가 이불을 들어 올렸다. 그와 동시에, 접혀 있던 유수의 팔이 힘없이 펼쳐져 침대 바깥으로 툭 떨어져 내렸다.

"민유수……?"

이상하리만치 무반응이다. 강후의 눈동자가 순간적으로 뒤흔들렸다. 다급하게 손을 뻗어 그녀의 어깨를 붙잡았다.

"민유수!"

피부에 맞닿은 어깨가 불처럼 뜨거웠다. 이마에 손바닥을 올려놓자 데일 듯 화끈한 열기가 올라왔다. 강후의 손에 의해 돌려진 얼굴에는 땀에 젖은 머리카락이 잔뜩 들러붙어 있었다.

"민유수, 일어나! 정신 차려!"

어깨를 흔들며 깨우자, 입술에서 옅은 신음이 흘러나왔다. 유수는 열에 취해 강후를 인식도 못하는 듯했다. 강후가 급히 허리와 오금 사이에 팔을 끼워 넣어 유수를 안아 올렸다. 힘이 들어가지 않은 몸은 흘러내릴 듯 축 아래로 늘어졌다.

강후가 이를 악물며, 유수를 안고 방을 나갔다. 몸 전체가 불덩이어서 안고 계단을 내려가는 동안에 벌써 그의 등 뒤에도 땀이 차올랐다.

"싫어……."

"뭐?"

"……당신, 싫어. 내려 줘."

간신히 의식을 차린 유수가, 강후를 알아보고 말했다. 미약하게나마 몸부림도 쳤다. 강후의 얼굴이 험악하게 일그러졌다.

"가만히 있어."

"……."

"아픈 사람한테까지 미친놈처럼 굴고 싶진 않으니까."

강후가 씹어 뱉듯 말하며 유수를 안은 팔에 힘을 주었다.

"형님! 무슨 일이십니까!"

로비에서 대기하고 있던 진홍이 유수를 안고 내려오는 강후를 발견하고 소리치며 달려왔다. 강후가 기숙사 문을 나가며 낮게 명령했다.

"차 대기시켜. 가까운 병원으로 간다."

차가 달리는 내내, 강후의 얼굴은 냉랭하게 굳어 있었다. 자신의 보스에게서 뿜어져 나오는 예사롭지 않은 분위기를 감지하고 진홍도 얼굴을 굳혔다.

"뭐야, 당신."

뒷좌석에서 강후에게 안겨 있던 유수가 다시 정신을 차린 듯 입을 열었다. 진홍은 그녀가 병원에 도착하기까지 깨어나지 않길 간절히 빌었었다. 행여나 차 안에서 사달이라도 날까 봐, 진홍은 긴장감을 늦추지 않고 백미러로 흘끔흘끔 뒤편을 살폈다.

"병원 가는 길이야."

"그걸 물은 게 아니야. 내가 왜 당신한테 이런 꼴로 안겨 있냐고. 저리 치워."

유수가 열에 들떠 잔뜩 쉰 목소리로 으르렁거리며 강후의 가슴팍을 밀었다. 그러나 되레 강후의 손에 손목이 잡히어 옴짝달싹하지 못하게 되고 말았다. 빠져나가기 위해 아등바등했지만 금방 소용없다는 걸 알게 된 유수가, 강후를 노려보며 입술을 움직였다.

"내려 줘."

"……."

"내려 달란 말이야!"

강후는 눈길 한 번 주지 않고 유수를 포박한 채로 정면을 응시할 뿐이었다. 머리가 지끈거리며 눈앞이 아찔할 정도로 두통이 몰려왔다. 이 두통은 몸 상태와는 별개로 순전히 이 남자 때문에 생긴 것이 분명했다.

유수가 강후를 다시 한 번 노려보곤, 자신의 손목을 움켜쥐고 있는 강후의 팔에 힘껏 이빨을 박아 넣었다.

윽. 강후가 짧은 신음을 흘리며 반사적으로 유수의 팔목을 놓았다. 유수의 입술이 떨어진 곳에, 울긋불긋한 잇자국이 선명하게 드러났다.

강후가 황당하다는 표정으로 유수를 내려다봤다. 유수는 하마터면 소리 내어 웃을 뻔했다. 배에 칼이 쑤셔 박혀도 눈 하나 깜짝하지 않던 남자가, 잇자국을 좀 냈기로서니 앓는 소리를 낼 줄이야.

"당신도 고통이란 걸 느끼긴 해?"

유수가 빈정대며 물었다.

"네가 느끼는 거랑 다를 바 없이 느끼지."

침착한 강후의 반응에 유수는 더욱 기분이 나빠졌다. 씁쓸한 피 맛이 혀끝에 돌자 토기마저 올라왔다.

"그럼 여기는?"

유수가 강후의 가슴 위에 제 손을 척 올려놨다.

"여기도 나처럼 아파? 내가 느끼는 것처럼, 심장이 터져 버릴 것 같은 고통을 느껴?"

강후는 대답하지 않았다.

"……알 리가 없지. 이 고통을. 당신은 마음이 없으니까. 감정 같은 거, 느낄 리가 없을 테니까."

들여다본 유수의 눈에, 분노와 혐오가 뒤엉켜 있었다. 강후는 침묵한 채, 다시 앞을 바라봤다. 유수가 아랫입술을 감쳐물며, 남자의 가슴 위에서 제 손바닥을 떼 냈다.

"내려 줘."

"……."

"야! 이강후!"

"내려 주면 어쩔 건데?"

"뭐?"

"그 몸으로 다시 기숙사로 기어가기라도 할 건가?"

"그거야 내 사정이지. 기어가든 굴러가든! 그러다 비명횡사해도, 그것도 내 사정이야. 당신이랑은 한시도 같이 있고 싶지 않아. 불쾌하고 역겨워."

그 순간, 강후의 이마에 퍼런 핏줄이 툭 불거져 나왔다. 다물린 단단한 턱 근육은 위협적으로 꿈틀거렸다.

"내가 지금……."

강후는 결국 그녀의 허리를 가뿐히 들어 올려 그대로 옆자리로 옮겨 놓았다.

"얼마나 참고 있는지, 그것만 알아 둬."

그가 낮게 짓이겨 뱉었다. 그러곤 고개를 돌리더니, 한 손으로 매 있던 넥타이를 거칠게 붙잡아 당겼다. 늘 단정하게 조여 있던 넥타이는 금세 흐트러졌다.

유수는 잠시 그 모습을 멍하니 쳐다봤다.

밀랍으로 빚어 놓은 것 같던 정교한 얼굴, 감정이라곤 일체 없던 저 검은 눈에 짜증과 분노가 어린다. 저 이강후가, 천하의 이강후가, 제 도발에 반응하고 있었다. 묘한 희열이 느껴졌다. 유수가 팔짱을 끼며 더욱 도전적으로 그를 쏘아봤다.

"내려 줘."

"싫어."

"뛰어내릴 거야."

"문, 잠겨 있어."

"내려 줘! 당신이랑 있는 거 싫어! 싫단 말이야! 내려 줘, 이 불한당, 망할 자식아! 내려 달라고!"

"내가 정말 화가 나는 건!"

유수의 말을 자르며 갑자기 강후가 소리를 질렀다. 놀란 유수가 말을 멈추고 두 눈을 껌뻑이며 그를 응시했다. 그녀는 이강후가 소리치는 모습을 한 번도 본 적이 없었다.

"네가 그 몸을 해서도 나랑 있기 싫어서 차라리 죽겠다는 거, 그게 아니야. 나한텐 뭐라고 욕해도 좋아. 침을 뱉고 싶으면 뱉어. 물어뜯고 싶으면 물어뜯어. 칼로 쑤시고 싶으면 그렇게 해."

"……."

"그런데."

강후의 짙고 깊은 눈이, 똑바로 그녀를 쳐다봤다.

"그 지경이 될 만큼 아픈데도 그렇게 미련하게 방에 처박혀 있는 건."

"……."

"그건 용서가 안 돼."

유수가 뭐라 말을 잇지 못하고 벙어리처럼 입술만 달싹거렸다. 강후가 열을 재려는 듯 다시 유수의 이마를 짚었다. 그가 차갑게 말을 이었다.

"병원 가."

"……."

"그다음엔 네 마음대로 하게 해 줄 테니까."

유수는 여전히 시퍼런 눈으로 강후를 쏘아보다가 곧 입을 다물어 버렸다. 그 이후 병원에 다다르기까지 둘은 서로에게 한마디도 없었다. 이내 차가 멈추고, 진홍이 내려 강후 쪽으로 문을 열어 주었다. 유수는 반대편 문으로 나가려고 했지만 문이 잠겨 있어 그럴 수 없었다.

젠장. 짧게 욕설을 읊조리며 유수는 하는 수 없이 강후가 내린 쪽으로 발을 내디뎠다.

"악!"

발을 내딛자마자 땅이 깊숙이 내려앉았다가 불시에 튀어 오르는 것 같은 현기증을 느꼈다. 유수가 쓰러질 듯 몸을 휘청거리자 강후가 그녀의 팔을 붙잡아 주었다. 덕분에 넘어지지 않을 수 있었지만, 유수는 곧 차갑게 강후의 팔을 쳐 냈다.

"내 몸에 손대지 마."

자신만만한 말과는 달리 유수는 한 걸음 내디딜 때마다 위태롭게 비틀거렸다. 온몸의 근육들이 경련하듯이 아팠고, 두통은 점점 심각해지고 있었다. 그런 유수의 뒷모습을 바라보는 강후의 만면에 다시 짜증이 일었다. 그가 곧 성큼성큼 다가가 유수의 팔을 낚아채 붙잡았다.

"내가 안고 올라가 줘야 해?"

강후는 그녀의 허리를 강하게 감싸 안아 편하게 걸을 수 있도록 해 주었다.

"잠자코 있어. 꼴사납게 병실까지 안겨 가기 싫으면."

유수의 입술이 무슨 말을 하려고 옴짝달싹하다가 결국 그대로 달혔다. 사실 이대로 혼자서 병원까지 올라가기엔 무리가 있긴 했다. 유수는 여전히 탐탁지 않은 표정으로 입술을 꾹 다물며 강후 쪽으로 몸을 기댔다. 단단하고 강인한 남자의 상체가 고스란히 느껴져서 유수가 다시 인상을 찌푸렸다.

"몸살입니다."

은색 뿔테 안경을 쓴 여의사가 딱딱하게 말했다.

"그게 다인가?"

강후가 고저 없는 목소리로 되묻자, 여의사의 표정이 미묘하게 일그러졌다. 여의사의 얇은 입술이 조금 올라갔다. 웃고 있지만, 그 속에 진한 경멸이 담겨 있었다.

"신경성이긴 한데, 수치가 정상적인 게 없더군요. 위염도 많이 진행된 상태고, 혈액 중 철분 수치도 너무 낮고, 수면 부족, 영양 부족에다가……."

"……."

"환자 기록 확인해 보니까 가족분이 하나도 없던데, 그쪽은 환자분이랑 어떤 관계세요?"

"그런 것까지 알 필요가 있나? 의사가."

"이강후. 맞죠, 그쪽 이름?"

여의사의 입에서 난데없이 자신의 이름이 튀어나오자 무표정한 강후의 얼굴에 냉랭한 바람이 일었다. 그가 삐딱하게 고개를 튼 채 여의사를 주시했다.

"환자가 정신을 잃은 와중에도, 그 이름을 부르며 발작을 일으켰죠."

"……."

"환자의 몸이 망가진 결정적인 이유는 스트레스예요. 제 생각엔 그 원인이 그쪽인 거 같네요."

여의사는 유수가 발작을 일으키는 모습을 옆에서 지켜보았다. 그녀는 정신을 잃은 채로도 끊임없이 이강후의 이름을 불렀다. 그러고 나면 한차례 심한 경련을 겪곤 했다. 그 이름을 찾는다기보다 두려워하는 모습이었다.

여의사는 차트를 살피다가 이강후란 이름이 보호자란에 적혀 있는 것을 발견했다. 어째서 이 여자는 보호자의 이름을 부르며 고통스러워할까 의아해하던 여의사는, 지금 눈앞에 나타난 남자의 모습을 보고 비로소 이유를 깨닫게 되었다.

시선만으로도 사람을 압도하는 남자의 강렬한 분위기와 병원 앞에 깔린 정체 모를 남자들을 보고, 그녀는 이강후가 매우 위험한 인물이라는 것을 직감했다. 의사인 자신에게 서슴없이 내뱉는 반말마저도 위화감 없이 어울리는 이였다. 여자가 남자의 이름을 두려워하는 이유를 알 것도 같았다.

"환자의 안위를 위해서 되도록 빨리 이 병원에서 나가 주시길 부탁드릴게요, 그럼."

여의사가 살짝 묵례를 한 뒤 인터폰을 누르고, 다음 환자를 불렀다.

테이블 위에 둔, 강후의 주먹 쥔 손에 힘이 들어갔다.

알고 있다. 자신이 민유수에게 저지른 일들이 얼마나 잔인하고 추악했는지. 그러나 그건 자신에겐 너무도 익숙한 것들이었다. 여자가 저에게 치를 떠는 것도 상관없었다. 그게 자신 같은 괴물에게 가져야 하는, 여자의 당연한 감정이라고 생각했으니까.

하지만, 민유수가 그렇게 스스로를 엉망으로 내버려 두는 것만은 참을 수가 없었다. 하얗게 질린 채 누워 있는 그녀를 처음 발견했을 때, 찰나에 그는 그녀가 죽은 줄로만 알았다. 여자의 말라붙은 육체에 생기가 하나도 없기 때문이었다. 심장이 저릿하며, 온몸이 오싹했다. 그 느낌을 잊을 수가 없었다.

그건, 자신이 통제할 수 있는 영역이 아니었다. 강후는 태어나 처음으로, 두렵다는 느낌이 어떤 것인지를 실감해 버렸다.

'여기도 나처럼 아파? 내가 느끼는 것처럼, 심장이 터져 버릴 것 같은 고통을 느껴?'

'……알 리가 없지. 이 고통을. 당신은 마음이 없으니까. 감정 같은 거, 느낄 리가 없을 테니까.'

그렇게 말할 때 유수의 그 일렁이던 눈빛이, 무시하려고 해도 자꾸만 자신의 신경을 건드렸다.

"방법."

강후의 목소리가 좁은 진료실 안에 음산하게 깔렸다.

"네?"

차트를 살피던 여의사가, 다시 고개를 들었다.

"찾아내."

강후가 여의사를 똑바로 쳐다봤다.

"민유수가 더 이상 아프지 않을 수 있는 방법."

여의사가 어이없다는 듯 웃음을 흘리다가 손가락으로 안경을 들어 올렸다.

"그러니까 그쪽이 사라지면……."

"병원장 따님이시라고?"

강후가 차갑게 그녀의 말을 잘랐다. 뜻밖에 쏟아진 말에, 여의사가 두 눈을 치켜떴다.

"그걸 어떻게……."

"김인후 병원장님 VIP 환자들이 다 우리 쪽 고객들이지. 김인후가 받아 온 수십억의 리베이트, 그걸 덮어 준 것도, 그 목록을 관리하는 것도 우리야."

"……."

한마디로, 어설픈 정의감으로 '까불지 말란' 경고였다. 여의사는 저도 모르게 꿀꺽 마른침을 삼켰다. 대단한 인물일 거라곤 생각했지만, 이 정도로 영향력 있는 인물일 줄은 몰랐다. 똑똑한 그녀는 즉각 자신의 위치를 깨달았다. 이 일에 자신이 끼어들어선 안 된다는 것도.

이윽고 강후가 가뿐하게 일어서서 문으로 향했다.

"잠깐만요."

문고리를 돌리는 순간, 여의사가 그를 불러 세웠다.

"민유수 씨, 더 이상 몰아붙이지 마세요. 그녀는 정말 한계에 다다라 있어요."

강후가 고개를 돌렸다. 눈빛이 날카로웠다.

"그녀를 치료할 수 있는 건 내가 아니에요."

"……."

"당신 하기에 달린 거죠."

강후는 대답이 없었다. 그는 그대로 문을 열고 나갔다.

탁, 눈앞에 있던 차트를 덮고 여의사가 길게 한숨을 내쉬었다. 이강후를 향해 던진 짧은 조언이 그녀가 자신의 환자를 위해 할 수 있는 최선이었다.

째깍째깍. 시곗바늘 움직이는 소리가 고요한 병실에서 가장 큰 소음이었다.

특실일 것이 분명한 드넓은 병실. 커다란 침대가 한쪽 벽을 차지하고 있었고, 맞은편 벽면에는 최신형일 게 분명한 대형 벽걸이형 TV가 달려 있었다. 그 옆에는 화려하게 도색된 세면대가 놓여 있었다.

"……."

그리고 약간의 간격을 사이에 두고 침대 위에는 유수가, 맞은편 의자에는 강후가 앉아 있었다. 정적을 깨고, 숟가락을 든 유수의 손이 천천히 움직였다. 하지만 숟가락을 움직여 달그락 소리만 낼 뿐 유수는 음식을 뜰 수가 없었다. 하얀 미음을 휘휘 젓던 유수의 숟가락이 이내 정지했다.

"먹으라는 거야, 말라는 거야?"

탕, 유수가 들고 있던 숟가락을 간이 식탁 위에 시끄럽게 내려놓았다.

"그렇게 뚫어져라 쳐다보는데, 어디 밥이 목구멍으로 넘어가겠어?"

침대 위에 놓인 유수의 손이 부들부들 떨렸다. 해도 해도 너무하다는 생각이 들었다. 입원을 결정하고 난 이후, 이강후는 이렇게 저녁만 되면 찾아왔다. 저녁 식사가 끝나는 시간에 맞춰서 찾아오고, 내내 옆에 있다가 아침이 되면 홀연히 사라지고 하는 식이었다.

함께 있는 동안, 일부러 없는 사람 취급하며 혼자서 TV 보고, 혼자서 잠도 자고, 혼자서 밥도 먹고 하는데 그는 꿈쩍도 안 한다. 이강후는 그냥 저렇게 자신을 바라만 보고 있었다. TV를 봐도 불편하고, 잠을 자도 선잠밖에 안 들고, 밥을 먹다간 목구멍에 걸려 질식사할 것만 같았다.

그럼에도 불구하고 꾹꾹 눌러 참았던 건, 일종의 시위였다. 그렇게 버티고 있어 봤자, 절대 상대해 주지 않으리라는. 그러니 제발 꺼져 버리라는. 하지만 역시 이강후를 이길 수는 없었다. 사람이 저렇게 오랫동안 석상처럼 가만히 있는 게 가능하다는 걸, 유수는 이번에 처음 알게 됐다.

유수가 씩씩거리고 있는데도 강후는 여전히 이렇다 할 반응이 없었다.

"나 영양실조래! 안 그래도 병원 밥 맛없어 죽겠거든? 이것도 안 먹으면 나 죽어. 네 손에 죽는 게 아니라 제풀에 지쳐 먼저 죽겠어. 제발 그 재수 없는 눈 좀 저리 치울 수 없을까?"

'재수 없는 눈' 부분에서 강후의 눈썹이 살짝 올라갔으나, 유수는 개의치 않고 계속 그를 노려봤다.

"내가 무섭지 않나?"

강후가 두 손을 깍지 낀 채 침대 쪽으로 불쑥 몸을 숙여 왔다. 이번에는 유수의 눈썹이 씰룩거렸다.

"하아. 무섭지 않냐고?"

숟가락을 붙잡은 유수의 손에 꾹, 힘이 들어갔다.

"그걸 말이라고 해? 당신이 나한테 한 짓을 생각해 봐. 눈앞에서 사람 짓밟기, 머리채 휘어잡기, 물속에 처박기, 심지어 칼까지 휘둘렀지."

"……"

"무서워. 무서워 죽겠다고."

"……"

"다른 남자한테 마음이라도 주면 심장을 도려내 버리겠다는데."

"……"

"그런 말도 안 되는 대사가 그렇게 실감 나는 사람은 당신밖에 없을 거야."

강후가 픽 웃었다. 웃어? 유수가 얼굴을 일그러트렸다. 제 말의 어디가 우스운 건지 알 수 없었다.

"무섭다면서도 끝까지 대드는 건 일종의 자기방어인가?"

강후가 다시 상체를 곧게 펴며 물었다. 유수는 어이없어하며 대꾸했다.

"그게 어떻게 자기방어야? 개처럼 물어뜯는 건데. 공격이라고, 공격."

강후가 희미하게 얼굴을 찌푸렸다.

"개는 주인에게 복종을 하지. 주인을 두려워하니까. 충성심은 공포심과 같아. 복종은 결국, 두려움에서 나오는 법이거든."

"……."

"넌 날 무서워하지 않아."

강후의 어조가 단호했다.

유수가 허탈한 미소를 그렸다. 왜 저렇게 확신하는지 모르겠다. 그러나 어쩐지 마음속 깊은 곳에선, 그녀는 그에게 동의하고 있었다. 이강후를 상대할 때마다, 두려움보다 더 그녀를 압도하는 건 늘 오기였으니까. 물론 그가 휘두르는 폭력 앞에서 태연할 수는 없었다. 무서워서 온몸이 와들와들 떨린 적도 분명 있었다. 하지만, 거기에 굴복한 적은 없었다.

어째서일까. 이강후가 자신을 정말로 해칠지도 모른다는 생각은, 꽤 오래전부터 해 왔는데.

어쩌면 그건, 그녀가 버려지던 순간부터 목숨처럼 부여잡고 있던 게 이 자존심 하나뿐이기 때문인지도 모른다. 자존심은 아무것도 남지 않았던 그녀에게, 유일하게 자신을 방어할 수 있던 수단이었으니까.

"당신이 나한테서 뭘 보았는지 모르겠어."

"……."

"다른 여자들처럼 상냥하지도, 예쁘게 웃지도 않잖아. 가진 건 독기밖에 없어. 무신경한 척하지만 사실은 남들을 의식하고. 나는 내가 비겁하고 이기적이라고 생각해."

유수가 간이 식탁을 들어 사이드 테이블로 옮겨 놓으며 아무렇지 않은 어투로 말을 이었다.

"……애비 어미 없이 자라서 그런가."

강후의 검은 눈동자가 아주 잠깐, 흔들렸다. 유수가 허공으로 기지개를 쭉 켜더니 침대로 벌렁 드러누워 버렸다. 가습기가 하얀 연기를 토해 내며 내는 쌕쌕 소리가 바로 옆에서 들려왔다.

현실감이 없었다. 이강후와 나누는 이 대화가. 그와 이렇게 오랫동안 옆에 있어 본 적도 없었다. 아니, 사실은 누구와도 이런 적이 없었던 것 같다. 그래서일까 쓸데없는 말이 저도 모르게 자꾸 흘러나온다.

"언젠가 한 번쯤은 그런 생각도 했지."

"……."

"당신도 나처럼 외로웠을까."

유수가 설핏, 웃음을 머금었다.

"뭐, 달라질 건 없겠지만."

마지막 말은 강후에게 하는 건지 스스로에게 하는 건지 알 수 없었다. 유수가 이내 벽을 향해 돌아누웠다.

"잘래. 피곤해."

나가 달라는 간접적인 표현이었지만 이강후는 움직이지 않았다.

네가 나를 무서워했다면.

강후의 시선이 유수의 등 뒤에 고요히 머물렀다.

그랬다면, 나는 너를 붙잡지 않았을 거다. 모두가 그랬듯, 네가 내게 등을 돌렸더라면, 처음부터 내게 손을 내밀지 않았더라면.

"아침까진 여기 있을 거야."

강후가 딱딱하게 말했다. 유수는 대답하지 않고, 억지로 잠을 청하려고 노력했다.

이강후의 방문은 계속됐다. 유수는 결국, 그냥 포기했다. 이강후에게 나가라고 소리를 지르는 것도, 이강후를 의식하면서 애써 무시하는 척하는 것도.

유수는 저녁을 먹고 나면 TV로 꼭 예능 프로의 재방송을 봤다. 그러면 이강후는 TV가 아니라 TV를 보는 민유수를 바라봤다. 유수가 웃음을 터트리면 가끔씩 화면에 시선을 두기도 했지만, 그것마저 아주 잠시 민유수를 웃게 만든 것에 대한 호기심이 일어서일 뿐이었다. 그렇게 둘은 아무 말도 주고받지 않고, 한 공간 안에서 각자 시간을 흘려보냈다.

그러다가 슬슬 눈꺼풀이 무거워지기 시작하면, 유수는 불을 켜둔 채로 잠에 빠져들었다. 잠결에 이강후가 형광등을 끄고 사이드 테이블에 있는 작은 스탠딩 조명을 켜는 소리를 듣곤 했다. 간이 침대가 있는데도 쓰지 않고 이강후는 저대로 밤을 지새는가 보다,

얼핏 생각했다. 자는 제 모습을 빤히 바라보고 있을 걸 생각하면
소름이 끼치긴 했지만, 이제 그 정도 기행(奇行)은 익숙해지기라도
한 모양인지, 유수는 더 생각하지 않았다.

뒤돌아선 엄마의 모습이 점점 멀어졌다. 아무리 불러도 멈춰
서지 않는다.

'엄마! 엄마!'

그 뒷모습을 따라 뛰어갔다. 뛰면 뛸수록 멀어지는 느낌만 들
었다. 발이 부르트고 뭔가에 긁힌 듯 팔뚝에는 피가 맺혔다.

어째서 뒤돌아보지 않아? 내가 이렇게 부르잖아! 엄마!

이윽고 시야에서 엄마의 모습이 사라졌다. 순식간에 덮쳐 온
어둠이 모든 것을 집어삼키고 그 커다란 공간에는 오로지 유수만
이 홀로 남겨졌다.

어째서 나를 버리고 갔어? 무섭단 말이야……. 돌아와, 엄
마…….

진득한 어둠이 일렁거리며 유수의 발목을 휘감았다. 그리고 느
릿느릿하게 유수의 몸을 잠식해 들어갔다. 발이 타는 것 같은 고
통이 느껴졌다. 그런데 비명조차 지를 수 없었다. 입에서는 '돌아
와, 엄마' 라는 말만 되풀이될 뿐이었다.

'엄마!'

소스라치는 비명을 지르며 유수가 잠에서 깨어났다.

"헉, 헉."

거칠게 숨을 몰아쉬었지만, 답답함이 가시지 않았다. 온몸이 식은땀으로 축축해져 있었다.

"막, 간호사를 부르려는 참이었다."

귓가를 파고드는 익숙한 목소리에 옆을 돌아보자, 그가 앉아 있었다.

이강후, 그가.

"하아."

유수가 턱을 덜덜 떨며, 팔로 무릎을 모아 감싸 안았다.

"계속 그렇게 깨어 있었던 거야?"

"……."

강후는 대답하지 않았다. 유수는 무릎에 턱을 대고 두 눈을 감았다. 이상하게도, 이강후를 보자마자 안도감이 몰려왔다. 악몽에서 깨어나는 순간, 누군가가 곁에 있다는 사실만으로도 이렇게 마음이 편안해질 줄이야. 그게 설사 이강후라 할지라도 말이다. 이런 악몽을 꾸는 건 익숙한 일이었지만, 지금까지 단 한 번도 누군가가 옆에 있어 준 적이 없었기 때문에 몰랐다.

"간호사……. 부를까?"

평소와 달리 그가 조심스럽게 물어 왔다.

"괜찮아."

"……안 좋아 보여. 안정제라도 맞든지 해."

유수가 나직이 입술을 열었다.

"깡패는 하는 일도 없어? 왜 허구한 날 여기에 있는 거야."

강후가 느릿하게 대답했다.

"깡패는 프리랜서거든."

"……."

"내가 회사라도 다녔으면, 널 이렇게 쫓아다닐 수 있었겠어?"

"……."

유수가 피식, 바람 빠진 웃음소리를 냈다.

"당신도 농담을 다 하네."

"……."

"재미는 없었어."

강후의 표정이 살짝 일그러졌지만, 유수는 개의치 않고 말을 이었다.

"이강후."

"……."

"날 좋아해?"

강후의 얼굴에서 다시 표정이 사라졌다. 유수가 무릎에 얼굴을 기댄 채 그를 빤히 바라보았다. 그녀는 차분히 대답을 기다렸다.

약간의 정적이 흐른 뒤, 강후가 천천히 입을 열었다.

"좋아한다는 게 뭐지?"

"뭐?"

유수가 미간을 좁히며 되물었다.

"장난해?"

좋아한다는 게 뭐냐니, 그걸 왜 묻고 있단 말인가. 사람이 살면서 기본적으로 그게 무엇인지 정도는 알고 살아야 하는 거 아닌

가. 유수는 자신이 또다시 쓸데없는 질문을 하고 말았다는 생각이 들었다. 이강후 이자에게 그런 질문은 애당초 해서는 안 되는 거였다.

유수를 마주 바라보던 강후가 의자로 깊숙이 몸을 기대며 다시 입을 열었다.

"여자를 느끼고 단순히 욕정을 느끼는 게 그런 거라면."

"……."

"난 널 좋아하는 게 아냐."

그의 어조는 지극히 담담했다.

"아니면 그 사람을 생각만 해도 행복해지는 거, 그게 좋아한다는 건가?"

"……."

"그렇대도 난 널 좋아하는 게 아냐."

이강후가 두 손으로 느리게 마른세수를 했다. 짧은 순간, 보일 듯 말 듯 희미한 무언가가 그의 얼굴을 스치고 지나갔다. 연민 같기도 하고, 자조 같기도 한.

"난 널 생각할 때마다, 고통스럽거든."

그렇게 말하는 강후의 목소리 끝이 갈라져 있었다. 유수는 그가 지금, 조금의 과장도 허위도 없이, 말끔한 진실을 말하고 있음을 느꼈다.

"칼로 피부를 찢는 고통과는 비할 수 없는 아픔을 느껴. 나는 너를……."

"……."

"좋아하는 건가?"

유수가 할 말을 잃은 채 강후를 바라봤다.

"말해 봐. 어떤 것 같아?"

유수의 심장이 저릿하게 울렸다. 입술이 파르르 떨렸다. 이 남자는, 자신이 하는 말의 의미를 전혀 모르고 있었다.

알고 있다면, 절대 저런 말은 하지 못했을 테니까. 아무것도 몰라서, 그러니까 저렇게 태연하게 내뱉을 수 있는 것이다. 저 더없이 절절한 사랑 고백을.

그 사람을 생각만 해도 고통스러운 것, 그것은 사랑의 가장 깊고 어두운 모습이니까.

도대체 언제부터? 자신을 원한다고 말했던 그 순간부터? 아니면 자신을 처음 만났던 그 순간부터? 유수는 혼란스러웠다.

"역시 상관없나?"

"……."

"내가 너에게 하등 어떤 감정을 품는다고 해서."

"……."

"무언가가 변하는 건 아니지."

강후의 눈동자가 크게 한 번 일렁이고는, 어느 순간 점멸했다. 유수는 그 눈동자를 언젠가 본 적이 있다는 생각이 들었다. 유수의 흐릿한 기억 속에서, 차츰 오래된 장면이 되살아났다.

하루도 빠짐없이 찾아와 자신의 꿈을 휘저어 놓았던 그가, 어느 날 나타났다. 할머니의 장례식이 있던 날. 조금도 변하지 않은 모습으로, 그 어두운 눈동자와 메마른 얼굴을 하고서, 하얀 국화

꽃과 함께.

돌아서서 진눈깨비가 흩날리는 밤거리를 추적추적 걷던 그를 쫓아 나갔다. 그러곤 그의 이름을 불렀었다. 꿈속에서처럼 그의 뒷모습이 사라지는 것을 견딜 수가 없었으니까.

몇 번이나 목이 터질 듯 그를 부르고 나서야 그가 뒤돌아봤다. 그때 봤던 그의 갈등과, 연민과, 안타까움이…… 지금 이강후의 눈동자에서 보이는 그것과 꼭 같았다.

어째서, 이런 눈을 하는 거야.

다시 보고 싶지 않은 눈빛이었다.

그가 늘 뒤집어쓰고 있는, 아무것도 느껴지지 않는 메마른 눈빛이 차라리 나았다. 그래서 그를 마음껏 욕하고 증오할 수 있다는 사실이, 그래도 그녀를 버틸 수 있게 했다.

그런데 저 절절하고 연약한 눈빛이라니. 유수는 그런 이강후의 눈빛이 치 떨리게 싫었다.

"나는 알아. 당신은 날 좋아하는 게 아니야. 당신은 그냥 삶이 무료하고 지루한 거야. 그래서 희생양이 필요한 거겠지. 당신이 말했던 것처럼 난 다만 운이 나빴던 거야. 그래서 당신 눈에 띄어 버린 거라고."

그는 감정이 없다. 사랑을 모른다. 그걸 조롱하기 위해서, 자신을 좋아하느냐고 물었던 것이다. 희(喜)도 모르고 애(愛)도 모르고, 집착에 눈이 멀어 영원히 외로워할 그를, 비웃어 주고 싶어서.

"상대방의 심장을 지켜 주고 싶은 것. 내 심장이 뽑혀 나가도, 그걸 상대방을 위해 제물로 바칠 수 있는 것. 그런 게, 진짜 사랑인 거잖아."

그러니까, 감히, 감히, 그 뒤틀린 소유욕을 사랑이라고 말하려고 하지 마.

"당신은 그저 내 심장을 차지하고 싶을 뿐이겠지. 그건 광기야. 집착이야. 정신병."

유수가 고개를 돌려 버렸다. 그녀는 속으로 코웃음을 쳤다. 그래, 그런 이름들이야말로 어울리지. 사랑이라니, 웃기지도 않아.

유수가 시선을 둔 침대 모서리가 서서히 밝아졌다. 살짝 벌어진 커튼 틈으로, 푸르스름한 여명이 들어오고 있었다. 아직은 서늘한 초여름의 새벽 공기가, 병실 안으로 흘러 들어왔다.

"민유수."

이강후가 그녀의 이름을 불렀다. 목소리가 가라앉아 있었다. 유수는 다시 천천히 그에게로 고개를 돌렸다.

"넌 내게 전부야."

유수를 똑바로 응시하는 강후의 망막에 진한 슬픔이 묻어났다.

"심장을 원한다면 꺼내 가."

"……."

"그래도 난 널 못 놔."

"퇴원은 언제 할 수 있어요?"

"내일 퇴원 수속 밟으실 거예요."

여의사가 차트를 넘기며 흘끔 유수를 바라봤다. 하얀 얼굴과 커다란 눈망울, 새치름한 입술. 분명히 예쁘장한 얼굴이긴 했으나 눈에 띌 만큼 미인은 아니었다.

이번엔 그 남자의 얼굴을 떠올려 보았다. 그 남자는 어딜 가나 이목을 끄는 타입이었다. 정교해 보이는 미남형의 얼굴 때문만은 아니었다. 그 섬뜩할 정도로 위압적인 분위기라니. 그녀는 이강후가 너무나도 위험천만해 보였고, 실제로도 이강후는 그런 인물이 맞았다. 평범해 보이는 여자가 어쩌다가 저런 남자와 얽혔을까, 여의사는 여자가 몹시 불쌍하다는 생각을 했다.

그런데, 담당 간호사가 전해 주는 이야기는 달랐다. 밤낮으로 여자에게 헌신하는 모습을 보니, 차가운 겉모습과는 달리 속은 분명 따뜻한 남자일 것이라는 이야기였다. 이제 막 사랑에 빠져, 타 죽을 줄 알면서도 불로 뛰어드는 한 마리 불나방 같다나 뭐라나.

도대체 그 남자는…….

'방법.'

'찾아내.'

'민유수가 더 이상 아프지 않을 수 있는 방법.'

남자의 고저 없는 차가운 목소리가 귓가에 생생했다.

"선생님. 저 이제 멀쩡한데, 퇴원일 하루만 앞당길 수 없을까요?"

유수가 그녀의 생각을 끊어 내며 불쑥 입을 열었다.

"아직 검사 결과가 하나 안 나왔는데……. 조금만 더 참으세요. 내일 오전 중으로 퇴원 수속 해 드릴게요. 어디 불편한 점이라도 있으세요?"

"아뇨. 그런 건 아니고 너무 지루해서요. 하루 종일 침대 위에만 갇혀 있으려니 여간 답답한 게 아니네요."

입술을 삐쭉거리며 쉴 새 없이 리모컨으로 채널을 돌리는 그녀의 모습이 정말로 무료해 보이긴 했다.

"오늘은 담당자분들이 다 퇴근하셔서 퇴원 수속 밟는 것도 어려워요. 조금만 더 참으면 내일 아침에 바로 퇴원 가능하도록 조치 취해 드릴게요."

여의사가 싱긋 웃으며 차트를 옆구리에 끼고 문 쪽으로 걸음을 옮겼다. 그리고 문고리를 잡으며 나가려다가 문득 유수를 향해 돌아서며 물었다.

"민유수 씨. 애인 있어요?"

"예?"

유수가 당황해서 되묻자, 여의사가 친절하게 다시 물어 주었다.

"민유수 씨 보호자분, 민유수 씨 애인 맞나요?"

유수의 얼굴이 노골적으로 일그러졌다.

"아니에요."

"지극정성이던데요."

"뭐가요?"

"입원 기간 동안 단 하루도 거르지 않고 찾아와서 간호했잖아요."

간호? 그런 걸 간호라고 하나? 원하지도 않는 그의 방문은 사실 일방적인 방해에 가까웠다. 유수가 코웃음을 쳤다.

"처음에는 굉장히 무서운 사람이라고 생각했어요."

"……."

"한데, 지금은 잘 모르겠어요. 그 사람이 어떤 사람인지."

여의사는 잠시 유수의 얼굴을 살피곤, 조곤조곤 말을 이어 갔다.

"나이트 근무를 서는 간호사가 그러더군요. 민유수 씨가 자는 동안 단 일 분도 떨어지지 않고 곁에 있었다고. 그것도 의자에 앉아서 뜬눈으로."

유수가 리모컨을 쥔 손에 꾹 힘을 주었다. 그럴 거라 예상하긴 했지만, 그런 얘길 다른 사람한테서 들으니 조금 기분이 묘했다. 잠깐쯤은 눈을 붙이는 줄 알았다. 정말로 그대로 밤을 새웠다고?

"이강후 씨가 왜 그랬는지 아세요?"

여의사는 곧바로 말을 이었다.

"간호사한테 물었대요. 자는 동안 유수 씨가 다시 열이 오르거나, 혹시 발작을 하거나 하면 어쩌느냐고. 병원에서 야간에도 정기적으로 진찰을 도니까 걱정하지 마시라고 했는데도, 믿는 눈치가 전혀 아니었다네요. 그래서 결국, 본인이 내내 붙어 있었던 거겠죠."

유수는 아랫입술을 지그시 물었다. 이 여자가 도대체 무슨 말을 하려는 건지 알 수 없었다.

"불쾌하세요? 제가 주제넘은 소릴 하고 있죠? 죄송해요. 오지랖이 천성이라 잘 고쳐지지가 않네요."

"……나가 주세요."

유수는 그녀를 쳐다보지도 않고, 딱딱하게 말했다. 여의사는 아무렇지도 않은 얼굴로 살짝 고개를 숙여 인사를 하더니, 병실을 빠져나갔다.

'나이트 근무를 서는 간호사가 그러더군요. 민유수 씨가 자는 동안 단 일 분도 떨어지지 않고 곁에 있었다고. 그것도 의자에 앉아서 뜬눈으로.'

생각할수록 방금 들은 말이 우스웠다. 애초에 자신이 이 지경으로 병원에 처박혀 있게 된 것도, 이강후 그자 때문이지 않은가? 그가 지극정성으로 저를 간호한 것도, 자신의 손바닥 위에 올려두고 지켜보고 싶어서였을 뿐인 것이다. 자신이 다시 아플까 봐, 그런 걱정 따위를 해서 그랬을 리가 없다.

하아아, 유수가 깊은 한숨을 내쉬며 아무렇게나 리모컨 버튼을 눌러 댔다. 당연한 결론을 내리고서도, 어쩐지 찝찝한 기분이 들었다. 어서 빨리 병원을 벗어나고 싶은 마음뿐이었다.

병원에 있는 동안 해일에게서 무수히 많은 전화가 왔었다. 그러나 유수는 단 한 통도 받지 않았다. 혹시 해일이 알게 될까 봐 사무실 사람들 누구에게도 병원 이름조차 알리지 않았다.

이강후의 수하에게 끌려갔던 해일은 잠시 의식을 잃었다가 몇 시간 뒤 근처의 공터에서 발견되었다. 해일은 조금도 다치지 않았지만, 그날 일만 생각하면 유수는 아직도 피가 차게 식는 기분이었다. 자신이 어물쩍거리는 바람에 그런 일이 벌어졌던 것이다. 유수는 해일과 이번에는 확실히 매듭을 짓겠다 마음먹었다.

"유수야. 많이 아팠다며? 좀 괜찮아?"

사무실에 들어서자마자 다른 조교가 안부를 물어 왔다. 유수가 웃으며 괜찮다는 대답을 하고는 곧바로 책상에 앉았다. 그리고 해일이 자리에 있는지 확인하기 위해 슬쩍 고개를 들어 건너편 책상을 살펴보았다.

아직 해일의 모습은 보이지 않았다. 유수가 저도 모르게 가슴을 쓸어내리며 다시 고개를 숙이는데 탁, 하는 소리와 함께 책상 위에 커피가 놓이는 것이 보였다.

"마셔."

플라스틱 컵을 붙잡고 있는 손을 따라 올라가 보니,

"아팠다면서."

해일이 서 있었다.

"해일아."

반사적으로 유수의 입에서 그의 이름이 튀어 나갔다. 해일이 웃지도 않은 채 아직 비어 있는 옆자리의 의자를 끌어다가 앉았다.

"전화 정도는 할 수 있었잖아."

해일의 음성이 갈라져 있었다. 그게 유수의 마음을 아프게 두드렸다.

"그게 아니면, 한 번 정도는 받을 수 있었잖아."

"……."

"내가 그렇게 끌려가서, 겁먹고 포기할 줄 알았어?"

"……."

"그래서 더 이상 상대할 가치도 없다고 생각했어? 걱정 같은 건 하나도 안 했니?"

유수의 속눈썹이 파르르 떨렸다.

그게 아니야, 그게 아니야, 해일아. 그게 너를 보호할 수 있는 가장 좋은 방법이라고 생각 했어. 그래서 그런 거야.

하고 싶은 말들이 목구멍을 치고 올라왔지만, 유수는 입술을 떼지 않았다. 가차 없이 쳐 내야 했다. 그게 자신이 해일에게 해 줄 수 있는 최선의 배려였다.

"어떻게 그렇게 잔인해?"

"……."

"어떻게 사람이 그렇게 잔인하냐고!"

……미안해. 유수가 다시금 목구멍을 타고 올라오는 말을 꾹 눌러 삼키며 애써 아무렇지 않은 척 다른 말들을 내뱉었다.

"그래. 나 원래 그렇게 잔인하고 이기적이야."

"하, 민유수. 너 어떻게……."

"내 말 끝까지 들어. 한해일 네가 그동안 몰랐을 뿐이야, 내가 얼마나 못된 애인지. 나 살자고 그랬어."

"……."

"네가 이러면 너 혼자 위험해지는 줄 알아? 내가 너 살리자고 이러는 줄 아느냐고."

"……."

"천만에. 나도 죽어. 나도 위험하다고. 그러니까 이제 그만해."

해일의 얼굴이 고통으로 일그러졌다. 수치심과 실망, 그리고 흐릿한 연민. 온갖 것들이 섞여서 질척하게 그의 얼굴을 덮었다. 그걸 보는 유수도 고통스러웠다. 하지만 표정만은 말끔하게 유지했다.

"해일 씨, 누가 찾아오셨는데?"

그때였다. 입구에 서 있던 누군가가 해일을 향해 돌아서며 말했다.

"누가요?"

대답이 돌아오기도 전에 사무실 문이 먼저 벌컥 열렸다.

"아들!"

낭랑한 중년 여성의 목소리가 사무실 전체를 울렸고, 동시에 해일이 놀란 표정으로 벌떡 자리에서 일어났다.

"엄마……?"

해일의 입에서 튀어나온 '엄마'라는 낯선 단어에 유수도 곧장 자리에서 일어났다.

발랄함이 느껴지는 목소리와 달리, 나이에 맞는 격식 있는 옷을 차려입은 중년 여성 한 명이 해일을 발견하곤 웃으며 다가왔다. 미소가 중후하면서도 따뜻했다. 다가오는 걸음걸이는 우아해 보였다.

유수가 넋을 잃고 바라보다가 눈이 마주쳤는데, 그녀는 부드럽게 웃어 주었다.

"여긴 왜 왔어?"

"잠깐 근처에서 모임이 있었는데, 아들 생각이 나서 와 봤어."

"도대체 어떤 부모가 다 큰 아들 사무실에 찾아오냐고. 창피하게 정말."

해일이 투덜거리자 그녀는 모르는 척 냉큼 시선을 돌려 버렸다. 그녀가 시선을 돌린 곳에서 다시 눈이 마주친 유수는, 어색하게나마 미소를 보이며 묵례를 했다.

"이 예쁜 아가씨는 누구야?"

여자가 생글생글 웃으며 물었다. 해일은 잠시 망설이다, 입을 열었다.

"애인."

유수의 눈동자가 불안하게 흔들렸지만 해일은 무시했다.

"어머! 아가씨, 정말 우리 아들 애인이야?"

"아……. 저, 그게……."

여자는 유수를 향해 다가오더니, 자연스럽게 팔짱을 꼈다. 유수가 놀라서 굳어지자, 한 손으로 부드럽게 유수의 팔을 쓸기까지 했다.

"아들, 완전 숙맥인 줄 알았더니, 보는 눈은 있어 가지고. 아가씨, 너무 예쁘네."

"가, 감사합니다."

유수는 얼떨결에 대답을 하고 있었다. 사람을 휘어잡고 분위기를 주도하는 선천적인 능력이 있는 여자였다. 아름답고, 활기가넘치는 사람.

유수는 이런 엄마를 둔 해일이, 갑자기 너무나 부러워졌다.

"그래, 우리 해일이는 언제부터 만났어?"

"……학부 때 몇 번 만난 적이 있긴 했지만, 친하게 지낸 건 석사 과정 시작한 뒤부터예요."

"어머, 그래? 사실 우리 아들이 고등학교 때까지만 해도 인기가 짱이었거든? 그런데 대학교가서는 솔직히 영 꽝이었어. 재미없게 허구한 날 매일 집에 틀어박혀서 공부만 하니, 그런 녀석을 어떤 여자가 좋아하겠냐고. 대학원 간다고 했을 때 기절할 뻔했지 뭐야. 공부를 또 해? 너 연애는 언제 할래? 그러면 저 녀석 하는 말이…… 눈을 이렇게 게슴츠레 뜨고서는, 인연이면 언젠간 만나겠지, 이러더라니까. 아니, 인연이 아무렇게나 생겨? 인연도 다 자기 노력이고 하기 나름이라는 거지. 그래서 저 녀석 영원히 백면서생으로 늙어 죽을까 봐 얼마나 노심초사했는지. 아가씨라도 있어서 정말 다행이야! 어머, 그러고 보니 내가 너무 내 말만 했지? 이해해 줘. 예쁜 아가씨, 이름은 뭐야?"

풉. 유수가 작게 웃음을 터뜨리며 대답했다.

"민유수입니다."

굉장히 재미있는 엄마였다. 아들이 일하는 곳에 이렇게 불쑥 찾아온 것도 약간 이상한 일이었지만, 처음 보는 아들의 친구에게 이렇게 팔짱을 끼고 이런저런 말을 늘어놓는 것 역시 생소한 일이었다.

그럼에도 불구하고 유수는 해일의 엄마가 정말로 이상한 사람이라고는 생각하지 않았다. 이런 사람 밑에서 자란 해일이기에,

182

그렇게 따뜻하고 다정할 수 있는 거구나, 그런 생각이 들었다. 여자가 뿜어내는 활기차고 천진한 기운이 얼어붙어 있던 해일과 유수 사이의 공기를 녹여 버린 듯했다.

"유수, 유수. 이름 예쁘네. 유수 양은 어디 살아?"

여자가 새처럼 쫑알대며 이것저것 물어 왔다. 해일이 그만하라며 나무랐지만, 조금도 신경 쓰지 않는 모습이었다.

"기숙사에서 지내요."

"어머. 외롭겠다. 나도 우리 해일이 독립시키고 얼마나 외로웠는지 몰라. 부모님 안 보고 싶어? 부모님은 엄청 보고 싶어 하실 텐데."

순간적으로 유수의 얼굴이 굳었다. 눈동자 속의 활기가 사그라졌다.

'부모님 안 보고 싶어? 부모님은 엄청 보고 싶어 하실 텐데.'

유수에게 '부모님'은 열어서는 안 되는 푸른 수염의 방과도 같았다. 뭐라고 대답해야 하지? 자식을 버린 부모님 따위, 단 한 번도 보고 싶은 적 없었다고? 유수가 시선을 바닥으로 내리깔며, 침묵 끝에 천천히 입술을 뗐다.

"부모님."

그리고 다시 여자에게로 눈을 맞추었다.

"안 계세요."

"어머……."

여자가 당황한 듯 잠시 말을 더듬었다. 해일도 놀란 듯 커다래진 눈으로 유수를 쳐다보았다.

"두 분 다?"

"예."

"어머, 어떡해……."

아마도 다음에 이어지는 레퍼토리는 똑같을 것이다.

'근본도 없는 것. 애비 어미도 없이 산다더니.'

언젠가, 그런 얘기를 들은 적이 있었다. 아마도 첫사랑 호준의 어머니에게서였을 것이다.

어른들은 하나같이 비슷했다. 자신이 직접 낳아 젖을 물려 키운 자식을 버리는 것도 어른이고, 그렇게 버려진 아이들을 경멸 어린 시선으로 바라보며 바닥으로 끌어내 버리는 것도 어른이다. 아마, 맞닿은 팔을 통해 전해져 오는 이 따뜻한 온기를 가진 여자도, 곧 자신에게서 멀어지며 제 아들을 어떻게든 보호하려고 들 것이다.

'근본도 없이' 사는 자신의 악재가 그의 아들에게 들러붙지 않게.

"유수 양."

여자가 나지막하게 유수의 이름을 불렀다.

"언제 한번 놀러 와."

여자는 팔짱을 풀고 대신 유수의 손을 꼭 힘주어 맞잡았다. 유수가 놀라서 숙였던 고개를 치켜들었다. 여자의 눈에 그렁그렁, 가득 눈물이 맺혀 있었다.

"아줌마가 맛있는 거 많이 해 줄게. 엄마라고 생각하고 자주 놀러 와."

어느새, 유수는 여자의 품에 안겨 있었다. 유수가 아무 말도 하지 못하고 두 눈만 껌뻑였다.

"우리 해일이가, 유수를 다 감싸 안아 주기에는 많이 부족하고 여린 거 알아."

"……."

"그렇지만, 앞으로 잘 부탁할게. 부족한 부분이 있으면 아줌마가 채울게."

"……."

"자주, 자주 놀러 와."

여자가 가만히, 부드럽게 유수의 등을 어루만졌다. 여자에게 안긴 채로, 바로 곁에 서 있던 해일과 눈이 마주쳤다. 그의 눈이 일렁이고 있었다.

쏴아아.

세면대 앞에 서서 몇 번이고 얼굴을 씻어 냈다. 그런데도, 정신이 맑아지지 않았다. 거울 위로 비치는 화장기 없는 자신의 얼굴을 멀거니 바라보던 유수가, 자조적인 웃음을 지었다.

'아줌마가 맛있는 거 많이 해 줄게. 엄마라고 생각하고 자주 놀러 와.'

따뜻한 목소리, 따뜻한 손. 그리고 따뜻한 포옹. 생전 처음 받아 보는 낯선 따뜻함들에 유수는 혼란스러웠다. 당연히 자신을 경멸하고 선을 그을 줄 알았던 해일의 어머니는, 오히려 자신을 껴안고 위로했다. 아들을 잘 부탁한다며, 언제든 자신을 찾아오라고 말해 주었다.

이런 걸까?

사랑이란 건…… 본래 이런 걸까?

사랑을 받아 본 적이 없어서 사랑을 하는 방법도 몰랐던 자신은, 여태껏 사람들을 밀어내기만 하고 그걸 사랑이라고 믿었다. 자신이 윤아와 해일을 보호하기 위해 그들을 자신의 삶에서 밀어냈던 것처럼 말이다.

그런데, 그것이 틀린 것일지도 모른다는 생각이 난생처음 들었다. 자신은 어쩌면 끝까지 윤아를 보듬어 안고, 윤아와 함께 맞서 싸워야 했을지 모른다. 진정으로 그 사람을 위하는 길은, 무슨 일이 있어도 그 사람을 놓지 않고 함께하는 것이었을지도 모른다…….

생각이 거기까지 미치자 유수는 다시금 차가운 물을 얼굴에 끼얹었다.

'넌 내게 전부야, 민유수.'

'심장을 원한다면 꺼내 가.'

'그래도 난 널 못 놔.'

왜 하필 이 순간, 이강후 그자의 얼굴이 떠오르는 건지 모르겠다. 그 진저리 쳐지는 집착을 감히 사랑인 것처럼 말하던 남자. 그 남자의 어둡고 차가운 눈동자가 떠올랐다. 자신이 사랑에 서툴러서 사랑의 여러 가지 모습을 이해하지 못했던 것처럼, 그 남자

도, 그렇게 지독히 서툴렀던 건 아닐까. 그런 말도 안 되는 생각
이 들었다.

유수가 마음 깊은 곳에서부터 피어오르는 뭉클하고 찝찝한 감
정의 조각들을 씻어 내려는 듯, 쉴 새 없이 얼굴을 씻어 내고 또
씻어 냈다.

점심때부터 비가 내렸다. 유수가 사무실을 빠져나오는 시각에
맞춰, 비가 거세지기 시작했다. 그리고 보니, 아침에 들었던 기상
청 라디오에서 장마가 시작된다고 했던 것도 같다.

억수같이 쏟아져 내리는 빗줄기를 유수는 망연히 바라보았다.
우산이 없었다. 자신이 가장 마지막에 퇴근을 했기에, 우산을 나
눠 쓸 사람도 없었다. 기숙사가 가깝긴 했지만, 그래도 족히 20분
은 걸어야 했다.

유수가 짧은 한숨을 내쉬곤, 들고 있던 가방을 가슴팍에 꽉 끌
어안았다. 그대로 빗속으로 뛰어들 생각으로 한 발 내디뎠다. 그
때, 조금 떨어진 곳에서 이쪽으로 걸어오는 검은 인영이 눈에 들
어왔다.

커다란 검은색 장우산을 든, 익숙한 장신의 남자. 그가 가까워
질수록, 귓가를 때리는 빗소리가 점점 더 커져 갔다.

쏴아아아아─

유수는 빗속에 묻혀서 마치 흐릿한 한기(寒氣)처럼 느껴지는 이

강후를, 멍하게 쳐다보았다. 이윽고 유수의 앞에 다다른 강후가, 그녀의 머리 위로 느릿하게 우산을 씌웠다. 순식간에 빗소리가 잦아들면서 우산 밖의 세계가 차단된 것 같은 기분이 들었다.

비좁은 이 공간 안에, 오직 이 남자와 저만이 들어 있는 기분.

내내, 저를 기다린 걸까? 언제부터일까? 비가 내린 그 순간부터? 아니면, 라디오에서 장마 속보가 흘러나왔을 때부터?

밤새 병실에서 저를 지키던 이강후의 모습이 불현듯 다시 떠올랐다. 또다. 또 기분이 이상했다. 다시 찝찝하고 불쾌해졌다.

"당신이랑 함께 우산을 쓸 바에야, 비를 맞는 게 나아."

유수는 그를 지나쳐 빗속으로 걸어 들어갔다.

그런데, 얼마 가지 않아 다시 머리 위에 그림자가 드리웠다. 이강후가 뒤따라온 것이 틀림없었다. 유수가 뭐라고 쏘아붙이려고 뒤를 돌았다. 그러나 이강후의 움직임이 더 빨랐다. 그는 유수의 손에 우산을 들려 주었다. 차가운 남자의 손이 잠시 그녀의 손을 감싸 쥐었다가, 빠르게 떨어져 나갔다.

"무슨……."

"알았으니까, 비는 맞지 마."

"……."

"또 아픈 널 안고 기숙사를 내려오는 수고를 하고 싶진 않으니까."

이강후는 미련 없이 뒤돌아서서, 성큼성큼 유수에게서 멀어졌다. 말끔하던 이강후의 슈트가 비에 젖어 짙게 물드는 게 보였다. 우산을 붙든 유수의 손에 꽉, 힘이 들어갔다.

찰나에 고민이 됐다. 그를 저대로 보내도 되는지.

그러나 그는 너무나 빠르게 멀어져서 어느덧 그녀의 시야에서 사라져 버렸다. 허, 유수는 저도 모르게 헛웃음을 흘렸다.

유수는 우산을 들고 약간 넋이 빠진 채로 걸었다. 우산이 어찌나 큰지, 비가 거세게 쏟아져도 어깨의 끄트머리조차 젖지 않았다.

'알았으니까 비는 맞지 마.'

이강후의 목소리가 환영처럼 울렸다. 언제나처럼 무감하고 덤덤한 목소리였으나, 어쨌거나 그는 자신을 걱정하는 것처럼 보였다.

희한했다. 저를 물에 처넣고 느긋하게 감상하던 이강후, 저를 겁주기 위해서 칼을 휘두르던 이강후. 그런 것들이 자신이 아는 이강후인데, 제가 아플까 봐 걱정하는 이강후도, 이제 자신이 아는 이강후의 일부분이 되어 버렸다.

착각인 걸까? 해일 어머니의 따뜻함에 감동한 나머지 저도 모르게 마음이 약해져서, 너무 아무것도 아닌 것에 감정 이입을 하고 있는지도 모른다. 상념이 자꾸만 깊어졌다.

휴, 다시 길게 한숨을 내쉰 유수가 여전히 어딘가 멍한 얼굴로 계속해서 빗속을 걸어 나갔다. 빗줄기는 점점 더 거세져서, 이제 우산 밖에서 나는 소리들이 거의 들리지 않았다.

빠앙—!

그때, 어디선가 날카로운 클랙슨 소리가 울렸다. 유수는 깊숙이 쓰고 있던 우산을 들어 올렸다. 그러곤 일순간 얼어붙었다. 멀지 않은 곳에서, 자동차 헤드라이트가 번쩍였다. 커다란 트럭 한 대가 엄청난 속도로 그녀에게 다가오고 있었다. 아찔한 위기감이 솟구쳤으나 유수는 뭔가에 묶인 사람처럼 꼼짝도 할 수 없었다.

하얀빛이 다시 한 번 번쩍이면서 순간적으로 아무것도 보이지 않았다. 유수는 두 눈을 질끈 감았다. 다시 눈을 뜨면, 차에 치인 제 몸뚱어리가 어딘가로 날아가 있을 것만 같았다.

"민유수! 민유수!"

귓가를 울리는, 선명한 목소리.

유수는 서서히 떨리는 눈꺼풀을 들어 올렸다. 가장 먼저 보이는 건, 이강후의 얼굴이었다. 어째서 이 남자의 얼굴이 먼저 보이는 건지 이해가 안 됐다. 유수는 현실감이 느껴지지 않아 두 눈을 거듭 깜빡였다. 다행히, 사지 어디에서도 아픔은 느껴지지 않았다.

아래를 내려다보니, 자신은 이강후에게 안긴 채였다. 아무래도, 뒤따라온 그가 몸을 날려 자신을 안고 차를 피한 모양이었다. 아스팔트 바닥에 쓸렸는지 이강후의 말끔한 얼굴엔 생채기가 나 있었다.

"미쳤어?! 정신을 어디다 두고 걷는 거야!"

이강후가 부릅뜬 눈으로 소리쳤다. 핏발 선 두 눈이 거세게 요동치고 있었다. 유수는 차에 치일 뻔했던 상황보다, 저렇게 무시

무시한 얼굴로 소리치고 있는 이강후가 더 놀라웠다. 한 번도 이런 식으로 격한 감정을 터트린 적이 없는 그였다.

유수는 갑자기 속이 울렁거리기 시작했다. 아슬아슬하게 죽음을 스쳐 갔기 때문이 아니었다. 순전히 남자의 저 얼굴 때문이었다.

죽이겠다면서, 그렇게 쉽게 죽이겠다는 말을 했으면서, 정말로 죽을 것 같은 순간이 오니 남자는 저보다도 더 두려운 얼굴을 한다. 그게 유수의 속을 불편하게 들쑤셨다.

"……날 왜 구했어?"

"뭐?"

이강후의 얼굴이 일그러졌다. 그러나 유수는 아랑곳하지 않고 말을 이었다.

"당신이 몇 번이나 그랬잖아! 날 죽이겠다고! 정말 그냥 죽게 내버려 두지 그랬어?"

유수가 상기된 얼굴로 소리쳤다.

"너……."

이강후가 어금니를 악무는 것이 보였다. 저를 안고 있는 팔에서 미세한 진동이 느껴졌다. 그는 가까스로 치밀어 오르는 화를 억누르고 있는 것처럼 보였다. 유수도 지지 않고 그를 보는 눈에 꽉 힘을 주었다.

"이번 건 상황이 아주 다르지."

강후는 간신히 분노를 삼키곤, 씹어 뱉듯 한 자 한 자 끊어 말했다.

"널 죽일 수 있는 건 나뿐이야."

"……."

"내 허락 없인 죽지 마, 다치지도 마."

"……."

"네가 마음대로 죽어 버리면, 한해일도, 임윤아도 내가 다 죽여 버릴 거야. 알아들었어?"

강후의 목소리는 위협적이었으며, 조금의 흔들림도 없었다.

그러나 유수는 순간적으로, 그의 눈빛이 너무도 위태로워 보인다고, 그런 말도 안 되는 생각을 했다. 그래서 유수는 더는 되받아칠 수가 없었다.

그녀는 혼란스러웠다.

빗소리가 점점 커진다. 모든 게 환영처럼 흐려지고 있었다. 이렇게 비가 많이 오면, 또렷하게 그어 놨던 경계도 흐려지기 마련이다. 그래서일까, 유수는 이강후의 위협이 위협처럼 들리지 않았다.

'내 허락 없인 죽지 마, 다치지도 마.'

어째서인지, 그 말이 겁박이 아니라 애원처럼 들렸다.

강후가 기숙사까지 따라왔으나, 유수는 그를 그냥 내버려 두었다. 강후는 마치 제 방인 것처럼 유수의 방에 먼저 들어서서는 따라 들어온 그녀를 욕실 안으로 밀어 넣었다.

철컥, 욕실 문이 닫혔다.

그녀가 아니라 바깥에 서 있는 강후에 의해서였다. 유수는 얼빠진 얼굴로 완전히 젖어 버린 옷을 하나씩 벗어 내렸다. 샤워기 앞에 서서 뜨거운 물을 틀었다.

물이 쏟아지자 온몸을 두르고 있었던 한기가 조금씩 걷히기 시작한다. 욕실 안에 뿌옇게 수증기가 차오를 때까지, 유수는 계속 물을 맞고 서 있었다.

전신에 뜨거운 피가 돌기 시작하며, 비로소 유수는 정신이 들었다. 자신이 죽을 뻔했다는 사실이 마치 영화에서 본 장면처럼 실감 나지 않았는데, 이제야 현실감이 솟구쳤다. 유수는 욕실 벽에 등을 기댄 뒤 주르륵 미끄러져 내렸다. 온몸이 덜덜 떨려 왔다.

저를 안고 소리치던 이강후의 모습이 선연했다. 언제나 그 남자를 죽이고 싶다고 생각했는데, 어쩌면 그 남자에 의해 죽임을 당할지도 모른다고 생각했는데. 그 남자는 죽을 뻔한 바로 그 순간에, 저를 살려 놨다. 이 상황이 우습기 짝이 없었다. 유수는 다시 속이 울렁거리는 기분이 들었다.

한참 후에 유수는 욕실을 빠져나왔다.

이강후는 떠나고 없었다.

[잠깐 만나자. 6시 학교 앞 스타벅스에서.]

미진에게서 온 문자였다. 사무실에 들어온 첫날 딱 한 번 살갑게 인사한 것 빼고는, 미진은 유수에게 거의 알은체를 하지 않았다. 유수도 차라리 그 편이 편하다고 생각하던 참이었다. 그녀가 해일에게 자신의 과거를 떠벌린 것을 알게 된 이후에는 더욱 그랬다. 가능하면 그녀와 엮이고 싶지 않았다.

그런데 왜 갑자기 만나자고 하는 걸까. 게다가 미진은 오늘 쉬는 날인데 말이다. 유수는 어째서인지 묘하게 불안한 느낌이 들었다. 바쁘다고 거절해 버릴까 잠시 고민했지만, 어차피 같은 사무실 안에서 영원히 피할 수만은 없을 것 같아 그러자고 답장을 썼다.

카페 안으로 들어서자 익숙한 테이블 배치가 눈에 들어왔다. 창가 쪽에 앉아 있는 미진의 모습도 금방 보였다. 짧게 심호흡을 한 유수가, 꼿꼿하게 등을 펴고 걸어갔다.

"별로 안 기다렸지? 시간 맞춰 왔는데."

최대한 자연스럽게 보이려고 노력하며 미진을 쳐다보며 웃었다. 유수를 바라보는 미진의 눈에도 그녀 특유의 애교스런 웃음이 걸려 있었다.

"어서 와. 기다리긴 무슨. 네가 일찍 온 편이야."

"그게 무슨 말이야? 더 올 사람이 있어?"

유수가 미진의 맞은편 자리에 앉으며 물었다.

"내가 말 안 했나? 혜영이도 오기로 했는데. 우리 안 본 지 너무 오래됐잖니. 이렇게 같은 사무실에서 만난 것도 인연인데, 오랜만에 다 같이 얼굴도 볼 겸."

유수의 얼굴이 얼음처럼 굳었다. 흘끗 유수의 얼굴을 확인한 미진이 고른 치아를 드러내며 더욱 예쁘게 미소를 그렸다. 그녀는 가지런한 목소리로 덧붙였다.

"혜영이 기억나지? 너한테 박호준 소개시켜 줬던."

굳어 버린 유수의 사고 회로에 '혜영'이라는 이름이 날카롭게 박혀 들었다. 그 이름을 잊을 리가 없었다. 혜영은 자신에게 첫사랑 호준을 소개시켜 준 인물이기도 했고, 학창 시절 미진과 함께 가장 악랄하게 자신을 괴롭혔던 인물이기도 했다. 미진이 주로 뒤에서 은밀하게 그것들을 계획했다면, 혜영은 미진의 수족이 되어 그 계획을 실행한 인물이었다.

고등학교 때 겪었던 그 끔찍한 지옥이 다시 현실이 되어 불쑥 튀어나온 것만 같아서 유수는 숨이 턱 막혔다. 그러니까 미진은 오늘, 자신을 물 먹이려고 작정을 한 셈이었다. 허벅지에 올려놓은 유수의 꽉 쥔 두 손에 푸른 실핏줄이 올라왔다.

무슨 말이든 해 주려고 입술을 떼려는 그때,

"어! 혜영아, 이쪽이야!"

미진이 자신의 뒤편을 향해 반갑게 손을 흔들었다. 가슴의 두근거림이 폭주하듯 빨라지며, 호흡이 거칠어졌다. 뒤를 돌아보기 싫었다.

그 시절 자신의 가장 든든한 지원군이 되어 주던 윤아마저도 없는 지금 이 상황에, 다시 그들 앞에 무장 해제당한 채 놓일 생각을 하니 현기증이 올라왔다.

"와! 민유수! 너 정말 민유수 맞니? 진짜 오랜만이다."

다소 과장된 목소리의 주인공이 마침내 유수 앞에 당도했다.

"……잘 지냈어?"

유수가 가까스로 입을 열어 인사를 건넸다. 쿠쿡. 마주 보고 있는 미진이 노골적으로 비웃는 소리가 들렸다. 깊은 곳에서 분노가 흘렀다. 여기서 흔들리면, 더 비웃음만 사는 꼴이다. 유수는 스스로를 추스르며 천천히 혜영에게로 시선을 맞췄다.

"나도 반갑다. 오랜만에 보니까. 어서 앉아."

생각보다 침착한 반응이라 생각했는지, 반가운 척하던 혜영의 얼굴이 거짓말처럼 구겨졌다. 그녀가 들고 있던 핸드백을 소파 위에 툭 던져 놓더니 팔짱을 끼며 미진 옆에 자리를 잡았다.

반원형 탁자를 사이에 두고 한쪽에는 유수가, 그리고 다른 한쪽에는 혜영과 미진이 자리했다.

"어떻게 지냈어? 계집애, 고등학교 때랑 똑같다?"

혜영이 한쪽 입술을 비틀어 올리며 말했다. 혜영의 입술 위에 칠해진 옅은 장밋빛 립스틱이 유수는 퍽이나 어울리지 않는다고 생각했다. 유수가 마음을 가라앉히기 위해 약간의 간격을 둔 후, 비교적 안정적인 목소리로 대답해 주었다.

"혜영이 너도, 그때랑 똑같네."

삐뚤어진 마음조차도 말이야. 유수는 마음속으로 덧붙였다. 벌써 몇 년이나 흘렀는데, 혜영도 미진도 조금도 변하지 않았다는 생각이 들었다. 그런 생각에 미치자 유수는 문득 이 상황이 우습게 느껴졌다.

어린아이가 치기 어린 마음에 못된 일을 꾸며도 웃어넘길 수 있는 사람이 어른이다. 유수는 미진과 혜영이 아직 그 시절의 미숙한 상태 그대로 머물러 있다는 사실에, 일종의 연민까지 느꼈다. 일일이 반응하지 말고 웃으며 넘어가자, 생각했다.

그런데, 유수의 그런 결심은 혜영이 꺼낸 다음 말에 무색해져 버리고 말았다.

"근데 유수 너, 아직도 그 조폭 만나니?"

유수의 눈빛이 흔들렸다. 다시 현기증이 일었다.

이래서 미진과 엮이고 싶지 않았던 건데.

유수가 답이 없자, 옆에 있던 미진이 마치 각본대로 연극을 하듯 대신 대꾸했다.

"그때 그 소문, 사실이었어? 조폭이랑 원조 교제 한다던 소문?"

대놓고 '원조 교제'라는 원색적 비난을 퍼붓는 걸 보니, 이제예의 그 가식적인 웃음마저도 곁들일 필요가 없다고 생각했나 보다. 유수가 꽉 깨문 어금니에 힘을 주면서 씹어 뱉듯 말했다.

"그런 거 아냐."

그게 거짓이라는 건, 너희들이 소문의 진원지이니 더욱 잘 알 거 아니야. 그렇게 쏘아붙이고 싶었지만 참았다. 안 그래도 불편한 이 순간을 진흙탕 싸움으로 만들고 싶지 않았다. 상대하지 말아야겠다는 좀 전의 결심을 상기하며, 유수가 일어서려고 의자를 뒤로 끌었다.

미진이 얼른 말을 이었다.

"그럼 지금 만나는 사람 있어?"

"……."

유수가 결국 눈에 핏발을 세우며 미진을 노려봤다. 자신이 고통받는 게 미진에게 어떤 쾌감이라도 선사하는 걸까? 유수는 고등학교 때, 호준을 좋아했다. 아니 정확히는, 또래의 다른 아이들처럼 평범하게 연애가 하고 싶었다. 그러나 호준이 그렇게 된 이후, 누구를 만나 본 적도 없었고, 만날 꿈을 꿔 본 적도 없었다. 유수는 미진이 자신의 그런 어그러진 삶을 비웃는 것만 같았다.

"……있다면?"

유수가 도발하듯 대답했다. 미진의 눈이 날카롭게 번뜩였다. 설마 이강후 그자와 정말로 사랑에 빠지기라도 한 건 아니겠지? 유수는 미진이 자신을 조롱한다고 생각했지만, 아니었다. 미진에게 방금 전 질문은 조롱이 아니라 시험이었다. 미진은 민유수와 이강후의 관계가 발전이라도 됐을까 봐 불안했다. 미진의 예쁘게 다듬어진 손톱이 불안한 듯 테이블 위를 딱딱대며 두드렸다.

"어떤 사람인데? 학교 사람?"

유수는 곧바로 만나는 사람이 있다고 대답했던 것을 후회했다. 누구라고 얘기한단 말인가. 그나마 떠오르는 사람은 해일이었지만, 얼마 전에도 자신은 제발 그만하자며 그를 쳐 내지 않았는가.

유수가 입술을 깨물며 망설이고 있는데, 갑자기 아이들의 시선이 자신에게서 다른 쪽으로 향하는 것이 느껴졌다. 순간, 미진의 얼굴이 보기 좋게 구겨졌다. 마치 못 볼 걸 보기라도 한 사람처럼.

유수도 그들의 시선을 따라 천천히 고개를 돌렸다.

"내가 좀 많이 늦었지. 미안, 미안. 차가 막혀서."

카페의 동선을 따라, 이쪽으로 걸어오고 있는 사람들이 있었다.

"오랜만이네, 김미진."

새치름하게 웃으며 미진의 이름을 내뱉은 건, 다름 아닌 윤아였다. 유수의 눈이 믿을 수 없다는 듯이 커다래졌다.

"아, 이쪽은 나하고 유수가 아는 친구인데, 오는 길에 우연히 만났지 뭐야. 그래서 같이 들어왔어. 괜찮지?"

그리고 윤아가 웃으며 소개한 그 누군가는,

"안녕하세요. 이강후라고 합니다."

이강후였다.

타앙, 미진이 들고 있던 휴대폰을 바닥에 떨어뜨리는 바람에 요란한 소리가 났다. 할 말을 잃은 듯 미진의 두 눈동자가 커져 있었다. 놀라기는 혜영도 마찬가지였다. 임윤아가 동석한다는 말은 듣지 못했다.

혜영은 이게 어떻게 된 거냐는 눈빛으로 미진을 한 번 힐끗 바라보곤, 이내 윤아와 함께 나타난 남자에게로 시선을 돌렸다. 보기 드물게 잘생긴 남자였다. 임윤아도 모자라서, 저렇게 튀는 외모의 남자라니. 혜영은 예상 밖의 전개에 당황했다.

윤아는 옆 테이블의 의자 두 개를 끌어다가 붙이고는 강후와 함께 자리에 앉았다. 강후는 오늘 옅은 색감의 린넨 재킷을 걸치고 있었다. 트레이드마크처럼 함께했던 검은색 쓰리피스의 슈트는 없었다. 늘 단정하게 넘어가 있던 앞머리도 오늘은 약간 흐트러진 것처럼 왁스로 손질되어 있었다. 옷과 머리 모양을 바꾼 것만으로도 몇 년은 더 젊어 보이는 모습이었다.

그러나 특유의 눈빛만은 그대로였다. 검은 눈동자 속에는 군림하는 사람 특유의, 나른하지만 압도적인 분위기가 서려 있었다. 유려한 그의 얼굴이 그 날카로운 눈빛과 더할 나위 없이 잘 어울려서, 그는 마치 매끄럽게 다듬어 만든 조형 작품처럼 보였다.

"유수랑 윤아 친구시라고요?"

혜영이 약간 말을 더듬으며 입술을 뗐다.

"네."

강후가 희미한 미소를 지으며 대답했다.

맙소사, 유수의 입이 벌어졌다. 이강후가 나타난 것만으로도 놀랄 노 자인데, 이강후가 오늘 풍기고 있는 분위기는 더 놀라웠다. 그가 사람에게 존댓말을 쓰며 저런 식의 미소를 짓는 것을, 유수는 두 눈으로 직접 보면서도 믿을 수가 없었다.

"갑자기 나타나서 놀라신 거 압니다. 윤아 씨가 곤란해하는데도, 억지로 오겠다고 해서 왔습니다."

강후가 느긋한 어조로 말을 이었다.

"유수 씨가 여기 있다고 해서요."

미진과 혜영이 뜨악한 표정이 되었다. 유수가 두 눈을 껌뻑이며 강후를 바라봤다. 저 남자가 지금 뭐라고 하는 거야? 유수는 곧 윤아에게로 시선을 돌렸다. 무슨 설명이라도 해 보라는 눈빛을 던졌으나 윤아는 가만히 미소를 지을 뿐이었다.

"……유수랑은 어떤 사이세요?"

미진은 바닥에 떨어져 뒹구는 휴대폰을 주울 생각도 하지 않고, 강후에게 눈을 맞추며 물었다. 자신을 바라보는 강후의 눈이 순간적으로 서늘하게 변했다가 다시 원래 빛으로 돌아오는 것을, 오로지 미진만이 알 수 있었다.

"열심히 따라다니고 있는 중입니다. 번번이 거절만 당하고 있지만."

유수의 얼굴이 이제는 하얗게 질렸다. 여태까지 뻔뻔한 얼굴을 하고 있던 윤아도 이 정도의 대사는 예상 못 한 듯 부르르, 살짝 몸을 떠는 시늉을 했다.

이내 강후가 천천히 자리에서 일어났다. 그가 빌지를 집어 들며 말했다.

"여기서 이럴 게 아니라 자리를 옮기시죠."

강후가 안내한 곳은, 고층 빌딩의 꼭대기에 위치한 화려한 외관의 레스토랑이었다. 한쪽 벽면이 전면 유리로 되어 있어 서울 야경이 한눈에 들어오는 곳이었다.

"진짜 분위기 좋다. 여기 한 달 전에 예약 잡아야 하는 곳이라던데."

혜영이 들뜬 목소리로 호들갑을 떨었다. 미진이 한심하다는 눈빛으로 그녀를 쳐다보았다.

"강후 씨는 뭐 하는 분이세요?"

주문을 받은 웨이터가 테이블에서 멀어지자, 미진이 강후에게로 시선을 옮기며 물었다.

미진의 질문에 윤아와 유수의 표정이 살짝 흔들렸다. 미진이 고등학교 때 잠시 만났던 것만으로도 이강후를 알아본 건 아닐까 싶어서 긴장이 됐다.

"그러고 보니까, 궁금하다."

혜영이 끼어들어 말했다. 그녀는 눈을 빛내며 대답을 기다렸다. 한눈에 봐도 고가일 게 분명한 강후의 액세서리들을 보고는, 직업 또한 근사하지 않을까 기대하고 있는 모양새였다.

"금융 쪽 관련 일을 하고 있어요. 별로 대단한 일은 못 됩니다."

그렇게 말하며 강후는 혜영에게로 눈을 맞췄다. 시선이 닿자마자, 혜영이 금세 새빨개진 얼굴로 눈알을 굴렸다. 미진이 다시 짙은 경멸이 어린 시선으로 혜영을 훑었다. 애초에 자신이 왜 그녀를 불렀는지는 완전히 잊은 듯했다. 정신 빠진 계집애. 민유수 얘기를 했을 땐 먹잇감을 발견한 하이에나처럼 달려들 기세더니.

잠시 후 주문한 메뉴가 나오고, 식사가 시작됐다. 강후는 거의 말이 없었다. 질문에는 간단하게 단답형으로 대꾸하거나 희미하게 웃으며 고개를 끄덕일 뿐이었다. 그러나 그것만으로도 식사 자리는 부드럽게 유지됐다. 혜영과 윤아는 꽤 들떠서 떠들어 댔고, 미진 역시 심사가 뒤틀리긴 했지만 겉으로 티가 나진 않았다.

자리에서 오직 유수만이 정신을 차리지 못하고 있었다. 그녀의 머릿속엔 갑작스런 윤아의 등장, 이강후의 의뭉스러운 태도, 모든 것이 어그러진 퍼즐 조각처럼 흐트러져 있었다.

미진이 클러치 백에서 립스틱을 꺼내 펴 발랐다. 거울 속에 비친 자신의 모습은 평소와 다를 바가 없어 보였다. 그러나 그녀의 속은 완전히 타들어 가고 있었다.

고등학교 때 이후, 몇 년 만에 다시 만난 그는 숨이 막힐 만큼 완벽한 모습이었다. 어쩌면 그때보다도 더. 그 짙은 검은 눈동자가 자신을 쳐다볼 때는, 온몸에서 전율이 일었다.

그를 가지고 싶다.

비틀린 욕망이 미진의 내면에서 꿈틀거렸다.

그런데 그의 시선의 끝에는 항상 그 아이, 민유수가 있었다. 그것은 단순한 애욕, 그 이상이었다. 절대적인 어떤 것, 이를테면 모성(母性) 같기도 하고, 신심(信心) 같기도 한.

군림하는 것이 자연스러운 그에게는 어울리지 않는 감정이었다. 달리 말하면, 민유수는 그에게 어울리는 상대가 아니었다.

어떻게 해야 그를 내 것으로 만들 수 있을까.

진홍색 립스틱을 덧바른 미진의 입술이 고혹적인 분위기를 내며 위로 올라갔다. 거울 속의 자신은 아름다웠다. 민유수의 그것보다 훨씬 더 아름다운 육체였다.

이강후도, 기껏해야 세상의 반이나 되는 남자라는 생물이 아니던가. 미진은 자신의 유혹에 흔들리는 그의 눈빛을 상상하며 더욱 매혹적인 미소를 그려 보았다.

그를 유혹할 것이다.

거기까지 생각이 미치자, 얼른 다시 그가 보고 싶어졌다. 미진
은 서둘러 화장실을 나섰다. 화장실 문턱을 내려서면서 미진의 높
은 하이힐이 매섭게 바닥을 내리찍었다.

그와 동시에,

"너, 나 알지."

지독하게 낮고 짙은 음성이, 미진의 귓가를 울렸다. 미진이 고
개를 들었다. 이강후였다. 그가 복도의 한쪽 면에 등을 기댄 채,
삐딱하게 자신을 바라보고 서 있었다.

"너, 나 알잖아."

아까와는 사뭇 달라진 베일 듯 살벌한 분위기가, 가식이 완전
히 벗겨진 그 본연의 모습을 보여 주고 있었다. 게다가 자연스럽
게 반말을 내뱉고 있었다. 미진은 긴장인지 흥분인지 모를 감정을
느끼며, 꿀꺽 침을 삼켰다.

"무슨 소릴 하시는 거죠? 저를 아세요?"

미진의 목소리가 조금 떨리고 있었다. 강후가 피식, 웃었다. 아
름다웠지만 잔인하게 느껴지는 미소였다. 미진이 본능적으로 뒷
걸음질 치자, 강후가 느릿하게 한 발 다가섰다.

"나 알 텐데."

"……."

"내가 어떤 놈인지도 잘 알 거고."

좁아진 거리만큼, 그의 숨결도 가까워졌다. 미진의 심장이 거
칠게 쿵쾅댔다. 숨 쉬는 간격도 빨라졌다. 방금 전까지 그를 유혹
하는 자신을 상상했는데, 거꾸로 자신이 그에게 당장이라도 유혹

당할 것만 같았다.

강후가 다시 느릿하게, 한 발 더 다가왔다.

"다신 민유수 옆에 얼쩡대지 마."

"······."

"두 번은 경고 안 해."

폐부를 깊숙이 파고드는 살벌한 목소리에, 미진의 얼굴에서 핏기가 사라졌다. 강후는 미련 없이 그녀에게서 뒤돌아섰다.

"잠깐만요!"

따라붙은 미진에게로 강후가 시선을 돌렸다. 내려다보는 시선이 서늘했다. 강후의 팔을 붙잡으려던 미진의 손이 허공에서 멈칫했다.

"도대체 민유수랑 무슨 사이예요?"

미진이 불안한 눈빛을 하고도 꿋꿋이 물었다.

"민유수 스토커라도 돼요? 5년 전에 박호준 응급실에 실려 가게 만든 것도 당신이잖아요."

강후의 눈썹이 꿈틀댔다.

"조폭이라고 하더니, 사람 패는 건 일도 아닌가 봐요?"

주제 파악을 못 하고 가끔 이렇게 겁을 상실하는 사람들이 있었다. 그리고 강후는 그런 사람들을 좋아하지 않았다. 이렇게 인지 감각이 떨어지는 사람들은, 깨우치게 만드는 게 여간 귀찮은 일이 아니었으니까. 폭력은 그나마, 가장 효율적인 수단이었다.

"어떨 것 같아?"

강후가 조금 다가서자, 다시 둘 사이는 빈틈없이 가까워졌다.

"흡!"

돌연, 강후의 손이 거칠게 미진의 허리를 끌어당겼다. 강후의 얼굴이 미진에게로 닿을 듯 가까워졌다. 미진은 숨을 멈추고 그의 얼굴을 바라봤다. 그의 얼굴에서 엷은 미소가 피어올랐다.

"너무 빤히 보이잖아."

"……."

"개처럼 헐떡거리는 네 욕망이."

강후의 긴 손가락이 미진의 이마와 콧등을 쓸며 천천히 내려갔다. 사람의 것이라 생각할 수 없을 만큼 차가운 손가락의 감각이 미진을 얼어붙게 만들었다.

"보이지 않게 잘 넣어 두는 게 좋아."

"……."

"나는 말이야. 그 욕망으로 번뜩이는 눈빛들을 보면 견딜 수 없이."

"……."

"죽이고 싶어져."

지독히 느릿하게 훑어 내리는 시선이 온몸으로 먹잇감을 옭아매는 뱀의 그것처럼, 섬뜩하고 형형했다. 미진은 그대로 질식사할 것만 같은 공포를 느꼈다. 이 남자는 진심이다. 미진의 가느다란 팔이 미세하게 떨렸다.

"다음번에 만나게 된다면."

"……."

"과연 내가 지금만큼 잘 참을 수 있을지 모르겠군."

강후가 거칠게 미진을 몸에서 떼어 낸 뒤, 더러운 게 묻기라도 한 것처럼 자신의 재킷을 털어 냈다. 그가 뒤돌아서며 차갑게 덧붙였다.

"그 다음번이란 게, 없길 바라."

미진이 화장실에 가겠다고 하고 나선 뒤, 강후도 자리를 비웠다. 혜영에게 잠시 테이블을 맡겨 두고, 유수와 윤아는 빈 곳으로 자리를 옮겼다. 둘은 서로를 잠깐 동안 말없이 쳐다보았다.

"보고 싶었어."

먼저 입을 연 건 윤아였다. 유수도 뭐라 대답해 주고 싶었지만, 그럴 수가 없었다. 목구멍에서부터 뜨거운 무언가가 치밀어 올랐다. 유수는 다시 만나게 되면 윤아가 욕이라도 퍼부을 줄 알았다. 저런 애절한 눈빛으로 보고 싶었다는 말을 할 줄은 전혀 몰랐다.

윤아가 그리웠다. 기숙사 방에서 매일 밤 홀로 잠들면서, 그녀가 그리워서 견디기 힘든 밤들이 종종 있었다. 특히 미진과 혜영을 홀로 마주한 오늘은, 윤아가 자신의 삶에서 그간 얼마나 커다란 버팀목이었는지를 다시 한 번 느끼게 해 주었다.

매몰차게 윤아에게서 돌아선 뒤 그동안 단 한 번도 먼저 연락을 하지 못했다. 마음이 약해질까 봐 수십 번 휴대폰을 들고서도 결국은 통화 버튼을 누르지 못한 것이다. 그녀는 얼마나 끔찍한 배신감을 느꼈을까. 유수는 젖은 눈으로 말없이 윤아를 바라보기만 했다.

"다시 같이 살자, 유수야."

유수의 눈에서 기어이 눈물이 떨어져 내렸다. 그녀가 잔뜩 잠긴 목소리로 대답했다.

"그건 안 돼. 알잖아, 저 사람. 저 사람이 너한테 어떻게 했는지. 나랑 같이 있으면 그런 일이 수도 없이 반복될 거야."

"아니."

윤아가 확고한 목소리로 차분히 말을 이었다.

"그런 일은 이제 없을 거야."

"그게 무슨 소리야?"

유수가 눈물을 훔치다가 놀란 얼굴로 되물었다.

"이강후한테서 먼저 연락이 왔었어."

"뭐? 언제? 왜 나한테 얘기 안 했어!"

유수가 사색이 되어 소리치자, 윤아가 안심하란 듯이 살포시 웃음을 지었다.

"걱정 마. 아무 일도 없었어."

"그럼?"

"이강후가 나보고 도와 달라고 했어."

"뭐?"

"사람을 붙여 놨는지 미진이 행적을 다 알고 있더라고. 혜영이랑 통화하는 것도 들었나 봐. 이강후는 미진이가 오늘 너랑 만날 것도, 혜영일 끌어들일 것도, 미리 알고 있었어."

"말도 안 돼."

유수가 저도 모르게 중얼거렸다.

"좀 의아하긴 했어. 내 도움이 왜 필요한가 해서. 마음에 안 들면 나한테 그랬던 것처럼 미진이 그 아이에게도 해코지를 하면 될 거 아니냐고 물었더니, 그게 훨씬 편하긴 한데, 그럴 수가 없다고 했어. 그러다가 네가 다시 아플지도 모른다면서."

"……."

"어디 아팠었니?"

유수가 살짝 고개를 끄덕였다. 윤아의 얼굴에 금방 걱정하는 빛이 스쳤다. 유수는 이제 괜찮다는 듯 미소를 지어 보이곤, 윤아의 다음 말을 기다렸다.

"제법 진지하게 묻더라. 자기가 어떻게 하면 좋겠냐고."

"……."

"얼마나 놀랐는지 몰라."

윤아가 당시의 상황을 상기하듯, 약간 흥분된 어투로 말을 이었다.

"그 남자, 찔러도 피 한 방울 나오지 않을 것 같잖아. 그런 사람이 뭔가를 두려워하는 게 놀라웠어. 네가 아플까 봐 겁이 나서, 나한테 부탁을 하는 꼴이라니, 믿기지가 않잖아?"

유수가 멍하니 윤아를 쳐다봤다. 유수 저 자신도, 믿을 수가 없는 일이었다. 감정이 요동치고 있었다.

이강후 그자는, 도대체 왜 자꾸만 이렇게 종잡을 수 없는 행동을 하는 걸까. 그래 봤자, 달라지는 건 없는데.

"생각해 보니까, 미진이 그 계집애, 너한테 자격지심이 심했잖아. 고등학교 때 일은 좀 억울하기도 하고. 다른 방법보다 이게 더 좋을 것 같아서 내가 이렇게 하자고 했어."

"……."

"어때? 좀 그럴싸했어? 아까 둘 표정 보니까 가관이던데."

하아, 유수가 길게 참았던 한숨을 토해 내며 주저앉았다. 다리에 힘이 풀려 더 이상 서 있을 수가 없었다. 아직도 오늘의 해프닝이 믿기지 않았다.

"도와주는 대신 이강후에게 조건을 내걸었어."

윤아가 유수를 따라 무릎을 접고 앉으며 얘기했다.

"무슨 일이 있어도 다시는 너와 나에게, 폭력을 사용하지 않을 것."

"……."

"그러니까 이제."

"……."

"다시 같이 살자, 유수야."

윤아가 떨고 있는 유수의 손을 꼭 맞잡았다. 윤아의 새처럼 가는 어깨가, 늘 눈에 선했던 그 여린 어깨가, 그러나 또 단단하고 다정한 그 어깨가, 두 눈에 담기는 것이 꿈같았다.

"고마워. 고마워, 윤아야."

유수가 흐느꼈다. 윤아가 그런 유수를 끌어당겨 안고선 가만히 등을 토닥거려 주었다.

식사가 끝나기도 전에 미진이 급한 일이 생겼다며 자리를 떴다. 그 때문에 분위기가 조금 깨진 터라, 저녁 식사 자리는 생각보다 일찍 마무리되었다.

"그럼, 다음에 또 뵙겠습니다."

강후가 혜영을 향해 인사 했다. 무뚝뚝한 목소리이긴 했으나, 어쨌든 인사라는 형식을 제대로 흉내 내고 있었다. 유수는 또다시 경악에 찬 얼굴로 그걸 바라봤다.

혜영을 태운 택시가 사라지자, 윤아도 이어 택시를 잡았다. 택시에 올라탄 윤아가, 당연하게 유수가 타기를 기다렸다. 그러나 유수는 택시에 타지 않았다.

"윤아야. 내가 전화할게. 나, 이강후랑 얘기 좀 해야 할 것 같아."

잠시 걱정스런 표정을 짓던 윤아가, 결국 고개를 끄덕이며 문을 닫았다. 택시가 곧 출발하고, 강후와 유수만이 남았다.

"나한테 언질이라도 할 수 있었잖아. 내가 오늘 얼마나 당황했는지 알아?"

유수가 강후를 향해 돌아서며, 내내 하고 싶었던 말을 쏘아 대듯 뱉어 냈다.

"가면서 얘기하지."

강후는 예의 그 무덤덤한 얼굴로 대꾸하더니, 뒤돌아서서 먼저 주차장으로 향했다. 유수는 질린다는 얼굴로 그를 따라나섰다. 어쩌면 이런 일을 벌여 놓고도 저렇게 아무렇지 않은 모습인 건지. 언제나 당황하고, 앓는 건 자신뿐인 듯했다.

앞서 걷는 이강후의 뒷모습이 오늘따라 더 커 보였다. 저렇게 키가 컸나, 싶었다. 체격이나 키 때문에 재킷이 참 잘 어울리긴 했다. 평소에도 저렇게 가볍게 입으면 좋을 텐데, 왜 늘 그렇게 시꺼멓고 무거워 보이는 슈트만 입고 다니는지 모르겠다. 조폭인 거 광고할 일 있나.

그래, 그런 걸 거다. 저 옷 때문에. 오늘 이강후가 조금 다르게 느껴진 건, 저 옷 때문일 거다. 그래 봤자 그 새까맣고 음침한 속내는 여전할 것이다. 그러니, 오늘 이강후가 거짓말처럼 등장해서 자신을 감싸 줬다고 해도, 조금도, 아주 조금도 감동할 필요가 없는 것이다. 유수가 습관처럼 아랫입술을 씹으며 걸음을 계속했다.

"우와. 이게 누구야!"

그때였다. 누군가가 반가운 목소리를 내지르며 유수의 팔을 낚아챘다. 유수가 놀란 눈을 치켜뜬 채 그 누군가를 바라보았고, 동시에 막 차 문을 열려던 강후도 소리가 난 쪽을 향해 고개를 틀었다.

"나 누군지 알죠?"

"······누구세요?"

웬 남자였다. 느닷없이 나타나 자신의 팔을 붙잡은 채 서 있는 그는 유수의 기억 속에 있는 이는 아니었다. 유수가 고개를 갸웃거리며 남자의 얼굴을 살펴보았다. 밝은 염색 머리에 뚜렷한 이목구비를 가진 귀여운 인상의 남자였는데, 자신보다 약간 어려 보였다. 아무리 생각해 봐도 자신이 아는 사람은 아니었다.

"정말 몰라요? 그때, 이태원 바(bar)에서 만났잖아요, 우리."

"아……."

"기억나죠? 그쪽이랑 함께라면 위험에 빠져도 상관없다던 남자."

기억의 저편에서 흐릿하게 남자의 얼굴이 떠올랐다. 지난번 이강후에게 반항하기 위해 이태원 바에 갔을 때, 자신이 몇 번이나 거절했음에도 불구하고 들러붙었던 그 남자였다.

"이거, 진짜 인연 맞죠? 그렇게 가 버리고도 내내 기억에 남았는데."

"저기……."

"신기한 인연인데, 나랑 밥이나 먹으러 갈래요? 여기 위층에 레스토랑이 꽤 근사하거든요."

"저기, 미안한데요……."

유수가 손가락으로 뒤를 가리키며 속삭이듯 말했다.

"내가 해 줄 수 있는 말은 지난번이랑 똑같을 것 같아요."

"예?"

"떨어져."

마지막 말은 유수가 한 것이 아니었다. 남자가 뒤돌아섰다.

전혀 다가오는 기척을 느끼지 못했는데, 이강후가 바로 뒤에 서 있었다.

"뭐야, 당신은?"

이강후가 선천적으로 풍기는 위압감에 움츠러들었으면서도, 남자는 물러서지 않고 유수 앞을 가로막았다. 강후는 평소 얼굴에 감정이 드러나지 않는 편인데도 지금은 표정이 살벌했다. 유수 앞을 가로막은 남자의 행동이 신경에 거슬렸던 탓이었다.

"비켜."

"Who the heck are you? Is she your girlfriend?(당신이 뭔데? 저 여자가 당신 여자 친구라도 돼?)"

남자가 일부러 영어를 썼다. 그는 강후가 평범한 사람이 아니라는 걸 직감했다. 어쩐지 눈빛이나 기세만으로 사람을 기죽이는 남자였다. 남자는 자신이 유창한 영어를 사용하면 조금이나마 강후의 기를 꺾을 수 있을까 하는 얄팍한 판단을 했다.

강후의 미간이 좁아지는 걸 보니 자신의 판단이 정확히 들어맞은 것 같았다. 남자가 기세등등하게 말을 이었다.

"God. Are you a Yakuja or something? What are you gonna do? Gonna hit me?(당신, 조폭이라도 돼? 어쩔 건데? 한 대 치려고?)"

남자의 말뜻을 알아들은 유수가 확 얼굴을 구겼다. 그녀가 대신 반응하려고 입술을 떼려는 찰나,

"Get in the car(차에 타)."

느릿하게 다른 목소리가 흘러나왔다.

"You don't have to see this(안 좋은 장면을 볼 필요는 없지)."

유수가 두 눈을 껌뻑이며 다른 목소리의 주인공인 강후를 쳐다보았다. 남자만큼이나 유창한 영어 발음이었다.

도대체, 어떻게……

정말이지, 자신은 이강후에 대해서 아는 것이 없었다. 어쩌면 이강후가 달라진 것이 아니라, 그간 자신이 알지 못했던 그의 모습들이 하나씩 드러나는 것일 뿐일지도 몰랐다. 유수가 놀라서 벌어진 입을 다물지 못하고 멍하니 강후를 응시했다.

그러나 강후는 유수를 쳐다보지 않았다. 다만 몸이라도 풀 듯 손목을 까딱거리며, 남자 쪽으로 다가설 뿐이었다.

운전대를 잡은 강후의 하얀 손가락이 신경질적으로 딱딱거렸
다. 조수석에 앉은 유수가 그를 힐끔거리며 살폈다. 차에 타기 직
전까지, 유수는 강후의 허리를 꽉 붙잡고 있었다. 그리고 있는 힘
껏 소리쳤었다.

　'살고 싶으면 도망쳐요!'

　남자는 잠시 움찔하더니 뒤도 돌아보지 않고 달려 도망쳤다. 갑
자기 자신을 껴안은 유수 때문에 놀란 나머지, 강후는 도망치는
남자를 신경 쓰지 못했다. 유수가 뭐라고 외치는지도 듣지 못했다.

　잠시 후 강후에게서 떨어진 유수가 냉큼 먼저 차에 올라탔다.
강후는 유수에게 안겼던 자세 그대로 잠시 굳어 있다가 운전석에
올랐다. 그때부터 지금까지 이 어색한 분위기가 이어져 오고 있는
상태다.

유수는 남자에게 도망칠 틈을 만들어 준 일에 강후가 화가 난 줄 알고 신경을 쓰고 있었지만, 사실 그는 자신의 몸에 진하게 남은 유수의 체취 때문에 잔뜩 신경이 곤두서 있는 상태였다.

"영어는 어디서 배웠어?"

차창 쪽에 시선을 둔 채 유수가 살며시 말문을 열었다. 강후는 한참 동안 대답이 없다가 차가 신호등에 걸려 정차하자 건조하게 대꾸했다.

"어렸을 때 미국에서 살았어."

생각도 못 한 얘기였다.

"이민이라도 갔었어?"

유수의 목소리가 조금 높아졌다.

"아니."

잠깐의 간격을 둔 후, 강후가 말을 이었다.

"입양됐었어."

유수가 번뜩 고개를 돌려 강후를 쳐다보았다. 강후는 막 담배 케이스에서 담배를 꺼내려던 참이었다. 담담한 표정으로 담배를 입에 물며 그가 덧붙였다.

"곧 파양됐지만."

뭐? 유수의 눈동자가 흔들렸다.

전혀 몰랐었다, 그런 일이 있었을 줄은.

유수가 차창 밖의 풍경들에 시선을 둔 채로, 지그시 입술을 깨물었다. 이강후의 과거를 듣는 건 처음이라, 묘한 기분이 들었다. 게다가 입양과 파양이라니. 그녀도 할머니에게 맡겨지기 직전, 입양 기관에 맡겨질 뻔한 적이 있었다. 그래서 그의 이야기가 더 무겁게 들렸다.

"3년 만에 한국으로 돌아왔어. 다시 입양됐고, 다시 파양됐지."

"……."

벌어진 창문 틈 사이로 강후가 길게 담배 연기를 내뿜었다.

"중학교를 졸업하기 직전에 고아원에서 도망쳐 나왔고, 그때 날 거두어 주신 분이 지금 우리 조직의 보스야."

"……."

"별로 재밌는 얘기는 못 되는데, 더 들을래?"

유수가 가만히 강후의 옆모습을 응시했다. 아무렇지 않은 듯 꾸며 낸 표정이었지만, 그의 눈동자 속에선 해묵은 감정들이 피어오르고 있었다. 유수는 느낄 수 있었다. 자신이 가족을 생각할 때마다 부딪쳐야 했던 그 형언할 수 없이 깊고 짙은 어둠을, 그도 가지고 있다는 것을.

그건 너무나 깊고 어두워서 헤어 나올 길이 없었다.

차가 다시 출발했고 유수도 차창 쪽으로 다시 시선을 돌렸다.

"그러고 보니 나는 당신에 대해서 아무것도 몰랐네. 당신은 나의 일거수일투족을 알고 있는데."

"……."

"나는 당신 이름 말고는, 심지어 당신이 몇 살인지도 몰라."

당신에 대해서 생각해 보지 않았어.

당신이 내게 왜 이러는지, 가장 중요한 그걸 생각해 보지 않았어.

"아팠구나."

"……."

강후의 얼굴이 굳었다. 그가 천천히 고개를 돌려 유수를 바라봤다. 유수는 여전히 차창을 보고 있었다. 빠르게 점점이 흩어졌다 한데 모여 일그러지는 차창 밖의 풍경이 오늘따라 쓸쓸해 보였다.

"많이 아팠구나."

망망대해에 손발이 묶인 채 홀로 던져진 것 같은 그 소름 끼치는 고독과 절망 속에서, 당신도 나처럼 아프고 외로워서 발버둥치고 있었구나.

그리고 당신의 조각배가 나였구나…….

여전히 당신이 내게 한 짓은 용서할 수 없어, 납득할 수 없어. 그래도 이제 조금은, 아주 조금쯤은, 당신에 대해서 생각해 보고 싶을 것 같아.

유수가 희미하게 미소를 그리며 강후를 건너보았다.

"고마워. 오늘 나타나 줘서."

목소리가 평온했다.

강후가 말없이 담배를 지져 껐다. 아직 자신에게 남아 있는 유수의 체온과, 옆자리에서 들려오는 부드러운 그녀의 목소리가, 강후를 멋대로 휘젓고 있었다. 고아원에서 도망친 이후, 느껴 본 적 없던 흔들림. 유수를 통해 그런 것들이 느껴질 때마다, 강후는 고요하게 전율했다.

"네가 얼마나 날 모르는지, 내가 재미있는 사실 하나 알려 줄까?"

기숙사로 내려가는 언덕을 통과하면서, 강후가 꺼낸 말이었다. 유수가 살짝 긴장한 얼굴로 고개를 끄덕였다. 강후가 버릇처럼 손가락으로 운전대를 톡톡 치다가, 느릿하게 입을 열었다.

"나 애 있어."

"……."

고저 없는 그의 목소리는 '오늘 날씨 좋다' 라고 말하는 것 같았다. 유수가 잠시 두 눈을 끔뻑이다가 삐걱거리며 강후 쪽으로 고개를 돌렸다.

"뭐라고?"

"결혼했고, 애 키우느라 5년간 네 앞에 못 나타난 거야."

강후가 재밌다는 듯이 웃었다. 유수의 얼굴이 화르륵, 달아올랐다.

"농담이야."

강후가 힐끗 유수의 얼굴을 봐라보곤, 짧게 덧붙였다. 그가 다시 피식 웃자 유수가 잔뜩 상기된 얼굴로 소리를 질렀다.

"뭐야 진짜! 내가 얼마나 깜짝 놀랐는데! 그렇게 진지한 얼굴로 농담을 하면 농담인지 진담인지 어떻게 알아?!"

강후가 쿡쿡 웃었다. 운전대를 두드리는 손가락의 움직임이 경쾌하게 빨라졌다. 유수가 어이없다는 듯이 강후의 전신을 위아래로 훑다가 허, 하고 헛웃음을 지으며 시선을 돌려 버렸다. 시답잖은 농담을 던져 놓고 저렇게 즐기고 있는 그가 마음에 들지 않았다.

그런데, 이강후가 결혼을 하든 말든 애가 셋이든 넷이든 그게 나랑 상관이 있나? 유수는 아무렇지도 않게 넘어가 줄 걸 생각하며 과민 반응 한 걸 후회했다. 순간적으로, 심장이라도 꺼내 가라고 할 땐 언제고 애까지 낳아 길렀단 말인가, 이런 멍청한 생각을 했던 것도 같다.

이윽고 차가 매끄럽게 주차장에 들어서며 멈추었다. 유수가 서둘러 내리려는데 달칵, 하고 차 문이 잠기는 소리가 들렸다. 힘을 줘 봐도 문고리만 덜컹거리며 들썩일 뿐 문이 열리지 않았다. 유수가 인상을 쓰며 무슨 짓이냐는 듯 강후를 쳐다봤다.

"무슨 짓이야."

"……소중히 대한다는 게 무슨 뜻인지 아나?"

강후가 메마르게 물어 왔다. 유수가 두 눈을 깜빡였다.

"갑자기, 그게 무슨……."

강후가 고요하게 그녀를 응시하며, 언젠가 들었던 말을 떠올렸다.

'소중하게 대해 주세요. 그래야 민유수 씨가 아프지 않아요.'

유수가 퇴원하던 날, 여의사가 자신에게 찾아와 한 말이었다. 끝까지 오지랖이 넓은 여자였다. 강후는 그녀를 무시하고 병원을 빠져나갔지만, 그녀가 한 말이 머릿속을 휘젓는 걸 막을 수는 없었다.

소중하게 대하라니. 민유수가 아프지 않을 수 있는 방법을 찾으라고 했더니, 그따위 모호한 말이나 지껄여 댔다. 자신은 무슨 뜻인지 절대 알 수 없는 말이었다.

"내가 어떻게 해야 넌, 내가 널 소중하게 대한다고 느낄 거지?"

유수는 멍하니 강후를 쳐다봤다. 쿵, 쿵, 쿵. 심장이 요란하게 뛴다. 저자는, 남자가 저런 말을 하는 게 어떤 의미인지도 모르고 하는 것이 분명했다. 유수는 얼른 이 자리에서 벗어나고 싶었다. 혼란스러웠다. 소중히 대하겠다고? 이제 와서, 이제 와서 그런 말이 가당키나 하단 말이야? 그의 말이 우스웠다. 화가 나는 것 같기도 했다. 그런데, 이상하게 자꾸 심장이 뛰었다.

"네가 원하는 걸 들어주면 되는 건가."

강후가 고개를 돌리며 말했다.

"원하는 게 있으면 말해 봐. 들어주지."

"내가 뭘 원할 줄 알고?"

"내게서 도망치겠다는 것만 아니라면 웬만해선 들어줄 의향이 있어."

유수가 얼굴을 일그러트렸다. 원하는 걸 말해 보라니, 그런 건 소중하게 대하는 것과는 거리가 멀다고.

"강남에 빌딩이라도 하나 사 줄래? 나 석사 마치면, 임대료 받아서 평생 놀고먹게."

유수가 뻔뻔하게 말했다. 강후는 잠시 맥 빠진 얼굴을 했다가, 여상한 목소리로 대꾸했다.

"원하는 게 그런 거라면."

하, 그런 거? 유수가 말문이 막힌 얼굴을 했다. 깡패가 무슨 건물을 사. 그런데도 그는 농담을 하는 것 같은 말투는 아니었다.

"됐어. 내가 원하는 건, 당신이 가능한 한 빨리 내게 질리는 거, 그래서 떨어져 나가는 거, 그거 하나뿐이야. 문이나 열어 줘."

유수가 다시 문고리를 잡았다. 문은 계속 열리지 않았다.

"문 좀⋯⋯."

고개를 돌리자, 강후의 얼굴이 가까워져 있었다. 유수는 일순간 굳었다. 눈동자에 긴장이 어렸다. 강후는 일부러 그러는 듯, 속도를 조절하며 천천히 상체를 숙였다.

"뭐, 뭐 하는 짓이야."

강후가 손을 뻗어 유수의 어깨를 붙잡았다. 그의 두 눈이 유수의 얼굴을 똑바로 응시했다. 어느새 서로의 속눈썹이 환하게 들여다보였다. 뒤늦게 정신을 차린 유수가 강후의 가슴을 밀어 냈지만, 밀릴 턱이 없었다.

"넌 나에 대해서 아무것도 몰라도 돼. 아무것도 알아서는 안 돼."

그러니까, 그냥 이대로만 있어 줘. 아주, 조금만. 조금만, 곁에. 속으로 덧붙인 그 말은, 입 밖으로 꺼내지 않았다.

강후가 유수에게서 손을 떼어 내며 도어록을 풀었다. 달칵, 소리와 함께 유수가 재빨리 차에서 내렸다.

쿵, 곧이어 운전대에 머리를 찧는 소리가 났다. 강후가 이마를 기댄 채로 운전대를 붙잡은 두 손에 힘을 주었다. 푸른 핏줄이 투둑, 튀어 올랐다. 어금니를 꽉 깨물었다.

욕심내선 안 된다고 수천 번 수만 번 다짐했지만, 위험해지는 순간이 더러 있었다. 깊은 곳에서 꿈틀거리는 육욕이 미친 듯이 충동질을 하는 그런 때가. 조금만 더 다가가면 취할 수 있는 저 여린 입술을 탐하고 싶어지는 때가.

자신은 어둠이었다. 괴물이었다. 죄였다. 그러니까, 안 돼. 민유수를 탐해선 안 됐다. 욕심내선 안 됐다.

꽉 다물린 그의 턱 근육이 위협적으로 꿈틀거렸다.

드르르. 짧은 진동이 울렸다. 강후는 품에서 휴대폰을 꺼내, 방금 받은 문자 메시지를 확인했다.

[오늘 오후 4시. 강남역 11번 출구 앞으로 와.]

발신인에 유수의 이름이 찍혀 있었다. 강후는 무표정한 얼굴로, 그 이름을 빤히 들여다보았다.

그녀에게서 문자가 온 것이 믿기지가 않았다. 그는 담배를 꺼내기 위해 주머니를 뒤적이다가, 다시 휴대폰을 집어 들었다. 익숙한 번호를 눌렀다. 신호음이 가고 전화가 연결되자 나직하게 내뱉었다.

"오늘 4시 회의, 취소한다."

오후 4시의 강남역은, 생각보다 한적했다. 유수가 손목에 걸린 시계를 한 번 쳐다보고 두리번거리며 강후의 모습을 찾았다.

설마 안 오는 건 아니겠지.

오는 길 내내 그런 생각은 들지 않았는데 막상 도착하고 나니 그럴 수도 있겠다는 생각이 들었다. 마음대로 약속을 잡은 건 자신이니까. 게다가 무슨 용건인지는 알리지도 않았다.

불안한 마음으로 머리카락을 매만지던 유수의 눈으로, 이윽고 누군가의 모습이 들어왔다. 그다. 멀리서도 큰 키와 체격 때문에, 눈에 확 띄었다.

곧게 이쪽으로 걸어오는 그 모습에 어쩐지 가슴이 조금 두근거렸다. 유수는 가까워지는 이강후를 잠시 바라보다가, 애써 딴청을 부리며 제 발끝으로 시선을 떨어뜨렸다.

"민유수."

머리 위로 시원한 음성이 울렸다. 평소보다 약간 톤이 높았다. 유수가 고개를 들었다.

"왔어?"

그가 눈앞에 서 있었다. 자신이 생각해도 어색한 인사를 하고 말았다. 괜히 만나자고 했나. 유수가 손가락을 꼼지락거리며 강후를 쳐다보았다. 그녀는 어렵게 말을 이었다.

"오늘 쉬는 날이거든."

"……."

강후의 눈썹이 조금 올라갔다. 그래서 뭐, 라고 말하고 있는 것 같았다.

"아, 물론 당신은 쉬는 날이 아닐 수도 있어. 그런데, 답장이 없는 걸 보니까."

"……."

"당신도 괜찮다고 생각해서, 그래서……."

강후의 눈썹이 조금 더 올라갔다. 후우, 한숨을 내쉰 유수가 결국 본론으로 들어갔다.

"같이 영화나 볼까 해서."

"뭐?"

"싫으면 지금 말해."

"……."

"싫어?"

강후는 대답하지 않고 가만히 유수를 바라보았다. 부정도, 긍정도 읽기가 어려운 무미건조한 표정. 유수는 순간 머리카락이 쭈뼛 서는 것 같은 민망함을 느꼈다. 생각해 보니, 이강후가 자신을 쫓아다니긴 했어도 같이 뭔가를 하자고 한 적은 없었다. 그는 그런 걸 좋아하지 않을지도 몰랐다. 유수는 냉큼 '싫음 말고'라고 말하면서 뒤돌아섰다.

강후가 재빠르게 유수의 팔목을 붙잡아 돌려세웠다.

"가지."

그는 거침없이 유수를 끌고 앞으로 나아갔다.

조금 앞서는 그의 뒷모습을 바라보면서, 유수는 복잡한 마음을 정리하려고 애썼다.

두 번이나 파양을 겪었다고 했다. 한 번도 아닌 두 번이나.

그와 약속을 잡은 건 충동적이었다. 어쩌면 그의 과거를 알게 된 이후, 저절로 발휘된 값싼 동정심에서 시작된 일인지도 모른다. 그러나 정말 그것뿐일까. 동질감 같은 것도 있었다. 자신만이 알고 있었던 그 절체절명의 고독을, 그도 가졌다는 어설픈 동질감.

그러나 그것으로도 모든 것을 다 설명할 수는 없었다.

'······소중히 대한다는 게 무슨 뜻인지 아나?'

'내가 어떻게 해야 넌, 내가 널 소중하게 대한다고 느낄 거지?'

자신의 어깨를 꽉 붙잡던, 그의 두 손. 닿을 듯 가까웠던 숨결. 차가운 표정과는 어울리지 않던, 안타깝게 흔들리던 그 눈동자.

그의 얼굴이, 처음으로 보고 싶어졌다. 그래서 충동적으로 그를 만나기를 원했던 거다.

만약 이 충동이 그에게 아무것도 보장할 수 없는, 정말 충동에서 그치는 거라면? 자신은 그에게 완벽하지 않은 감정으로 상처를 만드는 것뿐인지도 몰랐다.

그래도 유수는 외면할 수가 없었다. 제 연약함을 꺼내 보인 그를, 어설프게나마 흔들려 버린 제 자신을.

영화관에 들어서자 유수는 영화 티켓을 끊기 위해 줄을 섰다. 강후에게는 팝콘과 콜라를 사 오라며 등을 떠밀었다. 그런데 하필이면 유일하게 좌석이 남은 영화가 조폭 영화였다. 자신의 손에 들린 영화 티켓을 유수는 망연자실한 표정으로 바라봤다.

조폭과 함께 앉아서 조폭 영화라니. 우스운 일이 아닐 수 없었다.

그런 생각을 하면서 벤치에 앉아 십 분 정도 이강후를 기다렸다. 티켓을 끊기 위해 기다린 시간도 있었으니 합하면 거의 이십 분을 기다린 것 같았다. 그런데도 이강후는 아직 돌아오지 않았다. 설마 그답지 않게 영화관 안에서 길이라도 잃은 건 아니겠지? 영화 상영 시간이 곧 다가오는 터라 더 기다릴 수가 없었다. 유수가 휴대폰을 꺼내 통화 버튼을 누르려고 했다.

"팝콘, 없다더군."

익숙한 음성이 들렸다. 유수가 고개를 들자, 오래 기다린 보람도 없이 강후가 빈손으로 서 있었다.

"뭐?"

영화관에서 팝콘이 떨어졌다는 소리는 들어 본 적이 없었다. 강후가 짧게 덧붙였다.

"근처 상점은 다 뒤졌는데 없다더군. 그런 걸 꼭 먹어야 해?"

"……."

유수가 잠시 멀거니 강후를 바라보았다.

"푸하하하하하."

그러곤 박장대소를 터뜨렸다.

영문을 모르는 강후가 한쪽 입매를 씰룩이면서 불편한 심기를 드러냈다.

"왜 웃지?"

"하하하하. 하하하하하. 푸하하."

강후의 물음에 대답도 않고서, 유수는 배를 부여잡고 웃어 젖혔다. 강후가 유수의 옆에 털썩 자리를 잡더니, 습관적으로 담배를 꺼내려다가 다시 집어넣었다. 유수는 아직도 웃음을 멈추지 못한 채 옆에서 끅끅대는 소리를 내고 있었다.

"그러니까 당신, 팝콘을 사러 밖으로 나간 거야?"

뭐가 문제냐는 듯, 강후가 엷게 인상을 썼다.

"하하하. 영화관 한 번도 안 와 봤어? 아님, 당신이 가는 영화관에는 팝콘 파는 데가 없나?"

강후는 대답하지 않았다. 어라? 어라라? 유수가 웃음을 멈췄다.

"……정말 영화관 처음이야?"

강후는 다시 대답하지 않았다. 유수가 얼빠진 표정으로 가만히 있다가, 강후의 팔을 덜컥 잡고 이끌었다. 강후는 미간을 구기면서도 순순히 유수가 이끄는 대로 따라가 주었다.

유수의 걸음이 멈춘 곳은 팝콘을 파는 매점이었다. 유수가 투명한 기계 안에서 튀어 오르며, 영화관 안을 온통 달짝지근한 냄새로 진동하게 만드는 그것들을 가리켰다.

"저게 바로 팝콘이야. 팝콘 파는 곳은 보통 영화관 안에 있고."

강후가 신기한 것을 보듯, 팝콘이 담긴 기계에 시선을 고정시켰다. 유수가 쿡, 하고 웃으며 주문을 했다.

"카라멜 팝콘 미디엄이랑, 콜라 두 잔 주세요."

곧 테이블 위로 큼지막한 통에 담긴 팝콘과 음료 두 잔이 올려졌다. 유수가 두 손에 각각 음료 한 잔씩을 들고 팝콘을 턱짓으로 가리키며 강후를 쳐다보았다.

"이건, 당신이 들어야지."

뭔가 마땅찮은 얼굴을 하면서도, 강후는 잠자코 팝콘을 들었다.

유수는 상영관 번호를 확인한 뒤, 한 층 올라가야 한다고 말하면서 먼저 걸음을 옮겼다. 에스컬레이터에 다다라서 뒤를 돌아보자 강후가 안 보였다. 의아한 얼굴로 조금 더 시선을 멀리 던지자, 약간 뒤에서 따라오고 있는 그가 보였다.

원래 강후는 걸음걸이가 시원시원하고 빨랐다. 그런데 지금 그는, 유수를 따라잡지 못할 정도로 조심조심 걷고 있었다. 통에 가득 담겨진 팝콘이 떨어질까 봐 노심초사하면서.

유수가 그 모습을 보면서 다시 폭소했다.

영화가 상영 중인 상영관 안은, 무척이나 조용했다. 유수는 영화를 보자고 한 걸 급히 후회했다. 왜 미리 생각하지 못했을까. 이런 적막이 불편할 수도 있다는 것을. 이렇게 어둡고 조용한 곳에 이강후와 붙어 앉아 있는 건 처음이니 당연했다. 차라리 다른 걸 하자고 할 걸 그랬다.

유수는 여러 번 제 옆에 앉은 강후를 힐끔거렸다. 그러나 불편한 건 자신뿐인 건지, 그는 무섭도록 영화에 집중하고 있었다. 흔들림 없이 화면에 눈을 고정하고 있는 게, 정말로 영화를 처음 보는 사람이 신기해서 집중하는 모습처럼 보였다.

문득, 그런 생각이 들었다. 그 흔한 영화관도 한 번 들러 보지 못한 이강후의 삶이란 얼마나 척박했을까. 도대체 그의 삶에서 일상이란 어떤 모습이었을까. 그간 생각해 본 적 없는 것들이 자꾸만 떠오르면서 유수의 마음을 들쑤셨다.

무의식적으로 팝콘 통 속으로 들어간 유수의 손이, 차가운 강후의 손과 부딪혔다. 별일도 아닌데, 유수가 흠칫, 어깨를 굳혔다. 강후의 손도 굳어지는 게 느껴졌다. 그러나, 그의 손은 곧 아무 일도 없었던 것처럼 멀어졌다.

그는 왜 어제 키스하지 않았을까. 그는 왜, 손만 닿아도 이토록 긴장하는 걸까. 자신을 원한다고 말했으면서, 마음을 준 남자는 그 심장을 도려내 버리겠다고 했으면서, 정작 제게는 손을 대지 않는다. 그가 자신에게 원하는 게 도대체 뭔지, 알 수가 없다.

유수는 한숨을 한번 내쉬곤, 결국 화면으로 시선을 돌려 버렸다.

화면에는 주인공 남자가 상의를 탈의하는 장면이 나오고 있었다. 남자가 입고 있던 도복을 거칠게 벗어 던지자, 그의 등이 클로즈업되었다. 등에는 마치 한 폭의 웅장한 동양화처럼, 거대한 검은 용 한 마리가 그려져 있었다.

누가 조폭 영화 아니랄까 봐. 유수가 웅얼거리다가, 그러고 보니, 라고 생각하며 다시 강후를 봤다.

"당신도 문신 같은 거 있어?"

유수가 강후 쪽으로 몸을 기울이며 속삭이듯 말을 걸었다.

"……응."

강후가 화면에 시선을 고정한 채로 대답했다.

"원래 조폭들은 다 저렇게 용 같은 걸 그리고 다녀야 해?"

"우리 조직은 조직의 보스 혹은 그 후계자만 용 문신을 할 수 있지."

흐응, 정말 깡패가 맞긴 맞구나.

유수가 한 손으로 팝콘을 한가득 집어 들며 아무 생각 없이 연이어 물었다.

“당신은 어디 있는데?”

“등.”

“어떤 문신인데?”

“……어떤 문신일 것 같은데?”

의외의 반문에 유수가 잠시 찡그렸다가, 생각나는 대로 말을 던졌다.

“으음. 잉어?”

강후의 표정이 씰룩였다.

“사슴?”

이번에는 확연히 어두워졌다. 아무래도 잉어나 사슴 따위는 마음에 들지 않는 모양이었다. 유수가 생각 끝에 다시 입을 열었다.

“호랑이?”

“그건 좀 낫군.”

“다 아니야? 그럼 뭔데?”

강후가 약간의 간격을 둔 후, 낮게 내뱉었다.

“……흑룡.”

유수가 들고 있던 팝콘을 떨어뜨리며 뜨악한 표정으로 강후를 쳐다봤다.

어이, 그건 조직의 보스만 하는 거라며.

“정말 진석 오빠랑 헤어졌단 말이야?”

유수가 스무디를 휘젓던 손을 멈추고, 두 눈을 동그랗게 치켜 뜨며 윤아를 쳐다봤다. 윤아가 어깨를 으쓱하더니 대수롭지 않다 는 듯 대답했다.

"응."

"……정말 미안해. 힘들었을 텐데, 옆에 있어 주지도 못했어."

"힘들긴. 시들해진 지 오래됐는데 뭘. 오히려 홀가분하기만 하 달까."

"그래도 꽤 오래 사귀었잖아. 3년?"

"응, 3년."

윤아가 한 모금 남은 아메리카노를 후루룩 마셔 버리더니, '나 가자' 라고 말하며 자리에서 일어섰다. 유수도 자리에 놓아두었던 가방을 어깨에 메며 일어났다.

"어디 갈까?"

"간만에 둘이 찜질방이나 갈까?"

유수는 생각 없이 던진 얘기였는데, 윤아가 아이처럼 웃음을 터트리며 좋아했다. 그 모습을 보니 유수도 기분이 좋아졌다. 도 대체 윤아와 얼마 만에 만나서 커피도 마시고 이야기도 하는 건 지 모르겠다.

매일같이 얼굴을 보다가 떨어져 있는 시간 동안 대화를 못 했 더니, 입 안에 가시가 돋치려던 참이었다. 그사이에 윤아도 남자 친구와 헤어졌다고 하니, 얼마나 자신에게 이것저것 털어놓고 싶 었을까. 함께 있어 주지 못한 게 미안할 따름이었다.

"내가 소개팅이나 시켜 줘야겠다, 우리 윤아."

"얼씨구. 네가 지금 그럴 처지야? 그쪽 앞가림이나 잘하시지요."

윤아가 핀잔을 주자 유수가 입술을 삐죽이며 대꾸했다.

"어디 그게 내가 앞가림을 잘한다고 해서 될 일인가."

"푸하하. 그건 그렇네."

윤아가 소리 내어 웃다가, 불현듯 웃음을 멈추고 물었다.

"넌 이강후, 어때?"

이강후의 이름이 나오자, 유수의 얼굴이 자동으로 구겨졌다.

"말이라고 해?"

"무서워서 싫어?"

"……"

그건, 아니었다. 이강후 그자가 직접 상기시킨 것이기도 했지만, 유수는 그를 진심으로 무섭다고 생각한 적은 없었다. 애초에 그에게 겁을 먹었더라면, 그렇게까지 대들진 않았을 것이다. 다만, 유수는 진절머리 날 만큼 그를 싫어했다.

하지만, 지금은?

유수의 마음이 무거워졌다. 그를 생각하면 걷잡을 수 없는 증오의 불길이 먼저 일곤 했는데, 지금은 혼란스러움이 더 컸다. 무언가 다른 것이 더 있었다. 그 정체 모를 감정의 조각들이, 그녀의 가슴을 답답하게 만들었다.

"처음 이강후를 봤을 땐, 그때가 고등학교 2학년 때지, 아마? 좀 무섭긴 했어도, 저렇게 잘생긴 사람이 다 있구나, 했어."

"……"

"그리고 몇 년 만에 다시 봤는데, 변한 게 하나도 없는 거야. 여전히 눈 돌아갈 만큼 잘생겼더라고."

윤아가 스르르 팔짱을 껴 왔다.

"그런데, 변하지 않은 건 외모만이 아니야."

유수가 머리칼을 쓸던 손가락을 멈추었다. 윤아가 계속해서 말을 이었다.

"누군가를 만나고 헤어지기를 반복하다 보면, 사실은 사랑도 별게 아니라는 걸 깨닫게 돼. 익숙해지고 나면 똑같아져 버리지. 내가 진석 오빠와 그랬던 것처럼."

"……."

"그런데, 그렇게 오랜 시간이 지났는데도, 이강후는 조금도 변하질 않았어. 그날, 널 바라보는 이강후의 눈빛이 어땠는지 아마 넌 모를 거야."

"……."

"그건 있잖아, 사랑도 아니었어."

윤아가 고개를 돌려 유수에게 눈을 맞추었다.

"동경. 어떤 것을 간절히 그리워해서, 그것만 생각하게 되는 것. 마치 그것 같았어."

"……."

"옆에 두고서도 널 그리워하는 것 같았어."

가라앉은 윤아의 목소리가 그녀가 지금 진심을 말하고 있다는 것을 알려 주었다. 유수는 뭐라 대답할 수가 없었다.

사실은, 알고 있었던 것 같다. 자신을 바라보는 이강후의 눈빛이 얼마나 절대적인지를, 그리고 때로는 얼마나 애절한지를. 그래서 그 눈빛을 폭력으로 감출 때가 차라리 마주하기가 편했다. 오롯이 그 감정들을 드러낼 때는 숨이 막힐 만큼 무겁고, 무서웠다.

자신이 정말로 무서운 건, 이강후 자체가 아니라 이강후의 그 눈빛이었으니까.

그건 이성에 대한 감정이라기보다는 마치 모성처럼 보다 더 완벽하고 절대적인 것에 가까웠다. 그래서 더 낯설었고, 그래서 더 받아들이기 어려웠다.

"물론 이강후가 저지른 일들은 용서가 안 돼. 나도 그 사람 정말 싫어. 그런데……."

"……."

"에휴, 아니다. 내가 지금 누굴 감싸는 거야, 도대체."

윤아가 다시 고개를 정면으로 돌리며 손으로 머리를 헝클었다.

유수의 눈동자가 가만히 가라앉았다. 감정이 터질 듯 부풀어 올라 있었다. 자꾸만 혼란스러워졌다.

이강후…….

나른한 검은색 눈동자가 박힌 그의 얼굴이, 그녀의 머릿속을 채워 나갔다.

띠링, 알림음이 울리며 휴대폰이 반짝거렸다.

[7시. 지난번에 만났던 곳에서 보자.]

발신인을 확인한 유수의 눈동자가 커졌다.

'악마.' 내가 이강후 말고도 악마라고 저장해 놓은 사람이 있었던가? 당연히 그럴 리가 없으니, 이 문자는 이강후에게서 온 것이 맞았다. 그가 처음으로, 문자를 보내 온 것이다. 시간과 장소를 정해서, 만나자는 약속을 만들다니. 전혀 그답지 않은 일이라 유수는 어안이 벙벙했다.

7시 10분. 늦는다. 강후의 얼굴에 미세하게 짜증이 어렸다. 입고 있던 재킷을 벤치에 내려놓으며 주위를 둘러보았다. 때마침 저녁을 먹을 시간대라 그런지 지나다니는 사람이 지나치게 많았다. 사람이 많은 건 싫었다. 강후가 짜증이 묻어나는 눈길로 손목시계를 확인했다.

"애 있다는 말, 진짜 같아."

불쑥 익숙한 목소리가 들려왔다. 강후가 고개를 들었다.

"아저씨처럼 맨날 정장. 다른 옷 좀 입으면 안 돼?"

유수가 서 있었다.

"내가 그럼."

강후가 무표정한 얼굴로 대꾸했다.

"아저씨가 아닌 줄 알았나?"

유수가 흐응 콧소리를 내더니, '그건 그렇네' 라고 덧붙였다.

그러나 속마음은 달랐다. 이강후에게 아저씨라는 말은 어울리지 않았다. 반듯한 얼굴만 보면 자신과 비슷한 나이대로 보였으니까. 근육으로 뒤덮인 탄탄한 몸에 두른 정장은, 더없이 잘 어울렸다. 그는 언제나 사람들의 시선을 한 몸에 받을 만큼 근사한 모습을 하고 있었다.

"카톡 안 써? 번호 저장해도 안 뜨던데."

유수가 강후 옆에 털썩 앉으며 물었다.

"카톡? 그게 뭐지?"

유수가 괜한 걸 물어봤다는 듯이 고개를 절레절레 저었다.

"나 참, 요즘은 아저씨들도 카톡은 쓸 줄 안다. 무슨, 할아버지도 아니고."

"……."

강후는 대답 대신, 자리에서 일어나며 약간 신경질적인 어조로 말을 던졌다.

"일어나지."

유수가 쿡쿡거리며 뒤따라 일어섰다.

자신보다 조금 앞서 걷는 강후의 뒷모습을 바라보면서 유수는 생각에 잠겼다.

이강후는 확실히 조금씩 변하고 있었다. 전화를 받지 않으면 찾아와 행패를 부렸던 그가 서툰 솜씨로 문자를 보내 왔다. 문자를 주고받고, 약속을 하고 만나고, 영화를 보고, 함께 거리를 걷고. 꼭 데이트를 하는 것 같았다. 이강후와 데이트라. 이강후에게는 데이트라는 단어 자체가 어울리지 않았다. 좋아한다는 말, 소중하다는 말의 의미도 모르는 남자였으니까. 그런데도, 조금 가슴이 뛰었다. 그의 변화가, 꽤 흥미로웠다.

"갑자기 왜 문자를 한 거야?"

유수가, 강후를 바싹 따라잡으며 말했다.

"……좋았거든."

"뭐가?"

"네가 문자를 보낸 것. 같이 영화를 본 것."

직설적인 강후의 대답에, 유수가 입을 쩍 벌렸다. 좀처럼 밀당을 모르는 남자였다.

"처음이었다. 그런 건."

강후는 태연한 얼굴이었다. 유수는 당황해서 아무 말도 못 했다.

그런 그녀를 힐끗 바라본 강후가, 턱으로 어딘가를 가리켰다. 유수가 강후가 가리킨 곳을 향해 눈을 돌렸다. 누나네 분식. 유수가 눈동자를 굴리며 간판의 글씨를 따라 읽고는, 다시 강후를 쳐다봤다.

"저긴 왜?"

"가려고."

강후가 먼저 그쪽으로 걸음을 옮겼다. 유수가 그 모습을 멍청하게 바라보다가 곧 그의 뒤를 따라갔다.

강후가 뻑뻑한 미닫이문을 열어젖히자, 훅 하고 맛있는 냄새가 흘러나왔다. 강후는 문을 열어 놓고도 뭔가가 어색하게 느껴지는 듯 잠시 망설이다, 문에 닿지 않게 고개를 숙이며 천천히 안으로 걸어 들어갔다.

유수가 따라 들어오며 물었다.

"여기가 뭐 하는 곳인 줄이나 알아?"

"어."

"여기가 어딘데?"

"친구들하고 자주 왔던 곳."

"친구들하고? 친구들이랑 이런 델 왔단 말이야, 당신이?"

조폭들이 그 커다란 덩치로 옹기종기 둘러앉아 떡볶이를 먹는 모습은 도무지 상상이 되질 않았다. 유수가 '말도 안 돼'라고 웅얼거리며 자리를 잡고 앉았다.

"나 말고, 네가."

강후도 따라 앉으며 덧붙여 말했다. 유수가 손으로 턱을 받치고 있다가 삐끗했다.

"설마, 당신. 나 고등학교 때 이야기하는 거야?"

고등학교 때부터 유수는 분식 메뉴들을 좋아했다. 성인이 되고 나서도 누가 뭘 먹고 싶으냐고 물으면 무조건 분식 메뉴를 꼽을 정도로. 그러고 보니, 이강후가 처음 학교에 찾아온 날에도 자신은 떡볶이와 순대를 먹고 있었다. 그가 그런 것까지 기억하고 있을 줄은 몰랐다. 유수가 허, 하고 헛웃음을 뱉었다.

"대단하다, 정말."

"……"

"내가 했던 일은 다 해 보고 싶은 거야?"

강후의 눈썹이 씰룩이며 모아졌다.

"딱히 그런 건 아닌데."

유수가 강후의 말을 무시하고, 사뭇 심각한 표정으로 고개를 내저었다.

"이 정도면 중증인데. 내가 그렇게 좋아?"

강후가 황당한 얼굴로 자신을 바라보다가 곧 '좋을 대로 생각해' 라고 말해 버렸다. 유수가 작게 웃음을 터뜨렸다. 이강후는 생각보다 놀리는 재미가 있었다. 유수는 웃음을 머금고 있다가, 차림표로 시선을 돌렸다.

강후의 눈에 유수의 옆모습이 담겼다. 얼굴에 퍼진 엷은 미소에서, 눈을 뗄 수가 없었다. 자신을 향해서는, 절대 지을 수 없다고 생각했던 미소. 영원히 제 눈동자에 박아 두고 싶을 만큼, 그 미소가 마음에 들었다.

"아줌마, 여기 떡볶이랑 순대 2인분씩 주세요. 아, 라면도 하나 추가요."

유수가 마음대로 주문을 하고 다시 강후를 쳐다보았다가, 깜짝 놀라서 시선을 떨구었다. 강후가 눈동자에 진한 무엇인가를 담아서 자신을 무겁게 쳐다보고 있었다.

그건, 형언할 수 없이 깊고, 또 커다랬다. '내가 그렇게 좋아?' 라고 장난을 걸어서 유린할 수 있는 것이 아니었다. 유수가 테이블 위에 엄지를 톡톡 부딪치며 괜히 거기에 시선을 두었다.

"당신 얘길 좀 더 해 봐."

유수가 여전히 시선을 맞추지 않고 물었다.

"미국에 있을 때 얘기."

강후가 돌연 테이블 위로 몸을 숙였다. 거리가 좁혀지는 기척에, 유수도 시선을 들었다. 어쩐지 강후의 눈빛이 어두워져 있다.

"나에 대해선, 몰라도 된다고 했잖아."

"나를 밤낮으로 스토킹하는 남자가 어떤 사람인지 나도 좀 알아야 할 거 아니야? 나한테 그 정도 권리는 있다고."

유수는 팔짱까지 끼면서 당당하게 요구해 왔다. 그 모습에 강후는 픽 웃어 버렸다. 그는 잠시 정적이 흐르게 두고는, 이내 입을 열었다.

"양아버지는 푸른 눈에 백금발을 가진 미국인이었는데, 나를 별로 좋아하지 않았어. 나만이 아니라 입양한 나머지 열두 명의 아이들을 모두 좋아하지 않았지."

나머지 열두 명의 아이들……. 유수는 꿀꺽, 마른침을 삼켰다. 안 좋은 과거일 거라 예상은 했지만, 예상보다 정도가 훨씬 더 심각한 것 같았다.

그래도 듣고 싶었다. 이상한 충동이었지만, 그의 과거가, 그의 상처가, 유수는 알고 싶었다. 자신이 견뎌 온 지독한 외로움, 그걸 이 남자를 통해 위로받고 싶은 건지도 몰랐다. 너만이 아니야. 그걸 견딘 다른 이도 있어, 하는 위로.

"양아버지는 정부에서 주는 돈을 받기 위해 아이들을 입양했던 거야. 우리는 거의 가축처럼 길러졌어. 냉장고엔 자물쇠가 채워져 있어서 자주 굶었고, 실수를 하거나 하면 두드려 맞고 지하실에 갇혔지."

이어지는 끔찍한 이야기에, 유수의 얼굴이 희게 질렸다.

"그 집에서의 기억은 생생한데, 이상하게 그 집에서 나오고 난 뒤의 일이 잘 기억이 안 나. 누군가가 아동 학대로 아버지를 신고

했어. 재판이 있었던 것 같고, 양아버지가 시민권을 등록해 놓지 않아서 더 이상 미국에서 살 수 없다고, 또 다른 누군가 말했지. 그래서 한국으로 돌아왔어. 그게 끝."

강후의 목소리는, 섬뜩할 정도로 덤덤했다. 너무 덤덤해서, 마치 자신의 이야기가 아닌 것만 같았다.

불현듯, 떠오르는 것들이 있었다. 언젠가 보았던, 그의 몸을 뒤덮고 있었던 수십 개의 흉터 자국. 자신은 그것이 강후의 직업과 관련된 것인 줄로만 알았다. 생각해 보니, 그건 칼에 맞거나 싸워서 생긴 상처가 아니었다. 아무리 깡패여도, 그런 흉터가 그렇게나 많다는 건 말이 안 됐다. 그러니까 그건, 학대의 흔적들이었던 것이다.

스스로도 모르는 새에, 유수는 울고 있었다. 눈물이 뺨을 타고 흘러내리고 나서야, 그녀는 자신이 울고 있다는 걸 알아차렸다. 유수는 서둘러 눈물을 훔쳐 냈다.

"이강후. 나는 당신을 모르겠어. 여전히, 하나도 당신을 모르겠어. 당신이 어떤 존재인지, 모르겠어. 당신은 무섭고, 잔인하고, 광적이고……."

목소리가 흔들리고 있었다.

"그리고 불쌍해."

"……."

"나만큼이나, 불쌍하고 가여운 사람이야."

"민유수."

이강후가 유수의 이름을 불렀다. 그의 입가에 흐릿한 미소가 걸려 있었다. 그는, 민유수의 흔들리는 눈빛이 사랑스러웠다. 그녀의 혼란이 좋았다. 자신 같은 인간에게, 연민을 허락한 게 감동적이었다.

"네가 내게 처음 손을 내밀었던 날."

유수가 턱을 들었고, 다시 그와 시선이 얽혔다.

"처음으로 먼저 내 손을 잡아 준 이가 너였다."

"……."

"처음으로 내가 살아 있다고 느끼게 한 이도 너였어."

"……."

그의 말들이 유수의 폐부를 깊숙이 뚫고 들어왔다. 건너편에 놓여 있던 그의 손이, 머뭇거리며 다가와 유수의 손 위로 겹쳐졌다.

유수는 움직이지 않고 가만히 있었다. 뭐라고 대답하려고 입술을 달싹거리다가, 곧 입을 다물었다. 그의 차가운 손이 더욱 유수의 손을 꽉 붙들어 쥐었다.

[탕비실에서 잠깐 보자.]

미진에게서 연락이 왔다. 유수는 저절로 눈살을 찌푸렸다. 지난번 이강후와 함께 만난 이후로 마주쳐도 보란 듯이 자신을 무시하더니, 갑자기 보자고 하는 게 불길하게 느껴졌다. 아무튼 그래도 유수는 미진을 만나기 위해 탕비실로 향했다. 더 이상 미진이 과거 일을 들쑤시는 걸 가만히 놔둘 수만은 없었다. 아무래도 그녀와 담판을 짓는 것이 낫겠다는 생각이었다.

원두 커피 한 잔을 타 들고 비치된 의자에 앉아서 미진을 기다렸다. 잠시 후 미진이 탕비실 안으로 들어오는 게 보였다.

"많이 기다렸니?"

미진이 어쩐 일인지 살갑게 말을 붙이며 다가왔다. 유수는 응, 하고 무뚝뚝하게 대답해 주었다. 웃음으로 차장하고 있는데도 미진의 얼굴에는 자신을 향한 지울 수 없는 혐오가 드러나 있었다. 그녀는 도대체 자신에게 무슨 원한이 있어서 저러는 걸까, 유수가 깊게 한숨을 내쉬며 먼저 시작해 보라는 듯 미진을 쳐다봤다.

"너랑 오래 마주 앉아 있을 생각 없어. 본론만 얘기할게."

미진이 클러치 백 속에서 무언가를 꺼내 유수의 앞으로 내밀었다. 그녀는 이어서 확인해 보라는 듯 턱짓을 했다. 유수가 불안한 얼굴로 제 앞에 놓인 것들을 집어 들었다. 그것은 여러 장의 사진이었다.

"……!"

일순간 유수의 얼굴이 하얗게 굳었다.

사진 속에는 익숙한 모습들이 담겨 있었다. 자신과 이강후의 모습이었다. 굳어진 유수의 얼굴을 바라보며 미진은 두 눈이 휘어지도록 한껏 미소 지었다.

"재밌지? 내가 생각해도 재밌어."

웃고 있는 미진을 바라보며 유수가 어깨를 부들부들 떨었다.

"이게 뭐야? 이런 사진을 네가 도대체 왜!"

"흥분하지 마. 이제부터 거래를 해야 하는데, 네가 그렇게 흥분하면 내가 좀 걱정되잖아?"

유수가 뭐라 더 대답하지 못하고 아랫입술을 질끈 깨물었다.

사진 속에는 반라의 모습으로 이강후를 마주 보고 있는 자신의 모습이 선명하게 찍혀 있었다. 그러니까, 지난번 회식 자리에서 해일이 잡혀갔을 때 찍힌 사진이었다.

"사실 동영상도 있어. 이강후가 네 블라우스를 벗겨 내는 모습이, 아주 신랄하게 담겨 있지."

유수의 얼굴이 점점 하얗게 변해 갔다. 미진이 그런 유수를 바라보며 쿡 하고 웃다가, 이번에는 휴대폰을 꺼내 들었다. 그녀가 몇 번 화면을 터치하자 곧 익숙한 음성들이 흘러나왔다.

— 도대체 민유수랑 무슨 사이예요? 민유수 스토커라도 돼요? 5년 전에 박호준 응급실에 실려 가게 만든 것도 당신이죠? 조폭이라고 하더니, 사람 패는 건 일도 아닌가 봐요?

— 너무 빤히 보이잖아. 개처럼 헐떡거리는 네 욕망이. 보이지 않게 잘 넣어 두는 게 좋아. 나는 말이야. 그 욕망으로 번뜩이는 눈빛들을 보면 견딜 수 없이, 죽이고 싶어져.

미진의 날카로운 음성과, 이강후의 것이 분명한 남자의 음성이 연이어 흐르자, 유수는 이제 눈에 띌 정도로 몸을 떨었다.

"너, 이런 걸 언제……."

미진이 매니큐어가 칠해진 자신의 긴 손톱을 여유롭게 내려다보며 말을 이었다.

"이런 협박 정도는, 그 남자에게 우스운 일인가 봐?"

"……."

"사진을 학과 사무실 게시판에 붙일까 해. 동영상은 인터넷에 유포하면 딱이겠지. 어떻게 생각해? 재밌는 일이 벌어지겠지?"

유수가 두 눈을 질끈 감았다.

"기억나? 네가 조폭의 연인이라는 소문이 학교를 휩쓸어서, 네 고등학교 생활이 얼마나 끔찍해졌는지? 아마 똑같은 일이 다시 한 번 되풀이되겠지."

기억나지 않을 리가 없었다. 그때의 일들은, 진득하게 들러붙어 지워지지 않는 핏자국 같았으니까. 아직도 생생했다. 사람들의 혐오 어린 시선. 제 책상 위에 놓여 있던 축축하고 악취 나는 걸레. 그 앞에서 구역질을 하던 자신의 모습.

"이강후도 유명 인사가 될 거야. 이야기 하나쯤 만들어서 엮는 건 일도 아닐 테니까. 이강후 얼굴이 좀 화려해? 잘생긴 조폭과 그에게 몇 년이나 시달린 여고생. 소문은 풍선처럼 부풀 거고, 사람들은 개처럼 달려들어 물어뜯겠지. 네 평화로운 일상은 산산조각이 날 거야."

"……."

"네가 고등학생이었던, 그때처럼."

유수가 천천히 감았던 눈을 떴다. 자신을 똑바로 마주 보고 있는 미진의 잔인한 얼굴이 보였다. 떨리는 입술을 짓이겨 물며 침착하려 애써 보았지만, 그럴 수가 없었다.

"원하는 게 뭐야."

"이강후."

미진이 망설임 없이 대답했다. 유수가 커다랗게 눈을 치켜떴다.

"뭐라고?"

"처음부터 내가 원하는 건 단 한 가지, 이강후였어."

"하아. 너 정말 미쳤구나. 그 사람이 어떤 사람인 줄 알고나 말하는 거야?"

"알아. 너보단 잘 알아."

"어떤 사람인데? 네가 아는 게 도대체 뭔데!"

"수도권 일대의 가장 영향력 있는 조직의 중간 보스, 그리고 조직의 잠정적 후계자."

"하아……."

유수가 할 말을 잃어버렸다.

미진은 정말로 이강후에 대해서 알고 있었다. 그가 평범한 일개 깡패가 아니라는 것도.

"그는 위험해. 넌 모르잖아, 그 사람이 얼마나 위험한지."

"알아. 이강후가 얼마나 위험한지. 이미 한 번 당했거든."

"뭐?"

"위험한 만큼, 아름답지."

미진이 자리에서 일어났다.

"그는 잔인해. 광폭하고, 그래서 아름다워."

"……."

"그를 가지고 싶어. 내 것으로 만들 거야."

미진이 웃으면서 마지막 말을 남겼다.

"이강후를 만날 수 있도록 자리를 주선해 줘. 그게 내가 거는 조건. 그러면 동영상이랑 녹음 파일은 폐기하지. 빨리 연락 주기를 바라. 내가 언제 변덕을 부려 일을 저질러 버릴지는, 나조차도 모르거든."

챙. 크리스털로 된 술잔들이 부딪치면서 소리를 냈다.

"이야, 행님! 이게 얼마 만에 모이는 겁니까! 옛날 생각납니다!"

수필이 호탕하게 웃음을 터트리며 말했다. 옆에 있던 진홍도 웃으며 단번에 술잔을 비웠다. 수필이 조직 생활을 그만둔 이후, 거의 1년 만에 셋이 함께 가지는 술자리였다. 가장 아끼는 부하들과 함께하는 자리라, 강후도 오랜만에 기분이 좋았다.

"행님, 요즘 만나는 아가씨는 있습니까?"

수필이 금방 비어 버린 술잔을 채우면서, 은근하게 물어 왔다. 강후가 대답하지 않고 가만히 있자 진홍이 끼어들어 대신 대답해 주었다.

"몰랐냐, 박수필? 형님 따라다니는 여자 있는 거. 번번이 차여서 문제지만."

진홍이 덧붙인 말에 강후의 얼굴이 미세하게 일그러졌다. 그러나 그런 강후의 표정을 살피지도 않고서, 수필이 신나게 맞장구를 쳤다.

"우리 형님도 인제 다 죽었네. 예전에는 여자들이 하도 달려들어서 문제였는데. 행님, 나이는 못 속이는 겁니다. 아, 요즘은 티비만 틀면 잘생긴 어린놈들이 천지삐까린데, 아무리 잘생겼어도 남자가 이 정도 나이가 되면, 누가 봐 주기나 한답니까?"

"내 말이 그거야! 어쩌려고 이리 자신감만 넘치시는지. 싫다는 여자를 졸졸 따라다니려면 자존심이라도 버리든가. 그렇게 무섭게 하면 도대체 누가 넘어와?"

진홍이 계슴츠레한 눈으로 강후를 바라보면서, 슬쩍슬쩍 그간

하고 싶었던 말들을 꺼내기 시작했다. 술기운을 빌려 이때다 싶었나 보다. 그런 진홍이 약간 귀엽게 느껴져 강후가 피식 웃음을 머금었다.

"그냥 평생 혼자 사시게 두자. 행님은 혼자 사시는 게 어울려. 젊었을 때 울린 여자가 한둘이어야지. 그 여자들 한이 서려서 어디 한 여자 만나서 살림 차리겠냐?"

수필이 건들거리며 농을 했다. 진홍이 수필의 술잔에 술을 가득 따르며 맞는 얘기라는 듯 고개를 크게 끄덕거렸다. 그러곤 강후를 향해 물었다.

"형님, 그 여자가 그렇게 좋으십니까?"

강후는 가만히 술잔만 기울였다. 그의 얼굴이 평소 같지 않게 부드럽게 풀려 있었다. 그 모습을 빤히 바라보던 수필이, 문득 생각나는 것이 있는 것처럼 눈을 가늘게 떴다.

"행님, 혹시⋯⋯."

수필이 들고 있던 잔을 테이블로 내려놓았다. 그의 얼굴이 약간 굳어 있었다.

"진홍이 얘기한 여자가, '그 여자' 는 아니죠?"

강후의 얼굴이 딱딱하게 굳었다.

"⋯⋯맞습니까?"

강후는 대답하지 않았다. 술잔을 붙든 수필의 손에 힘이 들어갔다.

"그 여자는, 위험합니다."

"⋯⋯."

"행님한테 독이 되는 여자입니다."

강후가 씁쓸한 웃음을 짓더니, 수필에게 눈을 맞추며 대답했다.

"알아."

"……."

"그런데, 나한테는."

"……."

"그 여자가 전부야."

수필의 흔들리던 눈동자에, 깊은 안타까움이 배어든다. 놀란 진홍은 들고 있던 잔을 내려놓고 쩍 입을 벌렸다. 자신의 보스가 저런 눈빛으로, 저런 말투로, 저런 말을 했던 적이 있었던가? 수필이 떠난 이후로 지금까지 거의 유일하게 강후를 가까이에서 보필한 사람으로서 진홍은 오늘의 강후가 마치 모르는 사람인 것처럼 낯설게 느껴졌다.

강후가 남은 술을 입에 털어 넣었다. 수필이 긴 한숨을 내쉬더니, 어울리지 않는 진지한 어투로 입술을 뗐다.

"형님, 그 여자 사랑하십니까?"

"……."

강후는 대답하지 않았지만, 수필은 이미 그 대답을 알고 있었다. 자신의 보스는 그 여자를 사랑한다. 자신의 목숨과도 바꿀 수 있을 만큼. 몇 번이나 자신의 목숨을 위협한, 그 치명적인 여자를, 너무나도 사랑한다. 독배인 줄 알면서도 기꺼이 그걸 들려고 하는 자신의 보스를, 자신의 힘으로는 말릴 수 없었다. 수필이 쓰라린 마음을 안고 천천히 말을 이었다.

"그럼 이제, 일 그만 두십시오……."

무슨 말이냐는 듯, 진홍이 눈을 치켜떴다. 그러나 수필은 개의 치 않았다.

"애 아빠가 되고 나서 알았습니다."

"……."

"폭력은 남을 무너뜨리기 위해서 사용하는 게 아니라, 사랑하 는 사람을 지킬 때나 사용하는 거라고."

"……."

강후가 다시 수필과 눈을 맞췄다.

"수필아."

"예."

"연애할 때 와이프한테 뭘 해 줬지?"

"예?"

"아시다시피 번번이 거절당하고 있는 몸이라."

수필과 진홍이 잠시 서로를 바라보더니 동시에 웃음을 터뜨렸 다.

"푸하하하. 형님, 가오 안 섭니다."

"……."

강후가 짐짓 불편한 기색을 드러내려는 듯 인상을 썼지만, 진 홍과 수필은 아랑곳하지 않고 웃어 젖혔다.

심장이 없는 줄 알았던 자신들의 보스가,

사랑에 빠졌다.

자신을 힐끔 쳐다보며 지나가는 사람들의 시선이 불쾌했다. 아니, 차라리 힐끔거리는 게 나았다. 아예 노골적으로 훑어보는 사람도 있었다. 평소처럼 검은 정장을 빼입고 조금 뻣뻣하게 서 있으면, 저절로 위압적인 분위기가 풍겨서 대체로 이런 시선들은 피할 수 있었다.

　그런데, 오늘은 조금 달랐다.

　오늘 강후는 조직 생활을 시작한 이래 처음으로 캐주얼 차림을 했다. 카라 티셔츠와 면바지를 갖춰 입고 머리를 넘기지 않은 그는, 그 약간의 변화만으로도 놀랄 만큼 달라 보였다. 무엇보다, 그 특유의 압도하는 분위기가 많이 사라져서 한층 가벼워진 모습이었다.

　강후가 손목을 들어 시간을 확인하곤, 전화를 걸었다. 유수에게 거는 전화였다. 신호음이 몇 번 가더니 곧 유수의 목소리가 흘러나왔다.

　― 이강후?

　"이 시간이면 끝날 시간 아닌가?"

　― 그렇긴 한데. 근데 왜?

　"내려와. 학교 앞에 있다."

　강후는 유수의 대답은 듣지도 않고 전화를 끊었다. 그러곤 자신의 손에 들려 있는 장미 꽃다발을 내려다보았다. 수필이 여자는 무조건 꽃에 약하다며 연애 시절 몰래 찾아가 꽃다발을 건네주니,

아내가 감동으로 눈물을 글썽이더라는 얘기를 해 줬다.

수하에게 그런 것 따위를 물어본 것과, 또 그것을 그대로 따라 하고 있는 자신에 대한 회의감이 밀려왔다. 그러나 이상하게 기분이 나쁘진 않았다. 아니 오히려, 조금 들뜬 기분이 되었다.

이윽고, 언덕 저편에서 걸어 내려오고 있는 유수의 모습이 보였다. 무릎까지 내려오는 원피스에 얇은 린넨 재킷을 걸치고, 어깨까지 오는 머리를 귀 뒤로 넘긴 그녀의 모습이, 오늘따라 더 예뻐 보였다.

네 말대로 중증이군. 수필이 놀리듯 했던 말을 떠올리며 강후는 그녀가 자신의 앞까지 다가오기를 기다렸다.

"설마 내가 아저씨 같다고 말한 것 때문에, 오늘 그렇게 입고 온 거야?"

유수가 눈을 동그랗게 뜨고 자신을 쳐다보았다. 그 눈동자에 편안함이 담겨 있었다. 자신을 마주할 때면 늘 가득 서려 있던 눈동자 속 긴장감이, 어느덧 사라져 있었다. 강후가 피식 웃으며 들고 있던 꽃을 유수에게로 내밀었다.

"이, 이게 뭐야?"

유수가 어버버거리며 얼떨결에 꽃을 받았다.

"꽃."

"누가 그런 걸 물었어? 이걸 왜 날 주는데?"

"남자가, 여자에게 꽃을 주는 건, 빤한 이유에서 아닌가?"

"……."

유수가 적잖이 당황한 눈빛으로 강후를 쳐다봤다. 그녀는 장미

꽃에게로 시선을 돌렸다. 파란색 장미였다. 물기가 살짝 어려 약
간 보랏빛이 도는 푸른 빛깔이 더없이 아름다웠다.

"남자가 여자에게 꽃을 주는 데는."

유수가 장미에서 눈을 떼지 않으며 말했다.

"나는 당신을 좋아합니다, 라는 뜻이 있지."

강후의 얼굴이 조금 굳었다. 유수가 고개를 들어 다시 강후와
시선을 얽으며 말을 이었다.

"내가 모르는 건 이거야."

"……."

"이강후."

"……."

"당신은 날 좋아합니까?"

묻고 있는 유수의 얼굴에는 어느새 당황함이 걷히고, 온유한
미소가 걸려 있었다. 그 미소가 그녀의 얼굴 위로 쏟아지는 눈부
신 햇살과 근사하게 어울렸다. 모든 것이 명료해지는 순간이다.
강후가 한 걸음 다가섰다. 그러자 유수와 아주 가까워진 느낌이
들었다.

"……그래. 좋아해."

유수의 눈동자가 놀라움을 띠고 커졌다. 유수는 그대로 계속
강후를 응시했다. 강후도 계속 유수를 내려다봤다. 강후의 낮은
목소리가 기분 좋게 공기를 울렸다.

"이강후는."

"……."

"민유수를."

"……."

"좋아한다."

세상에 다시없을, 숨 막히는 고백이었다. 가슴이 저릿하고 폐부의 깊숙한 부분이 뻐근했다.

이강후. 날 좋아해? 이강후에게 몇 번이고 물었었다. 그는 한 번도 대답한 적이 없었다. 그는 그런 감정 따위는 처음부터 모르는 사람처럼, 자신을 미동도 없이 바라보곤 했다.

그런데 그런 그가, 드디어 대답을 했다. 아주 단호하고 흔들림 없는 목소리로.

그의 진심이 너무나 절절하게 파고 들어와서 눈물이 날 것 같았다. 좋아한다는 게 뭘 의미하는지 모르는 그가, 이 고백을 하기까지 얼마나 많은 시간을 고민해 왔을지 상상도 안 됐다. 마침내 그의 고백을 듣는 순간, 엇나갔던 퍼즐이 조금씩 맞춰지는 안정감, 그런 것이 있었다.

어쩌면 병원에서 엄마에게 버려지는 악몽을 꾸다가 자신을 지키고 있던 그를 발견한, 그 시점부터였을 것이다. 그때부터 유수는 이강후를 향한 낯선 감정들에 자신을 항복시키고 있었다.

"왜 파란 장미야?"

유수가 살짝 물기 어린 눈으로 장미들을 살폈다.

"꽃말이 멋지더군."

강후가 나직이 대답하고는 조용히 유수의 손을 잡았다. 유수는 손을 빼지 않았다. 대신 그에게 재차 물었다.

"꽃말이 뭔데?"

"한번 찾아봐."

강후는 꽃말을 알려 주지 않았다. 대신 붙잡은 손에 조금 더 힘을 주었다.

"네가 어떻게 나한테 이럴 수 있어?"

"그게 아니야. 오해야!"

여자 주인공과 남자 주인공 사이에서 으레 오고 갈 만한 빤한 대사가 오갔다. 유수는 무표정하게 TV를 응시하다가 무릎 위에 올려 둔 아이스크림 통을 숟가락으로 퍽퍽 찔렀다. 꽝꽝 언 아이스크림은 좀처럼 숟가락 위에 담길 생각을 안 했다. 유수가 짜증스럽게 아이스크림 통을 옆으로 옮겨 두었다.

침대 위에 올려 두었던 휴대폰을 찾아 손에 쥐었다.

저녁 8시 30분. 미진에게 약속했던 시간이었다.

그녀는 이강후를 만났을까?

누군가가 가슴을 후벼 내어 들여다보고 있는 것처럼 속이 거북스럽다. 심장이 신경 쓰일 정도로 두근거렸다. 미진은 누가 봐도 예쁘다. 어딜 가나 존재감이 거의 없는 자신과는 달리, 미진은 사람을 확 끌어들이는 매력이 있는 아이였다. 아무리 이강후라도, 미진이 대놓고 유혹한다면 넘어갈지도 몰랐다.

하아. 유수가 웃으면서 한숨을 내쉬었다. 그래서 뭐? 네가 왜 그런 걱정을 하는데? 질투라도 하니? 넌 그럴 자격 없어. 유수는 잠시 멀거니 휴대폰 액정을 내려다보다가, 신경질적으로 TV를 껐다.

무의식중에 고개를 돌리자 책상 위에 놓여 있는 푸른 장미 꽃다발이 보였다. 시간이 지나 약간 시들해졌지만 그 푸르른 빛깔만은 여전했다. 신비하고, 어딘가 모르게 고원하게 품은 기품이 있었다. 어쩐지, 이강후를 닮았다는 생각도 들었다.

그러고 보니까, 꽃말을 찾아보랬지.

유수가 재빨리 노트북 앞에 앉아 검색창을 켰다. 검색창에 '파란 장미 꽃말'을 써 넣은 다음 엔터키를 눌렀다. 얼마간 휙휙 구르던 마우스 휠이 멈추었다.

「파란 장미 꽃말: 불가능. 얻을 수 없는 것. 파란 장미는 과학적으로는 생산할 수 없는 꽃이었다고 해요. 과학자들이 각고의 노력 끝에 수십 년 만에 '페튜니아'라는 식물에서 파란색 원료를 뽑아냈고, 그것을 파란 장미 생산에 이용할 수 있게 되었죠. 그래서 꽃말 또한 얻을 수 없는 것, 불가능한 것으로 붙여졌다고 하네요.」

유수가 가만히 시선을 떨어뜨렸다가, 다시 힘겹게 화면에 고정시켰다.

「그래서일까요? 왠지 더 애틋하고 소중함이 느껴지지 않으세요? 남몰래 가슴앓이를 하는 분이 있으시다면 파란 장미에 '깊은 바람'을 담아 고백해 보세요. 혹시 알아요? 파란 장미가 당신의 사랑을 이루어 줄지.」

불가능. 얻을 수 없는 것.

그자도 이 꽃말을 알고 파란 장미를 준비한 걸까. 얻을 수 없는 것, 그러나 영원히 닿고 싶은 것, 그게 자신이었을까.

이강후가 고백했을 그때처럼, 다시 가슴이 저릿했다.

이상한 남자. 처음부터 끝까지 이상한 남자. 자신이 이해할 길 없는 방식으로 다가오고 저를 온통 헤집어 놓고 아프게 하더니, 이제는 온통 자신을 흔들어 놓는 남자. 유수가 깊이를 알 수 없는 혼란스러움을 느끼며 두 눈두덩이를 손바닥으로 문질렀다. 눈가가 시큰해지면서 축축해지고 있었다.

이강후…….

떨쳐 버리려고 하면 할수록, 그 이름이 더 선연하게 유수의 머릿속을 채웠다.

유수에게서 두 번째로 보자는 문자가 왔다. 그래서 기분이 좋긴 했으나, 장소가 장소인지라 의아한 마음도 들었다. 자신이 비즈니스차 사람들을 접대할 때 이용하곤 하는 고급 라운지 바(bar). 유수는 그곳에서 기다리고 있겠다고 했다.

바 안으로 들어서자 느릿하고 어딘가 모르게 끈적이는 노랫소리가 들려왔다. 강후가 천천히 바 안을 둘러보았다. 유수는 보이지 않았다. 기다린다고 해 놓고 아직 도착하지 않은 건가. 강후가 성큼성큼 중앙 홀을 통과해서 바형 테이블 앞에 자리를 잡고 앉았다.

자신을 알아본 바텐더가 웃으며 인사를 건넸다. 강후는 '아무거나 한 잔 줘'라고 말하고는 무표정하게 다시 바 안을 훑었다. 아무리 생각해도 이상했다. 유수가 좋아할 만한 곳이 아니었다. 어째서 자신을 이런 곳에서 보자고 했는지 모를 일이다.

잠시 후 바텐더가 강후의 어깨를 톡톡 치더니, 술잔을 내밀었다. 찰랑이는 금색 술이 담긴, 크리스털 술잔이었다. 강후가 술잔을 받아 드는데, 바텐더가 속삭이듯 덧붙였다.

"저쪽 아가씨께서 주신 겁니다."

강후가 미간을 좁히면서 바텐더가 가리키는 쪽을 쳐다봤다. 또각또각. 하이힐로 요란하게 바닥을 찍으면서 누군가가 자신 쪽으로 걸어오고 있었다.

"또 보네요. 이런 데서."

그 누군가는 자신을 보더니 입을 가리고 웃으며 인사를 했다. 김미진? 여자를 알아본 강후의 얼굴이 대놓고 일그러졌다.

"다음이란 게, 없길 바란다고 했을 텐데."

강후의 살벌한 음성에도 미진은 눈 한번 깜빡이질 않았다. 되레 고혹적인 미소를 여유롭게 그리며, 강후의 옆에 착석했다.

타이트하게 붙는 붉은색 드레스가 미진의 아름다운 몸매를 한껏 드러내고 있었다. 위로 틀어 올린 머리는 자연스럽게 흘러내리며 미진의 하얀 목을 돋보이게 했다. 그녀는 테이블에 팔을 걸치고 강후 쪽으로 상체를 숙였다. 클레비지가 강조된 드레스 덕에, 그녀의 가슴이 쏟아질 것처럼 드러났다.

강후가 미간을 찌푸렸다.

"유수 기다리죠? 오늘, 안 올 텐데."

찰나에, 강후의 표정이 얼어붙었다. 미진이 예쁘게 웃으며 말을 이었다.

"당신 오늘, 바람맞은 거야."

"……."

"대신, 내가 오늘 놀아 줄게요. 어때요? 오늘 나랑……."

"여긴 어떻게 알고 왔지?"

강후가 딱딱하게 미진의 말을 자르며 물었다. 미진이 잠시 반듯한 이마에 주름을 잡더니 대꾸했다.

"몰라서 묻는 거예요, 정말? 유수가 보냈어요. 나보고 사정하면서 부탁하더라고요. 나라도 좋으면, 당신을 유혹해 달라고. 유수는 당신이 끔찍하게 싫대. 소름 끼친대. 생각만 해도 구역질이 난대."

강후가 퍼렇게 날 선 눈으로 미진을 노려봤다. 민유수가 그런 말을 했을 리가 없었다. 자신을 올려다보던, 편안하고 따뜻했던 그때의 눈빛은 꾸며 낸 게 아니었다. 찰나이지만 그 순간, 자신은 그녀와 교감하고 있었다. 그러니, 그녀가 이런 식으로 자신을 배신할 리가 없었다.

"그따위 허튼 소리가 통할 거라고 생각했다면……."

"내 말 못 믿는 거예요?"

미진이 그에게로 상체를 더 가까이 붙이며 말했다.

"나한테 그 얘기도 해 줬어요. 당신이 유수한테 칼을 쥐여 주고는, 그대로 자기 복부를 찔렀다고. 또 뭐라고 했더라. 칼로 옷을 벗겨 냈다고 했나."

아주 잠깐이지만 강후의 눈빛이 흔들리는 것을, 미진은 놓치지 않았다. 흔들리지 않을 리가 없지. 그는 자신이 지켜봤다는 걸 모르고 있었으니까. 당연히 유수를 통해 들은 얘기라고 생각할 것이다.

"당신이 사이코래요. 당신한테 벗어날 수 있다면 무슨 짓이든 할 수 있다고 했어요. 오죽하면 나한테 찾아와서 유혹해 달라고 부탁까지 했겠어요?"

술잔을 쥔 강후의 손등에 파랗게 핏줄이 솟았다. 우드득, 턱 근육이 꿈틀거리며 이가 갈렸다. 강후는 싸늘한 얼굴로, 천천히 술잔을 들었다. 그런데 돌연, 그의 손이 허공에서 우뚝 멈추었다.

금색으로 번쩍이는 술잔 아래에 하얀 가루가 보였다. 그가 쾅 소리가 나게 술잔을 내려놓으며 미진을 쳐다봤다. 미진이 움찔하면서 힐끗 술잔을 살폈다.

"믿는 구석도 없으면서 겁 없이 구는 건 민유수한테 배웠나 보군."

미진이 애써 미소를 지으며 강후의 팔을 붙잡으려고 손을 뻗었다.

"아얏!"

강후가 무섭게 손을 쳐 냈다.

"그 잘난 머리를 어디까지 굴렸는지는 모르겠지만, 하나 착각한 게 있어."

기묘할 정도로 낮게 가라앉은 그 목소리가, 미진과 그 사이에 있던 공기를 차갑게 얼렸다.

"무슨 말이죠?"

미진이 약간 당황하여 되물었다. 강후가 쿡 하고 웃으면서 미진을 건조하게 쳐다보았다.

"넌 민유수가 아니라는 사실."

파창. 강후의 손안에서 술잔이 박살 나며 부서졌다. 미진이 거칠게 숨을 들이마시며 두 손으로 입을 막았다. 손에 유리 파편들이 박히면서 피가 흘러내렸지만 강후의 얼굴은 고요하기만 했다.

"그건 곧 내가 민유수에게 특별히 베푸는 관용이, 너에게는 해당 사항 없다는 얘기지."

고요하지만 잔인하게 번득이는 강후의 눈빛이, 자신감에 넘치던 미진의 가면을 무너뜨렸다. 마치 그녀의 목을 조르기라도 할 것처럼 그의 전신에서 살벌함이 뚝뚝 흘러내렸다.

미진은 천천히 눈꺼풀을 들어 올렸다. 그녀는 주위를 둘러보았다. 아무것도 보이지 않았다.

"이강후······."

희미한 조명을 등지고 제 눈앞에 서 있는 이강후 외엔.

그에 의해 억지로 차에 실린 다음, 정신을 잃었던 것 같다. 아래를 내려다보니, 의자에 묶여 있는 자신의 전신이 내려다보였다. 마치 자신의 것이 아닌 것처럼 낯선 모습이었다. 잠시 후 점점 바닥에서부터 현실감이 차오르고, 급격한 갈증과 피로가 몰려왔다. 미진이 완전히 지친 얼굴로 천천히 강후를 올려다보았다.

그의 얼굴에서 표정이라곤 읽을 수 없었다.

"도대체 민유수의 어디가 그렇게 마음에 안 들었던 거야?"

그러나 목소리만큼은 섬뜩하게 가라앉아 있어서, 미진은 그가 지금 화가 나 있다는 걸 알 수 있었다.

"민유수가 부모가 없는 게, 그녀가 가난한 집에서 태어난 게, 그런데도 네 친구가 너보다 그녀를 더 좋아한 게."

"······."

"그렇게까지 그녀를 괴롭힐 이유가 됐나?"

미진의 하얀 얼굴이 일그러졌다.

"당신, 무슨 소릴 하는 거야?"

"내가 모를 거라고 생각했어?"

"도대체 무슨······."

"네가 민유수를 그 걸레 같은 녀석들한테 넘기려고 했던 거?"

미진의 얼굴에서 깨끗하게 표정이 사라졌다. 그녀는 하얗게 갈라진 자신의 입술을 짓이겨 깨물었다. 이강후가 그런 것까지 알고 있을 줄은 몰랐다. 미진의 머릿속에서, 언젠가 혜영과 나눴던 얘기들이 떠올랐다. 자신이 아직 고등학생 교복을 입고 있던, 그러니까 강후를 처음 만난 그날이었을 것이다.

'민유수, 그년 때문에 요즘 윤아랑 멀어지는 것 같아.'

'맞아. 솔직히 조금 격 떨어지지 않니? 부모님도 안 계시다고 하고, 집도 찢어지게 가난하잖아. 부모 없이 자라서 그런가. 성격도 좀 우중충해.'

'어떻게 좀 떨어트려 놓을 수 없을까?'

'너, 박호준 알지. 날일고 다니는. 걔한테 부탁 좀 해 볼까?'

'무슨 부탁?'

'걔네 무리가 질이 좀 안 좋잖아. 일 학년 여자애들 데리고 아주 질척하게 논다더라. 순진한 애들 꼬셔서 술 먹이고 나쁜 짓도 좀 하는 거 같고.'

'그러니까, 걔네를 민유수하고 엮어 주자 이거지? 그러면 윤아랑도 자연스럽게 멀어질 테니까 말이야. 아주 좋은 생각인데.'

유수에게 호준을 소개시켜 준 건, 일종의 함정이었다. 호준과 그 친구들은 당시 근방에서 유명한 폭력 서클과 연결되어 있었고, 여학생들을 데려다가 술이나 약을 먹여 추행하곤 했다. 친분이 있었던 혜영을 통해서, 호준을 직접 만난 건 미진이었다. 그녀는 유수를 망가트려 달라 부탁했다. 대가로 약간의 현금을 쥐여 주었던 기억도 났다.

그 일을 알고 있는 건, 자신과 혜영뿐이었다. 이강후는 도대체 어떻게 이 일을 알고 있는 걸까. 미진이 질린 얼굴을 했다. 자신이

어리석었다. 판단이 짧았다. 이강후는 만만한 상대가 아니었다.

"윽!"

강후가 순식간에 미진의 머리채를 휘어잡았다. 미진은 턱이 빠질 것 같은 고통을 느꼈다. 그러나 그런 고통보다도, 이강후가 주는 선득함이 더 견디기 힘들었다. 이강후는 얼굴을 제게 바싹 기울인 채, 희미하게 그리고 섬뜩하게 웃고 있었다.

"마지막 경고를 들었으면 좋았을 텐데 말이야. 경고로는 소용이 없는 것 같으니, 해선 안 될 짓을 하면 무슨 일이 벌어지는지 똑똑히 보여 주지."

'이강후, 당신은 날 좋아합니까?'

유수가 그렇게 물었을 때, 강후는 대답해 버렸다. 그렇다고, 이강후는, 민유수를 좋아한다고.

자신의 상처에 감아 준 하얀 손수건을 따라 그녀의 눈망울을 처음 가까이에서 보았을 때, 그때를 잊을 수가 없었다. 자신을 말갛게 올려다보던 순진함 속에, 가득하던 상처.

너는 어떤 삶을 살아왔을까? 너도 나와 같아? 나는 행복한 적이 없었어. 너도 그런 거야? 그렇게 물었더니, 그녀가 마음속으로 걸어 들어왔다. 빛이 들어온 적 없던 깊은 어둠 속에, 그녀는 자리를 잡고 앉았다.

그래, 나는 네 상처를 알아. 나는 그 고통을 알아. 나도 너처럼 악몽을 꿔. 그렇게 말해 줬다. 그 서툰 위로가, 서서히 어둠 속에서 빛을 틔웠다. 그 빛이 뭔지 몰랐다. 하지만 너무 따뜻해서, 그것 없이는 더 이상 살아갈 수가 없었다.

그게, 사람들이 '좋아한다'는 말로 표현하곤 하는, 자신이 그토록 경멸해 마지않았던 사랑이라는 감정이라는 걸, 결국 인정할 수밖에 없었다.

하지만, 그래선 안 되는 거였다. 그런 마음 따위, 알아선 안 되는 거였다. 자신은 그럴 수 있는 부류가 아니었다. 누군가에게 기대하고 애정을 갈망하는 일은 자신에겐 허락되는 일이 아니었다. 기만이 돌아온 건, 당연한 결과일지도 몰랐다.

다시, 원점. 사랑이 아니라, 집착으로 남을 것이다. 그녀의 머릿속에 자신의 이름을 새겨 줄 것이다.

잊혀지지 않게.

자신이 완전히 사라지고 나서도, 오랫동안, 잊혀지지 않게.

강후는 겁에 질려 굳어 있는 미진을 응시했다. 손에 들려 있던 담배를 바닥에 툭, 떨어트렸다. 그 미세한 소음에 여자가 흠칫하며 몸을 떨었다. 강후는 손을 들어 어둠 속에서 대기하고 있던 누군가를 향해 신호를 보냈다. 이윽고 밝은 빛이 쏟아져 들어오며 뒤편에 있던 문이 열렸다.

"이런, 씨발, 씨발……. 개새끼들, 개 같은 놈들……."

사나운 욕설이 들려왔다. 비릿하게 피 냄새 같은 것도 느껴졌다. 미진이 고개를 쳐들고, 문을 통해 들어오는 여러 인영들을 식별하려고 노력했다. 너무 어두워서 잘 보이지 않았다.

찰칵 소리가 나며 천장에 달려 있던 작은 조명이 켜졌다.

"까아악!"

동시에 미진이 소리를 질렀다. 미진 앞에는 얼굴을 엉망진창으로 얻어맞은 한 남자가, 다른 두 명의 남자에게 붙들린 채 무릎을 꿇고 앉아 있었다. 터지고 찢긴 살들이 부어오른 데다 피까지 엉켜 있어서 누군지 식별하기도 힘들었으나, 미진은 단박에 그를 알아봤다.

"바, 박호준……."

지켜보던 강후가 픽 바람 빠지는 소리를 내며 웃었다.

"뜻밖의 조우지?"

"당신, 무슨 짓을 한 거야! 도대체 나한테 무슨 짓을 하려고 이래!"

"너무 흥분하지 마. 별거 아닐 테니까."

강후가 호준에게 다가가서 손가락으로 턱을 움켜쥐었다. 혼자서 계속 욕설을 웅얼거리던 호준은, 강후의 손길이 닿자 입을 다물고 벌벌 떨기만 했다. 그는, 강후를 알아봤던 것이다. 오래전, 차가운 구둣발로 자신에게 린치를 가하던 그를.

"똑똑히 들어. 두 번 설명하고 싶지 않으니까. 5년 전에, 민유수한테 하려고 했던 짓. 지금 이 자리에서 저 여자한테 그대로 하는 거야. 내가 보는 앞에서 말이야."

호준이 덜덜 떨면서 간신히 고개를 끄덕였다. 제대로 대답하라는 듯, 강후가 쥐고 있던 호준의 턱을 가볍게 흔들었다. 호준이 미친 듯이 아래위로 고개를 흔들기 시작했다.

"조금이라도 망설이거나, 제대로 못 하면, 널 이 자리에서 죽일 거야. 알아들었어?"

미진이 하얘진 얼굴로 몸부림을 치기 시작했다. 그러나 의자만 들썩일 뿐, 꼼짝도 할 수 없었다.

"이 사이코 새끼야! 이거 당장 풀어! 당장 풀라고!"

"뭘 겁내고 그래? 네가 민유수한테 하려고 했던 짓일 뿐인데."

강후가 턱짓하자 호준을 붙잡고 있던 남자들이 뒤로 물러섰다.

"시작해."

강후의 명령이 떨어지자마자, 호준은 비척비척 일어나 미진을 향해 걸었다. 조금이라도 망설이면 죽이겠다는 남자의 말이 허언이 아님을 알았다. 공포에 이성을 잃은 호준은 망설이지 않고 미진 앞에 서서, 그녀의 블라우스를 북북 찢기 시작했다.

미진이 소리를 지르고 얼굴에 침을 뱉자, 호준이 그녀의 뺨을 두어 번 세게 갈겼다. 눈앞이 번쩍일 정도로 아파서, 미진은 더 이상 소리를 지르지 않았다. 대신 초점이 흐릿해진 눈으로, 정신없이 눈물을 쏟아 냈다.

남자들은 방을 빠져나갔다. 강후는 남아서 감상하듯 서 있었다. 옷이 찢기는 소리, 살이 비벼지는 소리, 남자가 숨을 들썩이는 소리가 연이어 들려왔다.

지이이잉. 지이이잉. 바닥에 던져 놓았던 휴대폰이 시끄럽게 울렸다. 침대에 엎드려 있다가 깜빡 잠이 들었던 유수는, 정신을 차리지 못하고 팔만 겨우 뻗어서 휴대폰을 집었다.

"여보세요."

— ……

수화기 너머에선 아무 소리도 들려오지 않았다. 다시 '여보세요'를 웅얼거리던 유수가 순간 정신이 번쩍 들어 고개를 들었다. 급히 휴대폰 액정을 확인했다. 미진의 번호였다.

"여보세요!"

역시 대답이 없었다. 불길한 예감이 휘몰아쳤다. 그 순간,

— 흐으……. 유수야, 유수야…….

흐느끼며 자신을 부르는 미진의 목소리가 희미하게 들려왔다. 휴대폰을 붙든 손가락에 힘이 들어갔다. 유수가 침을 꿀꺽 삼키며 애써 침착하게 되물었다.

"……무슨 일, 있어?"

— 유수야, 유수야. 흐흐흑. 살려 줘. 살려 줘, 유수야. 내가 잘못했어, 잘못했어.

미진이 살려 달라고 애원하며 울고 있었다. 왜? 도대체 그녀가 왜 자신에게? 유수는 직감적으로 일이 잘못되어 가고 있음을 느끼며 자리에서 일어나 외투를 챙겼다.

"어디야, 지금!"

지갑을 챙기고 문고리를 잡으며 미진을 다그쳤다.

— 흑흑. 살려 줘. 잘못했어. 그러니까 제발 살려 줘, 유수야…….

그러나 미진은 정신을 차리지 못하고 같은 말만 반복할 뿐이었다.

— 가평이야.

그때, 서릿발 같은 음성이 불쑥 끼어들어 말했다. 유수의 심장이 그 목소리에 반응하며 요동쳤다. 그다. 그의 목소리다.

— 두 시간 줄게.

"……이강후?"

— 이 상황, 어딘가 좀 기시감이 들지 않아?

"당신 무슨 짓을……."

— 두 시간 준다고 했다. 네 친구, 데리러 와. 안 그럼.

"……"

— 내 손에 죽어.

택시 안에 있는 유수의 손이 덜덜 떨렸다. 눈에선 끊임없이 뜨거운 눈물이 솟았다. 수화구에서 들려온 그의 목소리가, 다시금 잔인했다. 칼날처럼 소름 끼치게 차가웠다.

'그래, 좋아해. 이강후는, 민유수를, 좋아한다.'

그렇게 말했을 때, 그의 목소리는 더없이 부드러웠다. 그래서 더 방금 전 들었던 목소리가 무섭고 싫었다. 아니야, 자신이 뭔가 오해를 했을 것이다. 그가 이렇게 간단히 돌아서 버렸을 리가 없다. 그의 고백 속에서 절절한 진심을 보았다. 그러니까, 조금 전

미진을 죽이겠다는 그의 말은, 믿을 수가 없었다.

애써 부정하려고 했지만, 자꾸만 가슴이 찢겨져 나갔다. 숨이 잘 쉬어지지 않았다. 누군가 가슴속으로 들어와 심장을 움켜쥐고 흔드는 것처럼, 그렇게 먹먹하게 가슴이 아파 왔다.

이기적인 선택이란 건 알고 있었다. 자신은 약속을 지키지 않았고, 그 자리에 미진이 나갈 걸 알면서도 말해 주지 않았으니까. 하지만 그녀는 고등학교 때 겪었던 그 생지옥이 반복될까 봐 두려웠다. 너무나 두려웠다.

이강후가 화를 낼 거란 건 짐작하고 있었다. 예상을 벗어난 건, 정도의 차이였다. 이 정도로 결과가 처참할 줄은 몰랐다. 그렇게까지 잘못된 일인가 억울하기까지 했다.

어째서 이렇게까지, 왜, 왜…….

울다가도 발작적으로 웃음이 튀어나왔다. 흐르는 눈물을 닦지도 않고 젖어 있는 눈언저리를 문지르기만 했다. 시간이 더디게 흘러갔다. 마음 같아선 당장이라도 날아서 이강후 앞에 뚝, 떨어지고 싶었다.

두 시간을 조금 넘게 달린 택시가 빈 공장 단지 앞에서 멈추었다. 요금을 지불하고 서둘러 내리자 귀신같이 음습한 공장의 전경이 한꺼번에 시야로 밀려 들어왔다. 어둠에 섞여 있는 공기가 진득하고 축축했다.

무덤 같은 건물들 중에서 불이 켜져 있는 곳은 오직 한 곳이었다. 유수가 뛰다시피 그쪽으로 걸음을 옮겼다. 건물에 가까워질수록, 희미하게 비명 소리 같은 것이 들려왔다. 유수의 심장이 그

소리에 반응하며 쿵쿵쿵, 요란하게 뛰었다.

설마……. 유수의 얼굴이 하얗게 질렸다. 유수가 스스로를 달래며 거칠게 도리질을 쳤다. 지금 머릿속에 펼쳐지는 상상이 현실이 아니길 바라며.

문 앞에 다다르자, 기다리고 있던 남자 하나가 자연스럽게 육중한 문을 양쪽으로 열어 주었다.

문이 열리면서 먼지바람이 일어났다. 후더분한 공기와 함께 선명한 피비린내가 훅 끼쳐 들었다. 피비린내……? 유수가 온몸을 덜덜 떨면서, 시야를 확보하기 위해 좀 더 앞으로 나아갔다.

"으아악!"

비명 소리가 분명해졌다. 먼지바람이 가라앉고, 이윽고 눈앞의 모든 것들이 분명하게 드러났다.

"잘, 잘못했습니다. 다, 다시는 배신 같은 건…….'"

"닥쳐."

"아아아악!"

툭, 유수의 손에 들려 있던 외투가 바닥으로 떨어져 내렸다. 눈앞에 펼쳐진 광경을 믿을 수가 없었다.

가장 먼저 보인 건 이강후였다. 검은 슈트를 갖춰 입은 그가 공간의 가운데에 서 있었고, 비슷한 옷을 입은 수십 명의 무리들이 양쪽에 일렬로 늘어서 있었다. 그리고, 이강후의 앞에 웬 남자가 무릎을 꿇고 앉아 있었다. 남자의 모습은 차마 눈 뜨고 볼 수 없을 정도로 엉망이었다.

얼굴은 피로 범벅이 된 채 누구인지 분간이 안 될 만큼 일그러져 있었고, 입고 있는 셔츠와 바지는 성한 데가 없이 찢겨 있었다. 반쯤 찢어진 셔츠 사이로 드러난 등은, 때리고, 찢고, 지진 상처들로 온통 울긋불긋했다. 그 와중에도 남자는 무릎으로 벅벅 기어서 이강후에게 다가갔다. 그는 다리를 부여잡고 흐느끼며 빌었다.

"다, 다시는…… 흑흑. 살려 주십시오. 흐으윽."

퍽. 이강후의 가차 없는 발길질에 남자의 몸이 다시 붕 떠올랐다가 추락했다. 남자는 이제 비명을 지를 힘도 없다는 듯이 바닥에서 신음만 내며 꿈틀거렸다. 그 모습이 날개가 찢기고 몸뚱어리가 짓이겨져, 흐물거리는 벌레처럼 보였다.

유수가 온 힘을 다해 입을 틀어막았다. 저절로 튀어나오려는 비명을 막기 위해서였다. 태어나 한 번도 실제로 저런 무지막지한 폭력을 본 일이 없었다. 이제야, 그간 이강후가 저질렀던 일들이 그에겐 폭력이라고 부를 만한 일도 되지 않았다는 것을 깨달았다. 지금에야…… 그가 정말 위험한 인물임을 실감했다.

유수는 입을 틀어막은 손을 벌벌 떨면서도, 한 발자국씩 앞으로 나아갔다. 강후가 아주 잠깐, 스치듯 다가오는 유수를 쳐다보더니, 곧 신경도 쓰지 않고 남자 쪽으로 시선을 돌렸다. 그가 나른한 목소리로 입을 열었다.

"다시는 배신하지 않겠다고? 좋은 결심이군. 그런데 어쩌지?"

"흐흑. 살려, 살려 주십시오……."

"그 결심은 다음 생에서나 지킬 수 있을 것 같은데."

퍼억. 퍽. 강후가 계속해서 남자를 짓밟았다. 두 손은 주머니에

꽂고서, 이제 조금 귀찮다는 듯이. 그렇게 무표정한 얼굴로 기계처럼 남자를 밟았다. 남자가 쓰러진 바닥에 시뻘겋게 피 웅덩이가 고였다.

"그만해!"

달려온 유수가 강후를 힘껏 밀쳐 냈다. 남자 앞에 벽을 만들며 강후를 가로막았다. 온몸이 지나치게 떨리고 있었지만, 상관없었다. 머릿속에 드는 생각은 단 한 가지, 이강후를 막아야 한다는 것뿐이었다. 강후가 상대하기 싫다는 듯 턱짓을 해 보였다. 비키라는 무언의 표출이었으나, 유수는 꼼짝도 하지 않고 강후를 응시했다.

"날 때려."

"……."

"이 사람처럼, 나도 똑같이 해. 당신, 그러고 싶잖아. 그래서 날 여기 부른 거잖아."

"……."

"그리고 이 사람은 풀어 줘. 미진이도 놔줘."

강후가 손가락으로 거칠게 유수의 턱을 붙잡았다. 으르렁거리는 듯한 목소리가 튀어나왔다.

"못 할 것 같아?"

지독한 공포가 유수의 온몸을 휘감았다. 그걸 떨쳐 내기 위해 유수가 잠시 눈을 감았다가 떴다.

"해, 그럼."

강후의 어두운 눈동자가 유수를 집어삼킬듯 담았다. 두 사람의 시선이 얽히면서 푸른 불꽃이 튀었다. 강후의 차가운 손가락이 턱에서 내려와 유수의 목을 스치고 뒤통수를 파고 들어왔다.

"윽."

강후가 뒤통수를 휘감은 손으로 유수를 확 끌어당기자, 유수가 짧은 신음을 내뱉었다.

"네 친구와 그런 어리석은 약속만 하지 않았다면."

"……."

"지금 여기서 네 다리를 부러뜨렸을 거야."

강후의 씹어뱉듯 말하는 한 글자 한 글자가 유수의 심장에 박혔다. 그는 진심이었다. 윤아와 한 약속이 아니었다면, 그는 정말로, 여기서, 자신의 다리를 부러뜨렸을 것이다. 아무런 힘도 들이지 않고, 태연한 얼굴로. 방금 전 남자에게 그랬듯이.

"그리고 네가 영원히 도망가지 못하도록 했겠지."

어느새 강후의 얼굴에 느릿하게 웃음이 걸렸다. 남자를 향해 내뱉었던 그 나른하고 잔인한 목소리가 유수의 귓가에도 울려 퍼졌다.

"도망가 봐. 끝까지 도망가 봐."

"……."

"넌 날 못 벗어나."

강후가 손을 거두자, 유수가 그대로 자리에 주저앉았다. 온몸의 기가 빠져나가는 것 같았다. 저릿한 공포에 온몸이 망치질을 당한 것만 같았다. 유수가 멍한 눈으로 강후를 올려다보았다. 강후가 조롱하듯 말했다.

"안고 나가 줄까?"

"……."

"혼자선 걷지도 못할 것 같아, 지금 너."

강후가 쿡 하고 웃자, 유수의 말라 버린 눈에서 기이하게 눈물이 떨어져 내렸다.

유수는 미진을 데리고 먼저 병원으로 갔다. 검사 결과도 꼼꼼히 체크했다. 왼쪽 뺨에 멍이 들고 오랜 시간 묶여 있어서 손목이 긁힌 것 외에, 미진에게 다른 외상은 없었다. 그러나 미진은 큰 정신적 충격을 입은 것 같았다. 그녀는 검사가 진행되는 내내 한마디도 하지 않았다.

유수는 검사가 모두 끝날 때까지 병원에서 줄곧 미진을 기다렸다. 유수와 미진이 병원 밖으로 나왔을 때는 새벽녘이었다. 둘은 적막한 도로 위에서 택시를 기다렸다. 간신히 택시 한 대를 잡았다. 미진이 먼저 올라탔다.

"먼저 가."

그렇게 말하면서 유수는 택시 문을 닫아 줬다. 택시가 출발하기 직전, 미진이 차창 밖으로 고요하게 유수를 쳐다봤다.

유수는 그녀의 눈동자 안에서 깊게 서린 공포심를 발견했다. 무슨 일이 있었는지, 그래서 물어볼 수가 없었다. 미진은 외상을 입은 것도 아니었고, 이강후가 잔인하게 린치를 벌일 때 그걸 목격한 것도 아니었다. 그렇다면 도대체 그녀를 공포로 몰아넣은 건 무엇일까? 도대체 미진에게 무슨 짓을 한 걸까, 이강후 그자는.

택시가 떠났다. 유수는 오래도록 그대로 제자리에 서 있었다.

유수가 일을 그만두었다. 보통은 새로운 조교가 올 때까지 기다려 주는 법인데, 그녀는 통보하듯 덜컥 일을 그만두고 나타나지 않았다. 게다가 미진까지 입원을 하는 바람에 사무실은 거의 뒤집어지다시피 했다. 남은 사람들이 두 배로 일을 해야 했고, 해일 역시 늦은 시각까지 사무실에 갇혀 꼼짝할 수가 없었다.

해일은 일에 파묻혀 있는 내내 불안해서 견딜 수가 없었다. 당장이라도 유수에게 튀어 가고 싶은 마음뿐이었다.

겨우 일을 마친 해일이 아침부터 가져와 사무실 냉장고에 넣어 두었던 비닐 백을 꺼냈다. 어머니가 유수에게 가져다주라며 싸 주신 밑반찬이었다. 그걸 두 손에 들고 곧바로 유수의 기숙사로 향했다. 밖에서 서성이며 계속 전화를 걸었지만 연결되지 않았다.

해일은 유수의 방 호수도 몰랐다. 관리인에게 유수가 아픈 것 같다며, 한참 사정을 설명했다. 관리인은 얼마 전에 난입했던 웬 남자가 하얗게 질려 쓰러진 학생을 업고 나왔던 걸 상기했다. 그들이 아니었으면 자신이 시체를 치울 뻔했다며 그는 금방 해일의 출입을 허락해 주고, 유수의 방 번호도 알려 주었다.

"민유수! 안에 있어?"

힘껏 문을 두드렸지만 반응이 없었다.

나갔나? 문고리를 잡고 돌려 보자 스르르 문이 열렸다. 문도 잠가 두지 않고 나갔을 리가 없었다. 해일은 유수가 있으리라 짐작하고 문을 열어젖혔다. 그러나 사람이 없는 것처럼 방 안은 컴컴했다.

해일이 휴대폰의 단축키를 누르며 문을 닫으려는데, 지이이잉하는 짧은 진동이 방 안에서 울렸다. 해일이 번뜩 스위치를 찾아 방 불을 켰다.

"유수야!"

유수가 침대에 등을 기대고 바닥에 주저앉아 있었다. 해일이 놀라서 달려갔다.

"민유수, 너 왜 이래!"

유수는 두 무릎을 모아 감싸 안고 잔뜩 몸을 웅크린 채였다. 해일이 어깨를 흔들어 보았지만 그녀는 고개를 들지 않았다.

"불도 안 켜고, 너 왜 이러고 있어?"

해일이 유수를 마주 보고 두 손으로 뺨을 감싸 안아 고개를 들어 올렸다. 유수가 초점을 잃은 흐릿한 눈으로 소리도 없이 울고 있었다. 해일의 얼굴이 굳어졌다.

"너…… 왜 이래?"

해일의 따뜻한 손바닥이 식어 버린 뺨을 쓸자, 그제야 정신이 조금 돌아온 듯 그녀는 해일을 쳐다봤다. 눈물로 얼룩진 눈동자가 새빨갛게 충혈되어 있었다.

"흐윽. 흑……. 해일아."

"유수야. 너 왜 이러냐니깐!"

해일이 다그치면서도 팔로는 유수를 끌어안아 등을 쓰다듬었다.

"왜 이래. 누가 이랬어. 왜 이래, 너."

"해일아. 흐으윽. 흐윽……. 무서워."

"뭐?"

"나 너무 무서워. 너무 무서워. 처음으로……."

"……."

"그 사람이 무서워졌어, 흐윽. 나 어떻게 해."

"유수야……."

"나 어떻게 해, 해일아. 흑흑."

유수의 어깨가, 아니 전신이 벌벌 떨렸다. 해일의 눈에도 붉게 핏발이 섰다. 알았으면서, 이렇게 될 걸 알았으면서, 제기랄! 나약한 자신을 책망하며 속으로 짧은 욕설을 읊조렸다.

한참 후에야 유수의 울음이 잦아들었다. 해일이 물을 따라 유수에게로 내밀었다. 차게 적신 수건도 가지고 와 유수의 눈에 대주었다. 유수가 수건으로 퉁퉁 부은 눈을 가라앉히는 동안, 해일은 가지고 온 반찬을 미니 냉장고에 차곡차곡 담았다.

"엄마가 반찬 싸 주셨어."

"……."

"네가 뭘 좋아하는지 모르겠다고 이것저것. 뭘 좋아하는지 알아 오래. 다음에 직접 해 주겠다고."

유수의 눈에서 다시 시큰함이 올라왔다. 자주 놀러 오라며 자신의 손을 둥글게 잡아 주던 해일 어머니의 따뜻한 눈가가 생각났기 때문이었다.

"……감사하다고, 전해 줘."

해일은 따뜻하다. 따뜻한 곳에서 충분한 햇살을 받고 자라서 언제나 환하게 피어나 있었다. 다른 사람을 돌볼 줄 아는 여유도 있었다. 그런데, 그의 따뜻함에 감동하면 할수록, 이상하게 더 가슴이 아프고 숨이 막혔다.

부모님의 얼굴도 모르고 태어난 데다가 두 번이나 파양까지 당하면서, 단 한 번, 단 한 줌의 햇살도 받지 못하고 자랐을 이강후의 어린 시절이 생각나서, 마음이 누가 세게 움켜쥔 것처럼 지끈 댔다.

왜, 왜 이런 상황에서도 그를 생각하는 걸까. 유수의 눈가가 다시금 촉촉이 젖어 들었다.

"유수야."

해일이 예의 그 다정하고 나긋한 음성으로 유수의 이름을 불렀다. 유수가 수건을 내려놓고 제 앞에 마주 보고 앉은 해일에게로 눈을 맞추었다. 해일의 눈동자는 잔잔했다. 그가 차분하게 말을 이었다.

"나랑 떠날래?"

유수가 놀란 듯 숨을 들이켰다. 해일이 가만히 무릎 위에 올려져 있던 유수의 손을 잡았다.

"우리 잠시만…… 아주 잠시만 떠나 있을래?"

"그게 무슨 소리야?"

"미국이든, 필리핀이든, 어디 이름 모를 섬이든, 어디든 좋아."

"……."

"나 그럴 여유 있어."

"……."

"우리, 잠깐만, 외국으로 떠나 있자."

해일의 분명한 음성이 그가 허투루 하는 얘기가 아니라는 걸 알려 줬다. 유수의 심장이 요동쳤다. 흔들리지 않는 건 아니었다. 지금 이 상태로는 견딜 수가 없었다. 그 치 떨리게 잔인하고 어두운 이강후의 눈동자를 다시 마주 봐야 하느니, 차라리 어딘가로 떠나고 싶은 생각은 충분히 있었다.

그러나, 그게 해일과 함께여야 하는 걸까? 아니, 그럴 수는 없었다. 제 삶에는 방향이 없었다. 아무리 원하는 곳으로 헤엄쳐 가도, 어두운 격랑이 몰아치며 자신을 다시 제자리로 돌려놓았다. 그 어둠 속에서, 영영 길을 잃고 표류하게 했다.

아무것도 마음대로 할 수 있는 게 없었다. 소박한 행복 같은 건 내게는 허락되지 않는 거구나. 얼마쯤 포기를 했던 것도 같다. 하지만 그래도 끝까지 포기할 수 없는 유일한 한 가지는, 자신의 이 어두운 바다에 다른 그 누구도 끌어들이지 않는 거였다. 해일의 저 환한 인생에, 피 같은 어둠을 뿌리는 짓을 할 수는 없었다.

"해일아, 미안해……."

유수가 아련한 어투로 말하면서, 자신을 붙잡은 그 손에 이마를 기댔다.

퇴사서를 쓰고 올라오는 길이었다. 옷장을 열어 가방에 필요한 옷들만 아무렇게나 구겨 넣었다. 수중에 쓸 수 있는 돈은 모두 긁어모아 현금으로 만들었다. 휴대폰은 정지시킬 예정이었고 카드도 모두 버릴 작심이었다.

얼마나 가능한 일인지는 몰랐지만, 유수는 이강후에게서 벗어날 결심을 굳혔다. 최대한 간소하게 짐을 싸고, 바로 시외버스 터미널로 향했다. 서울에서 멀리 떨어진 곳 중에서, 가장 빠른 시간 내에 표가 있는 곳으로 표를 샀다. 버스표에는 '무주'라는 이름이 적혀 있었다. 한 번도 가 본 적 없는 곳이었다. 그러나 상관없었다. 일단은 이곳으로부터 벗어난 뒤에, 다음 일을 생각하면 됐다.

시간이 되어 차에 올랐다. 자꾸만 시계를 확인하고 버스 안을 살폈다. 누군가 쫓아올 것만 같은 불안감이 들었다. 유수는 초조하게 아랫입술을 씹으며, 커튼을 살짝 벌리고 차창 밖까지 확인했다. 다행히 수상한 사람은 보이지 않았다.

부르릉. 이윽고 요란한 소리를 내며 버스에 시동이 걸렸다. 유수가 안도하며 다시 시간을 확인했다. 출발 시간 2분 전. 이만하면 됐다는 생각에, 유수가 긴 한숨을 내쉬며 의자로 머리를 기댔다.

유수가 의자 각도를 조절하기 위해 옆으로 시선을 돌리는 순간이었다.

"아가씨."

웬 낯선 남자가 불쑥 말을 걸어 왔다. 정장을 입은 것도 아니고 편안한 티셔츠에 면바지 차림이었는데, 남자라는 이유만으로도 가슴이 두근거렸다. 유수가 애써 아무렇지 않은 말투로 대답했다.

"네?"

"옆에 자리 있습니까?"

"아, 아뇨."

유수가 당황해하며 차창 쪽 자리에 있던 자신의 가방을 치웠다. 남자가 유연하게 미끄러져 들어오더니 자리를 잡고 앉았다. 유수가 다시 한 번 가슴을 쓸어내리며 정면에 시선을 두었다.

"아가씨."

버스가 출발하려고 정차한 곳에서 후진을 시작했을 때, 남자가 다시 나지막하게 말을 걸었다. 유수가 고개를 돌려 남자를 쳐다보았다.

"잠깐 내려서 얘기 좀 하죠."

"네?"

유수가 당황한 목소리로 되묻자, 남자가 유하게 웃으며 말을 이었다.

"이강후라는 사람 알죠?"

뭐? 유수의 얼굴에서 핏기가 사라졌다.

"형님이 보내서 온 건 아닙니다만, 꼭 드릴 말씀이 있습니다.

개인적으로요."

　　남자가 유수의 손목을 붙잡았고, 유수는 하얗게 질린 채 붙잡힌 자신의 손을 내려다보았다.

"안녕하세요. 박수필이라고 합니다. 갑자기 찾아와서 미안합니다. 불편해하지 말아요. 저 깡패 아니고, 애 아빱니다."

버스에서 내리자마자 남자가 악수를 청했다. 유수는 잠시 남자가 내민 손을 바라보다가 갈등 끝에 마주 잡았다. 남자가 붙잡은 유수의 손을 격하게 흔들었다. 처음에는 이강후와 관련된 자라는 생각에 경계심부터 품었는데, 남자의 선한 인상과 사투리가 약간 섞인 억양이 대체로 친근한 느낌을 주고 있어서 조금씩 경계심이 풀어졌다.

"강후 형님이 보내서 온 거 아닙니다. 잠깐만 시간 좀 내 주시면 더 붙잡지 않겠습니다."

남자가 하는 말이 거짓말 같지 않았다. 그도 그럴 것이, 이강후가 저를 붙잡기 위해 보낸 자라면, 얼마든지 완력을 써서 자신을 끌고 갔을 것이다. 그런데 남자는 필요 이상으로 자신의 경계심을 풀기 위해 노력하고 있었다.

붙잡았던 손을 내려놓으면서 유수가 살며시 남자의 눈을 들여다보았다. 남자의 살짝 처진 눈이 순박하게 빛나고 있었다. 그 눈빛에 마음이 동해서, 유수는 결국 남자를 따라나서게 되었다. 무엇보다 자신을 '애 아빠'라고 소개한 것이 인상 깊어서 정말 나쁜 사람이라는 생각은 들지 않았다.

터미널 근처의 한적한 카페로 자리를 옮긴 둘이 서로를 잠깐 마주 보았다. 남자가 커피를 주문하고 유수도 이어서 주스를 시켰다. 음료가 나오기까지 남자가 아무 말도 없이 잔잔하게 유수를 건너보았다. 유수도 먼저 입을 떼지 않았다. 남자의 신원이 정확하게 파악되지 않은 지금, 먼저 입을 떼는 건 불리하다는 생각이 들어서였다.

잠시 후 음료수가 테이블 위에 놓였고, 수필이 차분하게 입을 열었다.

"나는 말입니다, 아가씨."

"……."

"아가씨가 다시는 강후 형님 앞에 나타나지 않았으면 좋겠습니다."

뜻밖의 말에 유수가 놀라서 수필을 쳐다보았다. 심장이 빠르게 뛰기 시작했다.

"아가씨가 무슨 잘못을 해서 그런 건 아닙니다. 다만."

"……."

"형님의 마음이 너무 지독해서입니다."

말을 이어 가면서 수필의 음성이 점점 가라앉았다. 그 말투에 진득한 슬픔 같은 것이 느껴졌다. 그가 하는 말의 진의를 파악하기가 어려워, 유수의 눈동자가 불안하게 흔들렸다. 그녀는 아무 말도 않고, 수필을 응시하며 다음 말을 기다렸다.

"아가씨가 옆에 있으면, 형님이 불행해집니다."

"……왜죠?"

유수가 나직이 반문했다.

지금까지 그 때문에 불행해지는 건 자신이라고 생각했다. 그런데 홀연히 나타난 눈앞의 이 남자는, 자신 때문에 이강후가 불행해진다고 말하고 있었다. 이 사람은 왜 자신에게 이런 말들을 하는 걸까. 자신이 이강후에게 도망 다녀서? 그의 심기를 자꾸 건드려서? 하나, 어째서인지 그런 이유일 것 같지는 않았다. 유수의 가슴이 알 수 없이 답답해졌다.

"아가씨가 떠난다면 돕겠습니다. 전 형님의 그런 모습, 죽어도 두 번은 못 봅니다."

"그게 무슨 말이죠?"

수필이 커피 한 모금으로 메마른 목을 축였다. 유수는 그가 어서 대답하기를 기다렸다. 수필은 살짝 머뭇거리는 기색을 보이더니, 이내 결심을 한 듯 말을 이었다.

"5년 전 일, 기억하십니까?"

빨대를 휘젓던 유수의 손이 멈추었다. 유수가 고개를 들자 곧 수필과 시선이 얽혔다. 수필의 눈동자가 푸르스름한 기운을 띠며 일렁이고 있었다.

"전 그때, 무슨 일이 일어났는지 정확히는 모릅니다. 다만, 5년 전 그날…… . 형님이 응급실에 실려 갔다는 이야기를 듣고 아이들과 함께 달려갔지요."

유수의 심장이 폭주하듯 뛰어 댔다. 수필이 이야기하는 5년 전 그날이 어떤 날인지 한 번에 알아들을 수 있었다. 그러니까 지금 수필은, 자신이 5년 전 칼에 맞은 이강후를 버려두고 뒤돌아선 날을 이야기하고 있는 것이었다.

자신을 매일 밤 똑같은 악몽으로 밀어 넣었던 그 끔찍했던 날을…… .

"응급실에는 형님과 함께 흑묘파 일원 셋도 함께 실려 왔습니다."

"…… ."

"일원 중에 간부가 한 명 끼어 있긴 했으나 겨우 셋. 형님은 저희 조직에선 거의 전설이나 다름없던 인물입니다. 그깟 인원 셋에 당할 리가 없었습니다. 지키던 이가 있었다는 걸 확신했지요."

유수가 현기증을 느끼며 손으로 이마를 짚었다. 긴장으로 바싹 마른 목 안으로, 고여 있던 침이 흘러 들어갔다. 그가 말하는 '지키던 이'는 당연히 자신일 터였다. 무슨 말을 하고 싶은지 짐작이 안 갔다. 자신이 버려두고 간 걸, 알고 있는 걸까? 그때 일을 탓하려고 자신을 부른 걸까?

"싸움이 격렬했는지 실려 온 이들의 부상은 모두 심각한 수준이었습니다. 그러나 단연 칼에 찔린 형님의 부상이 가장 심각했습니다. 큰 수술이 몇 번이나 진행된 뒤 겨우 깨어날 수 있었지요. 의사들은 깨어난 것 자체가 기적이라고 말했어요."

빨대를 붙잡고 있는 유수의 손이 덜덜 떨려 왔다. 그가 칼에 몇 번이나 찔렸다는 건 자신이 직접 보아서 알고 있는 일이었다. 그의 부상이 심각하다는 것도 알았다. 그가 죽었을지도 모른다고, 어렴풋이 그렇게 생각하기까지 했으니까.

그러나 다른 누군가에게서 직접 그 얘기를 듣는 것은, 짐작만 하는 것보다 훨씬 더 괴로운 일이었다. 자신이 애써 외면하던 진실을 낱낱이 파헤쳐서, 눈앞에 꺼내 보여 주는 일, 아무리 두 눈을 돌리려고 해도 그럴 수 없게 만드는 일. 자신이 한 짓의 무게를, 처절하게 실감하게 하는 일이었다.

자신이 아니었다면, 이강후가 칼을 맞을 일은 없었을 것이다. 그가 죽음의 위기를 겪을 일도 없었을 것이다.

하얗게 질린 유수의 얼굴을 힐끔 확인한 수필이 앞에 놓여 있던 커피 잔을 한쪽으로 치워 버렸다. 그의 눈빛이 한층 더 무겁고, 어두워졌다.

"잘 들으십시오. 내가 정말 아가씨께 들려드리고자 하는 이야기는 이제부터입니다."

수필은 잠시 밭은 숨을 내쉬곤, 유수 쪽으로 깊숙이 몸을 숙여 왔다.

"형님이 깨어나고 며칠 뒤에, 제가 운영하고 있던 흥신소로 흑묘파의 간부 한 명이 찾아왔습니다. 당신의 이름을 처음 들은 게, 바로 그때였습니다."

"……어째서 내 이름이 나온 거죠?"

유수가 떨리는 목소리로 물었다. 수필은 깊은 한숨을 내뱉고 말을 이었다.

"그때 사건의 전말을 들었습니다. 자신들의 구역에 느닷없이 나타난 한 여고생 때문에 자신의 조직원 둘과 간부 하나가 반병신이 되어 버렸다고요. 그들은 민유수 씨의 이름을 대면서, 그 여고생을 찾고 싶다고 했습니다. 아마도 그때 여고생이 차고 있던 명찰을 통해 이름을 알아낸 것 같았습니다."

유수의 기억 속에서 어렴풋이 회색빛 눈동자를 번뜩이며 자신을 훑어보던 사창가 깡패 중 한 명의 얼굴이 떠올랐다.

하아. 허탈한 웃음이 흘러나왔다. 그 남자가 조직 폭력배의 일원인 줄은 몰랐다. 그리고 그렇게 집요하고 무서운 조직의 간부일 줄은.

"그때 그 자리에 있었던 간부가 흑묘파의 핵심 간부 중 한 명이었던 것 같았고, 그래서 그 사건으로 인해 조직 전체가 뒤숭숭했던 모양이었나 봅니다. 그날 찾아온 그자는……."

"……."

"여고생을 죽이길 원했습니다."

툭. 심장이 발끝으로 떨어져 내렸다. 전신에서 한꺼번에 소름이 확 돋아났다. 전혀 생각지 못한 얘기였다. 자신은 이강후를 버리고 사라졌다. 그리고 그게 다였다. 그 뒤에 어떤 일이 더 이어졌으리라고는 생각지도 못했다.

누군가 나타나 복수를 하겠다 한다면, 그건 이강후일 거라 생각했다. 그래서 더욱 놀랐다. 이강후가 다시 나타나 자신을 '원한다'고 말했을 땐. 제가 벌인 짓을 그렇게 아무렇지도 않게 묻어 버렸을 땐.

자신은 완전히 잘못 짚은 것이었다. 복수의 칼을 간 건 이강후가 아니라, 다른 이들이었다. 게다가 청부 살인이라니. 유수는 거의 넋이 나간 채 수필을 바라봤다. 수필은 침착하게 말을 이었다.

"그자는 저한테 이름을 알려 주면서 정확한 신원에 대해서 조사해 달라고 했습니다. 여고생은 이미 흑묘파 전 조직원의 목표가 되어 있었죠."

"하. 하하."

유수가 실성한 사람처럼 웃음을 흘렸다.

"흥신소에 들어온 일은 중간에서 강후 형님의 결재를 거치기 때문에, 저는 그날 일도 아무 생각 없이 형님에게 전했습니다. 그 사건이 있고 난 직후 강후 형님의 흔적은 저희 쪽에서 깨끗이 지웠기 때문에 흑묘파는 형님이 저희 조직의 일원이라는 것도 몰랐어요. 그래서 상관없을 거라 생각했던 거지요."

"……."

"그런데, 그게…… 제 인생에서 가장 후회하는 일이 될 줄은, 미처 몰랐던 겁니다."

수필이 잠시 숨을 고르고 두 눈을 껌뻑였다. 그의 눈가에는 고통의 기운이 역력했다. 평소 여린 성품의 그는 깡패 짓이 어울리는 사람이 아니었다. 그런 그를 항상 말없이 돌봐 주고 탈 없이 조직에서 꺼내 준 사람이, 바로 이강후였다. 수필이 잘 떨어지지 않는 입술을 겨우 열었다.

"그때부터 시작되었습니다."

"……."

"형님의 처절한 삶이. 전쟁 같은 삶이."

수필이 눈을 질끈 감았다가 다시 떴다. 그의 손이 미세하기 떨리고 있었다.

"수술 후 제대로 서지도 못했던 형님은, 보름 만에 재활 치료를 마쳤습니다. 마치 무엇에 쐰 사람처럼 처절하고 맹목적인 모습으로 말입니다. 의사들은 그 괴물 같은 회복력에 기함을 했어요. 그건 말 그대로 기적이었습니다."

"하……."

"무엇이 기적을 만들어 냈을까요? 그건 아마."

"……."

"민유수 씨, 당신이었을 겁니다."

하. 하하. 자꾸만 말도 안 되게 웃음이 흘러나왔다. 사람이 정말로 믿을 수 없는 일에, 아니 믿고 싶지 않은 일에 부딪치게 되면 이렇게 되는가 보다. 유수는 연신 허탈한 웃음을 흘리고 있었다.

"흑묘파로부터 당신을 지켜야 한다는 단 하나의 목표가, 형님에게 기적을 일으킨 겁니다."

"……."

"사적인 감정이 개입되면, 조직은 절대 도와주지 않습니다. 그게 우리 조직의 룰입니다. 사사로운 감정에 조직 전체가 흔들릴

수 있고, 작은 배신에 조직 전체에 균열이 가는 게 이 세계거든
요. 그래서 형님은…… 홀로 싸웠습니다."

"……."

"조직에게 피해를 주지 않기 위해 신분을 밝히지 않고 매일 혼
자서 흑묘파 일원들이 나누어져 있을 때 급습하는 방식을 택한
거지요. 형님은 홀로 흑묘파 일원들이 나다니는 곳을 찾아가 신출
귀몰하며 한 명씩, 한 명씩 처리했습니다."

"……."

"마지막 남은 간부를 처리하고, 결국 형님에 의해 흑묘파라는
한 조직이 와해되기까지……."

"……."

"정확히 5년이 걸렸습니다."

유수가 숨을 멈추었다. 이제 더 이상 웃음도 흘릴 수 없었다.

'내가 똑같다고? 천만에. 널 가지려고 난 지난 5년간 목숨을
걸었어. 그리고 지금은 아무도 건드릴 수 없는 자리에까지 올라
왔지. 여기까지 올라오기 위해 난 수십 번 죽을 고비를 넘겼어.
그런데 뭐? 변한 게 없다고? 변하지 않은 건 너야, 민유수.'

'처음으로 먼저 내 손을 잡아 준 이가 너였다. 처음으로 내가
살아 있다고 느끼게 한 이도 너였어. 목숨을 걸어서라도 지키고
싶은 사람이 너였어.'

언젠가, 강후가 했던 말들이 미묘하게 퍼즐을 맞추듯 들어맞으
며 유수의 마음속 수면 깊은 곳에서 올라왔다.

'목숨을 걸어서라도 지키고 싶은 사람이 너였어.'

참았던 감정의 둑들이 터지며 유수가 소리 내어 울기 시작했다.

"흑, 흐윽…… 말도 안 돼. 어떻게 그런, 어떻게……. 말도 안 돼. 말도 안 돼."

유수가 같은 말을 반복하며 초점 잃은 눈으로 수필을 바라보며 울었다. 수필도 시큰해진 눈가를 문지르며 차올랐던 눈 속의 물기를 점점이 떨어뜨렸다.

"5년간, 흑묘파에게 형님은 알려지지 않은 귀신같은 존재로 여겨졌습니다."

"흐윽……."

"이제 더 이상 그들의 적은 민유수 씨, 당신이 아니라……."

"흐윽, 흑……."

"이강후라는 이름 없는 귀신이 된 겁니다."

"하아, 어떻게……."

"5년간 칼에 맞기를 수십 번, 온몸이 피투성이가 되어 돌아오기를 수십 번 반복했습니다."

"흑, 흑……."

"곁에서 지켜보는 내가 다, 숨이 막혀 죽을 것 같았습니다. 이대로 형님이 죽어 버리면 어떡하나, 오늘은 겨우 버텼지만 내일은 정말 죽어 버리면 어떡하나, 싸늘한 시체가 되어 눈앞에 나타나면 어떡하나. 나도, 그리고 형님을 따르는 내 주위의 많은 이들도 다, 하루가 1년같이 그 시간들을 함께 견뎌 왔단 말입니다."

수필이 품에서 손수건을 꺼내 유수의 앞에 가만히 내려놓았다.

부푼 감정을 가라앉히려고 잠시 말을 멈추었다. 이내 그가 다시 입술을 열었다.

"아시겠습니까?"

수필의 음성이 무거운 공기를 가르고, 유수의 가슴에 찌르듯 내리꽂혔다.

"당신이 이강후라는 사람에게 불행인 이유를."

유수가 오열했다. 눈에 보이는 모든 것들이 낯설었다. 떨리는 자신의 손도, 그 손이 놓인 무릎도, 그리고 차례차례 시선으로 들어오는 수필의 얼굴과 창밖의 풍경, 그 모든 것들이 낯설었다. 아니, 지금 이렇게 살아 있다는 사실 자체가 낯설었다. 온몸에서 낯선 감정이 전율하며 흘러넘쳤다.

"어떻게 그래요……. 어떻게, 흐윽, 끄윽 끅. 어떻게 그럴 수가 있어요……."

내가 뭐라고, 내가 도대체 뭐라고, 그 긴 시간을 몇 번이나 목숨이 오가는 지옥 속에서 견뎌 낸 걸까.

자신은 이강후를 찌르기 위해 다가오는 그림자를 보았다. 알고 있었다. 그걸 이강후에게 알려 줄 수 있는 충분한 시간도 가지고 있었다. 그러나, 그러지 않았다. 도망가고 싶어서, 그에게서 벗어나고 싶어서. 그 공포인지 욕망인지 모를 것에 눈이 멀어, 찰나에 끔찍한 선택을 내리고 말았다.

그 선택이 자신을 지키려던 이강후를 죽음의 위기까지 내몬 것도 모자라서, 평생 홀로 고독했을 그를 다시 처절하게 혼자서 싸우도록 만들었다. 그 선택을 내린 건, 그를 그 길고 끔찍한 지옥으로 끌어내린 건, 다른 누구도 아닌 자신이었다. 자신이 견딘 그 악몽들은 이강후의 지옥에 비할 수 있는 것이 아니었다. 그것으로는, 이강후가 홀로 싸운 시간의 단 일 초도 갚아 낼 수가 없었다. 되돌릴 수가 없었다.

"흐윽, 흐윽. 하아, 흐으윽……. 끄윽……."

"민유수 씨가 떠난다면 내가 도와줄 수 있습니다. 그러나."

수필이 유수에게서 시선을 떼지 않고 말했다.

"유수 씨에게 이 모든 걸, 알려 줘야 한다는 생각이 들었습니다."

수필이 가라앉은 음성으로 덧붙였다.

"어떻게 하시겠습니까?"

'어떻게 하시겠습니까?'

수필이 물었다.

그는 원한다면 자신을 숨겨 줄 수도, 떠나도록 도와줄 수도 있다고 말했다. 아마 수필이 도와준다면, 자신은 완벽하게 이강후로부터 벗어날 수 있을 것이다.

그러나 자신은 버스가 아닌 수필의 차를 타는 것을 택했다.

이제 다시는, 도망치지 않기로 했다. 자신은 이미 너무도 잔인하게 그에게서 등 돌렸고, 그래서 너무도 큰 후회를 겪었다.

수필의 차를 타고 내린 곳은, 강후의 집 앞이었다.

지금 이 순간 모든 것이 분명해지며 자신의 마음속에 드러난 한 가지는, 이강후를 만나야 한다는 것이었다. 더 이상, 고개를 돌리고 있을 수가 없었다. 자신의 것보다 더, 피가 철철 흐르는 이강후의 심장이 보였다. 자신보다 더, 오랜 시간을 홀로 싸웠을 그의 너덜너덜한 마음이 보였다.

'넌 내게 전부야, 민유수. 심장을 원한다면 꺼내 가. 그래도 난 널 못 놔.'

왜 조금 더 일찍 알지 못했을까.

그것이 진심이었음을.

상대방을 위해서라면 심장이라도 제물로 바칠 수 있는 것이 사랑이라고 당당하게 말했지만, 그런 사랑은 존재할 수 없다는 신념이 더 깊었다. 그래서 이강후의 절절한 고백들이, 애원들이, 진심들이, 광기일 뿐이라 딱 잘라 밀어냈다.

평범하고 소박하게 누군가와 온기를 나누며 살고 싶었지만, 그런 평범함이 자신에게 허락될 거라 생각하진 않았다. 외롭고 공허한 가슴을 원망하면서도, 이강후가 건네주는 마음에는 불안을 느꼈다. 사랑을 갈망했으면서도 그걸 받아들이는 방법을 몰랐던 것이다.

자신은 그에게, 삶이 무료하고 지루해서 필요했던 희생양이 아니었다. 고독과 불안으로 차 있던 그의 삶의 심해(深海) 속, 유일한 희망이었다.

심장이 빠르게 요동치며, 오로지 하나를 향해 뛰고 있었다.

이강후, 그를 봐야 했다.

답을 찾을 수 있어서가 아니었다. 그의 차가운 두 눈동자를 곧게 마주할 자신이 생겨서도 아니었다. 그저 심장이 말하는 대로 따를 뿐이었다. 자신은, 반드시 그를 만나야만 한다.

오피스텔로 올라가 수필이 알려 준 비밀번호를 눌렀더니 쉽게 문이 열렸다. 문을 열고 불을 켜자, 언젠가 보았던 익숙한 풍경이 눈에 들어왔다. 가구라곤 하나도 없는 황량하기 짝이 없는 거실을 지나, 지난번에 자신이 잠들었던 그의 방을 찾아 들어갔다.

잠을 자기 위해 필요한 침대와 사이드 테이블, 스탠딩 전등 정도만 놓여 있는 간소한 방 안이, 다시 유수의 가슴을 아프게 했다. 사람 사는 냄새가 좀처럼 나지 않았다.

사람은 누구나 죽고 나면 흔적을 남긴다. 그 흔적은, 그가 쓰던 물건일 수도 있고 그가 머물렀던 장소일 수도 있다. 그러면 뒤에 남은 자는, 그 사람의 흔적으로 그 사람을 기억하고 슬퍼한다. 추억한다. 그런데, 아무것도 없는 방 안을 보니, 이강후에게는 그런 흔적이 없을 것 같았다. 그는 자신을 기억할 사람도 남겨 두지 않을 것만 같았다.

유수가 침대에 앉아 단정하게 정리되어 있는 하얀 시트를 쓰다듬다가, 일어서서 창가로 향했다. 창가에 서니 아래가 훤히 내려다보였다. 역시 일부러 이런 집을 고른 건지, 지나다니는 사람이 하나도 없이 밖은 적막하기만 했다. 유수는 슬픈 눈으로 다시 침대에 앉아서 주위를 둘러보다가, 문득 사이드 테이블에 붙어 있는 서랍을 발견하고 열어 보았다.

첫 번째 서랍은 비어 있었으나, 두 번째 서랍 안에는 뭔가가 놓여 있었다. 유수가 그것을 꺼내서 손바닥 위에 올려놓았다.

"아······."

저도 모르게 작은 탄성을 내뱉었다. 손수건이었다. 세월의 흔적이 역력한 오래된 하얀 손수건. 익숙한 물건이었다. 자신이 학창 시절에 머리를 묶을 때 쓰던 것이었고, 찰나의 순간 마음이 움직여 이강후의 손에 감아 주기도 한 그 손수건이었다.

벌써 몇 년이나 지난 일인데도, 이강후는 이 낡은 손수건을 지니고 있었다. 그것도 물건이라곤 아무것도 없는 이 적막한 방에, 오로지 이것만을 넣어 두고 있었다. 아련하게, 그의 오래전 얼굴이 스치고 지나갔다. 저절로 두 눈이 흐릿해지며 물기가 차올랐다.

그의 삶에서 온기란, 이거 하나였다.

그때, 삐빅 소리가 나며 문이 열렸다. 그다. 그가 왔다. 유수가 재빨리 눈물을 훔치고 현관으로 뛰어나갔다. 한 손으로 벽을 짚으며 막 거실로 발을 내디디려던 강후가 돌연 눈앞에 나타난 유수를 보고 몸을 굳혔다. 믿을 수 없다는 듯이 유수를 가만히 눈에 담았다.

침묵 속에서 서로를 바라보던 중, 먼저 입을 뗀 건 유수였다.

"허락도 없이 들어와서······."

"나가."

강후가 유수의 말을 차갑게 잘라 냈다. 그는 턱짓으로 현관문을 가리켰다. 당장 나가라는 표시였다. 유수가 당황하여 눈을 깜빡이며 그를 올려 보다가, 다시 천천히 입술을 열었다.

"안 나가면……."

"……."

"안 나가면, 안 될까."

강후의 미간이 미세하게 좁혀졌다. 하아, 안 나가면 안 될까라니. 생각해 볼수록 멍청한 말이었다. 유수가 급히 자책하며 한 손으로 이마를 감쌌다.

"안 나가면"

"……."

"후회할 텐데."

차갑게 유수를 내려다보던 그가, 느릿하게 걸음을 옮겨 다가왔다. 유수가 반사적으로 뒤로 물러났지만 한 걸음 물러서자마자 곧바로 등이 방문에 닿았다. 닿을 듯 가까이 다가온 그가 한 손으로 유수의 얼굴 바로 옆 벽을 짚었다.

"장난하는 걸로 보여? 당장이라도 안아 버릴 수 있어."

"……."

"네 그 옷을 찢고, 쓰러뜨려서……."

"그만."

유수가 약간 상기된 목소리로 강후의 말을 막았다.

"그만해. 그렇게 해서 자꾸만 스스로를 다치게 하지 마."

강후의 입술이 일자로 굳었다. 그의 눈동자는 조금, 진동하고 있었다.

"내가 당신한테 상처 준 거 알아. 뭐라고 변명 안 해."

"……."

“그러니까 차라리 욕을 해. 화를 내.”

“……”

“당신이 나를 위협하려고 하면 할수록 스스로 상처 입는 게 보여. 한번 무너진 마음이, 본능적으로 방어벽을 쳐서, 그렇게 일부러 밀어내서, 더는 상처받지 않으려고 아등바등하는 게 보여.”

유수가 손을 뻗어 강후의 뺨에 갖다 댔다. 전에 없던 그 대담한 행동에, 강후의 눈에 찰나에 당황스러운 빛이 스쳤다. 유수가 담담하게 말을 이었다.

“이강후.”

“……”

“당신한테 난 뭐야?”

유수의 곧은 시선이 강후의 시선에 빨려들 듯 얽혀 들어갔다. 시간이 멈춘 듯, 공기가 늘어지며 둘 사이에서 녹아들 듯 흘러내렸다.

8. 이강후

새아버지의 이름은 마이클이었다. 형제들의 이름은 기억이 나지 않는다.

마이클에게 반항을 한 아이는, 내가 처음이었다. 그가 형제들 중 가장 왜소한 것으로만 기억에 남아 있는 어떤 아이를 때리려고 했을 때, 나는 그의 손목을 붙잡고 소리를 질렀다. 그럴 생각까진 아니었는데, 정신을 차리고 보니 벌써 저질러 버린 일이었다.

그는 그 자리에서 쉬지 않고 나를 때렸다. 그러면서 한 번도 듣지 못한 미국 전역의 욕들을 다 지껄였는데, 기억나는 거라곤 fuck, cunt, bitch 정도밖에 없다. 정신을 잃을 때까지 맞았던 것 같다. 눈을 떠 보니 지하실 안이었다. 그는 일주일 동안 나를 지하실에 감금해 놓고 음식도, 물도 주지 않았다. 나는 창살이 달린 주먹만 한 창문을 통해 새어 들어오는 빗물을 먹고 버렸다.

몸에 흉터가 하나씩 늘어났다. 주먹으로 맞을 때는 차라리 나았다. 날카로운 것들이 피부를 찢거나 연장으로 두들겨 맞거나 하면, 며칠을 쓰러져 앓았다. 그러면 나 대신 다른 아이들이 더 시달려야 했고 그게 더 고통스러웠다. 지하실 안에서 들려오는 비명 소리, 두들기고 부수는 소리, 찔꺽거리며 뭔가를 매다는 소리, 바닥을 질질 끄는 소리……. 가만히 누워서 그 소리를 듣고 있는 게 더 공포였다.

그렇게 짐승처럼 보낸 시간이 3년이었다. 누군가의 신고로 인해 나와 아이들은 구출되었다. 그 뒤로는 어째서인지 기억이 가물가물했다. 하지만 그 집에서의 기억은 시간이 갈수록 도리어 생생해졌다. 계속해서 악몽을 꿨다. 지난 기억들의 반복이었지만 시간이 뒤죽박죽이었고 그러다 보니 발생 순서가 뒤엉켰다.

그러다가 문득, 내 기억이 왜곡된 것은 아닐까 생각했다. 내 기억들은 조각조각 났다. 어떤 기간은 아예 잘라 낸 듯 지워졌고 남아 있는 것들마저도 드문드문 이어져 있었다. 빌어먹게도 그 집에서 새겨진 느낌들만은 전혀 엷어지지 않아서, 마치 일부러 그 기억만 머릿속에 정으로 박아 둔 것 같아서, 종국에는 이 모든 게 정말 꾸며 낸 기억이 아닐까 생각했다. 나는 피해자인 척하는 건 아닐까. 그냥, 타지에서의 생활이 너무 싫어서 머릿속에서 마음대로 학대받은 기억을 만들어 낸 건 아닐까.

그런 생각이 들면 거울 앞에 서서 옷을 벗었다. 온몸에 새겨진 흉터들을 보면서, 어떤 기억들이 진짜인지를 구별해 보려고 필사적으로 노력했다. 이것마저 자해한 건 아닐까, 그런 의심이 들면 어김없이 구역질이 났다.

마이클은 어떻게 되었더라? 그것도 기억나지 않았다. 구출된 직후, 어른들의 손에 이끌려 병원에서 여러 가지 검사를 받았다. 정신과에도 갔다. 차가운 인상의 의사가 물었다. 넌 네 아버지를 어떻게 하고 싶니?

'I wanna kill him(죽이고 싶어요).'

그때의 내 어조가 지극히 담담해서, 의사는 한동안 말이 없었다. 그녀는 차트에 무언가를 길게 적었다. 돌이켜 생각해 보면, 그때 그 의사가 재판에서 내게 불리한 증언을 했던 것 같았다. 나는 마이클이 제때 등록하지 않은 시민권을, 재판이 끝나고도 끝내 받지 못했다. 그리고 한국으로 추방되었다.

한국의 고아원으로 돌아왔다. 수녀님은 아무것도 묻지 않았다. 그녀는 원래 누구에게도 필요 이상의 관심을 주지 않았다. 그걸 공평함으로 생각하는 것 같았다. 어쨌거나 당시의 나는 아무하고도 말을 섞지 않았고 누구를 봐도 본 척을 하지 않았으므로, 그런 그녀의 '공평함'이 딱히 불편하게 느껴지진 않았다.

내가 돌아온 지 며칠이 되지 않아서, 고아원에 잘 오지 않는 손님이 왔다. 뺨에 약간의 홍조를 띤, 앳된 얼굴의 소녀였다. 그녀는 머리가 길고 얼굴이 창백한 여자와 함께였다. 입구로 들어서는 그들을 처음 발견한 이는 나였다. 문을 열고 이쪽으로 걸어오는 수녀님의 발소리가 들렸다. 나는 평소처럼 말없이 여자와 소녀를 지나쳐 옥수수 밭으로 가 버렸다.

옥수수 밭은 고아원 맞은편에 있었다. 수확하기 직전 옥수수들은 키가 매우 컸고 잎이 풍성해서, 바람도 잘 통과하지 못했다. 그 안에 들어가면 아무에게도 보이지 않아서 나는 곧잘 그 안으로 들어가곤 했다.

내가 그 안으로 들어가는 이유는 단 하나, 옷을 벗고 흉터를 확인하기 위해서였다.

고아원에서 아이들은 6인실을 사용했고 화장실도 공용이었기 때문에, 나는 내 흉터를 확인할 개인 공간이 따로 없었다. 하지만 나는 며칠에 한 번씩 흉터를 확인해야만 했다. 흉터를 확인하지 않으면, 과호흡 증상이 왔다. 호흡이 괴로울 정도로 가빠지고 가슴이 터질 듯 부풀어 올랐다. 그런 증상을 막으려면, 흉터를 확인하는 수밖에 없었다.

내가 미친 게 아니라는 걸, 내 몸에 새겨진 흔적들로 증명할 수밖에 없었다.

옥수수 밭 안으로 깊숙이 들어가자, 조금 트인 공간이 나왔다. 나는 입고 있던 낡은 티셔츠를 빠르게 벗어 던졌다. 곧바로 상체를 내려다보았다. 매끄러운 피부 위에, 유토(油土)를 붙여 만든 조소처럼, 우둘투둘 돋아난 자국들이 보였다. 그것들은 여전히, 그대로 거기에 있었다. 불안했던 마음이 조금 가라앉는 느낌이 들었다.

"오빠도 수녀님이 돌봐 주고 계시니?"

별안간 말소리가 들려왔다. 온몸의 근육이 불시에 굳어 버린 느낌이었다. 나는 천천히 소리가 난 쪽으로 고개를 돌렸다. 방금 전 고아원 앞에서 만난 그 아이였다.

"아, 난 그냥, 오빠한테 뭘 좀 물어보려고 따라온 건데……."

아이가 말끝을 흐리며 웅얼거렸다. 나도 모르게 내 눈이 매서워졌던 게 분명하다. 그러나 나는 굳이 눈에 들어간 힘을 풀지 않았다. 그녀가 겁먹은 채 도망가기를 바랐다.

하지만 내 예상과 달리, 아이는 쭈뼛거리면서도 기어이 내 쪽으로 슬금슬금 다가왔다. 그러면서 힐끔거리며 나를, 정확히는 내 드러난 몸을 훑었다. 흉터가 빼곡한 내 몸은, 내가 봐도 징그럽고 무서워 보였다.

왜 겁을 집어먹고서도 다가오는 걸까, 거기까지 생각했을 때 아이는 어느새 내 앞에 서 있었다. 뒷짐을 진 채 발끝을 바닥에 톡톡 두드리는 게, 겁을 먹은 게 아니었나 보다. 할 말이 있는데 망설이는 모양새일 뿐이었다.

"엄마가 나를 수녀님께 맡기고 싶대. 되게 좋은 분이니까, 자기보다 날 잘 키울 거라고. 난 싫다고 했어. 수녀님 눈이 무서워 보여서 싫다고 했어."

아이가 작은 입술을 오물거리며 말했다. 희한한 경우였다. 엄마가 직접 고아원에 아이를 버리러 왔다고? 수녀님은 아이가 늘어나는 것을 원치 않았다. 그녀는 아마 아이를 받아들이지 않을 것이었다.

"수녀님은 어떤 사람이야? 우리 엄마보다 좋은 사람일까?"

글쎄. 그녀는 그냥, 공평한 사람이었다. 하지만 공평해야 할 대상이 너무나 많아서, 그녀의 공평함은 조금 얄팍했다. 차가웠다. 그렇게 생각하면서도, 나는 입을 열지는 않았다. 이내 아이가 시선을 들었다. 눈이 투명한 갈색이었다.

"오빠는, 상처가 되게 많구나."

아이의 시선이 내 허리춤에 머물렀다. 그녀가 조금의 간격을 두고 물었다.

"수녀님한테 맞은 거야?"

"……아니야."

나는 짧게 대답했다. 그게 내가 한국으로 돌아온 뒤 처음 뱉은 한국말이었다. 말하고 싶지 않았지만 어쩔 수가 없었다. 수녀님은 따뜻한 사람은 아니었지만 적어도 내 양아버지보다는 나은 사람이었다. 그런 그녀에게 끔찍한 누명을 씌울 수는 없는 노릇이었으니까.

아이는 살짝 고개를 끄덕이고는 한 발자국 더 다가왔다. 그녀는 흉터를 더 가까이에서 뜯어보고 싶어 하는 것 같았다. 나는 조금 당황해서 물러설 타이밍을 놓치고 말았다. 아이가 뻗은 손이 가슴 위 맨 피부 위에 닿는 게, 슬로 모션처럼 보였다.

나는 느릿하고 담담한 그 묘한 행위를, 잠시 멀찍게 바라봤다.

정신을 차리기까지 수초가 걸렸던 것 같다.

"What the fuck are you doing(씨발, 뭐 하는 거야)?"

나도 모르게 영어를 써서 내뱉었다. 아이가 슬쩍 고개를 들었다가, 다시 흉터 위로 시선을 옮겼다.

"마치, 내 마음을 꺼내서 들여다보는 거 같아."

뭐? 아이가 뱉은 말을 잠시 생각해 보곤, 얼굴을 굳혔다.

"지금 내 마음을 뽑아내 손바닥 위에 올려 둔다면, 꼭 이렇게 생겼을 것 같다고. 모양이 되게 희한해. 울룩불룩 튀어나와 있어. 마치 상처가 났는데, 아무도 치료를 안 해 줘서, 그래서 그냥 굳어 버린 것처럼."

"……."

"슬퍼 보여. 너무 슬픈데, 그런데 어쩐지 아름다워."

'아름답다'는 말의 의미를 제대로 알고 쓰는 걸까. 나는 그게 이 어린 소녀의 입에서 나오기엔 지나치게 성숙한 느낌의 어휘라고 생각했다. 하지만 위화감은 들지 않았다.

아이가 맑갛게 웃었다. 눈동자만큼이나 투명한 미소였다. 그런데도 어딘가가 슬퍼 보였다. 슬퍼 보이지만, 아름답다. 방금 전 그녀의 말이 이해가 될 것 같기도 했다.

아이는 돌연 두 손을 추켜올리더니, 묶고 있던 머리를 풀었다. 정수리에 동그랗게 말려 있던 머리가 그녀의 어깨 위로 쏟아졌다. 아이의 손에는 하얀 손수건이 들려 있었다. 방금 전까지 머리를 묶고 있던 것이었다.

그녀는 그것을, 내 팔 위에 감아 주었다. 손수건이 닿자마자, 핏물이 배어 들었다. 옥수수 밭을 지나면서 길고 날카로운 옥수수 이파리에 베인 상처였다. 아이가 발견하기 전까진, 있는지도 몰랐던 것. 나는 약간 멍한 얼굴이 되어 아이를 내려다보았다.

"앞으론 이렇게 다니지 마. 상처 덧나잖아."

아이는 그렇게 말하곤, 뒤돌아서서 빼곡한 옥수수들 사이로 들어갔다.

"참, 오빠 이름이 뭐니?"

그녀가 옥수수대 사이로 다시 머리를 내밀며 물었다. 나는 대답하지 않았다. 아니, 당시 나는 정신이 반쯤 빠져 있었으므로 대답할 상태가 아니었다. 아이는 어깨를 으쓱하고 뒤돌아섰다. 그녀의 뒷모습은 옥수숫대에 가려서 금방 보이지 않게 되었다.

뭐야, 이게……. 나는 손에 감겨진 하얀 손수건에서 눈을 떼지 못했다.

이런 건, 처음이었다.

도대체 납득이 가질 않는 상황이었다.

나를 그곳에서 빼낸 어른들조차도, 내 흉터를 보고 뒷걸음질을 쳤다. 그들은 내가 미쳤으리라 짐작했다.

아버지를 어떻게 하고 싶으냐고? 죽이고 싶지. 당연하잖아. 그런 일을 당했는데, 죽이고 싶은 게 당연하잖아. 그게 비정상이야? 그게 미친 거야? 왜 나를 잠재적 살인자라도 보는 눈으로 보는 거야?

'Is he mentally OK?(그 아이, 괜찮은 거야?)'

'I don't think so. He's now vulnerable and anxious. Did you see his body? It's full of bruises and scratches. He even said to me he wants to kill his father. Who knows he would kill anyone else instead of his own father in the future?(아니, 그 아인 지금 너무 불안하고 연약한 상태야. 그 애 몸 봤어? 흉터투성이야. 그 앤 심지어 나한테 자기 아버지를 죽이고 싶다고 했다고. 그가 나중에 커서, 자기 아버지 대신 다른 사람을 죽이게 될지 누가 알겠어?)'

나는 그 집에서의 기억들만큼이나 나를 보는 그 혐오 어린 시선들에 좌절하고 분노했었다.

'앞으론 이렇게 다니지 마. 상처 덧나잖아.'

나는 털썩, 무릎을 꿇었다. 그 아이가 처음으로, 그 아이만이 유일하게, 내 흉터에 손을 갖다 댔다. 상처가 덧나지 말라는, 그런 말도 안 되는 소리를 지껄여 줬다. 그게 뭐라고, 그게 도대체 뭐라고. 생전 터진 적 없던 눈물이 뺨을 타고 흘렀다.

바닥에 엎드려 오열했다. 해가 져서, 옥수수 밭이 핏빛이 될 때까지 나는 그 자리에서 오열을 멈추지 않았다.

그날 이후, 흉터를 확인하지 않아도 더 이상 과호흡 증상은 찾아오지 않았다.

나는 얼마 후 한국의 평범한 가족으로 다시 입양되었다. 다시 파양을 당할 때까지는 그리 오래 걸리지 않았다. 나는 집에서도, 학교에서도, 거의 아무 말도 하지 않았다.

매일 밤 마이클이 찾아오는 악몽을 꿨다. 꿈속에선 미국에서 있었던 재판도 반복됐다. 내가 정말 살인자가 돼서 누군가를 죽이기도 했다. 나는 늘 지치고 피곤한 상태였다.

이따금씩 옥수수 밭에서 만났던 그 여자아이를 떠올렸다. 여자아이가 건넸던 손수건을 품속에 지니고 잠들기도 했다. 그러면 어느 때는 악몽을 꾸지 않기도 했으니까.

고아원으로 돌아온 지 보름도 안 돼서 나는 고아원을 떠났다. 그사이 옥수수 밭이 사라져 버려서, 고아원에는 조금도 남아 있을 이유가 없었다. 거리에서의 생활이 시작되고 얼마 지나지 않아, 나는 조직으로 들어갔다.

밑바닥에서부터 일을 시작했다. 나는 어떤 것에도 애착이 없었으므로 기계적으로 일에만 몰두했다. 일 처리가 깔끔하다며 중간 보스가 나를 칭찬하는 일이 잦아졌다. 나는 승진에 승진을 거듭했다. 나이가 꽉 찬 중간 보스가 어느 날 나를 불러 후계자로 지목했다. 그것마저도 감흥이 없었다. 후계자 선정에 기뻐한 것은 내가 아니라 나를 따르던 수하들이었다.

언제나 '깔끔하던' 내 일 처리에 처음이자 마지막으로 문제가 생겼던 것은, 바로 그날이었다.

그 아이를 다시 만난 날.

나는 담배에 불이 붙이고 있었다. 일 처리가 거의 막바지에 이르렀을 때였다.

"얼마나 받아요?"

앳된 얼굴의 여자아이 하나가 말을 걸어 왔다. 그 도발적인 질문에 나는 속으로 실소를 머금었다.

"알아서 뭐 하게."

"궁금해요. 좀 알려 주면 안 돼요?"

귀찮은 건 질색이다. 다시 안으로 들어가 버릴 생각을 하며, 나는 담배를 떨어트리고 구둣발로 지져 껐다.

"한 7천 정도? 왜? 네가 대신 갚아 주기라도 할래?"

풉. 별안간 아이가 웃음을 터트렸다. 나는 뭉그러진 담배로 향해 있던 시선을 다시 들어 올렸다. 꽤 당돌하단 생각은 했지만, 저렇게 겁도 없이 웃음을 터트릴 줄은 몰랐다.

"내가 얼마냐고 물은 건."

"……."

"그쪽 보수."

이어진 그녀의 말에, 순간적으로 당황했던 것 같다.

"떼인 돈 받아 주고 얼마나 버냐고 물은 거예요."

"……."

"많이 벌면, 나도 하게."

하, 나는 결국 웃어 버리고 말았다.

"너 같은 어린애가 할 수 있을 정도로 만만한 일이 아니야."

나는 아이에게 한 걸음 다가섰다. 아이가 조금 주춤거리는 게 느껴졌지만, 개의치 않았다. 끼고 있던 장갑을 빼낸 뒤 아이에게로 손을 내밀었다. 내 손바닥 위에는 방금 전 직접 만든, 칼로 그은 자국이 있었다. 수금(收金)을 하는 데 가장 효과적인 방법은 자해다. 직접적으로 폭력을 행사하는 것보다 이런 식으로 시각적 자극을 극대화하는 게 더 큰 공포를 주니까.

나는 그녀가 금세 뒤돌아서서 도망칠 거라 생각했다.

그런데 예상과 달리, 아이는 그대로 서 있었다. 아니, 오히려 뜯어보듯 손바닥의 상처를 응시했다.

그 기이한 장면에, 불현듯 기시감이 솟았다.

아이가 천천히, 상처로 손을 뻗었다. 아이의 손가락이 내 상처에 닿았다. 나는 순간적으로 손바닥을 움츠렸다.

"설마 나를 마조히스트라고 생각하는 건 아니죠?"

아이가 나를 빤히 바라보며 물었다.

"마조, 뭐? 그게 뭔데?"

내가 인상을 쓰며 되묻자, 아이가 천천히 내게로 손을 내밀었다.

"손 이리 줘 봐요. 앞으론, 이렇게 다니지 마요. 상처 덧나요."

그 말을 듣는 순간, 온몸의 혈관들이 일시에 팽창하는 느낌이 들었다. 내면을 들쑤시던 기시감의 정체가 드러났다. 그러자 단박에 알아보지 못했던 것이 우습게 느껴질 정도로, 여자의 얼굴이 낯익어 보였다.

투명하고 환한 갈색 눈동자, 불그스레한 뺨, 살짝 희게 느껴지는 피부색까지. 이렇게 그대로인데 말이다.

다시 만나고 싶었다. 아니, 먼발치에서라도 한 번 보고 싶었다. 고아원에서 도망친 후, 단 한 번 고아원을 다시 찾아간 적이 있었다. 그녀에 대해서 묻기 위해서였다. 그러나 노환으로 귀가 멀고 기억마저 잃은 수녀님은, 그녀를 기억하지 못했다. 그녀와의 인연은 영영 끊어져 버렸던 것이다. 아니, 그렇다고 생각했었다. 이렇게 다시 만나게 될 줄은, 전혀 예상하지 못했다.

내가 빤하게 바라보자, 민유수는 오래전 그때처럼 약간 상기된 얼굴을 했다.

나의 위로.

나는 그녀에게, 그때 가르쳐 주지 못했던 내 이름을 알려 주고 싶었다.

그날 이후, 나는 거의 매일 민유수 주위를 맴돌았다. 나는 가늘게 내리는 빗줄기처럼, 옅게 드리운 그림자처럼, 그녀의 주위에 있었다.

민유수가 세 들어 살던 주인집의 빚, 그리고 그녀의 할머니가 밀린 월세도 대신 갚았다. 보스는 처음으로 내 일 처리가 '깔끔하지 않다'고 말했다. 그러나 그러면서도 보스는 웃었다. 이제야 좀 인간 같아 보인다며.

민유수는 나의 존재를 거의 알아차리지 못했다. 아마 그녀에겐 주위를 살필 여력이 없었을 것이다. 고등학생이던 당시의 민유수는 어딘가 항상 맥이 풀려 있었고, 동시에 몹시 위태로워보였다. 생기가 없는 흐릿한 눈동자엔, 언뜻 세상에 대한 적개심이 비치기도 했다.

또래 아이들과 함께 평범하게 웃고 있는 모습 속에서도, 어쩐지 기름처럼 겉돌고 있는 영혼이 느껴졌다. 발버둥 치고 있는 것 같았다. 끊임없이 그녀를 찌르는 세상에서 떨어져나가지 않기 위해서.

나는 그녀가 어떤 상태인지 어떤 심경인지, 누구보다 잘 알 수 있었다. 한국의 가정에 입양되어 잠시 학교를 다녔을 때, 아이들에게 둘러싸여 있을 때의 내 모습이 꼭 저랬다. 나 역시 갈기갈기 찢긴 심장을 들고서, 저렇게 무연한 얼굴로 서 있곤 했으니까.

민유수가 처음으로 나를 발견했던 날, 그날도 아마 그녀의 친구 중 한 명이 나를 가리키지 않았더라면, 그녀가 나를 보게 될 일은 없었을 것이다. 나는 스치듯 나를 훑은 그녀의 눈빛에 묘한 기운이 서렸다가 사라지는 것을 읽었다. 나는 그녀가 나를 기억한다는 것을 또렷이 느끼고 전율했다.

하지만 막상 내가 다가서자 민유수는 나를 본 적 없는 사람처럼 행동했다. 조금 당황한 것처럼 보이기도 했다. 그녀는 친구들과 함께 서둘러 자리를 떠났다. 어쩐지 피가 조금 식는 기분이었다.

그녀가 사라지고 나는 그녀를 기다리기 위해, 운동장 구석으로 들어가 담배를 꺼내 들었다.

그런데, 골목 안쪽에서 드문드문 들려오는 말소리에 '민유수'란 이름이 섞여 있었다. 저절로 귀가 기울여졌다. 나는 얘기가 들려오는 쪽으로 조금씩 가까이 다가갔다.

"민유수, 그년 때문에 요즘 윤아랑 멀어지는 것 같아."

"어떻게 좀 떨어뜨려 놓을 수 없을까?"

"너, 박호준 알지. 남일고 다니는. 걔한테 부탁 좀 해 볼까?"

"무슨 부탁?"

"걔네 무리가 질이 좀 안 좋잖아. 일 학년 여자애들 데리고 아주 질척하게 논다더라. 순진한 애들 꼬셔서 술 먹이고 나쁜 짓도 좀 하는 거 같고."

"그러니까, 걔네를 민유수하고 엮어 주자 이거지?"

목소리는 사춘기 소녀처럼 앳되게 들렸는데, 들려오는 내용은 무시무시했다. 그러니까, 민유수가 마음에 들지 않는 화자(話者)들이, 질 나쁜 무리에게 그녀를 넘기겠다는 소리였다. 즉시 담배를 튕겨 버리곤, 벽을 등지고 골목 안쪽을 돌아보았다.

여학생 두 명이 담배를 피우고 있는 게 보였다. 한 명의 얼굴이 낯이 익었다. 방금 전 분식집에서 유수와 있던 여자아이 중 한 명. 짧은 순간, 분노가 일었다. 그녀 앞에선 살갑게 웃고 떠들더니, 뒤돌아서 저따위 일을 꾸밀 줄이야.

민유수에게 자초지종을 설명하는 것은 내 방법이 아니었다. 게다가 친했던 친구의 배신을 알리면 그녀가 더 상처를 입을지도 몰랐다. 나는 내 손으로 박호준이란 아이를 유수에게서 떼어 내는 방법을 택했고, 그것을 지체 없이 실행으로 옮겼다.

"민유수. 생각보다 사람 보는 눈이 없군. 실망스러울 지경이야."

나는 그렇게 말하면서, 그녀가 보는 앞에서 박호준을 때렸다. 나는 박호준이 다시는 재기할 수 없을 정도로 밟아 주고 싶었다. 민유수가 아니더라도, 다른 희생자가 나온다면 기분이 더러울 것 같아서.

아마, 그녀가 말리지 않았더라면 정말로 그 자식은 반쯤 불구가 되었을 것이다.

"그만해! 미친 자식아! 이것 놔!"

"떼인 돈 받아 주는 것만 내 일이 아니야."

"놓으라구!"

"가끔 이렇게 때리기도 하고……. 죽이기도 하지."

민유수의 눈에 절망이 어렸다. 심장에 찬바람이 스몄다. 나는 내 자신을 비웃었다. 어째서, 이런 느낌이 드는 건지 모르겠다. 그녀에게 뭘 바랐지? 나 같은 뒤틀린 괴물에게, 그녀가 마음을 허락할 리 없잖아. 그렇다면, 차라리 증오하는 게 나았다. 그 치 떨리는 증오로, 나를 조금이나마 더 오래 기억해 주길.

나는 박호준을 처리하는 대로, 그녀를 조용히 떠날 생각이었다.

"이강후. 내 이름, 기억해 둬. 기억 못 하면, 다음엔 네 머릿속이 아니라 네 손바닥에 직접 새겨 줄 거니까."

그녀를 그렇게 위협했던 이유는 딱 하나, 내가 떠나고 나서 그녀가 가능한 한 내 이름을 오래 기억해 주길 바랐기 때문이었다.

민유수를 마지막으로 보겠다고 다짐하고 학교로 찾아갔다. 그녀를 기다리며 막 담배에 불을 붙이려는데, 정문에서 위태로운 걸음으로 나오는 그녀를 보았다. 그녀는 넋이 빠진 사람처럼 보였다.

불길한 예감에 뒤를 밟았다. 몽롱한 눈빛으로 걸어가는 민유수는 어디로 가는지 스스로 의식도 못 하고 있는 것 같았다.

그때, 그녀를 멈춰 세워야 했던 걸까. 그녀를 불러 세워, 작별의 인사라도 해야 했던 걸까. 그녀가 멈춘 곳이 왜 하필 그 사창가였을까. 왜 하필, 흑묘파 일원들이 쉬고 있던 곳이었을까. 기막힌 우연이었다. 일어나선 안 될 우연이었다. 악질로 소문이 자자했던 그들이 홀로 걸어 들어와 난데없이 시비까지 건 그녀를, 가만히 보내 줄 리 없었다.

무리 중 한 명이 민유수를 어깨에 둘러멘 뒤 걷기 시작했을 때, 나는 속이 뒤틀리는 것 같은 분노를 느꼈다. 나는 그들에게 기습적으로 다가갔다. 방심한 채 떨어져 걷고 있는 그들을 처리하는 일은 어려운 일이 아니었다. 게다가 겨우 셋. 이 정도 숫자라면, 별 탈 없이 처리할 수 있는 수준이었다. 조용히 처리하고, 이제 정말 떠나고 싶었다.

방심을 했던 건, 민유수의 그 질문이 있었기 때문이었다.

"도대체 왜 이러는데. 머리가 어떻게 돼서, 그래서 단순히 괴롭힐 상대가 필요한 거야? 아니면……. 내게 반하기라도 했어?"

그녀의 그 질문에, 흔들려 버렸기 때문이었다.

"그런 게 중요한가?"

내가 물었다. 그녀는 대답하지 않았다. 침묵으로 부정했다. '아니, 중요하지 않아' 라고.

나는 자조했다. 그래 중요하지 않겠지. 내가, 감히 나 따위가, 너를. 나는 괴물인데. 짐승인데. 나는, 어둠 그 자체인데.

"굳이 말하자면, 후자이긴 하지."

그 순간, 서늘한 금속의 느낌이 등을 찌르고 들어왔다. 눈앞이 아찔하게 튕겨 올랐다. 진득하고 뜨거운 액체가 몸속에서 쏟아지는 느낌이 들었다. 그녀에게 온통 시선이 쏠려 있어서 등 뒤가 드러난 걸 의식하지 못했다. 어이가 없을 정도의 형편없는 실수. 그러나 그녀 앞에선 흔들리지 않기가 어려웠다.

현기증이 일며 등 뒤로 식은땀이 흘렀다. 눈앞이 점점 흐릿해졌다. 안 돼. 안 된다. 이대로 쓰러지면, 그녀가 위험했다.

"도망가."

민유수의 눈이 뒤흔들렸다.

"이제 널 못 지켜. 도망가."

그녀가 뒤돌아섰다.

나는 흐릿하게 웃었다.

9

4년 전.

K대학교 정치학과 신입생 환영회가 있는 날. 환영회가 끝나고 저녁 식사 자리에 이은 술자리도 거의 마무리되어 가고 있던 참이었다. 아직 북적거리는 주점을, 여자 하나가 비틀거리며 빠져나오고 있었다. 여자의 뒤로, 다른 여자 하나와 남자 하나가 뒤따라 나왔다.

"민유수! 정신 차리고 좀 걸어 봐. 얘, 왜 이렇게 취했대?"

"서어언배에에, 저 안 취했어요."

여자가 유수의 팔을 붙잡아 부축하려 했으나 유수는 두 팔을 휘적거리며 달아났다. 그러다가 쿵, 누군가에게 부딪쳐 바닥에 주저앉고 말았다.

"아야야……."

앓는 소리를 내며 시선을 드니, 아까 여자와 함께 뒤따라 나온 남자가 서 있었다. 유수보다 다섯 살 많은 복학생 선배였다.

"은정아, 너 먼저 들어가. 유수는 내가 책임지고 데려다줄게. 나랑 같은 방향이거든."

남자가 유수를 일으켜 세우면서, 여자 쪽을 향해 말했다.

"그럴래, 그럼? 부탁 좀 해."

여자는 다시 비틀대며 앞으로 나아가는 유수의 뒷모습을 바라보며 고개를 절레절레하더니, 남자를 향해 손을 흔들고 다시 주점으로 들어가 버렸다. 여자가 들어가는 것을 확인하고 나서, 남자는 뛰듯이 걸어 유수에게로 다가갔다.

"집이 어디야?"

"집? 우리 집이요? 우리 집 주소는 서울시……."

유수가 잔뜩 꼬여 버린 혀로 어눌하게 주소를 읊었다. 큰 키로 그런 유수를 내려다보는 남자의 눈이 검었다.

"일단 택시 타지? 너 내려 주고, 나는 집에 가야겠다."

한 이십 분쯤 흘렀을까. 남자가 유수를 데리고 내린 곳은 그녀가 불러 준 주소지가 아니었다. 가로등이 없어 어둠이 깔린 골목 길 앞. 남자는 무방비하게 잠든 유수를 택시 안에서 끌어 내렸다. 그사이에 정신이 든 유수가 힘겹게 눈꺼풀을 들어 올렸다. 목을 태우는 갈증과 함께 머리가 깨질 듯한 두통이 밀려왔다.

"선배, 여기가 어디예요?"

"어디긴. 집 앞이지."

남자가 가증스럽게 웃어 보이며 유수의 팔을 붙잡고 골목 안으로 이끌었다. 유수는 두통에 뒤흔들리는 머리를 붙잡은 채 질질 끌려가기에 바빴다. 잠시 후, 골목 끝에 도착한 둘 앞에 불이 켜진 허름한 모텔 하나가 나타났다.

"잠깐 앉아 있어."

남자는 모텔 입구에 있는 벤치에 유수를 앉혀 두고 홀로 카운터로 향했다.

왜 내 집 앞인데 나보고 기다리라는 거지? 유수는 의아해하며 멍하니 제 발치를 바라보았다. 바닥이 꺼졌다 치솟고 세상이 빙빙 돌고 있었다. 두통 때문에 제 머릿속이 도는 건지 아니면 정말로 세상이 도는 건지 분간이 안 됐다.

눈이 자꾸만 다시 감겼다.

안 되는데, 집에 가야 하는데…….

그렇게 생각하면서 유수는 결국 참지 못하고 잠기운에 다시 몸을 내맡겼다.

"잘못했어요, 잘못했어요, 다시는 안 그러겠습니다, 흐윽……."

퉁퉁 부은 얼굴로 연신 바닥에 머리를 조아리는 남자를, 강후는 무표정한 얼굴로 내려다보았다. 대충 손봐 주긴 했지만, 여전히 깊은 곳에서 폭력의 욕구가 들끓고 있었다. 유수의 팔에 달라붙었던 저 손가락을 하나씩 짓이겨 주고 싶었다. 그녀에게 무슨 짓을 하려고 했는지 생각만 하면, 그대로 복부에 칼을 쑤셔 박아 주고 싶었다.

그러나 불현듯, 박호준을 짓밟았을 때 자신을 쳐다보던 유수의 절망 어린 눈이 생각났다. 강후는 가까스로 끊어지려는 제 이성을 붙잡았다.

흑묘파의 동선을 쫓아 움직이느라, 자신이 지켜보지 못할 때도 많았다. 만약 오늘 같은 일이 제가 없었을 때 일어났더라면……. 생각만 해도 아찔한 느낌이 들었다.

잡은 먹잇감을 먹어 치우기 위해 자리를 잡는 야생 동물처럼, 강후가 느릿하게 무릎을 접고 앉아 바닥에서 떨고 있는 남자에게로 눈높이를 맞췄다.

"네 주위 사람들에게 알려. 앞으로 누구라도 이런 식으로 민유수를 건드리면."

또렷이 맞춰진 시선 속에서 강후의 눈동자가 살기를 품은 채 번뜩였다.

"목숨 부지하기 어려울 거라고."

남자가 미친 사람처럼 위아래로 고개를 흔들었다. 그는 강후가 마치 사신(死神)처럼 느껴졌다. 폭력이 지극히 자연스러운 남자, 사람을 당연하게 압도하는 남자. 남자는 어떤 대가를 준다고 해도 다시 그를 마주하고 싶지 않을 뿐이었다.

"어제 너 데려다준 사람 누군지 알아?"

유수는 윤아와 팔짱을 낀 채로 집으로 가는 골목길을 같이 걷고 있었다. 윤아가 고개를 갸웃하며 물어 왔다. 유수가 근심 어린 표정으로 대답했다.

"나도 잘 기억이 안 나서 물어봤더니, 준형 선배래. 너도 알지? 왜 이번에 복학했다는, 조금 능글맞게 웃는 선배 말이야."

"그 선배가? 그렇게 나서서 다른 사람 챙길 사람처럼은 안 보였는데. 의외네."

"그치? 좀 이상하지? 더 이상한 건, 오늘 아침에 갑자기 휴학을 했다는 거야. 고맙다는 인사라도 하려고 했는데 내 전화는 받지도 않고. 내가 몹쓸 주사라도 부렸나. 근데, 그건 왜 물어봤어?"

"아니, 널 집 앞에 두고 초인종만 눌러 놓고 사라져 버렸잖아. 희한하게."

그러게, 희한하게. 유수가 고개를 끄덕이며 동의했다. 어쩐지 찝찝한 기분이 들었다. 그게 자신을 데려다준 선배가 저를 피해서인지, 아니면 어젯밤 꿈자리가 사나워서인지 잘 분간이 가질 않았다.

어젯밤, 심하게 잠을 설쳤다. 꿈속에서 낯설고도 그리운, 누군가를 만났었다. 그 누군가의 얼굴은 아무리 노력해도 기억이 나지 않았다.

"윽……."

꽉 다문 입술에서 고통에 잠긴 신음이 튀어나왔다. 웬만한 통증엔 무감각해진 그였지만, 이번만큼은 참기가 어려웠다. 칼이 찢고 지나가 길게 벌어진 어깨에 대충 비상용 붕대를 감으면서, 강후는 고통을 참기 위해 이를 악물었다.

흑묘파의 중간 보스가 은퇴했다. 강후에게서 몇 주 전 기습 공격을 받고 난 뒤, 그는 더 이상 조직 생활을 할 수 없는 몸이 되었다. 그러나 유수를 살해하려는 계획을 세웠던 무리들은 여전히 조직 안에서 건재했다.

그들은 조직의 분위기가 흉흉해질수록, 민유수라는 외부의 적을 내세워 내부의 기강을 다지곤 했었다. 아마도 흑묘파가 완전히 와해되기 전까지, 민유수는 완전히 자유로워질 수 없을 것이다.

자신 역시 마찬가지. 민유수가 자유로워질 수 없다면, 그도 자유로워질 수 없었다.

얼마나 이 지옥 같은 일상이 계속될까…….

강후가 느릿하게 눈꺼풀을 들어 올렸다. 이로 붕대를 끊고 나서 매듭을 짓는 내내 등 뒤로 식은땀이 흘러내렸다. 하지만 이곳에서 쉬고 있을 틈이 없었다.

일어서서 벗어 두었던 재킷을 걸치고, 성큼성큼 골목길을 빠져나왔다. 방금 전 기습이 있었던 곳에 아직도 흑묘파 조직 일원 몇몇이 쓰러져 있었다.

톡, 톡. 빗방울이 떨어지기 시작했다. 하얗게 습기 섞인 안개도 일었다. 강후는 쓰러진 이들을 지나쳐 추적추적 내리는 빗속을 계속해서 걸어 나갔다.

지금 그녀가 내게 물었다.

'이강후, 난 당신한테 뭐야?'

네가, 내게, 뭐냐고?

강후는 웃었다. 슬프지만, 아름다운 미소였다.

처음엔 동경이었다. 그리움이었다. 민유수는, 이강후의 세상에 내린 첫눈이었으니까. 그녀를 지키던 지난 5년간, 그리움은 열망이 되고, 그 열망은 점점 커져서 집착이 되어 갔다. 그래서 흑묘파가 공식적으로 해체 선언을 했던 그날, 강후는 자신도 완전히 그녀 곁에서 사라지겠다는 결심을 지키지 못했다.

길어지진 않을 거라고 생각했다. 단 몇 개월이라도 좋다고 생각했다. 같잖게도, 조금쯤은 그런 욕심을 부려도 되지 않을까 생각해 버렸다. 지옥 같은 5년을 보상받고 싶었을까. 아니, 아니었다. 그냥, 처음부터 지옥이었던 삶이었다. 보상받을 게 없었다.

민유수 옆에 조금이나마 머무르고 싶었다. 그래서 그녀가 후에 그를 기억해 주길 바랐다. 아니, 아니다. 그것도 아니었다. 그녀 옆에 있으면 지옥이 끝이 났다. 그녀만이, 이강후의 지옥을 끝냈다. 그 순간이 조금 더 길기를 바랐다. 그게, 과욕이었다.

너에게, 마음을 들켜선 안 됐는데. 네게, 마음을 기대해서도 안 됐는데.

다시 원점이라고 생각했다. 그녀 앞에서 그녀의 첫사랑을 짓밟던 그때처럼, 차라리, 떠나가는 순간, 네가 나를 두려워하기를. 그래서 나를 완전히 잘라 내고 지워 내길. 그렇게 생각했다.

"이강후."

"……."

"당신한테 난 뭐냐고."

유수가 흔들리는 목소리로 다시 물었다. 그러나 강후의 **뺨**에 닿은 그녀의 손은 흔들리지 않았다. 시간이 멈춘 듯했다. 서로를 담은 눈동자가 애잔했다.

"네가 내게 어떤 존재라는 걸 안다면, 아마 넌……."

"……."

"나에게서 도망칠 거다."

강후의 차가운 목소리가 무거운 공기를 가르고 흩어졌다. 유수는 손을 떼지 않았다. 유수가 느릿하게 슬픈 웃음을 머금었다. 강후가 그 미소에서 눈을 떼지 못한 채, 예의 그 서늘한 목소리를 내었다.

"가."

"……."

"난 널 망가뜨리고 싶어. 그 눈 속에 다른 어떤 것도 담지 못하게 하고 싶고, 그 다리로 어느 누구에게도 가지 못하게 만들고 싶어. 난 네 눈을 멀게 하고, 네 다리를 부러뜨릴 거다. 언젠가는, 언젠가는 정말로 그렇게 될 거야."

내가 할 줄 아는 짓이란 그런 것밖에 없으니까.

"가."

"……."

"도망가, 내게서."

강후가 돌아섰다. 찰나에 그 눈동자에 아련하게 무언가가 서렸다가 이지러지는 걸, 유수는 보고야 말았다. 가슴이 저릿하며 숨이 막혀 왔다. 저도 모르게 돌아서는 강후의 팔을 꽉 붙들었다. 커다란 그 어깨가 얼음처럼 굳더니 천천히 돌아섰다.

무슨 짓이냐는 듯 그의 눈동자가 검게 빛났다. 유수는 그만 울고 싶어졌다. 날이 선 차가운 눈동자 속에 애써 마음을 지워 낸 게 야속했다. 자신을 속박하는 게 이 남자인지, 이 남자의 운명을 틀어쥔 것이 자신인지 분간이 가질 않았다. 유수가 아랫입술을 꽉 깨물었다. 그러곤 피가 살짝 맺힌 입술을 힘겹게 떼어 냈다.

"대답해. 내가 당신한테 뭐야. 대답 듣기 전엔 아무 데도 안 가."

"……."

"내가 도대체 뭐야!"

강후는 대답하지 않았다. 유수는 절박해졌다.

"내가 도대체 뭐라고 인생을 걸어!"

유수가 갈라진 목소리로 드디어 참았던 감정을 터뜨렸다. 강후의 얼굴이 딱딱하게 굳었다. 그가 완전히 몸을 돌려세운 뒤 자신을 붙잡은 유수의 팔을 거칠게 잡아당겼다. 유수가 비틀거리며 강후의 품 안으로 들어왔다. 강후가 유수의 얼굴을 정면으로 응시한 채 씹어뱉듯 내뱉었다.

"그게 무슨 소리지?"

유수의 눈에서 비처럼 후두둑 눈물이 떨어져 내렸다.

"수필 씨한테 다 들었어. 잃어버린 당신 5년, 나 때문에 지독하게 아팠던 당신 과거, 다 들었어."

"……."

"나 같은 게 뭐라고! 부모한테도 버림받은 나야. 처음부터 나 같은 건 존재의 가치도 없었어. 잔뜩 꼬여서 이기적이고 내 생각밖에 할 줄 모르는 나야. 그런데 나 같은 애한테 왜 인생을 걸어! 내가 뭐라구, 내가, 내가 뭐라구. 흐윽……."

강후가 고요하게 유수를 내려다보았다. 메마른 그의 눈동자가 조금씩, 고통에 잠기어 갔다. 그것을 숨기려는 듯 그가 가만히 눈을 감았다가 떴다. 그는 지극히 자연스러운 어조로 말했다.

"말했잖아, 전부라고."

유수의 눈동자가 흔들렸다. 자신의 팔을 붙든 강후의 손은 여전히 차가웠다. 그러나 그의 눈빛에는 스치듯 흐르는 미미한 열기가 있었다. 그것은 거기에 아주 잠깐 머물렀다가 금방 사그라졌다. 그의 마음도 멀어질 듯 아주 잠깐 가까워졌다가, 포말처럼 사라졌다. 순간이 영겁의 시간 속으로 빨려 들어간 것 같았다. 시간이 멈췄는지 아니면 흐르는지 분간이 안 됐다. 유수는 계속해서 희미하게 떠오르는 강후의 감정을 붙잡기 위해 애썼다.

"네가 내 친구고, 부모고, 애인이고."

"……."

"내 인생, 그 자체야."

가슴이 무섭도록 뛰었다.

그것은, 애잔하기보다는,

강렬했다.

지극히 담담한 어조로, 그가 또다시 절절하게 고백을 해 온다.

"미칠 것 같아. 무서워서 미칠 것 같아."

유수는 울었다. 뺨을 타고 긴 눈물이 계속해서 흘러내렸다. 그러나 그녀는 흐르는 눈물을 그대로 놔둔 채 오롯이 강후만을 바라봤다. 그의 검은 눈이 때때로 흔들리는 것도 같았다.

"뭐가 가장 무서운지 알아? 아무렇지도 않은 얼굴로 사람을 짓이기는 당신의 폭력보다……."

그에게 붙잡힌 팔이 저릿했다. 유수가 약간의 간격을 둔 뒤 천천히, 입술을 열었다.

"그런 당신에게 흔들리는 내 자신이 더 무서워. 당신을 담아버린 내 마음이, 더 무서워."

툭. 붙잡은 강후의 팔이 떨어졌다. 그의 눈이 격렬하게 요동치기 시작했다. 비로소 그의 표정에서 확연하게 감정이 드러났다.

마음에 담았다고 했다.

누구를?

자신을?

언제나 절망 어린 얼굴로 눈물을 흘리던 유수였다. 그 안에 품고 있는 자신을 향한 매서운 증오를 알고 있었다. 그렇게 가장 지독한 사람으로라도 그녀의 기억 속에 남고 싶었다. 가능한 한 길게 남고 싶었다.

이렇듯 처연하게 우는 유수는, 강후가 보고 싶은 모습이 아니었다. 여린 어깨는 칼날에 잘려 떨어지는 종잇조각처럼 흔들렸고, 자신을 탓해야 할 풋풋한 입술은 이제 스스로를 원망하고 있었다.

그리고, 그 입술이, 자신을 마음에 담았다는 말을 하고 있다.

수필에게 과거 얘기를 듣고, 한순간 스스로의 감정을 착각하는 것이리라. 자신은 누구에게도 진정으로 사랑이라는 걸 받을 수 있는 사람이 아니었다. 속으로 자조적인 웃음을 지었지만, 아무래도 좋았다. 거짓이래도 좋았다. 착각이래도 좋았다. 그런 말을 들은 것만으로도, 세상을 다 가진 듯 기뻤다.

강후가 조심스럽게 다시 팔을 들어 유수를 붙잡았다. 손바닥을 통해 그녀의 미세한 떨림이 고스란히 느껴졌다.

"울지 마."

약간 망설이는 듯하더니, 그가 이내 유수를 껴안았다. 강후의 커다란 손이 유수의 뒤통수를 감쌌다. 예전처럼 힘을 주어 위협을 가하기 위함이 아니었다. 그의 손이 천천히 아주 천천히, 부드럽게 유수의 머리를 쓰다듬었다. 손바닥은 차가웠지만, 이상하리만치 따뜻하게 느껴지는 손길이었다. 처음으로, 그의 손이 따뜻할 수 있다는 걸 느꼈다. 유수는 자꾸만 목이 메여 와 말을 이을 수가 없었다.

"⋯⋯네가 우는 게 싫어. 네가 나 때문에 절망적인 눈을 하는 것도 싫어."

그런데, 네가 나를 떠나는 것은 더 싫다. 강후는 속으로 그렇게 덧붙이면서 씁쓸한 미소를 머금었다. 나와 있으면 너는 울고, 절망하고, 무너질 뿐인 걸 알면서도.

"놓아줄게, 민유수."

강후가 진저리 쳐지게 가라앉은 목소리로 말했다. 유수가 안긴 채로 두 눈을 크게 치켜떴다.

"뭐?"

그녀는 강후의 가슴을 밀어서 간격을 만들곤, 그를 올려다봤다. 심장이 흉곽을 뚫고 나올 것처럼 세차게 뛰고 있었다. 자신이 방금 들은 말을 믿을 수가 없었다.

"그토록 자유를 원하지 않았나? 그 자유, 지금 주지. 당장 여기서 나가. 뒤도 돌아보지 말고. 그러면, 더 이상 붙잡지 않을 테니까."

강후가, 예의 그 담담한 말투로, 다시 한 번 확인하듯 말해 주었다.

"넌 이제 자유야."

오래간만에 본 해일의 얼굴은 부쩍 야위어 있었다. 테이블 아래에 머그잔을 붙잡은 유수의 손가락이 긴장감으로 뻣뻣하게 굳어 갔다.

유수는 잠시 시선을 이리저리 옮기다가, 이내 해일에게 눈을 맞추었다. 오늘, 그에게 말해야 했다. 그건 유수가 잔뜩 엉켜 버린 제 인생의 실타래를 정리하기 위해 해야 하는 첫 번째 일이었다. 그녀는 애써 마음을 가다듬으며, 잘 떨어지지 않는 입술을 겨우 열었다.

"교수님들은 잘 계시니?"

괜히 궁금하지도 않은 이들의 안부를 물었다. 해일은 대답하지 않았다. 대신 마주 앉아 있는 유수를 가만히 건너다봤다. 그녀를 바라보는 해일의 눈동자가 미세하게 진동했다.

해일은 속으로 쓴웃음을 삼키고 있었다. 마지막으로 봤을 때, 유수는 혼란과 불안에 침잠해 있었다. 그런데 지금의 그녀는……. 뭔가가 달랐다.

자신 앞에서 곤란함을 감추지 못하면서도, 눈에서는 한 번도 보지 못했던 확연한 안정감, 편안함, 그런 것들이 느껴졌다. 해일은 오늘, 유수가 무슨 말을 하기 위해 자신을 불렀는지 듣지 않아도 알 것만 같았다.

유수는 더 시간을 끌지 않았다.

"미안해, 해일아."

"……."

"나 자꾸 그 사람이 신경 쓰여."

해일의 눈이, 벼락이라도 내리친 듯 뒤흔들렸다. 예상한 말이었지만 직접 듣는 건 생각보다 더 충격적인 일이었다.

"처음엔, 무섭기만 했어. 미치도록 싫었어. 벗어나고 싶어서, 벗어날 수만 있다면, 뭐든지 다 할 수 있을 것 같았어. 그 사람이 내게 어떤 마음인지는, 생각해 볼 겨를도 없었던 것 같아. 내가 그 사람을 사랑하게 됐다는, 그런 말은 안 할게. 솔직히 말하면, 나도 잘 모르겠거든. 너한테 이해해 달라는 이기적인 부탁도 안 할게. 나라도 이해할 수 없을 테니까."

"……."

"하지만, 더 이상 도망치지는 않을 거야. 내가 그 사람한테 느끼는 이 감정이 도대체 뭔지, 알아야겠어. 미안해, 해일아. 미안해, 정말 미안해……."

해일은 대답하지 않았다. 유수는 그의 침묵이, 일종의 시위처럼 느껴졌다. 어떻게 그럴 수 있냐는. 그래도 유수는 해일의 반응이 생각보다 최악은 아니라고 생각했다. 그가 자신을 붙잡고 정신 차리라고 소리라도 지를 줄 알았다. 해일은 의외로 가끔씩 그렇게 밀어붙이는 면이 있었으니까.

하지만 만약 해일이 정말 그랬을지라도, 유수는 이해했을 것이다. 그녀는 이강후에게 흔들리는 제 자신이 스스로도 감당하기 어려웠다. 어딘가 병적이라는 생각마저 들었다. 누군가에게 이해를 바랄 수 있는 마음이 아니었다.

유수는 해일을 향해 억지로 미소를 지었다. 그러곤 조용히 자리에서 일어섰다. 어쩌면, 이게 그를 보는 마지막이 될 수도 있다는 생각이 들었다.

"잠깐만."

돌아서는 유수를 붙잡은 건, 잔뜩 갈라져 있는 해일의 음성이었다. 유수가 천천히 다시 해일을 바라봤다. 해일의 야윈 얼굴에, 고통이 스며 있었다.

"그럴 수 있어. 잠시 그럴 수 있는 거 나도 이해해."

해일의 목소리가 흔들렸다.

"너, 잠시 착각하는 거야. 너무 무서워서 두려워서, 그래서 사랑이라고 착각해 버린 거야. 나랑 떠나자 유수야."

떠나자는 그의 말이, 지난번보다도 더 절박하게 들렸다. 하지만 유수는 그런 말을 듣고도 어쩐지 편안했다. 떠나겠다는 생각은 이미 수없이 했었다. 그녀는 이미 그에 대한 대답을 얻었다.

유수는 확고한 목소리로 답했다.

"아니, 난 아무 데도 안 가."

해일의 얼굴이 일그러졌다. 유수는 조금도 흔들리지 않았다.

"오래전에, 그 사람이 칼에 찔린 적이 있었어. 나를 지키려다가."

끔찍한 악몽으로 수백 번 되풀이된 기억, 다시는 떠올리고 싶지 않은 기억이었지만, 유수는 이제 담담하게 이야기할 수 있었다. 왜인지 모르겠지만, 해일과 이야기할수록 얽힌 곳이 풀리고 홀가분해지는 기분이 들었다. 감정이란 건, 내 안에만 쌓아 두면 스스로도 의식하지 못할 때가 있다. 다른 사람에게 말할 때야 비로소, 그 실체가 환하게 드러나는 것이다.

"누군가가 등 뒤로 다가오는 걸 보았어. 그 사람이 찔릴 걸 알고 있었지. 얘기해 줄 수도 있었어. 시간도 충분했는데……."

"……."

"그러지 않았어. 마치 슬로 모션처럼, 날카로운 칼날이 천천히 날아와 그의 등을 몇 번이나 찔렀는데도, 나는, 나는……."

차오르는 고통에 유수의 눈이 질끈 감겼다. 그녀는 잠시 호흡을 고르다 다시 힘겹게 눈꺼풀을 들어 올렸다.

"쓰러진 그 사람을 버려두고 도망쳤어. 뒤도 돌아보지 않았어."

유수가 자조적으로 웃었다.

"미안해, 해일아."

해일에 대한 미안함과 자신에 대한 원망이 뒤섞인, 애처로운 웃음. 해일은 더 이상 아무 말도 할 수 없었다. 유수가 뒤돌아섰다.

"그때는 도망쳤지만, 이제는 그 사람 곁에 남고 싶어."

마지막 말은 해일에게 하는 건지, 스스로에게 하는 건지 알 수가 없었다.

통통통, 서툰 칼 솜씨로 호박을 썰면서, 유수는 눈썹을 찌푸렸다.

얼마나 끓여야 하는 거지?

아무렇게나 잘린 호박과 양파를 냄비 속에 집어넣으며 유수는 몇 번이나 옆에 둔 휴대폰 화면을 통해 레시피를 다시 확인했다. 레시피의 제목은 '보글보글 맛있는 된장찌개 끓이는 법'. 누군가에게는 눈 감고도 뚝딱 만들 요리였지만, 유수에게는 쉬운 과제가 아니었다.

유년기에 가족들과 단란한 식사를 해 본 기억이 없어서일까, 유수는 언제나 요리를 자신과는 동떨어진 문화처럼 생각했다. 할머니가 돌아가시고 나서는 더욱이 부엌에 들어가 음식을 해 본 일이 없었다. 할머니의 그리운 냄새가 가장 진한 그곳에는 아예 발걸음도 하기 싫어서였다. 윤아와 함께 학교를 다닐 땐 자취생이 대개 그렇듯 밖에서 대충 사 먹기 일쑤였고.

그때, 티딕 소리와 함께 도어록이 풀리는 소리가 들렸다. 국자를 붙잡은 손에 저절로 힘이 들어갔다. 심장이 제멋대로 뛰기 시작했다. 묵직한 발소리가 조금씩 가까워지고 있었다. 찌개 냄새가 온 집 안에 진동을 하고 있으니, 그가 자신이 뭘 하고 있을지 그리고 어디에 있을지 모를 리가 없었다. 유수는 한껏 심호흡을 하고 뒤돌아섰다.

"왔어?"

이강후가 부엌 입구에 서 있었다. 언제나처럼 지극히 고요하고, 자연스럽고, 압도적인 모습으로.

'놓아줄게, 민유수.'

'넌 이제 자유야.'

어제, 그가 그렇게 말하는 순간, 유수는 그대로 무너져 내렸다. 그렇게나 원하던 자유였다. 이강후로부터 자유로워지길 얼마나 갈망했던가. 자신을 향한 집착은 그에겐 한낱 유희에 지나지 않을 미친 짓, 그러니 언젠가는 끝이 오리라는 실낱같은 희망에 기대어

352

하루하루를 버텨 왔다.

그런데, 왜, 그가 정말로 '자유'를 선고하는 순간, 눈앞이 캄캄했을까.

그 순간 마음속에 들어찬 것은 환희나 기쁨이 아니었다. 말로는 표현할 수 없는, 마음속 가장 밑바닥을 싸하게 훑어 내리는 허무함, 허탈함이었다.

왜? 넌 이제 자유야. 그가 그렇게 말했어. 그가 드디어 쥐고 있던 네 심장을 놔주겠다잖아. 마음속 그녀 자신이 말했다. 유수는 허탈하게 자조하며 자답했다. 나도 알아. 나도 아는데…….

늘 허덕이고 있었다. 그가 자신에게 집착하는 것처럼, 자신도 그에게서 벗어나야 한다는 강박에 사로잡혀 있었다. 이강후가 있는 삶은 결코 평범할 수 없으니, 그가 없어져야만 한다고 믿었다. 그런데, 그가 없는 삶이 이제는 아득하게만 느껴졌다. 자신이 원했던 것이 어떤 것이었는지, 그것마저 헷갈렸다.

수필과 함께 이강후의 집으로 향할 때만 해도, 유수는 그의 절절한 과거를 모른 척할 수 없다는 생각만 했다. 그러나 이강후가 그녀의 자유를 입에 담는 순간, 그녀는 마침내 깨달았다.

이강후의 마음만이 문제가 아니었다.

마음 한편을 지긋하게 누르고 있던 감정의 무게, 자신은 부정하기만 하던 희미하고 흐릿한 그것의 정체가 비로소 드러나기 시작했던 것이다.

자신은 그를 원하고 있었다.

이강후의 절애(切愛)가 사라진다면, 제 삶에 남은 것들이란 끔찍하리만치 가벼워서, 다 부서지고 날아가 버릴 것만 같았다.

'당신 곁에 있을게.'

어렵게 꺼낸 그녀의 대답은 그랬다. 그저 곁에 있고 싶었다. 아직 아무것도 장담할 수 없었다. 그에 대한 마음이 사랑이라고 부를 만한 것인지도, 확신하지 못했다. 어쩌면 자신은 자유를 얻어도 날아가지 못하는 새처럼 그에게 길들여져 버린 것뿐인지도 몰랐다. 그래도, 우선은 곁에 있기로 했다. 그가 자신을 지켜 주기 위해 곁에 있어 준 시간만큼이라도.

"한 번도 해 본 적이 없어서, 맛은 나도 장담 못 해. 한번 먹어 볼래요?"

유수가 아직 끓고 있는 찌개를 한 숟가락 떠서 앞으로 내밀었다. 그러곤 멀거니 서 있는 강후를 향해 다가오라는 듯 손짓했다. 강후는 미동도 않고 그것을 바라보기만 했다.

"안 먹어 볼 거야?"

유수가 재촉했다.

아주 짧은 순간 어깨가 움찔하긴 했으나 강후는 결국 그 자리에 그대로 서 있었다. 어떻게 반응해야 할지 모르는 것 같은 그 모습에, 유수가 짧게 한숨을 내쉬었다. 그랬지, 저 작자는 언제나 결정적인 순간에는 다가오질 못했다. 제 손이 스치기라도 하면 여자의 접촉이 처음인 소년처럼 굳어 버리곤 했지.

결국 유수가 다가가 그 앞에 섰다. 숟가락을 코앞까지 들이밀자 강후는 결국 그것을 받아 삼켰다. 짭조름한 된장의 맛이 혀를 자극하다가 목구멍 안으로 사라졌다. 기이한 느낌이 들었다. 유수가 바로 앞에서 눈을 빛내며 반응을 기다렸다. 그 말간 얼굴이, 좀처럼 현실처럼 느껴지지 않았다.

유수만큼이나 모두에게 익숙한 일상이 낯선 그였다. 누군가 집에서 해 주는 밥을 먹어 본 기억이 있을 리 없었다. 집 안에 발을 디뎠을 때 훅 끼쳐 오는 따뜻한 냄새, 자신을 생각하며 음식을 준비하고 기다리는 누군가의 온도. 강후는 낯선 것들이 일깨우는 묘한 기분에 휩싸여, 도대체 어떻게 반응하면 좋을지를 가늠하고 있었다.

품. 그 모습이 귀여워 유수는 웃어 버리고 말았다. 짓궂게 굴고 싶은 마음이 샘솟았다.

"맛이 없으니까 대답이 없나 봐?"

"……그건, 아닌데."

대답하는 강후의 목소리에 조금 긴장이 묻어 있었다.

"내가 그간 당한 게 있는데도 국에 독 안 탄 걸 다행으로 알아."

그렇게 말하면서 유수는 말갛게 웃음을 터트리곤 뒤돌아서서 싱크대로 돌아갔다. 강후는 서투른 기색으로 요리조리 싱크대 앞을 휘저으면서 마저 음식을 준비하는 유수의 뒷모습에서 눈을 뗄 수 없었다. 바짝 말라 갈라져 있던 가슴 밑바닥에, 울컥 자꾸만 뜨거운 것이 솟아났다.

유수가 음식을 하는 동안, 강후는 부엌에 선 채로 꼼짝도 하지 않고 기다려 주었다. 음식에 대한 칭찬을 하지는 못했지만, 그건 이강후가 나름대로 마음을 표현하는 방식이었다.

"이제부터 당신 집에서 지낼 거야."

풉. 강후는 마시던 물을 도로 컵에 뿜어냈다. 이강후가 놀라는 건 처음 본다는 표정으로 유수가 두 눈을 동그랗게 치켜떴다.

"도대체 어디서부터 어떻게 놀라야 하는지 모르겠어, 민유수."

강후가 한 손으로 이마를 짚었다. 차라리 자신이 얼마나 위험한 존재인지 제대로 인식하고 도망 다닐 때가 상대하기 편했던 것 같다. 저렇게 무방비한 얼굴로 저런 위험한 말을 할 때면, 강후는 저절로 한숨이 쉬어졌다. 애써 붙들고 있는 얇은 자제력이 끊어질 듯 팽팽하게 당겨졌으니까.

"나 당신한테 도망가려고 기숙사 나왔잖아. 집이 팔려 버려서 윤아랑도 당장은 같이 못 살아. 이게 다 당신 때문이니까 책임을 져야지. 집도 이렇게 넓은데 나 하나 얹혀사는 데 문제 있어?"

유수가 한 손으로 턱을 괴고, 다른 한 손으론 식탁을 톡톡 두드리며 물었다. 시선은 오롯이 강후에게로 향한 채였다.

"문제는 네게 있는 게 아니라……."

강후도 유수에게로 시선을 맞췄다.

"내 쪽에 있지."

"그게 무슨 소리……."

"위험해지지 않을 자신이 없어."

"……."

"나도 남자니까."

그가 일어서서 부엌을 나갔다.

유수가 멍하니 그가 사라진 부엌 입구를 바라보았다. 심장이 제 존재를 알리듯 세차게 뛰고 있었다. 애써 흐트러진 감정을 추스르려 해 보지만, 심장이 뛰는 속도는 더 빨라질 뿐이었다.

그가 하는 말의 의미를 모르는 바 아니었다. 사실 그가 남자라는 사실을, 한 번도 의식하지 않은 적 없었다. 다만 언제나 마음 깊은 곳에선 이 부분에 대한 믿음이 있었던 것 같다. 그가 자신을 억지로 취하지 않으리라는. 스스로도 왜인지는 말할 수 없었지만.

유수가 잰걸음으로 그를 따라 거실로 나갔다.

"당신이 나한테 손 안 댈 거 알아."

쏟아지는 그녀의 말에, 테라스에 서 있던 그가 돌아봤다.

"무슨 근거로?"

뒤돌아서서 묻는 그의 눈이 해 보라는 듯이 가늘게 빛났다.

"마음만 먹었으면 벌써 그랬겠지."

비틀리고 어그러진 이 관계에서 유일하게 분명한 것은, 관계의 상하가 분명하다는 것이었다. 그는 언제나 강자였고, 자신은 약자였다. 이강후가 원했다면, 자신을 안는 건 일도 아니었을 테다.

"근데 당신은 안 그랬어. 언제든지 그럴 수 있었는데도."

유수가 천천히 다가섰다. 강후는 희미하게 웃었다. 제 눈앞에서, 저렇게 편안한 얼굴로 솔직해지는 그녀가, 기뻤다. 예뻤다. 보답하는 의미에서, 조금쯤은 솔직해져 볼까. 가까워진 그녀의 얼굴에 손을 뻗고 싶은 충동을 억지로 누르며, 강후가 다시 입술을 뗐다.

"상상 속에서 내가 얼마나 수없이 널 안았는지를 안다면, 넌 아마 다신 내 얼굴을 쳐다보고 싶지도 않을 거다."

유수는 머리카락 끝이 곤두서는 기분이 들었다. 자신을 안는 그의 모습이, 한 번도 새어 나오지 않았던 그의 격정이, 유수의 잠겨 있는 감각들을 일깨웠다.

"왜 실제로는 그럴 수 없었는데?"

"너는……."

강후가 돌연 말을 멈췄다. 눈빛이 조금 흔들렸다.

민유수를 생각할 때마다 갈증과 허기를 느꼈다. 꿈속에서 그녀를 거칠게 밀어붙이고, 옷을 찢어발기고, 다리를 벌려 드러난 음부에 입을 맞추고, 정신없이 핥고, 빨고, 맛보았다. 사정없이 제 것을 밀어 넣기도 했다. 깨고 나면 정말로 격렬하게 정사라도 나눈 사람처럼 온몸이 땀에 젖어 있었고, 아래가 축축했다.

그러나 정작 현실 속 민유수에겐 손도 댈 수 없었다. 그는 언제나 유수를 성역(聖域)으로 삼았고, 그가 감히 건드릴 수 있는 존재가 아니라고 생각했다. 그녀를 안는 상상만으로도 죄를 짓는 기분이었다. 그녀를 맴도는 동안에도, 그녀 앞에 나타나 욕심을 부려 볼 때에도, 순간마다 죄를 짓는 기분을 피할 수 없었다.

누구도, 자신 같은 괴물이 타인에게 온전히 마음을 기대하는 일이 죄가 아니라고 말해 주지 않았으니까…….

강후는 끝내 말을 맺지 못했다.

유수가 조금 더 가까이 다가왔다. 강후는 다가서지도 물러서지도 못하고, 그 자리에 머물러 있었다. 푸른빛이 도는, 어두운 눈동자. 유수는 손을 뻗어 천천히 그의 눈가를 어루만졌다.

강후는 눈을 감지 않고, 유수의 눈을 그대로 들여다봤다. 늘 가득 차 있던 불안감이 걷힌, 환하고 투명한 눈. 강후는 다시 보일 듯 말 듯 한 미소를 얼굴에 걸었다.

그렇게 그녀를 들여다보는 동안, 조금씩 깊은 곳에 숨겨져 있던 욕망이 흘러나왔다. 공기가 무겁고 탁해진 느낌이 들었다. 강후는 조금씩 흐트러지는 제 호흡을 의식했다.

도망가, 내게서.

다시 기회를 주고 싶은 마음과, 절대로 도망가지 못하게 영원히 묶어 두고 싶은 마음이 그의 안에서 힘겨루기를 했다.

그때, 유수의 입술이 살짝 벌어지며 열렸다.

"……싶어."

"뭐?"

그녀가 상체를 그에게로 가까이 숙인 채 나직하게 말했다.

"당신의, 흑룡이 보고 싶어."

당신의 흑룡이 보고 싶어, 그 말을 듣는 순간 강후의 눈동자가 벼락이라도 맞은 것처럼 흔들렸다.

자신이 지금 무슨 짓을 저질렀는지 알고나 있는 걸까, 민유수는.

강후는 흔들리는 제 이성을 간신히 붙잡으며, 뒤로 한 걸음 물러났다. 이대로는, 그녀를 다치게 할지도 몰랐다.

그가 무슨 생각을 하는지는 모른 채 다시 벌어진 간격을 느낀 유수가 살짝 얼굴을 찡그렸다.

그 오랜 시간 동안 아무도 모르게 제 주변을 서성거렸으면서도, 상상 속에서는 몇 번이나 격렬하게 자신을 안았다고 말하면서도, 실재(實在)하는 자신이 다가서자 어쩔 줄 몰라 하는 사람. 그런 사람이 이강후였다.

태연하게 휘두르는 폭력이 차라리 쉬운 사람. 다른 사람에게 마음을 표현하고 또 사랑을 기대하는 일이 너무나 어려운 사람. 자신 역시 같은 부류였기에, 유수는 강후를 이해할 수 있었다. 그래서 더욱, 자신이 용기를 내고 있는 만큼, 그도 용기를 내 주길 바랐다.

"이강후……. 당신은 날 좋아합니까?"

얼마 전, 학교 앞에 그가 파란 장미를 들고 찾아왔을 때 했던 질문이었다.

불가능, 얻을 수 없는 것. 그런 꽃말을 지닌 장미를 들고 고백하는 남자는 이 세상에 단 하나 이강후, 그밖에 없을 것이다. 그때부터 이미 자신은, 이 남자에게 뒤흔들렸던 것 같다.

"이강후, 당신은 날 좋아합니까?"

유수가 다시 한 번 물었다. 곧은 시선이 강후를 올려다봤다.

"그래."

약간의 간격을 둔 후, 그의 시원한 음성이 울려 퍼졌다.

이전과 똑같은 대답이었다. 그때부터 이미 그도, 집착보다 더 강렬한 어떤 것이 자신을 송두리째 흔들고 있다는 사실을 알고 있었을 것이다.

"이강후는, 민유수를, 좋아한다."

다시 한 번 대답을 되풀이하면서, 강후가 좁혀진 간격 사이로 서서히 들어왔다.

"후회할지도 몰라."

한 뼘도 되지 않은 거리를 사이에 두고, 강후의 시선이 느릿하게 유수의 얼굴과 어깨를 훑어 내렸다. 뻐근하게 차오르는 긴장감을 느끼며 유수가 고개를 가로저었다.

각오가 없었다면, 도발도 하지 않았을 것이다.

"시작하면."

"……."

"중간에는 못 멈춰."

눈을 맞춘 그대로, 강후가 상의의 단추를 풀어 내려갔다. 유수의 가슴이 크게 오르내렸다. 머리로 각오를 하는 것과 가슴으로 상황을 받아들이는 것은 달랐다. 유수가 살짝 고개를 떨어트리자 강후의 긴 손가락이 그녀의 턱을 붙잡아 다시 제게로 시선을 맞췄다.

"싫으면 지금 말해."

그러면서 그는 셔츠를 벗었다.

언젠가 한 번 본 적이 있었던 탄탄하고 매끄러운 상체가 드러났다. 커다랗게 벌어진 어깨와 단단해 보이는 가슴. 과하지 않게 다듬어진 근육들.

그리고 그 위에 별처럼 **빼곡**하게 박힌, 겹겹의 흉터들.

유수는 홀린 듯이 그것들을 바라보며 다시 고개를 가로저었다.

"……싫지 않아. 당신이 싫지 않아."

그 말은, 시작을 알리는 총성과 같았다. 강후가 유수를 확 끌어당겨 어깨를 붙잡고 거침없이 키스를 시작했다. 그 바람에 유수는 테라스의 난간까지 밀어붙여졌다. 깊게 밀고 들어오는 그의 혀를 느끼며, 그녀는 질끈 눈을 감았다. 강렬하고 집요하게 그의 혀가 유수의 입 안을 샅샅이 휘저었다.

키스를 하면서 강후는 빠른 속도로 유수의 블라우스를 벗겨 내렸다. 거침없는 손길이 등과 허리를 쓸어내리고, 자꾸만 더 아래로 타고 내려갔다. 언제나 칼날처럼 서늘하던 그가 제어 장치 없이 격정을 폭발시키는 모습이, 더없이 자극적이었다. 그의 손길이 예민한 곳을 훑고 지나갈 때마다 머릿속 어딘가에서 하얗게 불꽃이 일어나는 것만 같았다.

"돌아서."

거칠고 갈라진, 명령조의 목소리. 유수는 주문에 걸린 사람처럼 천천히 뒤돌았다. 다리가 후들거리며 금방이라도 주저앉을 것 같아 난간을 붙잡고 섰다. 곧 강후가 스커트 지퍼를 끌어 내리며 등 뒤로 몸을 밀착시켜 왔다.

"하아……."

그의 단단한 상체가 적나라하게 느껴지자, 유수의 입술에서 저절로 옅은 신음이 흘러나왔다. 그 소리에 화답하듯 강후의 입술이 유수의 목덜미에 닿았다. 얇은 피부를 음미하듯 샅샅이 맛보며 내려갔다. 혀끝이 주는 부드러운 감각에 정신이 흐트러질 때쯤, 순식간에 스커트마저 바닥으로 떨어져 내렸다. 당황한 유수가 뒤돌려 했으나 단단한 그의 팔이 가두듯 그녀를 막았다.

"멈추는 건, 이제 할 수 없다고 했잖아."

나른하게 깔린 음성이 지독하게 매력적으로 들렸다. 유수는 온몸이 마비된 듯 움직일 수 없었다.

"보여 줄게."

그가 어깨 위의 살갗을 빨아 당기며 말했다.

"내가 상상 속에서 널 어떻게 안았는지."

허스키한 중저음의 목소리가 심장 깊숙이 흘러 들어왔다. 그러자 심장이 뜨거운 새 피를 뿜어내기 시작했다. 어느새 허리 위로 올라온 손가락이, 일부러 그러는 듯 느릿하게 피부를 쓸며 움직였다. 피부 밑에서 뜨겁고 생경한 감각들이 출렁였다.

강후가 다시 그녀를 돌려세웠다. 머릿속이 열기로 뿌연 와중에도 유수는 그의 표정이 보고 싶어 고개를 들었다. 언제나 냉정함을 잃지 않던 얼굴, 군더더기 하나 없이 절제된 동작들. 그런 것들이 벗겨지고 나체가 된 그의 진짜 얼굴이 보고 싶었다.

"하아……."

유수가 탄성을 터트렸다.

욕망이 짙게 밴 그의 얼굴은 아름다웠다. 숨김없이 드러낸 지독한 소유욕, 그러나 일말의 조급함도 느껴지지 않는 여유로움이 어우러져, 그의 얼굴은 매혹, 그 자체였다.

이강후는, 이런 존재구나. 껍데기 속 이강후의 진짜 모습은 치밀하고 빈틈없는 그의 예전 모습보다, 더 강렬하고, 더 돋보였다. 헤아릴 수 없는 깊은 고독과 어둠을 담아내, 영혼을 사로잡는 힘이 있는 거대한 예술 작품 같았다. 유수는 어쩐지 눈물이 날 것만 같았다.

강후는 그대로 유수를 안아 올려 방으로 향했다.

강후는 유수를 침대 위에 내려놓고 키스를 시작했다. 그녀의 입술을 깊게 빨아 당기고 혀를 밀어 넣었다. 채워지지 않는 허기를 달래려는 듯, 그의 혀가 탐욕스럽게 구석구석을 맛보며 움직였다. 예민한 곳을 스칠 때마다 유수의 작은 어깨가 꿈틀거렸다. 그 미세한 반응을 놓치지 않고 강후가 조금 더 그녀를 밀어붙였다. 곧 둘의 상체가 온전하게 들러붙으며 뜨거운 호흡이 뒤엉켰다.

"보여 줄게. 네가 보고 싶다고 했던 것."

한차례의 깊은 키스가 끝나자, 강후가 살짝 쉰 목소리로 말했다. 유수는 차오른 열기에 몽롱해진 눈빛으로 강후를 직시했다. 강후는 제 손으로 유수의 팔목을 붙잡은 채 그녀의 손이 제 어깨에서 시작해 차츰차츰 등으로 내려갈 수 있도록 해 주었다.

유수가 천천히 등을 더듬어 가며 그의 옆으로 자리를 옮겨 앉았다. 강후는 그녀가 문신을 똑바로 볼 수 있도록 등을 돌려 주었다.

"아……."

그녀의 입술에서 긴 탄성이 흘렀다.

한 마리의 거대한 용이 유려한 곡선을 그리며 강후의 커다란 등을 뒤덮고 있었다. 흩날리는 갈기와 섬세한 비늘을 가진 그 검은 짐승은, 제 주인의 모습을 빼닮아 아름답고 관능적이었다. 시선을 빼앗는 압도적인 모습에, 유수가 의식하지 못한 채 손을 뻗어 그것을 만져 보았다.

"당신을 원해."

유수가 천천히 검은 용을 쓰다듬었다.

원했다, 이 사람을 너무도.

마음속 수면 위로 이제야 선연하게 떠오르는 마음. 유수는 불안함과 외로움으로 가득 차 있던 제 마음속에, 안개가 걷히며 조금씩 따뜻한 기운이 스며드는 것을 느꼈다.

유수의 손이 깊게 벌어졌다 아문 것이 분명한 등 위의 상처 자국들도 하나씩 더듬어 보았다. 그리고 그것들을 어루만지기 시작했다.

아직도 나는, 여전히 나는, 당신의 상처들에 약해. 당신의 위로가 되고 싶어. 지금 당신이 내게 위로가 되듯이.

유수가 소중한 것을 대하듯이 깊숙이 고개를 숙여 상처 위에 입을 맞췄다. 그것은 마치, 신성한 의식과 같았다. 치유와 용서의 의식.

그녀의 입술이 닿을 때마다 강인한 등 근육이 꿈틀거리며 검은 용이 살아 움직였다. 강후는 그녀와의 접촉을 음미하기 위해 눈을 감았다.

나의 자유, 그리고 나의 구원.

그는 이 순간이 영원하기를 갈망했다.

새와 늪. 강후는 태어나 처음 느낀 모성에 이끌려 하염없이 어미의 뒤를 쫓는 어린 새였고, 유수는 그런 그를 끌어당기는 모성이자 영원히 헤어 나올 수 없는 그의 늪이었다.

유수는 강후가 일을 하는 낮에는 대부분의 시간을 그의 집에서 글을 쓰며 보냈다. 그동안 여러 가지 해프닝으로 뒷전으로 밀어 둔 논문 작업을 해야 했기 때문이었다.

강후는 저녁 시간이 되면 어김없이 집으로 들어왔다. 간혹 늦은 시각에 미팅이 잡히기도 했지만, 그는 참석을 하지 않거나 아예 미팅을 취소하거나 했다.

"오늘 저녁은 그냥 시켜 먹어요. 뭘 해 놓을 시간이 없었어."

현관으로 들어오는 강후를 향해, 거실 소파에 기대 노트북을 두드리던 유수가 던지듯 말했다. 그녀의 성격상 귀가하는 남편을 달려가 맞이하는 귀여운 아내처럼 될 수는 없었다.

그러나 유수는 그녀 나름대로의 방식으로 강후를 맞이했다.

편안하고, 자연스럽게.

유수는 자신을 집어삼킬 것만 같았던 그의 절대적인 집착이, 천천히 녹아 흐르는 것을 느꼈다. 찢어지고 흐트러진 조각들이 맞쳐지고, 모든 것이 편안하고 자연스러워졌다.

"아예 나가서 먹지. 들를 데가 있어."

강후는 재킷을 벗은 뒤 소파 위에 내려놓으며 유수 옆에 걸터앉았다.

"어딜 들르려고?"

강후는 대답 대신 매끄럽게 웃어 보였다. 보이지 않았던 미소가 요즘 자주 떠오른다. 흠잡을 데 없이 매력적인 그 웃음을 유수는 잠시 홀린 듯 바라보았다.

"인사드리러."

그는 뜻 모를 말을 하며 유수의 입술에 손가락을 대었다. 그 바람에 유수는 뭐라고 말하려다 멈추어야 했다. 강후의 손가락이 느릿하게 입술을 쓸었다. 유수의 뺨이 순식간에 붉어졌다. 도통 스킨십에 익숙해지지 않았다.

"고개 들어 봐."

그러나 자신과 달리 강후는 이런 행위가 지극히 자연스러운 듯 보였다. 어떻게 이럴 수 있지? 여자가 많았나? 그 긴 시간을 독수공방했을 리 없다는 데까지 생각이 미치자 유수의 미간이 살짝 일그러졌다.

유수가 무슨 생각을 하는지 알 것만 같아서 강후는 속으로 웃음을 머금었다. 그는 두 손바닥으로 그녀의 얼굴을 감싸며 깊숙이 키스를 시작했다. 따뜻한 혀가 뒤엉키며 서로의 영혼이 맞물렸다. 유수는 더 이상 다른 생각은 할 수가 없었다.

저녁 식사 후 강후의 검은 세단이 향한 곳은 서울 외곽에 자리한 작은 납골당이었다. 유수는 이곳을 잘 알고 있었다. 오래 도록 찾지 못했지만 언제나 마음 한편에 두고 있는 곳이었으니까.

강후는 너무나 익숙한 모습으로 안으로 들어섰다. 오히려 놀란 유수가 낯선 사람처럼 어색해하며 따라 들어가야 했다.

몇 년 전, 자신의 하나뿐인 가족이 잠든 그곳으로.

소박하게 꾸며진 안치단 위에는 그리운 얼굴이 사진 속에 담겨 웃고 있었다. 강후가 미리 준비한 꽃다발을 그 위에 올려 두었다. 그리고 묵념하듯 묵묵히 고개를 숙여 인사를 했다.

유수는 멀거니 그 모습을 바라보다 고개를 드는 강후와 눈이 마주쳤다. 그는 멍청하게 서 있는 유수의 어깨를 붙잡아 안치단 쪽을 향해 돌려세웠다.

"인사 안 드리고 뭐 해."

그럼에도 유수는 입술을 떼기 힘들었다. 가슴이 먹먹해지고 목이 메어 왔다.

여길, 도대체 어떻게 알고.

"안녕, 할머니. 나왔어."

간신히 낸 목소리가 잔뜩 잠겨서 나왔다. 유수의 할머니는 오래전 모습 그대로, 화답하듯 사진 속에서 그녀를 바라보고 있었다.

할머니가 돌아가시던 날 밤, 강후는 아무도 없는 장례식장에 찾아왔었다. 지독하게 쓸쓸했던 그날 밤, 죽음처럼 고독에 잠겼던 그 밤에, 환영처럼 나타났던 그의 모습을 기억한다.

왜 그땐 몰랐을까.

그가 자신을 달래 주고 싶어 했다는 것을.

지치도록 울어 대는 자신을 말없이 보기만 하다가 결국 아무 말도 하지 못한 채 멀어지던 그 뒷모습이, 각인처럼 선명했다.

자꾸만 목구멍 깊은 곳에서 뜨거운 덩어리가 치밀었다. 유수는 터지려는 감정의 분수를 억지로 눌러 삼키며, 천천히 입술을 뗐다.

"……너무 오랜만에 찾아와서 미안해. 내가 먼저 오자고 해야 했는데 그러지 못해서 미안해. 미안해, 미안해."

어리고 철없던 자신은 가난에 찌든 삶을 싫어했었다. 일탈하고 싶은 강박관념에 시달렸다. 지치고 늙은 몸으로 자신을 부양하던 할머니를 원망하기마저 했었다. 고아원에 버려진 자신을 데려와 직접 거둬 준 유일한 가족이었는데도 말이다.

늦은 후회와 함께 그리움이 밀려왔다.

"미안해, 미안해……."

결국 울음이 터졌다. 강후는 오래전 그때처럼 가만히 그녀를 지켜봐 주었다. 그녀가 응어리진 감정을 모두 토해 낼 때까지. 유수는 오래도록 흐느꼈다.

"인사가 늦었습니다. 이강후라고 합니다."

이윽고 유수의 울음이 잦아들자, 강후가 안치단을 향해 다시 한 번 고개를 숙이며 인사했다.

"마음에 안 차시겠지만, 노력해 보려고 합니다."

짧고 단순한 다짐. 그는 화려하게 치장해서 말하는 사람이 아니었다. 그럼에도 그의 말에는 절절한 진심이 있었다.

유수는 여전히 젖어 있는 눈을 한 채 희미하게 웃었다. 그녀는 그의 손에 자신의 손을 엮었다. 강후가 힘주어 손을 마주 잡아 주었다.

"약속할 게 하나 있어."

강후가 손을 맞잡은 채 앞을 바라보며 또렷하게 말했다. 유수가 고개를 돌려 그를 바라보았다. 여기까지 와서 저와 하려는 약속이 뭘까 싶었다.

"이제 아무도 다치지 않게 할 거다. 너와 관련된 사람이라면 더더욱."

유수에게 하는 것인지 스스로에게 하는 것인지 경계가 모호한 다짐, 그러나 확고하고 강렬한 다짐이었다. 강후는 살짝 고개를 숙여 유수의 머리 위에 입 맞췄다. 마치 맹세의 증표라도 되는 듯이.

발밑에서부터 벅차오르는 감정 때문에 유수는 그만 주저앉고 싶었다.

자신을 향한 그의 집착 때문에 누군가 다치지 않을까 봐 언제나 노심초사해야 했다. 폭력은, 그에게 조금씩 마음을 열어 가면서도 온전히 그를 믿을 수 없었던 마지막 이유이기도 했다. 그런데 그가 먼저 저에게 이런 말을 꺼낼 줄이야. 유수는 이제 더 바랄 것이 없었다. 길고 힘들었던 여정이 드디어 막을 내리는 기분이었다.

강후도 이제 더 이상, 그녀도 자신도 괴롭히고 싶지 않았다. 영혼을 좀먹는 불안함이 사라졌다. 그는 태어나 처음으로 편안함을 느꼈다. 자신 같은 괴물도, 그녀라면 보듬어 줄지도 모른다는 희망. 그는 거기에 모든 것을 걸 준비가 되어 있었다.

10

"이게 뭐죠?"

해일이 제 눈앞에 내밀어진 하얀 봉투를 미심쩍은 눈으로 내려다보았다.

턱 위로 깨끗하게 잘린 단발을 한 채, 그의 앞에는 미진이 앉아 있었다. 창백한 피부색에 부르튼 입술, 온기가 완전히 씻겨 나간 표정까지. 그의 눈앞에 앉아 있는 미진은 해일이 지금까지 알고 있던 모습과는 너무도 달랐다.

아프다는 이야기를 듣긴 했지만, 이 정도로 사람이 변했을 줄이야. 몸이 아니라, 정신이 아팠던 건가? 해일은 처음부터 미진의 가식을 꿰뚫어 봤기에 그녀에게 호감을 가진 적도 없었지만, 그래도 너무나 망가진 모습이 안타깝기는 했다.

해일은 미진이 내민 봉투를 손에 들고 안을 열어 확인해 보았다.

"이게 도대체……."

"최음제예요."

미진이 갈라진 목소리로 덤덤하게 말했다. 고저 없는 목소리에 해일이 잠시 멀거니 미진을 쳐다봤다. 자신이 잘못 들은 건 아닌가 싶었다. 두 눈을 껌뻑이고 있는 해일을 잠시간 건조하게 쳐다보던 미진이 다시 한 번 또렷하게 목소리를 냈다.

"최음제예요. 최음제가 뭐에 쓰이는 건진 알고 있겠죠?"

"이런 걸 왜 미진 씨가 가지고 있죠? 아니, 도대체 이게 무슨……!"

당황한 해일의 목소리가 조금 높아졌다.

"쓰고 싶은 데 없어요? 예를 들어, 민유수를 안을 때라든지."

미진의 입꼬리가 조금 올라갔다. 해일은 등 뒤로 사름 소름이 돋는 것을 느꼈다.

"……유수와, 고등학교 동창이라고 하지 않았나요? 이러는 이유가 뭐죠?"

"그런 걸 당신이 생각할 필요가 있나? 당신이 민유수를 갖고 싶은 것처럼, 나도 내가 갖고 싶은 게 있는 것뿐."

미진은 이제 얇게 남은 한 꺼풀 가식마저 벗어 버리고 반말을 뱉어 내고 있었다.

"미쳤군요, 당신."

해일이 자리에서 일어났다. 더 이상 상대하고 싶지 않았다. 미진이 단단히 미쳤다는 생각뿐이었다.

돌아서려는 해일의 팔을 미진이 붙잡았다. 어찌나 완력이 강한

지 해일이 팔을 털어 내도 미진의 손은 떨어지지 않았다.

"잘 생각해. 당신도 봤잖아, 그 남자. 그 남자를 보고 뭘 느꼈지? 민유수의 어디에 끌렸지? 그런 남자의 여자라면, 모든 걸 걸어서라도 뺏어 보고 싶지 않느냔 말이야!"

미진은 절규하듯 소리를 지르고 있었다.

"그쪽이야말로 잘 생각해. 당신이 가지고 있는 게 그 남자에 대한 집착인지, 아니면 민유수에 대한 열등감인지."

해일이 질렸다는 듯 미진을 밀어 냈다.

멀어지는 해일의 뒷모습을 바라보며 미진이 부득 이를 갈았다.

이강후를 죽이고 싶었다. 경멸하듯 자신을 내려다보는 그 선연한 눈빛, 그를 가질 수 없다면 차라리 죽이고 싶었다.

이강후에게 잡혀간 날, 그는 어떻게 찾았는지 호준을 불러냈다. 자신이 오래전에 민유수를 넘기려고 했던 그 쓰레기를.

이강후는 호준에게, '민유수에게 하려고 했던 짓'을 자신에게 하라고 명령했다. 호준은 지체 없이 다가왔고 자신을 때리고 깔고 앉았다. 축축한 혀가 입 안으로 들어왔다. 벌레 같은 손이 온몸을 기어 다녔다. 호준의 손이 막 허리춤에 닿았을 때, 이강후는 자신에게서 호준을 떼어 냈다.

'박호준이 정말로 민유수를 강간하는 데 성공했다면, 너도 이 자리에서 똑같이 당했을 거야. 그가 그러지 못한 데에 감사해.'

이강후는 그렇게 말하고 호준을 데리고 방을 나갔다.

이강후는 자신을 협박하지도 심지어 때리지도 않았다. 딱, 민유수에게 자신이 하려고 했던 거기까지 만을 했다.

더 상대하기도 싫다는, 그 정도의 관심조차 없다는 듯.

호준 앞에서 당한 모멸보다, 이강후의 그 취급이 더 견디기 괴로웠다. 그 더러운 느낌을 씻을 수 없었다.

'이강후. 미치도록 갖고 싶지만, 절대 가질 수 없는 이 고통. 심장을 도려내는 것 같은 이 고통. 당신도 느끼게 해 줄 거야. 반드시.'

미진의 눈가가 파르르 떨렸다.

수필은 난감한 얼굴로 제 눈앞에 서 있는 강후와 해일의 얼굴을 번갈아 바라보았다.

수필은 해일의 얼굴을 또렷이 기억했다. 자신이 가게를 처음 열던 날, 해일은 이곳에서 유수를 향해 공개 고백을 했었다. 강후의 명령으로 그날 해일을 가게 밖으로 끌고 나간 것은 자신이었다. 그가 한 일이라곤 약에 취해 잠든 해일을 먼 곳에 데려다 두는 것뿐이었지만.

아무튼 해일은 그날의 일을 기억하고 찾아와 강후에 대해 캐물었고, 수필은 강후에게 이를 보고했다. 수필은 당연히 자신의 보스가 적당히 해일을 돌려보내라고 할 줄 알았다. 그런데 어찌 된 일인지 강후는, 곧바로 가게로 찾아왔다.

수필은 불안했다. 이제 겨우 보스의 힘겨운 짝사랑이 잘 풀린

다 싶었는데, 혹시 오늘 무슨 일이 터져서 모든 게 도루묵이 될까 봐 걱정이 됐다. 그래서 어디에 가지도 못하고 두 사람을 지켜보고 있었다.

"잠깐 시간 좀 주지?"

강후가 수필을 향해 말했다. 수필은 망설였다. 무슨 일이 터지면 말릴 사람은 자신밖에 없단 생각이었다. 강후가 그런 걱정을 꿰뚫어 보고, 걱정 말라는 얼굴로 두 손을 들어 보였다. 하는 수 없이 수필은 카운터가 있는 곳으로 돌아갔다. 여차하면 다시 튀어올 생각을 하며.

"이렇게 바로 나타날 줄은 몰랐는데."

해일이 먼저 말을 꺼냈다. 반감(反感)이 확연히 드러나는 말투.

"한 번은 만나야겠다고 생각했으니까."

강후도 익숙한 대로 반말을 했다. 그러나 해일의 날 선 말투에 비해 지극히 편안한 어조였다. 해일로서는 그게 더 거슬렸다.

자연스럽게 압도된다.

'당신도 봤잖아, 그 남자. 그 남자를 보고 뭘 느꼈지? 민유수의 어디에 끌렸지? 그런 남자의 여자라면, 모든 걸 걸어서라도 뺏어 보고 싶지 않느냐 말이야!'

애써 털어 버리려고 했던 미진의 말이 다시금 되살아나 귓가에 들러붙었다.

"내가 하고 싶은 말은 하나야."

강후가 해 보라는 듯 덤덤하게 해일을 쳐다보았다. 해일은 한 번 숨을 고른 뒤, 비장하게 입술을 열었다.

"유수, 이제 그만 놔줘."

강후는 그런 그를 흔들림 없이 응시했다. 해일은 조금 조급해졌다.

"당신이 민유수를 정말 사랑한다면, 이제 그만 놔줘. 당신 곁에서 민유수, 절대 행복할 수 없어."

"어째서?"

강후가 고저 없이 물었다.

"당신, 깡패잖아. 당신 옆에서 유수가 행복할 거라 생각해?"

'깡패.' 작정하고 그를 자극하고자 한 말이었다. 해일은 각오한 듯 비장한 표정으로 강후를 쳐다보았다. 그런데, 어떻게 된 게 강후는 꿈쩍도 하지 않았다. 가만히 해일을 마주 볼 뿐이었다.

예상치 못한 반응이었다. 어째서, 이토록 편안한 거지? 마치 지난번의 그 민유수처럼.

'아니, 난 아무 데도 안 가.'

'그때는 도망쳤지만, 이제는 그 사람 곁에 남고 싶어.'

너무나 확고하던 유수의 태도에 더는 그녀를 붙잡을 수 없었다. 해일은 자신의 무력함에 치를 떨었다. 유수를 흔들 수 없다면, 이 남자라도 흔들고 싶었다. 그런데 그녀만큼이나 그 역시 확고했다. 강후가 고요할수록, 그래서 해일은 더 들끓었다.

"유수가 당신한테 빚이 있는 거 알아."

해일은 숨겨 둔 카드를 꺼내듯이 말했다. 강후의 눈빛이 조금 가늘어졌다.

"유수 때문에 칼에 맞았다며."

유수가 이 얘기를 한 건 다른 의도였지만, 해일은 이렇게라도 해서 강후를 움직이고 싶었다. 자신이 치졸하게 느껴졌지만, 이제 아무래도 좋다는 생각이었다.

"유수가 당신 옆에 남겠다는 거, 절대 사랑 아니야. 모르겠어? 유수는 당신한테 미안해한다고. 그래서 남으려고 하는 거라고!"

해일은 격앙된 감정을 터뜨리며 소리를 질렀다.

"상관없어."

강후가 느릿하게 답했다. 짧은 생각이 스치고 지나가긴 했다. 사랑이 아닐 수도 있다, 이에 대한 짧은 상념.

하지만 자신 옆에 남기로 한 선택은 오롯이 그녀의 몫이었다. 강후는 유수의 눈동자 속에서, 조심스럽게 제게 닿는 그녀의 접촉에서, 분명하게 그걸 느낄 수 있었다.

"……상관없다고? 그녀가 당신 옆에서 평생 자책과 후회에 시달리면서 살아도, 정말로 상관없다고? 어떻게 그렇게 이기적일 수 있지, 당신은?"

해일이 다시 강후를 힐난했다. 강후가 기대어 서 있던 벽에서 등을 떼고, 한 발 해일을 향해 다가섰다. 해일이 저절로 어깨를 굳히고 움찔했다. 이미 각오한 부분이 있기도 했지만, 이강후의 존재가 깊은 곳에서부터 두려운 건 어쩔 수 없었다.

그러나 조금 더 다가서기만 했을 뿐, 강후의 눈동자는 처음처럼 고요한 상태였다.

"그녀가 날 떠나고 싶다면, 그렇게 해 줄 생각이다."

예상외의 대답에 해일의 얼굴에 혼란함이 떠올랐다. 강후가 살짝 그에게로 상체를 숙여 속삭이듯 말을 이었다.

"하지만, 그런 얘길 너한테서 들을 이유는 없어."

강후가 다시 상체를 떼어 냈다. 위협이라곤 실리지 않은 군더더기 없는 행위였다. 강후는 아직 할 말이 더 있냐는 듯이 해일을 훑어보았다. 해일은 더는 아무 말도 할 수가 없었다.

밀려드는 허무함.

이 관계 속에서 제3자는 자신이라는 걸, 확고하게 깨닫는 순간이었다. 자신은 그녀를 구할 영웅이 아니었다. 어쩌면 미진의 말대로 자신은 치졸하고 비겁하게, 저를 압도하는 이 남자를 향한 치기 때문에, 더욱 유수에게 집착하는 것인지도 모른다.

강후가 멀어졌다. 만났을 때처럼 인사도 없이, 마치 아무 일도 없었던 것처럼.

해일은 우두커니 한참 자리에 서 있었다.

유수는 강후를 만나러 가끔 그의 회사에 들렀다. 그를 기다리면서, 가끔 진홍에게 들러 수다를 떨었다. 사실은 같이 수다를 떤다기보다 진홍이 떠는 수다를 들어 주는 쪽에 가까웠다. 진홍은 우직한 느낌의 수필보다 좀 더 활발하고 유머러스한 편이었다. 유수는 그가 자연스럽게 강후의 과거 얘기를 들려주는 것을 좋아했다.

수필은 이제 막 돌이 지난 아기를 돌보느라 저녁 시간의 대부분을 할애했다. 그래도 주말이면 가게에 강후와 유수, 그리고 진홍을 초대해 꼭 저녁 식사를 함께했다. 그리고 저녁 식사 자리에는 가끔 윤아도 초대되곤 했다.

"오늘은 윤아 씨 안 오십니까?"

평소와 다름없는 주말 저녁, 다 같이 모인 자리에서 진홍은 슬쩍 윤아 얘기를 꺼냈다. 진홍과 윤아 사이에서 흐르던 묘한 기운을 눈치채고 있던 유수가 짓궂게 대답했다.

"글쎄요. 오늘 약속이 있다고는 했는데. 진홍 씨가 직접 연락해 보지 그래요? 연락처 알잖아요."

진홍답지 않게 얼굴이 붉어졌다. 말은 청산유수면서, 은근히 순진한 면이 있었다. 그런 진홍을 보면서 유수가 몰래 웃음을 머금었다.

드르르르. 그때, 진동으로 해 둔 휴대폰이 울렸다. 액정에 타이밍 좋게 윤아의 이름이 떴다. 유수가 장난스럽게 진홍을 향해 휴대폰을 흔들어 보이자, 진홍이 어버버거렸다.

후후후, 귀여워라. 약간 뜸을 들인 뒤 유수가 통화 버튼을 눌렀다.

"응. 어디야? 우리 다 모여 있는데."

— 유수야! 흐흑…….

그런데, 수화기 저편에서 윤아의 목소리가 흐느끼고 있었다.

장난기 어린 얼굴로 진홍을 건너다보던 유수의 얼굴이 찬물을 끼얹은 듯 순식간에 굳었다. 심상치 않은 낌새에 같이 앉아 있던 이들 모두가 얼굴을 굳히고 유수를 바라보았다.

"윤아야, 뭐야. 무슨 일인데?"

— 미진이한테서 연락이 왔어, 한해일이 다쳤다고, 지금 응급실에……

윤아는 횡설수설했다. 무슨 말인지 정확히 알 수 없었으나, 해일이 응급실에 있다는 소리 같았다.

"그게 무슨 소리인데, 정확하게 말해 봐."

— 이강후……. 지금 같이 있어?

유수의 시선이 자연스럽게 맞은편에 앉아 있던 강후에게로 향했다. 강후도 유수를 바라보고 있던 참이었다.

"응."

강후를 바라보면서, 유수가 대답했다.

— 이강후가 그랬대. 한해일, 지금 중환자실에 있어. 빨리 좀 와 봐, 유수야, 흐윽……

뭐? 청천벽력 같은 말이었다. 전화를 끊고, 유수가 급히 일어섰다. 진홍이 무슨 일이냐고 물었지만, 유수는 설명할 겨를이 없었다. 재킷을 챙기면서 강후를 돌아봤다.

"당신, 한해일 만났었어?"

강후가 고요하게 유수를 올려다봤다. 긍정의 침묵. 유수의 눈동자가 크게 요동쳤다. 수필이 유수를 잡기 위해 일어섰지만, 유수는 그대로 떠나 버렸다.

수필과 진홍이 동시에 강후를 쳐다봤다.

"형님, 무슨 일이랍니까? 따라 나가 보셔야 되는 것 아닙니까?"

따라 나갈 수도 있었다. 예전 같았으면, 그랬을 것이다. 그러나 그는 그러지 않았다. 유수가 원하지 않는다는 것을 느꼈기에. 이제 그는, 그녀가 원하지 않는 일은 하고 싶지 않았다.

무슨 일이 생겼다면, 설명할 것이다. 도움이 필요하다면, 청할 것이다. 그녀가 스스로. 그렇지 않은 영역에 있어서 그는 간섭할 수 없었다.

자신의 보스는 평온해 보였지만, 수필은 불길한 느낌을 지울 수 없었다. 수필은 한참이나 유수가 나간 문에서 눈을 떼지 못했다.

"무슨 일이 있었던 거야?"

유수는 직설적으로 물었다. 오랜만에 본 미진에게 인사치레 따위도 하고 싶지 않았다.

"해일이 집단 린치를 당한 것 같아. 해일 어머님이 사무실로 전화하셨어. 경찰도 와서 이것저것 물어봤고. 네가 연락을 안 받길래 윤아한테 한 거야."

미진은 하얗게 질린 얼굴로 말했다.

"다행히 수술은 잘됐대."

미진 옆에 있는 윤아 역시 질린 얼굴을 하고 있었다.

상황은 유수의 예상보다 심각했다. 해일은 집단 폭행으로 갈비뼈가 부러지고 부러진 뼈가 내장을 뚫어 응급 수술을 받았으나 아직 깨어나지 못하고 있는 상황이었다.

도대체 누가, 왜?

직감적으로 차오르는 불안감을 삼키며 유수는 정신을 차리려고 애썼다. 그러나 맥박이 빨라지고 호흡이 가빠지는 걸 추스르기 힘들었다.

아닐 거야, 그럴 리가 없어.

해일을 이 지경이 되도록 만들 수 있는 사람은 많지 않았다. 가장 먼저 떠오르는 이는 단연 이강후였다. 그러나 유수는 스스로에게 주문을 외듯 말했다. 그럴 리가 없다. 이강후는 자신에게 앞으로 누구도 다치지 않게 할 거라고 약속했다. 그는 선불리 지키지 않을 말을 내뱉을 사람이 아니었다.

"……해일이 발견된 곳이 가평이야. 가평의 빈 공장 부지."

미진이 덧붙이듯 말했다. 유수는 일순간 온몸이 감전된 듯한 충격을 느꼈다. 가평의 공장 부지. 그곳은 유수와 미진 모두에게 익숙한 장소였다. 미진이 강후에게 끌려간 곳이었고, 그런 미진을 되찾기 위해 유수도 들렀던 곳이었다.

그리고 유수는 거기서, 이강후의 끔찍한 폭력을 마주해야 했다. 그 앞에서 벌벌 기며 용서를 빌던 한 남자를, 감흥 없는 눈빛으로 짓밟던 그의 모습을. 그가 벌였던 이전의 폭력과는 차원이 다른, 그 무자비함을.

말도 안 돼. 아니야, 그럴 리가 없어.

거듭 부정하면서도, 마음속 깊은 곳 어딘가에 실금이 가는 소리가 들렸다.

"며칠 전에 해일 씨를 만났어. 내가 해일 씨한테 약을 줬어. 그걸 이용해서 유수 널 유혹해 보라고. 이강후가 그걸 알고서 한해일을 찾아갔나 봐."

미진이 떨리는 목소리로 말을 이었다. 윤아가 경악에 찬 얼굴로 그녀를 돌아보았다.

"김미진, 너 정말 미쳤구나? 도대체 무슨 짓을 벌인 거야!"

"어떻게든 이강후 그자랑 잘해 보고 싶었어. 내가 그럴 수 없다면, 유수 너도 그러지 못했으면 좋겠다고 생각했어. 그래서 한해일이 널 흔들 수 있길 바랐어. 하지만, 이강후 그자가 이런 짓까지 할 줄은 나도 몰랐어. 정말 몰랐단 말이야, 흐윽……."

미진이 끝내 울음을 터트렸다.

그 모습을 싸늘하게 바라보며, 유수는 머릿속으로 생각을 정리했다. 이강후는 자신뿐만 아니라 제 친구들에게도 미행을 붙여 감시를 하곤 했다. 어쩌면 정말로 미진이 약을 건네며 해일과 하는 대화를 들었을 수도 있다.

"……정말 이강후가 그랬다고 생각해?"

유수가 미진과 윤아를 번갈아 쳐다보며, 소름 끼치도록 낮게 깔린 목소리로 물었다.

"그럼 도대체 누가 그랬다고 생각하는데? 난 이제 그자한테 질렸어. 어떻게 사람을 이 지경으로 만들 수 있니? 해일이 무슨 죄가 있다고! 그자는 악마야. 인피를 뒤집어쓴 악마!"

미진이 울먹거리며 소리를 질렀다.

윤아는 아무 말도 하지 않았다. 그녀는 지난 몇 주간 이강후의 놀라운 변화를 유수와 함께 가장 가까이서 지켜본 인물이었다. 윤아는 그 변화에서 그의 진심을 봤다고 생각했다. 그래서 지금 이 상황이 믿기지가 않았고 믿고 싶지도 않았다.

그러나 대답을 하지 않았다고 해서, 그게 부정을 의미하는 것은 아니었다. 윤아는 이강후의 폭력을 직접 겪은 사람이기도 했다. 윤아 역시 이런 일을 벌일 수 있는 사람은 이강후뿐이라 생각할 수밖에 없었고, 유수는 그녀가 그렇게 생각한다는 것을 듣지 않아도 알 수 있었다.

마음속에 그어진 실금이, 쩌엉 소리를 내며 갈라지고 있었다.

유수는 해일이 있는 중환자실로 향했다. 그녀는 해일의 상태를 두 눈으로 확인하고 싶었다.

"유수 양!"

병실이 있는 복도에 다다르자, 낯익은 모습의 누군가가 유수를 향해 뛰어왔다.

해일의 모친이었다. 밝고 아름다웠던 지난번과는 달리, 그녀는 두 눈이 퀭한 채 얼굴에 온통 고통과 피로를 뒤집어쓰고 있었다. 유수는 그녀의 상한 얼굴을 보자마자 목이 메여 왔다. 그녀에게 오늘의 사건이 얼마나 충격적이었을지 짐작조차 할 수 없었다.

"유수 양, 와 줬구나……."

"아주머니!"

해일의 모친이 유수를 붙잡으려 팔을 뻗으려다 휘청거렸다. 유수가 금방 그녀를 부축했다. 그러나 그녀는 일어서지 못하고 그대로 미끄러져 바닥으로 주저앉았다.

"유수 양, 우리, 우리 해일이, 내 아가……. 어떡해, 어떡하니……."

주저앉은 채로 그녀는 넋이 나간 사람처럼 흐느꼈다.

오래전에 호준이 응급실에 실려 갔던 날, 호준의 모친은 자신을 원망했었다. 그리고 유수는 호준이 다친 게 자신의 탓인 것을 부인할 수 없었다.

만약 이강후가 호준에게 그랬듯이 해일도 다치게 한 거라면, 이번에도 결국 모든 일은 자신의 탓이었다.

애초에 아무도 자신의 테두리 안에 들어서는 안 되는 거였다. 평범하게 살 수 있으리라는 불가능한 희망이 언제나 마지막엔 일을 그르쳤다.

유수는 무릎을 접고 앉아 주저앉아 있는 해일의 모친을 꼭 껴안았다. 시선은 천장을 향한 채였다. 막혀 있는 높은 병원 천장을 멀거니 바라보며, 유수는 생각에 잠겼다.

호준을 잃고, 윤아와 미진이 다치고, 이제는 해일까지……. 자신 옆에 있는 사람들은 불행을 피할 수가 없었다. 자신과 함께라는 이유만으로. 이강후의 눈에 들었다는 이유만으로.

이강후…….

그런데 가야 할 길을 머리로는 알면서도, 마음으로는 받아들이기가 힘들었다.

'넌 내게 전부야, 민유수. 심장을 원한다면 꺼내 가. 그래도 난 널 못 놔.'

'이강후는, 민유수를, 좋아한다.'

'네가 내 친구고, 부모고, 애인이고, 내 인생 자체야.'

그가 했던 말들이, 그 비할 데 없이 절대적인 애정이, 진심들이, 하나하나 떠올라 그녀의 마음속을 스치고 지나갔다.

우습게도 이제 자신은 이강후에게서 어떻게 도피할지 걱정하는 게 아니라, 이강후를 향한 자신의 마음으로부터 어떻게 도망쳐야 할지를 걱정하고 있었다.

— 지금은 전화를 받을 수 없어 음성 사서함으로 연결되오니…….

벌써 수십 번째 전화였다. 역시나 연결은 되지 않았다.

유수가 해일이 있는 병원을 찾았던 날 이후, 어느덧 일주일이 흘렀다. 유수는 병원을 나서자마자 강후를 찾았다. 그러나 그를 만날 수가 없었다. 전화 연결은 되지 않았다. 수필의 가게에도 가 보고 집에도 있어 봤지만, 이강후는 나타나지 않았다.

이강후가 사라졌다. 마치 거짓말처럼.

유수는 그와 자신 사이에 있는 간극을 더욱 실감했다. 자신은 그토록 노력해도 그로부터 숨을 수 없었는데, 이강후에게는 처음부터 존재하지도 않았던 사람처럼 사라져 버리는 게 너무도 쉬운 일이었다.

유수는 길을 잃은 아이처럼 절망했다.

이강후가 사라지고, 유수는 그를 향한 자신의 마음을 더욱 절감했다. 그가 무슨 말을 하든지 간에 믿어 주고 싶었다. 의심이 들더라도 모른 척해 주고 싶었다.

그런데, 그는 그럴 기회조차 주지 않았다.

어째서? 밥을 먹다가도, 길을 걷다가도, 자꾸만 차오르는 '어째서'라는 질문에, 유수는 목이 멨다.

시간은 계속해서 흘렀다. 여름이 끝나 가고 있었다. 유수는 고개를 들어 하늘을 올려다보았다. 바람은 쌀쌀해졌지만, 하늘은 눈부시게 맑았다.

유수는 이강후가 없는 그의 집에서 그를 기다리고 또 기다리다 지쳐 다른 곳도 찾아가기 시작했다. 이강후의 사무실, 수필의 가게, 진홍의 흥신소, 함께 갔던 영화관과 분식집, 레스토랑……. 가 보지 않은 곳이 없었다. 그런데도 그를 찾을 수 없었다.

바람이 불자 팔뚝에서 소름이 돋아났다. 수필의 가게로 향하던 참이었다. 벌써 몇 번째 헛걸음을 하고 있었지만, 달리 다시 갈 데가 없었다.

아직 꽤 걸어야 했다.

유수는 걷다가 멈추고 또 걷다가 멈추기를 반복했다. 그러나 완전히 멈추지는 않았다. 이강후가 없이 아주 느려진 시간 속에서, 그녀는 간혹 걷다가 멈추기를 반복했다. 시간이 흘러가는 것을 천천히 느끼면서. 그녀는 아주 느리게, 그러나 끝까지 걸어갔다. 그게 그녀가 이 시간을 버텨 내는 방법이었다.

테이블을 닦고 있던 수필이 유수가 걸어 들어오는 걸 보고 고개를 들었다. 그녀를 향한 눈빛에 안타까움이 어렸다. 유수는 담담히 수필 앞까지 걸어가 멈추었다.

수필은 거듭 자신도 강후의 행방을 모른다고 했다. 하지만, 유수는 다른 사람이면 몰라도 수필이라면 어떻게든 강후가 있는 곳을 알고 있으리라고 혹은 찾아낼 수 있을 거라고 생각했다.

"모르겠어요."

그녀는 인사조차 잊었다. 수필을 보자, 거리를 걷는 내내 머릿속을 헤집었던 생각들이 줄줄 새어 나왔다.

"모르겠어요, 그가 왜 떠났는지. 아무것도 묻지 못했는데, 아무 말도 듣지 못했는데. 왜 떠나 버렸죠? 그렇게 오랫동안 내 곁을 지켰으면서, 이제 와서 왜, 도대체 왜, 뭐 때문에? 나보고 뭘 어쩌라는 거예요? 이대로 평생 가슴속에 이강후를 지니고, 괴로워하면서, 힘들어하면서, 그렇게 살라고? 이렇게, 답답하고, 흐윽, 보고 싶은 채로……."

유수가 흐느꼈다. 참아왔던 서러움이 끝내 터지고 말았다. 수필은 그녀에게 마지막 희망이나 다름없었다. 수필마저 입을 다문다면, 유수는 정말이지 이강후와 연결된 마지막 끈마저 놓칠 것 같았다.

"유수 양……."

수필이 떨리는 유수의 어깨 위에 가만히 손을 얹었다. 그의 목소리는 진중하고 고요했다. 마치 처음 유수에게 강후의 숨겨진 이야기를 전하던 그때처럼.

"형님은, 아주 오래전부터 준비하고 있었어요."

"……그게 무슨 말이죠?"

"만약 흑묘파 간부가 중간에 끼어드는 일이 없었다면, 형님은 애초에 당신 옆에 남아 있지 않았을 겁니다."

유수는 수필이 무슨 말을 하는지 조금도 이해할 수가 없었다. 떠나려고 했던 건 언제나 자신이었다. 아니, 그렇다고 믿어 왔다. 그런데 이강후가, 처음부터 제 옆에 남지 않았을 거라고?

"형님은 그런 사람입니다. 유수 양에게 미친 듯이 끌렸겠죠. 하지만 스스로를 학대해 가면서, 당신 옆에 있어서는 안 된다고, 자신은 그럴 자격이 없는 사람이라고 몰아갔겠죠. 당신을 만난 그 순간부터 이별을 준비했을 사람이에요. 당신 옆에 남은 유일한 이유는 당신을 지키기 위해서였을 겁니다."

"그게 뭐야, 도대체! 알고 있었어요? 알고 있었어, 당신은? 그런데 왜! 왜 나한테 모든 걸 말해 준 거야! 난 이제 이렇게……."

사랑하게 되어 버렸는데. 간절해져 버렸는데.

유수의 두 눈에서 뜨거운 눈물이 쏟아졌다. 그녀는 이제 아무래도 상관없다고 생각했었다. 이기적인 선택으로 손가락질 받더라도, 그녀는 이강후를 선택하고 싶었다. 지독히도 외롭고 쓸쓸했던 제 인생에서, 이 정도의 이기심은 하늘도 용서할거라고 스스로를 다독였다.

수필의 눈에도 물기가 어렸다.

"미안해요, 유수 양. 나는 당신이 이강후란 사람에게 기회를 주어야 한다고 생각했습니다. 그리고 당신이라면, 형님도 더 이상 스스로를 학대하지 않을 거라고 생각했어요. 그리고 지난 한 달 동안, 10년간 한 번도 보지 못했던 행복한 형님의 모습을 보면서, 난 내 선택이 맞았다고 확신했어요."

그의 목소리도 차츰 젖어 갔다. 유수는 더 이상 말을 이을 수 없었다. 누구보다 이강후의 행복을 바랐을 그였다. 그를 원망하는 건 옳지 않았다.

"이렇게 떠나 버리는 건, 나로서도 생각하지 못했습니다. 형님이 정말 떠나기로 마음먹었다면, 어쩔 방법이 없습니다. 찾을 수 없어요. 미안해요, 미안합니다, 유수 양……."

수필이 고개를 떨어뜨렸다.

유수가 멍하니 수필을 바라보았다. 며칠 간 꿈속에서 사는 것만 같았다. 이제야 저 깊은 곳에서부터 피부를 뚫고 현실감이 차올랐다.

이강후가 사라졌다. 꿈이 아니라 현실이었다.

해일이 깨어났다. 거의 한 달 만이었다. 해일의 모친이 내내 곁을 지키는 동안, 유수도 매일 빠지지 않고 병원을 들렀다. 해일이 처음 깨어난 것을 발견한 것도 유수였다. 그의 모친은 잠시 외출을 한 참이었다. 병실에 돌아와 해일이 깨어난 걸 발견한 그의 모친은 옆에 있던 유수를 껴안고 울었다. 해일은 아무 말도 하지 못하고 그걸 오래도록 바라보았다.

너무 울어서 거의 실신하다시피 한 해일의 모친을 그의 부친이 와서 데려갔다. 그러자 병실에는 이제 유수와 해일 둘만이 남게 되었다.

해일은 핏기 없이 하얀 얼굴로, 유수를 향해 흐릿하게 웃어 보였다. 그런 그를 바라보며 유수도 마주 웃어 주었다.

"깨어나 줘서 고마워……."

유수는 제 목소리가 잔뜩 떨려 나오는 데에 놀랐다. 해일이 위로하듯 조용히 유수의 손을 붙잡았다.

"네 잘못 아니야. 알고 있지?"

해일이 깨어나서 처음 한 말이었다. 유수는 덜덜 떨리는 아랫입술을 꾹 깨물었다.

"……이강후가 그랬어?"

유수가 물었다. 이제 막 깨어난 해일에게 할 질문이 아니었다. 그렇게 생각했는데도 참지 못하고 결국 물었다. 그녀는 그만큼 절박했다.

해일은 절망과 고통으로 가득 차 있는 유수의 눈을 잠시 바라보다가, 천천히 고개를 끄덕였다.

"응."

간결한 대답. 그러나 확신에 찬 대답.

유수는 자신을 둘러싼 세상이 무너져 내리는 것만 같았다. 심장 박동이 거세게 치솟고, 호흡이 점점 가빠져 왔다. 말라 버린 눈물은 더 이상 나오지 않았지만, 심장에서는 피눈물이 흘러내렸다.

"미안해, 미안해, 미안해……."

미안하다는 말밖에 나오지 않았다.

이강후가 그런 것이 아니라, 자신이 그런 것이다. 해일을 끌어들이고, 결국 지키지 못한 것은 자신이었다.

"이럴 줄 알았어. 네가 또 자책할 줄 알았어. 제발 그러지 마. 네 탓이 아니야. 그자를 만나게 된 것도, 그렇게 엮이게 된 것도, 네 탓이 아니라고. 어째서 네가 고통받아야 해? 잘못한 건 그 사람인데."

유수가 붙잡은 손을 빼려고 했으나, 해일은 놓아주지 않았다. 대신 더 꽉 맞잡았다.

"네 옆에 있게 해 줘. 유수야, 부탁해. 응?"

해일은 붙잡은 그녀의 손등 위에 제 이마를 갖다 대었다. 해일이 애원하고 있었다. 그러나 유수는 느낄 수 있었다.

해일이 부탁하고 있는 것이 아니라 당당하게 요구하고 있다는 것을.

내 옆에 있어 줘.

유수는 그의 애원이 빠져나갈 수 없는 족쇄처럼 느껴졌다.

미진은 제 앞에 검은 그림자처럼 앉아 있는 강후를 멀거니 올려다보았다. 다시 본 그는 여전히 현실감 하나 없이 아름다웠다. 몇 번이나 그를 향한 저주를 퍼부었는데도 그를 본 순간 미진은 무장 해제당한 것처럼 어쩔 수 없이 진한 애욕을 느꼈다.

"조직폭력배까지 동원할 생각을 하다니, 내가 생각했던 것 이상이더군. 인정해 주고 싶을 정도야."

강후가 차갑게 뱉어 내는 말들에 미진이 한쪽 입꼬리를 살짝 비틀며 웃었다. 알고 있을 것이라 생각했지만 참 상세하기도 했다. 그의 능력이 새삼 감탄스러웠다.

"한참 생각을 해 봤지. 네가 이렇게까지 하는 이유가 뭘까."

강후는 한쪽 다리를 꼬면서 등받이에 깊숙이 기대앉았다. 맞물려 잡은 손에서 한쪽 손가락이 톡, 톡, 일정하게 다른 쪽 손의 등을 두드렸다. 미진은 저도 모르게 꿀꺽 침을 삼켰다. 누구에게나 여유로운 그녀였지만, 그 앞에서만큼은 긴장을 늦출 수가 없었다.

"그러다가 이런 생각이 떠올랐어."

"······."

"내가 지난번에 널 그냥 돌려보낸 걸, 넌 참을 수 없었구나 하는 생각."

미진의 눈동자가 순식간에 얼어붙었다. 강후가 비릿하게 웃었다.

"내 무관심이 널 미치게 했겠지."

강후의 목소리는 소름 끼칠 정도로 차분했다. 반면에 미진의 눈동자는 이제 조금씩 흔들리고 있었다. 미진은 갈증이 나는 목을 헛기침으로 가다듬으며 그의 눈을 똑바로 쳐다보려고 노력했다.

"내가 널 망가뜨리길 원했겠지. 그래서 모든 게 산산조각이 나길 바랐을 거야."

미진이 다시 침을 삼켰다.

"이번에도 널 내버려 두면 어떨까 잠시 고민했어. 그럼 넌 스스로를 혐오하면서 조금씩 숨 막혀 시들어 갈 테니까 말이야."

강후가 다시금 조소했다. 미진의 꽉 쥔 손이 부들부들 떨렸다. 그는 모든 것을 정확하게 꿰뚫어 보고 있었다. 왜 이렇게 바닥으로 추락하고도, 그를 조금도 흔들 수 없는 걸까.

"그런데 아무리 생각해도 안 되겠더라고."

"……."

"이번에 넌, 넘어서는 안 되는 선을 넘었어."

강후의 눈에 지독하게 사늘한 이채가 어렸다.

"한해일을 끌어들여선 안 됐어. 그건, 정말 주제넘은 짓이지."

한해일이 눈에 거슬린 게 한두 번이 아니었다. 그래도 그를 내버려 둔 건, 그가 민유수가 보호하고 싶어 하는 사람이란 걸 알았기 때문이었다. 자신도 건드리지 않은 그를 이 주제 파악 못 하는 여자가 건드린 게, 어이가 없을 정도로 화가 났다. 자신만큼이나 미친 여자. 가만히 놔두면 민유수에게 또 다른 해를 입힐지도 몰랐다.

강후가 일어서며 손짓하자 뒤에서 대기하고 있던 두 명의 남자가 미진에게로 다가왔다. 그들은 자연스럽게 양쪽에서 미진의 팔을 붙잡고 그녀를 일으켰다. 그들은 미진을 정신 병원에 끌고 가 감금할 예정이었다.

"……도대체, 그 애는 되고 난 안 되는 이유가 뭐야?"

미진이 핏발 선 눈으로 노려보며 말했다. 강후는 픽 웃더니, 여유롭게 대꾸했다.

"넌 민유수가 아니잖아."

언젠가 들어 본 적 있는 대답이었다.

'마음에 안 차시겠지만, 노력해 보려고 합니다.'

강후는 유수의 할머니를 만난 납골당에서, 그런 말을 했었다.

그 말이 유수에게는 그녀 옆에 있겠다는 노력으로 들렸을 것이다. 그러나 강후는 그 결심을 말했을 때, 그녀를 떠나기 위해 최선을 다하겠다는 노력을 표현한 것이었다.

아주 조금만, 며칠만, 아니 하루만 더, 그녀와 온전히 함께하고 싶었다. 그녀를 완전히 편안하게 해 주고 싶었다. 그녀로부터 조금만 더 영원 같은 자유를 누려 보고 싶었다.

유수에게 모든 것을 걸었다. 그래서 그는 그녀를 떠났다. 저에게서 완전히 해방시켜 주는 것, 영원히 그녀의 그림자로 남아, 그녀가 모르게 그녀를 지키는 것. 그게 그가 해 줄 수 있는 최선이라고, 그는 생각했다. 평범하고 다정한 해일의 곁에서, 그녀는 평범하고 평화로운 삶을 꾸려 갈 것이다.

한해일이 폭행을 당한 것은 자신의 지시가 아니었지만, 미진이 그런 방법을 선택한 것은 저로부터 배운 것이 분명했다.

제가 만약 유수 옆에 남는다면, 이런 식의 비정상은 그녀에게 정상이 되어 버릴 것이었다. 조직 생활을 청산한다고 해도 그의 주위엔 언제나 적이 많았다. 그녀는 언제나 위험에 처할 것이었다.

모든 것을 제자리로 돌려놓고 싶었다.

할 수만 있다면 상처와 연민으로 가득한 그녀 안에, 자신이 남긴 생채기들을 다 지우고 싶었다. 자신의 방식이 그녀에게 더 큰 고통만 주었다는 것을, 그녀의 고통이 자신의 고통이 되고 나서야, 그렇게 시간이 흘러 그녀가 자신의 영혼을 온통 잠식하고 나서야, 비로소 깨달았다.

그는 꽤 오랫동안 피우지 않았던 담배를 꺼내 입에 물었다. 씁쓸한 연기가 폐부로 흘러들었다가 금방 빠져나갔다. 대신 깊은 공허함이 밀려들었다. 영원하길 바랐던 순간들이 주마등처럼 머릿속을 스치고 지나갔다.

눈을 감았다.

'당신을 원해.'

그녀의 목소리가 어제 들은 것처럼 선명했다.

이것으로 되었다고, 그는 생각했다.

이거면 돼.

이 한 줌의 행복이면, 평생을 추억해도 모자라지 않을 것 같았다.

— fin

에필로그

5년, 이강후가 떠나고 5년이란 시간이 흘렀다.

왼쪽 손에 낀 반지를, 유수가 이리저리 돌려 보았다. 아무리 보아도 어색하고 실감이 나지 않았다.

"결혼 축하한다, 민유수!"

윤아가 와인이 담긴 잔을 들어 올리며 말했다. 윤아의 옆에는 진홍이 있었다. 3년이나 끈질기게 윤아를 따라다닌 뒤에 드디어 그녀의 마음을 얻는 데 성공한 진홍은, 내년 초에 윤아와 결혼까지 할 예정이었다.

하지만, 유수의 결혼이 그보다 조금 더 빨랐다. 합동결혼식을 하자는 얘기까지 나왔지만, 진홍이 한사코 싫다고 하는 바람에 결국 유수가 조금 더 빨리 하게 되었다.

"한해일은 왜 이렇게 늦어?"

벽에 걸린 시계를 쳐다보며, 윤아가 불평을 했다. 결혼 전에 모여서 축하주나 하자고 제안한 건 그인데, 혼자서 늦어 버리다니.

"새신랑 될 사람이 이래도 돼? 유수야, 한해일 이거 확 차 버릴래?"

윤아는 약간의 술기운을 빌려, 귀여운 투정을 부렸다.

'정말, 괜찮겠어? 이대로 괜찮아? 너 한해일 정말 사랑해?'

전날 밤, 윤아는 유수의 손을 꼭 잡고 그렇게 물었었다. 유수는 몇 번이나 그렇다고 대답했다. 하지만 윤아는 조금도 믿는 눈치가 아니었다. 결국 술기운을 빌려 쌓여 있던 불만을 드러내는 그녀를, 유수는 애정 어린 눈길로 바라보았다.

자신은 해일을 사랑하는 걸까. 유수는 잔 속에서 찰랑이는 검붉은 와인을 바라보며, 윤아가 했던 질문을 다시금 해 보았다. 어느덧 스스로에 대한 비웃음이 새어 나왔다. 그런 선택권이 처음부터 자신에게 있기나 했던가.

이강후는 결국 나타나지 않았다. 해일은 자신을 망가뜨린 인물로 분명하게 이강후를 지목했지만, 유수는 시간이 지나면 지날수록 그렇지 않을 거란 생각이 깊어졌다.

그럼에도 불구하고 해일이 회복될 때까지 유수는 하루도 거르지 않고 그와 함께했다. 자신이 아니면, 해일은 금방이라도 무너져 버릴 것처럼 불안해 보였으니까. 그러나 딱 거기까지였다. 유수는 친구로서 해일의 회복을 도왔다. 해일이 완전히 회복되기까지는 1년이 걸렸다.

유수는 희망을 버리지 않았다. 이강후가 언젠가 나타날 것이라

는 희망. 1년이 더 흘렀다. 그리고 또 다른 1년, 또 1년, 마지막 1
년……. 희망이 완전히 녹아 없어질 때까지, 꽤 오랜 시간이 흘렀
다.

그 오랜 시간 동안, 해일은 유수를 향해 수십 번의 프러포즈를
했다. 유수는 그를 향한 자신의 감정이 연민 외에 아무것도 아니
라는 걸 알고 있었다. 아마, 해일 자신도 알고 있을 것이다.

수십 번의 거절 끝에 유수는 몇 주 전, 결국 프러포즈에 승낙했
다.

사랑이든 아니든, 어쩌면 이제 더 이상 상관이 없을지도 모른
다는 생각이 들어서.

유수는 다시금 자조했다.

"미안해, 늦었지? 일이 늦어서."

헐레벌떡 들어온 해일이 재킷을 내려놓으며 인사했다. 박사를
마치고 같은 대학에서 강의를 시작한 해일은 요즘 바쁜 나날을
보내고 있었다.

해일은 자리에 앉기 전에 유수의 어깨에 손을 올려놓고 그녀의
이마에 살짝 키스했다.

"누가 예비 신랑 신부 아니랄까 봐, 아주 꿀이 떨어지네, 떨어
져."

진홍이 고개를 절레절레 흔들며 약간의 야유를 섞어 말했다.
해일은 조금도 개의치 않고 애정이 가득 어린 눈으로 유수를 바
라보았다.

"저녁은 먹은 거야? 와인부터 한잔할래?"

유수가 해일을 향해 싱긋 웃으며 물었다. 해일이 고개를 끄덕이며 빈 잔을 내밀었다.

"유수야. 이따가 우리 집에서 자고 갈래?"

해일이 채워지는 잔에 시선을 둔 채로 유수에게 몸을 기대며 물어 왔다. 와인병을 붙잡은 유수의 손이 우뚝 멈추었다. 그녀는 해일과 눈을 마주치지 못했다.

"아, 오늘은 좀 곤란한데, 윤아랑 같이 있기로 해서……."

어설픈 변명이 쏟아져 나왔다. 병을 붙든 손에 금방 땀이 찼다. 유수는 어색하게 웃으며 병을 내려놓았다.

해일의 얼굴이 딱딱하게 굳었다.

결혼이 코앞인데도, 해일은 유수를 몇 번 껴안아 본 게 다였다. 유수의 프러포즈 승낙이 있던 날, 해일은 물기 어린 눈으로 유수에게 키스했다. 아니, 하려고 했다. 유수는 뒷걸음치며 그를 피했다. 그러더니 그보다도 더 당황한 얼굴로 돌아서서 자리를 떠나 버렸다.

해일이 밀려드는 자괴감에 두 눈을 질끈 감고 눈앞의 잔을 말끔히 비워 냈다. 유수는 뭐라 말하려다 그냥 입을 다물어 버렸다.

지난 5년간 한 번도 지워진 적 없던 그 남자의 얼굴이 떠올랐다. 아마 이강후는, 자신이 미진이 꾸민 일에 가담했다는 사실도 알고 있었을 것이다. 그런데도 떠났던 것이다. 민유수, 그녀를 위해서. 그녀의 평범한 삶을 위해서.

해일도 그렇게까지 하고 싶진 않았었다. 그날 수필의 가게에서 이강후와 단둘이 만나지만 않았더라면 이렇게까지 추잡해지는 일은 없었을 것이다.

자신을 내려다보던 그 무감한 눈빛, 마치 아무것도 아닌 무기물을 대하는 것 같던 그 눈빛에, 해일은 평생 겪어 보지 못한 자존감의 상처를 입었다. 어떻게든 그를 뒤흔들고 싶다는 충동이 일었다. 그리고 그 충동은 끔찍한 일에 가담하도록 만들었고, 결국 지난 5년간 유수에 대한 깊은 집착으로 변해 갔다.

해일은 유수가 자신과 함께 있을 때조차 그 남자 생각뿐이라는 걸 알면서도 놓아주고 싶지 않았다. 그녀를 놓으면, 모든 게 물거품처럼 사라질 것만 같았다. 스스로를 혐오하게 되면서까지 자신이 벌인 일이, 아무 의미 없는 일이 되어 버릴 것만 같았다.

이게 내가 받는 벌이구나.

빈껍데기인 너를 지켜보면서 평생 자책감에 시달리는 것.

해일은 여전히 자신을 쳐다보지 않는 유수를 바라보며, 그렇게 되뇌었다.

유수의 삶은 단조로웠다. 그녀는 대학원을 졸업하고 전공과 관련된 작은 연구소에 취직했다. 박봉이었지만, 출퇴근 시간이 명확하고 업무가 꽤 재밌어서 유수는 자신이 하는 일에 만족하고 있었다. 조용하고, 단순한 삶. 자신만을 바라보는 착하고 다정한 남자 친구도 있다. 그토록 바라던 삶의 모습에, 그 어느 때보다 가깝지 않은가.

그런데도, 왜 행복하지 않을까.

이 상황이 때때로 우스워서 견딜 수가 없었다. 유수는 쓰게 자조하곤, 달그락거리며 싱크대에 담긴 그릇들을 헹궜다.

띵동띵동, 누군가가 성급하게 초인종을 울렸다. 유수는 초인종이 울릴 때마다 긴장하는 버릇이 있었다. 꼭 누군가를 하염없이 기다리고 있기라도 한 것처럼. 유수는 마른행주에 손을 닦은 뒤 급히 현관으로 나가 보았다.

"해일아……."

해일이 서 있었다. 어쩐지 김이 새는 느낌이었다. 한 발 다가서자 진한 술 냄새가 풍겼다.

"도대체 얼마나 마신 거야?"

휘청하며 안으로 발을 들이는 해일을, 유수가 부축했다.

"왜 혼자 있어? 오늘도 윤아랑 있는 거 아니었어?"

해일이 약간 어눌해진 발음으로 물었다. 빈정거림이 섞인 말투였다. 유수는 깊게 한숨을 쉬었다.

"안 그래도 같이 있었어. 방금 저녁 먹고 집으로 간 거야."

대충 둘러대며 유수는 그를 끌고 가 거실 소파에 앉혔다. 해일은 소파 위에 축 늘어져 약간 얼이 빠진 사람처럼 유수를 바라보았다. 유수는 급격히 피곤해졌다.

결혼이 다가올수록 해일은 생전 보이지 않던 성급함을 보이며 자꾸 전화를 걸고 연락 없이 찾아오곤 했다. 유수는 처음엔 어느 정도 선을 지키며 그를 받아 주었다. 그런데 점점 정도가 심해지고 있었다.

"나 너랑 결혼할 사람이야, 알아?"

해일이 약간 잠긴 목소리로 말했다. 유수는 대답 없이 일렁이는 눈빛으로 그를 보기만 했다.

"그런데 도대체 넌……."

해일이 한 손을 들어 올려 이마를 감쌌다. 피로와 두통이 한꺼번에 밀려왔다.

"날 조금이라도 사랑하긴 하는 거야……?"

해일의 목소리 끝이 살짝 떨리고 있었다. 유수는 안타까움에 아랫입술을 깨물었다. 잠시간의 정적이 흘렀다. 손등으로 가린 해일의 눈에서 뺨을 타고 주륵 긴 눈물이 흘렀다.

"……우리, 그만할까?"

정적을 깬 건, 젖어 있는 유수의 목소리였다. 해일이 여전히 눈가를 가린 채로 세차게 고개를 저었다.

"아니, 그만 못 해. 나는, 그럴 수 없어."

"해일아, 나는……."

그 순간 해일의 커다란 손이 유수의 팔목을 잡고 거세게 그녀를 제 쪽으로 끌어당겼다. 무방비한 상태로 있던 유수는 그대로 끌려가 해일의 품 안에 안긴 꼴이 되었다. 유수가 놀란 얼굴로 해일을 올려다보았다. 해일이 이런 식으로 나올 거라고는 생각도 해본 적 없었다.

"해일아, 그만. 난……."

다급하게 말을 잇던 유수의 입술을, 해일이 그대로 삼켜 버렸다.

"으, 읍! 해일……!"

유수가 도리질을 치며 빠져나가고자 했지만, 힘의 차이가 너무 컸다. 해일은 한쪽 손으로 유수의 어깨를 붙들고 다른 팔은 유수의 허리에 둘러 그녀를 더욱 바짝 자신에게로 붙였다.

유수는 정신을 차리기가 힘들었다. 축축한 혀가 거칠게 안을 헤집으며 들어왔다. 어깨를 붙들었던 손은 어느새 셔츠 안을 파고들어 그녀의 여린 가슴을 움켜쥐었다. 눈물이 하염없이 뺨을 타고 흘렀다.

유수는 두 눈을 질끈 감고 이 순간이 빨리 끝나기만을 바랐다.

거칠기만 했던 입맞춤이 끝나고 해일이 유수의 목덜미에 얼굴을 파묻었다. 그의 입술이 그녀의 여린 살갗 위에 자국을 남기며 점점 아래로 내려갔다.

"해일아, 제발, 제발 그만해…… 부탁해, 흐윽……."

유수가 흐느끼며 애원했다.

"나, 널 사랑하지 않아. 그 사람이 너무 보고 싶어. 아무리 노력해도 안 돼. 몇 년이나 지났는데도, 그래도 안 돼. 이강후가, 흐윽, 이강후가 너무 보고 싶어, 흑흑……."

해일이 우뚝, 멈추었다. 그가 고개를 들어 유수와 눈을 맞추었다.

그의 눈에 자욱하게, 절망이 어렸다. 이강후의 이름은 지난 몇 년 동안 금기였다. 누구도 그의 이름을 실제로 꺼낸 적이 없었다. 마치 금기에 속박이라도 당한 것처럼. 하지만 그 누구도 그의 이름을 잊은 적은 없었다. 유수도, 그리고 한해일 스스로도.

스르륵, 해일의 팔이 힘없이 아래로 떨어졌다. 그는 천천히 일어서서 유수에게서 돌아섰다.

"5년 전 그날, 날 때린 건 이강후가 아니었어."

해일이 유수를 등진 채로 말했다.

유수가 덜덜 떨리는 몸을 두 팔로 감싸며 멍하게 그를 올려다봤다.

"……아무래도."

"……."

"상관없다고 생각했어."

그녀가 잔뜩 쉰 목소리로 말했다. 그랬다. 아무래도 좋았다. 그가 아닐 거라 생각했지만, 그여도 상관없었다. 유수는 이강후가 필요했다. 그는 자신의 속박이고, 자신의 구원이었으니까.

"……왜 진홍이 우리와 합동결혼식을 하지 않으려고 했을까?"

해일이 여전히 돌아선 채로, 느닷없는 말을 꺼냈다. 유수는 무슨 소릴 하려는지 몰라서 대답하지 않았다. 해일이 천천히 말을 이었다.

"그럴 수 없었겠지. 합동 결혼이라니. 자신이 모시던 사람이 사랑하는 여자가, 다른 남자랑 결혼하는 날에."

그 순간, 유수가 두 눈을 치켜떴다. 그가, 한해일이, 무얼 알려 주려고 하는지 알 것 같았다.

"진홍은 아마도 이강후와 연락이 닿아 있을 거야. 수필이란 자도 그렇겠지."

"……."

"이강후는 널 떠나지 않았어."

"……."

"단 한 번도."

해일은 두 눈을 굳게 감았다 떴다. 해일은 유수를 사랑했다. 집착이라는 말이 어울리긴 했지만, 그건 그대로 사랑의 또 다른 이름이었다. 그래서 해일은 유수를 영원히 망칠 수는 없었다. 그는 유수가 행복해졌으면 좋겠다고 생각했다.

"잘 있어."

해일이 떠났다.

결혼은 결국 없던 일이 되었다. 유수는 이후 잠을 이루지 못했다. 자기 위해 술을 마셨다. 술에 취하면 조금은 잘 수 있었다.

오늘도 유수는 혼자서 와인 한 병을 다 마시고, 몽롱한 기분으로 침대에 누웠다. 어쩐지 오늘은 술기운에 온몸이 축 늘어져 있는데도 이상하리만치 정신이 맑았다. 아니, 그렇다고 그녀 혼자 생각했다.

유수는 결국 벌떡 일어나서 아무렇게나 재킷을 걸치고 집을 나갔다. 겨울의 초입이었다. 꽤 쌀쌀한 바람이 부는데도 유수는 얇은 재킷 하나만 입고서도 추위를 느끼지 않았다. 그녀는 비틀대면서도 용케 넘어지지 않고 길을 걸었다.

유수가 오래도록 걸어서 향한 곳은, 이강후의 아파트였다. 그가 떠나고 오래도록 비어 있는 곳. 유수는 일부러 이곳과 가까운 곳에 집을 얻었다. 혼자서도 수십 번은 들렀던 곳이라 그녀는 술에 취해서도 능숙하게 비밀번호를 누르고 안으로 들어갔다.

유수의 발걸음이 자연스럽게 그가 머물던 방으로 향했다. 그녀는 아련하게 하얀 시트가 씌워진 침대를 바라보았다.

그와 처음 입맞춤을 했던 곳, 그에게 처음 안겼던 곳, 그의 마음과 자신의 마음을 처음 확인했던 곳…….

몇 번이나 찾아왔지만 올 때마다 만감이 교차하며 눈물이 차올랐다.

그녀는 얼른 눈물을 훔치고 자리를 옮겨 사이드 테이블에 달린 서랍을 열었다. 그를 처음 만났던 날 그녀가 묶어 준 하얀 손수건이, 자리에 그대로 놓여 있었다. 유수는 그것을 꺼내서 제 손바닥 위에 올려놓았다.

"어……?"

무언가를 발견한 사람처럼, 돌연 유수가 접혀 있던 손수건을 펼쳐 들었다. 낡아서 색이 바랜 손수건 모서리에, 삐뚤삐뚤한 글자가 수놓아져 있었다.

「민유수 신길초등학교 5학년 7반」

순간적으로 유수의 눈이 크게 떠졌다.

이게, 무슨?

유수는 지금까지 이 손수건이, 자신이 고등학교 시절 이강후를 처음 만난 날 건네준 것이라고만 생각하고 있었다. 그런데 아니었다. 이건, 자신이 초등학교 5학년 실과 시간에 수놓는 연습을 하기 위해 사용했던 손수건이었다. 그 이후론 종종 머리를 묶는 데 사용하기도 했었다.

이게, 도대체 어떻게 여기에······.

희미한 기억이 어슴푸레 수면 위로 올라왔다.

'오빠도 수녀님이 돌봐 주고 계시니? 엄마가 나를 수녀님께 맡기고 싶대. 되게 좋은 분이니까, 자기보다 날 잘 키울 거라고.'

'오빤, 상처가 되게 많구나. 지금 내 마음을 뽑아내 손바닥 위에 올려 둔다면, 꼭 이렇게 생겼을 것 같다고. 모양이 되게 희한해. 울룩불룩 튀어나와 있어. 마치 상처가 났는데, 아무도 치료를 안 해 줘서, 그래서 그냥 굳어 버린 것처럼.'

'슬퍼 보여. 너무 슬픈데, 그런데 어쩐지 아름다워.'

'앞으론 이렇게 다니지 마. 상처 덧나잖아.'

말도 안 돼······.

어느새 맺힌 눈물이 유수의 뺨을 타고 흘러내렸다. 눈물 같은 건 말라 버렸다고 생각했는데, 이전보다도 더 뜨겁고 끈적하고 무거운 눈물이, 아주 길게, 길게 흘러내렸다.

그게 처음이 아니었구나. 10년이 넘게 이강후를 처음 만난 건, 그가 주인집에 돈을 받으러 찾아왔을 때라고 생각했는데. 그와의 기억은 아주 처음부터 어긋나 있었던 모양이었다.

왜 이렇게 자꾸만 늦을까. 당신을 이해하는 일은, 똑바로 바라보는 일은, 왜 이렇게 답답하고 어려운 걸까.

"만나지 말 걸, 이런 걸 당신에게 건네주지 말걸. 당신 상처에, 그렇게 흔들려 버리지 말걸."

유수는 잔뜩 잠긴 목소리로 조용히 혼잣말을 이어 갔다.

"당신이 어떤 마음일지 알아. 당신이 옆에 있는 게 내 불행이라고 생각했겠지. 그래서 떠난 거겠지."

목소리 끝이 떨리며, 감정이 북받쳐 올랐다.

"근데 보여……? 당신이 없는 난, 흐윽……."

유수는 끝내 주저앉았다.

"이렇게나 불행해. 흐윽. 견딜 수 없을 만큼. 이제 다 포기하고 싶을 만큼."

유수는 오열했다. 어긋난 것을 되돌리고 싶었다. 그러나, 그녀에겐 방법이 없었다.

몇 시간이 흘렀을까, 유수는 감겨 있던 눈꺼풀을 힘겹게 들어 올렸다. 울다가 지쳐서 그대로 잠든 모양이었다. 그녀는 천천히 자리에서 일어섰다.

'진홍은 아마도 이강후와 연락이 닿아 있을 거야. 수필이란 자도 그렇겠지.'

'이강후는 널 떠나지 않았어.'

'단 한 번도.'

해일이 했던 말이 머리를 맴돌았다. 그는 이강후가 자신을 떠나지 않았다고 확신했다. 그녀 자신도 그럴지도 모른다고 생각해 보곤 했지만 시험해 볼 자신은 없었다.

이제 술이 거의 다 깬 유수는, 성큼성큼 걸어서 거실을 지나 테라스로 향했다.

테라스 문을 열자 찬바람이 커튼을 띄우며 쏟아져 들어왔다. 짙은 밤하늘이 그 사이로 거뭇하게 보였다. 유수는 곧장 테라스를 가로질러 난간 위에 몸을 기댔다.

'날 미행했어? 그렇게 매일 날 감시했니?'

자신이 조직폭력배 간부에게 시비를 걸던 날, 이강후는 자신을 쫓아왔다.

'도대체 왜 이러는데. 머리가 어떻게 돼서, 그래서 단순히 괴롭힐 상대가 필요한 거야. 아니면…… 정말 날 좋아해?'

그는 자신을 좋아하냐는 질문에는 끝내 대답하지 않았지만, 그날 자신을 지켜 주었다. 그리고 그 이후로도 내내 자신을 지켜 주었다. 언젠가 비가 아주 많이 내리던 날, 멍하게 걷다가 차에 부딪칠 뻔한 저를 구해 준 것도 그였다.

"미친 짓을 벌여 볼까, 내가 차 사고라도 나면, 어디에서 떨어지기라도 하면, 그러면 달려와 줄까. 그렇게 생각도 해 봤어. 그런데 왜 못 해 본 줄 알아?"

아무도 없다는 걸 알면서도, 유수는 대화하듯이 말을 이어 갔다.

"당신이 나타나지 않을까 봐. 그러고 나면 당신이 내 곁 어딘가에 있다는 희망조차 완전히 버리고 살아가야 하잖아. 그러면 이제 정말 끝인 거잖아……."

유수는 그렇게 말하면서 아슬아슬하게 난간 위로 몸을 숙였다.

이번에도 당신이 날 지켜 줄까?

도박이나 다름없는 짓이었다. 너무나 무모한 짓이었다. 그러나 유수는 그만큼 절박했다.

칼바람이 그녀의 몸을 훑고 지나가자, 팔뚝 위에 으스스 소름이 돋아났다. 난간을 쥔 손에 저절로 힘이 들어갔다. 유수는 까마득한 아래를 천천히 내려다보았다.

이강후가 거짓말처럼 나타났으면 좋겠다고 생각했다. 하지만 난간 위에서 모든 것들이 점처럼 작아진 아래를 바라보자, 기묘하게도 마음이 편안해졌다. 그가 나타나지 않아도 어쩌면 괜찮을 거라는 생각마저 들었다.

유수는 두 눈을 감았다.

'넌 내게 전부야, 민유수.'

그의 음성이 귓가를 울렸다.

'심장을 원한다면 꺼내 가.'

유수는 살짝 미소를 머금었다.

'그래도 난 널 못 놔.'

우습지. 그렇게 오랫동안 나를 붙잡고 있는 게 당신이라고 생각해 왔다니. 당신을 끈질기게 붙들고 있는 건, 사실은 나였는데 말이야.

유수는 조금 더 깊이 아래로 몸을 늘어뜨렸다. 그녀의 여린 몸이 금방이라도 추락할 것처럼 난간 위에서 위험하게 흔들렸다.

우리가 조금 더 사랑하는 법에 익숙한 사람들이었다면, 조금 더 일찍 서로의 진심을 알아차렸더라면, 그랬다면 우린 지금 함께 였을까?

유수는 자신이 정말 이 순간 뛰어내릴 용기가 있는지 자신할 수 없었다. 조금 더 몸을 숙이자 잠시간 머물렀던 편안함이 사라지고 날카로운 긴장감이 척추를 타고 흘렀다.

살며시 두 눈을 뜨고 똑바로 아래를 내려다보며, 유수는 난간을 붙잡은 손에서 천천히 힘을 풀었다. 손바닥이 떨어지기 직전, 유수는 다시 두 눈을 질끈 감았다. 난간을 지탱하는 힘이 사라지자 허리가 휘청하며 그녀는 중심을 잃었다.

"허억……!"

순식간에 추락하는 서늘한 느낌이 그녀의 등골을 훑고 지나갔다.

"허억, 헉, 헉……!"

유수는 숨을 쉬기가 어려웠다. 미친 듯이 눈물이 흘러내렸다.

쿵, 바닥에 닿아 추락하는 소리가 울렸다.

눈을 떠 보니, 자신은 난간의 바깥쪽이 아닌 안쪽에 떨어져 있었다. 마지막 순간에 유수는 본능적으로 중심을 잡고 결국 안쪽으로 몸을 날린 것이었다. 온몸이 덜덜 떨리며 엄청난 한기가 밀려들었다.

"흐윽, 흑, 흐윽, 흐윽……."

온몸이 칼날에 난도질당하는 것처럼 아팠다. 정신을 차릴 수

없을 정도였다. 조금만 타이밍이 늦었어도 자신은 아마 저 바깥에
떨어져 즉사했을 것이다. 유수는 숨조차 쉬지 못하고 서럽게 울었
다.

"흐윽, 흑……."

끔찍할 만큼 비참한 기분이 되었다. 죽을 용기가 없었다. 이강
후가 없는 삶이 죽음과 같다고 생각하면서도, 자신은 정말로 떨어
져 죽을 용기를 내지는 못했던 것이었다. 미친 듯이 눈물이 떨어
져 온 얼굴이 젖어 들었다.

유수는 오열했다. 눌러 왔던 북받친 감정들을 모두 쏟아 내며,
처절하게 울었다.

그리고 그 순간, 유수는 잠시 자신이 죽은 건 아닐까 생각했다.
흐릿해진 눈앞에 거짓말처럼 나타난 검은 인영을 보고 그녀는 자
신이 저도 모르는 새에 결국 추락해 버린 건 아닐까 생각했다.

"허억, 헉……."

거칠게 숨을 몰아쉬며 땀에 젖은 채로 자신 앞에 서 있는 남자.
유수의 입술이 저절로 움직이며 남자의 이름을 불렀다.

"이강후……."

"미쳤어?!"

남자는 귀신처럼 달려들어 유수의 어깨를 붙잡고 흔들었다.

"미쳤어? 정말 돌아 버리기라도 한 거야? 아니면 내가 돌아서
미치는 꼴이 보고 싶었어? 도대체가, 너는……!"

유수는 멍하니 제 앞에 나타난 강후를 쳐다보았다. 이강후는
자신만큼이나 정신이 나간 것처럼 보였다. 그에게서는 좀처럼 현

실감이 느껴지지 않았다.

"도대체가 너는, 어떻게, 도대체 왜 이런 짓을!"

강후가 들끓는 감정을 주체하지 못하고 어금니를 사리물었다. 눈에는 실핏줄이 터져 붉게 핏발이 섰다. 유수를 붙잡은 팔뚝에도 푸른 핏줄이 튀어나와 있었다.

"……당신을 원해."

"하아……."

강후가 할 말을 잃은 채 유수를 내려다보았다.

"당신을 원해, 이강후."

"민유수, 너……."

"민유수는, 이강후를, 좋아한다."

유수는 덜덜 떨리는 몸을 그대로 놔둔 채로, 쏟아지는 눈물도 닦지 않은 채로, 강후를 똑바로 쳐다보며 말했다. 현실이 아니래도 좋았다. 죽기 직전 보이는 환영이래도 좋았다. 유수는 간절하고 절박해서 심장이 터질 것만 같았다.

강후가 유수를 껴안았다. 온기가 유수의 온몸으로 퍼져 나갔다.

환영이 아니구나…….

유수는 피부 위로 진하게 채워지는 온기를 느끼며, 비로소 지금 눈앞의 그가 현실임을 실감했다.

"내 옆에 있으면 행복할 수 없어."

강후가 속삭이듯 말했다.

"어차피 난 단 한 번도 행복한 적이 없었어. 당신이 있었던 그 여름을 빼고는."

유수가 또렷한 목소리로 답했다.

강후는 강한 기시감을 느꼈다. 자신 역시 민유수와 함께했던 한 줌의 시간이, 자신의 인생에 유일한 행복이었다고 생각했으니까. 그게 자신을 살아가게끔 만들었으니까. 민유수 그녀가 그렇게 생각하리라고는 짐작조차 해 본 적 없었다.

도대체 언제부터…….

유수가 강후의 등 뒤로 제 손을 얹었다. 마치 커다란 그의 등을 보듬어 안듯이.

강후는 그녀의 주위를 맴돌면서 5년 동안 애써 눌러 왔던 제 마음이, 가까스로 다스려 왔던 격정이, 한꺼번에 봇물처럼 흘러넘치는 걸 느꼈다.

유수가 난간에 매달려 있는 걸 발견했을 때 그는 온몸의 피가 차게 식는 것 같았다. 정신없이 뛰어 올라와 난간 앞에서 울고 있는 그녀를 발견했을 때 그는 자신이 한발 늦었다는 걸 깨달았다. 만약 유수가 정말 한 발 더 내디뎠다면 자신은 그녀를 구하지 못했을 거였다. 생각만으로도 온몸의 살가죽들이 찢기는 느낌이었다.

강후는 이제 더 이상 그녀를 놓아줄 여유가 없었다.

"도망가라고 했잖아. 마지막 기회였는데."

유수는 고개를 가로저었다. 더 이상의 도망은 필요 없었다. 이 강후는 속박이 아니라 구원이었다.

"키스해 줘."

유수가 그를 보듬어 안은 채로 말했다. 강후는 손바닥으로 그녀의 얼굴을 감싸 들어 올렸다. 강후는 촉촉이 젖어 있는 유수의 눈가에 먼저 키스했다. 이윽고 혀로 유수의 입을 열고 입술을 맞물었다. 짙은 소유욕이 깃든 키스였다.

영원한 그의 늪, 강후는 이제 정말로 영원히 그녀 옆에 있을 것이었다.

작가 후기

〈새와 늪〉은 2010년에 연재를 시작했던 글인데 이제야 세상에 나오네요. 느려 터진 연재에도 계속 응원해 주시고, 연재가 끝난 후에도 출간을 기다려 주신 독자님들 덕분입니다. 부족한 글을 읽어 주시는 모든 분들, 항상 고맙습니다.

　오랜 수정이 끝날 때까지 기다려 주시고, 꼼꼼하고 세심하게 편집해 주신 스칼렛의 박경희 편집장님께도 다시 한 번 감사의 말씀 전합니다.

　〈새와 늪〉은 어둡고 음침한 글을 써 보고 싶다는 작가의 개인적 열망에 힘입어 시작됐습니다. 늘 어딘가 병적인 글을 써 보고 싶다는 갈망에 시달립니다.

　개인적으로 인간의 역사에서 '광기' 만큼 중요하고 매력적인 키워드는 없다고 생각하거든요. 그러나 글을 쓰다 보면 늘 스스로의 부족함을 깨닫습니다. 작가가 범인(凡人)이라 그런 듯합니다. 다음 글은 조금 더 미쳐서 써 보도록 하겠습니다(웃음).

이 글이 종이 위 활자가 되어 세상에 나온다니, 덜컥 두려운 마음이 들기도 했습니다. 이렇게 음산한 글을 읽어 주시는 분이 계실까 해서요.

특히 초반부, 유수와 강후의 갈등이 강후의 폭력에 의해서 시작되고, 갈등의 대부분이 별다른 외부 원인 없이 강후의 폭력에 의해서 이어지죠. 거부감이 드실 것 같기도 해요.

폭력은 이 글에서 나름의 장치였습니다. 두 인물은 외로움이라는 감정을 공유하면서도, 각자 다른 방식으로 내면의 트라우마를 표현합니다. 유수는 지독한 방어 기제로, 강후는 일상이 된 폭력으로. 둘 다 진정한 사랑을 갈구하면서도 각자의 방식으로 서로를 밀어내기에 급급합니다. 강후의 폭력만큼이나 유수의 방어 기제 역시 인간관계에 있어서 매우 강력한 공격 무기인데, 그런 점이 잘 드러났는지 모르겠네요.

사실 〈새와 늪〉은 강후가 유수를 완전히 떠나는 것으로 끝나도록 돼 있었습니다. 에필로그도 쓸 생각이 없었어요.

그런데 연재 중 독자님들이, 이대로 끝내면 강후처럼 찾아와 협박이라도 하겠다 하셔서 에필로그를 썼습니다(정말로 무서웠습니다……).

강후가 떠난 것은 제게는 굉장히 중요한 설정이었어요. 강후가 오랫동안 유수를 지켜왔다는 사실 때문에 그동안 모질게 강후를 밀어내기만 했던 유수가 후반에 욕을 많이 먹었습니다.

하지만 마지막에 상대방을 믿지 못했던 건 강후였죠. 그는 사실 정서적 겁쟁이니까요. 그런 그를 끝까지 믿고 기다린 건 유수였기에, 비로소 둘 사이의 밸런스가 맞춰졌다고 생각했습니다. 유수는 몇 번이나 버려짐을 경험한 강후를, 서투르게나마 조금씩 치유하는 역할을 해냅니다.

이렇게 주저리주저리 설명하는 건, 네, 그렇게 저 혼자 생각했고, 독자님들은 그냥 분노만 하셨기 때문입니다(웃음). 다 작가의 부족함이죠. 다음엔 설명하지 않아도 알아서 마음에 와닿는 글을 쓰도록 노력하겠습니다.

마지막으로 응원해 주시는 제 소중한 사람들에게 감사의 말 전합니다. 부족한 제 작품을 읽어 주고 꼼꼼하게 리뷰해 준 성은이와 혜랑이, 글 쓸 때 가장 힘이 되는 두 친구에게 가장 먼저 고맙다고 말하고 싶어요. 그리고 제게 늘 가족의 소중함을 깨닫게 해주는 존경하는 형부에게도 고맙고요. 내게 큰 영감을 주는 동반자 완에게도 감사 인사 전합니다. 그의 응원이 없었더라면, 부족한 글을 세상에 내놓을 용기도 가지지 못했을 거예요. 항상 존경하고 사랑합니다.

2017년 12월

더듀

· 고아원의 수녀님과 옥수수 밭에 대한 모티브는 제가 정말 좋아하는 김금희 작가님의 단편 소설 〈우리가 어느 별에서〉에서 가져왔습니다.

새와 늪

1판 1쇄 찍음 2017년 12월 12일
1판 1쇄 펴냄 2017년 12월 22일

지은이 | 더 듀
펴낸이 | 정 필
펴낸곳 | (주)뿔미디어

편집장 | 박경희
기획 · 편집 | 박경희
표지 디자인 | 박현진

출판등록 | 2002년 9월 11일 (제1081-1-132호)
주소 | 경기도 부천시 원미구 소향로 17, 303(두성프라자)
전화 | 032)651-6513 / 팩스 032)651-6094
E-mail | scarlets2012@hanmail.net
블로그 | http://blog.naver.com/dahyangs
비북스 | http://b-books.co.kr

값 9,000원

ISBN 979-11-315-8406-4 03810

※파본은 구입하신 서점에서 교환하여 드립니다.